21世纪高等学校规划教材

DANPIAN WEIXING JISUANJI YUANLI YU SHEJI

单片微型计算机原理与设计

闫玉德　葛　龙　俞　虹　编

薛钧义　主审

U0116127

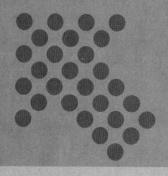

中国电力出版社

http://jc.cepp.com.cn

内 容 提 要

本书为 21 世纪高等学校规划教材。

本书在介绍微型计算机的系统组成和工作原理的基础之上，以经典机型 MCS-51 系列单片机为主线，全面叙述其系统结构、工作原理、功能部件及开发单片机应用系统的相关技术和方法。全书共分 8 章，内容由浅入深，依次介绍微型计算机基础、单片机硬件系统、单片机指令系统、单片机 C51 程序设计、单片机功能部件、单片机系统扩展、单片机接口技术以及单片机应用系统。

本书可作为高等院校工科相关专业的教材，也可作为成人教育及函授教材，同时可供相关工程技术人员参考。

图书在版编目（CIP）数据

单片微型计算机原理与设计 / 闫玉德，葛龙，俞虹编. —北京：中国电力出版社，2010.8
21 世纪高等学校规划教材
ISBN 978-7-5123-0706-3

Ⅰ. ①单… Ⅱ. ①闫… ②葛… ③俞… Ⅲ. ①单片微型计算机－高等学校－教材 Ⅳ. ①TP368.1

中国版本图书馆 CIP 数据核字（2010）第 147645 号

中国电力出版社出版、发行

（北京三里河路 6 号　100044　http://jc.cepp.com.cn）
北京市同江印刷厂印刷
各地新华书店经售

*

2010 年 8 月第一版　2010 年 8 月北京第一次印刷
787 毫米×1092 毫米　16 开本　17.5 印张　425 千字
定价 28.00 元

敬 告 读 者

本书封面贴有防伪标签，加热后中心图案消失
本书如有印装质量问题，我社发行部负责退换

前　言

单片微型计算机简称单片机，是微型计算机的一个重要分支。它将微处理器、存储器、输入/输出接口、定时器/计数器等微型计算机的主要部件集成在一个芯片上，具有体积小、价格低、性能高、应用开发简便等优点，在电气自动化、工业自动化、智能仪器仪表、自动控制、机械电子、汽车电子、消费电子等领域，都得到了广泛的应用。

MCS-51 系列单片机是一种十分经典的单片机，以这种单片机作为入门机型，再学习其他单片机就会轻松很多。因此，本书在介绍微型计算机的系统组成和工作原理的基础之上，重点以 MCS-51 系列单片机为主线，讲授单片机的工作原理与单片机应用系统的设计方法。章节安排上，依次介绍微型计算机基础、单片机硬件系统、单片机指令系统、单片机 C51 程序设计、单片机功能部件、单片机系统扩展、单片机接口技术等。

单片机是一门实践性很强的课程，在学习过程中，应该注意将学习的重点放在所学知识的应用上。本书内容深入浅出，每章都配有小结和习题，适合课堂教学，也便于课外自学。学完每章后，通过阅读小结、完成习题，可以巩固所学知识，并提高应用能力。

本书知识系统全面、实用性强，主要面向具有一定微型计算机基础的学生、工程技术人员或电子爱好者。另外，由于阐述简洁易懂，硬件电路和程序设计描述详细，对于初学者也是一本难得的学习和实践参考书。

本书是作者根据多年从事单片机的教学和开发实践经验，并参考了大量的文献资料，编写而成的。其中，第 1、2、8 章由葛龙编写，第 3、4 章由俞虹编写，第 5、6、7 章由闫玉德编写。由于时间仓促，水平有限，书中难免有疏漏，敬请读者和同仁批评指正。

本书承西安交通大学薛钧义教授主审，他对本书提出了宝贵的修改建议，编者在此表示衷心感谢。本书的编写还得到了南京理工大学自动化学院相关领导的大力支持，编者在此表示衷心感谢。

由于作者水平有限，编写时间仓促，书中难免存在错误和不当之处，恳请广大读者给予批评指正。

编　者

2010 年 5 月

目　录

第1章　微型计算机基础

本章主要讲述微型计算机的系统组成和工作原理。首先说明微型计算机的基本概念、组成结构及功能作用；然后介绍微型计算机的工作流程和输入输出接口等相关技术。

本章内容与后面章节内容相对独立，是学习单片微型计算机的预备知识。

1.1　微型计算机概述

按照综合性能指标的不同，通用电子计算机可分为巨型机、大型机、中型机、小型机、微型机，其主要区别在于运算速度、数据存储容量、输入/输出能力、指令系统规模和价格等因素。

巨型机是指运算速度快、存储容量大的高性能计算机，其运算速度可达每秒上百亿次，是针对大气预报、飞行器设计和核物理研究中大批数据运算而设计的。巨型机结构复杂、价格昂贵，主要应用于尖端的科学计算和现代化军事领域中，是反映一个国家计算机技术水平高低的重要标志。

大型机是针对那些要求计算量大、信息流通量大、通信能力高的用户设计的。一般大型机的运算速度为每秒百万次至每秒上亿次，它有比较完善的指令系统、丰富的外部设备和功能强大的软件系统。主要用于大型网站的服务器。

中型机的规模介于大型机和小型机之间。

小型机规模小、结构简单、成本低，而且操作简便、容易维护，因而得以快速推广。在 20 世纪 60 年代到 20 世纪 70 年代之间曾掀起了一个计算机普及应用的浪潮。小型机既可以用于科学计算和数据处理，又可以用于生产过程的自动控制和数据采集及分析处理。

微型机由微处理器、半导体存储器和输入/输出接口组成。微型计算机的出现和发展，掀起了计算机大普及的浪潮，微型机比小型机体积更小、价格更低廉，且通用性强、灵活性好、可靠性高、使用方便。20 世纪 70 年代后期，个人计算机（PC 机）问世。它以设计先进、功能齐全、软件丰富、价格便宜等原因很快占领了微型机的市场，为计算机渗透到各行各业，进入办公室和家庭开启了方便之门。

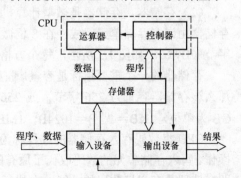

图 1.1　计算机的组成结构

1.1.1　微型计算机的硬件

1．计算机的组成

计算机的硬件结构如图 1.1 所示。它由运算器、控制器、存储器、输入设备和输出设备五大部分组成。

运算器是计算机处理信息的主要部件。控制器产生一系列控制命令，控制计算机各部件自动地、协调一致地工作。存储器是存放数据与程序的部件。输入设备用来输入数据与程序，常用的输入设备有鼠标、键盘等。输出设备将计算机的处理结果用数字、图形等形式表示出来，常用的输出设备有显示器、数码管、打印机等。

通常把运算器、控制器、存储器三部分称为计算机主机，而输入设备、输出设备则称为计算机外设。由于运算器、控制器是计算机进行信息处理的关键部件，所以经常将它们合称为中央处理器 CPU（Central Process Unit）。

2. 计算机的字长

计算机内所有的信息都是以二进制代码形式表示的。一台计算机所用的二进制代码的位数称为该计算机的字长。计算机的字长越长，它能代表的数值就越大，能表示的数值的有效位数也越多，计算的速度和精度就越高。但是位数越长，用来表示进制代码的逻辑电路也越多，使得计算机的结构变得越庞大，电路变得越复杂，造价也越高。

微型计算机的字长有 4 位、8 位、16 位、32 位、64 位等。目前广泛学习的主要是 8 位微机和 16 位微机，而当前在市场上的主流产品是 32 位微机和 64 位微机。

3. 微型计算机的组成

随着大规模集成电路技术的发展，生产厂商把运算器、控制器集成在一块硅片上，成为独立的芯片，称为微处理器（Micro Processor），也称 CPU 或 MPU。存储器（Memory）也可以集成在独立的芯片上。微处理器芯片、存储器芯片、输入/输出接口芯片（Input / Output Interface，I/O 接口）之间由总线（Bus）连接，就构成了微型计算机（Micro Computer），结构如图 1.2 所示。

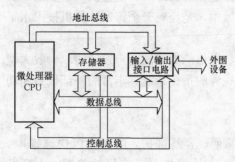

图 1.2 微型计数机的组成结构

（1）微处理器。微处理器是微型计算机的核心，它由运算器、控制器和寄存器三大部分组成。

运算器：主要由算术逻辑单元（Arithmetic Logic Unit，ALU）构成。ALU 是对传送到微处理器的数据进行算术运算或逻辑运算的部件，能够执行加法、减法运算，逻辑与、逻辑或等运算。

控制器：主要包括时钟电路和控制电路。时钟电路产生时钟脉冲，用于微机各部分电路的同步定时。控制电路产生完成各种操作时序所需的控制信号。

寄存器：CPU 中有多个寄存器，用来存放操作数、地址和运算的中间结果等。

（2）存储器。存储器是微型计算机的重要组成部分，微机有了存储器才具备记忆功能。存储器由许多存储单元组成，在 8 位微机中，每个存储单元存放 8 位二进制代码，称为一个字节（Byte）。如图 1.3 所示，每个方格表示一个存储单元。

存储器的一个重要指标是容量。假如存储器有 256 个单元，每个单元存放一个字代码，那么该存储器容量为 256 字节，或 256B。在容量较大的存储器中，存储容量以 KB、MB、GB 为单位，$1KB = 2^{10} B = 1024B$，$1MB = 2^{20} B = 1024KB$，$1GB = 2^{30} B = 1024MB$。

CPU 将数码存入存储器的过程称为"写"操作，CPU 从存储器中取数码的过程为"读"操作。写入存储单元的数码取代了原有的数码，而且在下一个新的数码写入之前一直保留着，即存储器具有记忆数码的功能。在执行读操作后，存储单元中原有的内容不变，即存储器的读出是非破坏性的，是取之不尽的。

为了便于读、写操作，要对存储器所有单元按顺序编号，这种编号就是存储单元的地址。

每个单元都有唯一的地址，如图 1.3 所示。地址用二进制数表示，地址的二进制位数 N 与存储容量 Q 的关系是 $Q=2^N$。例如在 8086 微机系统中，地址的位数是 20，则存储器的容量为 $2^{20}=1MB$。

（3）输入/输出接口。I/O 接口是沟通主机与外部设备的重要部件。外部设备种类繁多，其运行速度、数据形式、电平等级等存在差异，常常与主机不一致，所以要用 I/O 接口作为桥梁，起到信息转换与协调的作用。例如打印机打印一行字符需 1s 左右，而微机输出一行字符只需 1ms 左右，要使打印机与微机同步工作，必须采用相应的接口芯片来协调连接。

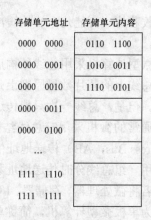

存储单元地址	存储单元内容
0000 0000	0110 1100
0000 0001	1010 0011
0000 0010	1110 0101
0000 0011	
0000 0100	
...	
1111 1110	
1111 1111	

图 1.3 存储单元地址与存储单元内容

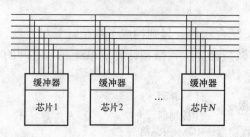

图 1.4 8 位系统总线

（4）总线。总线是在微型计算机各芯片之间或芯片内部各部件之间传输信息的一组公共线路，前者称为系统总线（片间总线），后者称为片内总线。如图 1.4 所示，为芯片之间的一组系统总线，该总线由 8 根导线组成，可以在芯片之间并行传送 8 位二进制数据。

微型计算机采用总线结构后，各个芯片之间不需要单独连线，从而大大减少了连线的数量。但是，挂在总线上的芯片不能同时发送数据，否则多个数据同时出现在总线上将发生冲突。如果有多个芯片需要发送数据，它们必须分时传送。为了满足这个要求，挂在总线上的各个芯片必须通过缓冲器与总线相连。

三态门是常用缓冲器的一种。单向三态门电路及其真值表如图 1.5（a）所示，控制端 C 为高电平"1"时三态门导通，数据从 A 传送到 B；控制端 C 为低电平"0"时三态门截止，A、B 之间呈现高阻隔离状态。双向三态门电路如图 1.5（b）所示。控制端 C1=0、C2=0 时三态门截止，A、B 之间呈现高阻状态；C1=1、C2=0 时门 G1 导通、门 G2 截止；数据从 A 传送到 B。C1=0、C2=1 时门 G1 截止、门 G2 导通，数据从 B 传送到 A。

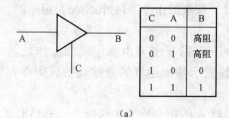

C	A	B
0	0	高阻
0	1	高阻
1	0	0
1	1	1

（a）

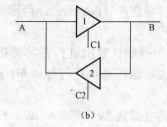

（b）

图 1.5 三态门

（a）单向三态门及其真值表；（b）双向三态门

单向总线的缓冲器由单向三态门构成，双向总线的缓冲器由双向三态门构成。8 位总线的缓冲器由 8 个三态门组成，每个三态门控制芯片的一根引脚。

在某一瞬间，由 CPU 发出的控制信号只接通（使能）一个发送芯片的缓冲器，同时还接通接收芯片（可能几个）的缓冲器，其他缓冲器都处在高阻状态，这就保证了数据传送的正确性。

　　微型计算机采用总线结构后，可以提高扩展存储器芯片及 I/O 接口芯片的灵活性。因为挂在总线上的芯片数量原则上是没有限制的，需要增加芯片时，只需通过缓冲器挂到总线上即可。但是，总线一次只能传送一个数据，使微机的工作速度受到了限制。

　　通常的微机采用三总线结构，即数据总线（Data Bus，DB）传送数据信息，地址总线（Address Bus，AB）传送地址信息，控制总线（Control Bus，CB）传送控制信息。有的微机则采用一组总线分时传送地址和数据信息，称为地址/数据分时复用总线。

　　若将微处理器、存储器、I/O 接口以及简单的 I/O 设备组装在一块印制电路板（PCB）上，则称为单板微型计算机，简称单板机。如 SDK-86、Z-80 等都是常用的单板机。若将微处理器、存储器和 I/O 接口集成在一块芯片上，则称为单片微型计算机，简称单片机。如 MCS-51、MCS-96 等都是常见的单片机。

　　微型计算机与外围设备、电源构成了硬件总体，配合软件一起则构成了微型计算机系统。图 1.6 所示的微型计算机系统，概括了微处理器、微型计算机、微型计算机系统三者之间的关系。

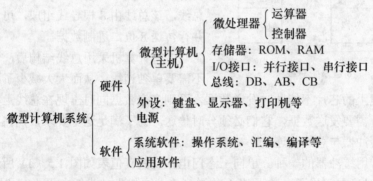

图 1.6　微型计算机系统

1.1.2　微型计算机的软件

　　计算机要想脱离人的直接控制而自动地操作与运算，还必须要有软件。软件是使用和管理计算机的各种程序（Program），而程序是由一条条的指令（Instruction）组成的。

　　1. 指令

　　指令是指控制计算机进行各种操作的命令。指令主要由操作码和操作数两大部分组成，操作码表示该指令执行何种操作，操作数表示参加运算的数据或数据所在存储器单元的地址。

　　例如，将立即数 29 传送（Move）到累加器 A 的指令称为传送指令，书写形式为：

$$\text{MOV　A, \#29　;（A）← 29}$$

其中，"（A）← 29"是用符号表示的该指令功能。

　　将立即数 38 与寄存器 A 的内容相加的指令称为加法（Additive）指令，书写形式为：

$$\text{ADD　A, \#38　;（A）←（A）+38}$$

其中，操作码"ADD"表示该指令执行加法操作。源操作数"#38"表示参加运算的一个数据，此处为一个立即数。目的操作数 A 表示参加运算的另一个数据在累加器 A 中。运算结果放入目的操作数单元，即放入累加器 A 中。

2. 程序

为了计算一个数学式，或者要控制一个生产过程，需要事先制定计算机的计算步骤或操作步骤。计算步骤或操作步骤是由一条条指令来实现的。这种一系列指令的有序集合称为程序。

例如，计算 63＋56＋36＋14＝?编制的程序如下：

```
MOV  A, #63  ;数 63 送入累加器 A。
ADD  A, #56  ;A 的内容 63 与数 56 相加，其和 119 送回 A。
ADD  A, #36  ;A 的内容 119 与数 36 相加，其和 155 送回 A。
ADD  A, #14  ;A 的内容 155 与数 14 相加，运算结果 169 保存在 A 中。
```

为了使计算机能自动进行计算，要预先用输入设备将上述程序输入到存储器存放。计算机启动后，在控制器的控制下，CPU 按照顺序依次取出程序的指令，加以译码和执行。程序中的加法操作是在运算器中进行的。运算结果可以保存在 A 中，也可以通过输出设备输出。如上所述，计算机的工作是由硬件、软件紧密结合，共同完成的，这与一般的数字电路系统不同。

3. 编程语言

编制程序可以采用的程序设计语言分为三类：机器语言、汇编语言和高级语言。

如前面的例子，用助记符（通常是指令功能的英文缩写）表示操作码，用字符（字母、数字、符号）表示操作数的指令称为汇编指令。用汇编指令编制的程序称为汇编语言程序。这种程序占用存储器单元较少，执行速度较快，能够准确掌握执行时间，可实现精细控制，因此特别适用于实时控制。然而汇编语言是面向机器的语言，不同机器的汇编语言往往不同，必须对所用机器的结构、原理和指令系统比较清楚，才能编写出适用的汇编语言程序，而这个程序往往不能通用于其他机器。

高级语言是面向过程的语言，常用的高级语言有 BASIC、FORTRAN、PASCAL、C 等等。用高级语言编写程序时主要着眼于算法，而不必了解计算机的硬件结构和指令系统，因此易学易用。高级语言是独立于机器的，同一个程序可在其他机器中使用。高级语言适用于科学计算、数据处理等方面。随着机器硬件性能的不断提升，尽可能采用高级语言开发程序是发展趋势。

计算机中只能存放和处理二进制数据，所以，无论汇编语言程序还是高级语言程序，都必须转换成二进制代码后才能送入计算机。这种二进制代码形式的程序就是机器语言程序。相应的二进制代码形式的指令称为机器指令或机器码。

采用汇编语言或高级语言编写的程序又称为源程序，而机器语言程序则称为目标程序。机器语言只有 0、1 两种符号，用它来直接编写程序十分困难。因此，往往先用汇编语言或高级语言编写源程序，然后再转换成目标程序。将汇编语言程序翻译成目标程序的过程称为汇编。实现汇编有两种方法。由编程人员对照指令表，一条一条查找、翻译的称为人工汇编。由计算机自动完成汇编语言转换为机器语言的称为机器汇编。机器汇编时用到的软件称为汇编程序。高级语言翻译成机器语言的工作只能由计算机完成，转换时所用的软件称为编译程序或解释程序。

汇编指令与机器指令具有一一对应的关系，用汇编语言编写源程序，再经过汇编得到机器指令表示的目标程序，并存入程序存储器，从地址为 0000 0000 的单元开始存放，如图 1.7 所示。指令机器码第一个字节所在单元的地址（0000 0000、0000 0010、0000 0100、0000 0110）为指令地址。二进制数位数多，读写不便，所以实际使用中，地址和机器码多以十六进制数表示。

地　　址	目标程序	源程序	备　　注
0000　0000	0111　0100	MOV A, #63	第 1 条指令
0000　0001	0011　1111		
0000　0010	0010　0100	ADD A, #56	第 2 条指令
0000　0011	0011　1000		
0000　0100	0010　0100	ADD A, #36	第 3 条指令
0000　0101	0010　0100		
0000　0110	0010　0100	ADD A, #14	第 4 条指令
0000　0111	0000　1110		

图 1.7　存储器中的目标代码

4. 软件

软件是指根据解决问题的思想、方法和过程而编写的程序的有序集合。软件按其功能分为应用软件和系统软件两大类。

应用软件是用户为解决某种具体问题而编制的程序，如科学计算程序、自动控制程序、数据处理程序等。随着计算机的广泛应用，应用软件的种类及数量将越来越多。

系统软件用于实现计算机系统的管理、调度、监视和服务等，其目的是方便用户，提高计算机使用效率，扩充系统的功能。系统软件分成以下几类。

（1）操作系统。操作系统是控制和管理计算机各种资源、自动调度用户作业程序、处理中断请求的软件。操作系统的作用是控制和管理系统资源的使用，是用户与计算机的接口。流行的操作系统有 DOS 操作系统、UNIX 操作系统及 Windows 操作系统等。

（2）语言处理程序。借助语言处理程序，可以把用各种语言编写的源程序翻译成计算机可以识别和执行的目标程序。语言处理程序分为汇编程序、编译程序和解释程序三类。

汇编程序（Assembler）也称汇编器，其功能是将汇编语言编写的源程序翻译成机器语言的目标程序，其翻译过程称为"汇编"。

高级语言的处理程序，按其翻译的方法不同，可分为解释程序与编译程序两大类。前者对源程序的翻译采用边解释边执行的方法，并不生成目标程序，称为解释执行，如 Basic 语言。后者必须先将源程序翻译成目标程序后，才能开始执行，称为编译执行，如 Pascal、C 语言等。

（3）标准库程序。为方便用户进行软件开发，通常将一些常用的程序段按照标准的格式预先编制好，组成一个标准程序库，存入计算机中，需要时，由用户选择合适的程序段嵌入自己的程序中，这样既省事，又可靠。

（4）服务性程序。服务性程序（也称工具软件）扩大了计算机的功能。它一般包括诊断程序、调试程序等。常用的微机服务软件程序有 PCTOOLS、DEBUG、TDEBUG 等。

总之，软件系统是在硬件系统的基础上，为有效地使用计算机而配备的。没有系统软件，计算机系统就无法正常、有效地运行。没有应用软件，计算机就不能发挥效能。

随着大规模集成电路技术的发展和软件逐渐硬化，要明确划分计算机软、硬件界限已经比较困难。很多操作都可以由软件来实现，也可以由硬件来实现。因此，计算机系统的软件与硬件可以互相转化，二者互为补充。软件硬化或固化是大趋势，在微机中已普遍采用固件，即将程序固化在存储器中。固件是一种具有软件特性的硬件，它既有硬件的快速性特点，又有软件的灵活性特点。这是软件和硬件互相转化的典型实例。

1.1.3 微型计算机的数制

数制是指利用符号来计数的科学方法。数制有很多种，在微型计算机中经常使用的是十进制、二进制和十六进制。

1. 数制的种类

数制所使用的数码的个数称为基，数制每一位所具有的值称为权。

（1）十进制。十进制的基为"10"，即它所使用的数码为0～9共10个。每位数字的值都是以该位数字乘以基数的幂次来表示，通常将基数的幂次称为权，即以10为底的0次幂、1次幂、2次幂等。如十进制数"916"中，"9"表示的值是$9 \times 10^2 = 900$，"1"表示的值是$1 \times 10^1 = 10$，"6"表示的值是$6 \times 10^0 = 6$。

（2）二进制。二进制的基为"2"，即其使用的数码为0、1共2个。二进制各位的权是以2为底的幂。

（3）十六进制。十六进制的基为"16"，即其使用的数码为0～9、A～F共16个，其中A～F相当于十进制数的10～15。十六进制的权是以16为底的幂。

（4）二—十进制。二—十进制数称为二进制编码的十进制数（Binary Coded Decimal，BCD码）。在BCD码中是用四位二进制数给0～9这十个数字编码。

为了区别以上几种数制，在数的后面加写英文字母来区别，B、D、H、BCD分别表示为二进制数、十进制数、十六进制数、二—十进制数，通常对十进制可不加标志。若十六进制数是字母A～F打头，则书写时前面需加一个0。

2. 数制的转换

（1）二进制、十六进制转换成十进制数。只需将二进制、十六进制数按权展开后相加即可。

例如，十六进制的7BDH转化为十进制，表示为$7 \times 16^2 + 11 \times 16^1 + 13 \times 16^0 = 1792 + 176 + 13 = 1981$D。

（2）十进制数转换成二进制、十六进制数。通常采用除基取余法。例如，十进制数45678D转化为十六进制数，表示为0B26EH，其过程如下：

		余数	记为	最低位
16	45678	14	E	↑
16	2854	6	6	
16	178	2	2	
	11	11	B	最高位

（3）二进制、十六进制数相互转换。1位十六进制数转换为4位二进制数。

（4）BCD码与十进制的相互转换。按照BCD的十位编码与十进制的关系，进行转换。

3. 常用的编码

（1）BCD 码。BCD 码是一种具有十进制权的二进制编码，是一种既能为计算机接收，又基本符合人的十进制数运算习惯的二进制编码。

BCD 码的种类较多，常用的有 8421 码、2421 码、余 3 码和格雷码等，其中最为常用的是 8421 BCD 编码。因十进制数有 10 个不同的数码 0～9，必须要有 4 位二进制数来表示，而 4 位二进制数可以有 16 种组合，因此取 4 位二进制数顺序编码的前 10 种，即 0000B～1001B 为 8421 码的基本代码，1010B～1111B 未被使用，见表 1.1 所列。

表 1.1　　　　　　　　　　　　　　8421 BCD 码 表

十进制数	8421 BCD 码	十进制数	8421 BCD 码
0	0000B	5	0101B
1	0001B	6	0110B
2	0010B	7	0111B
3	0011B	8	1000B
4	0100B	9	1001B

（2）ASCII 编码。ASCII 码是"美国信息交换标准代码"的简称，是一种较完善的字符编码，现已成为国际通用的标准编码，广泛用于微型计算机与外设的信息交换。

它是用七位二进制数码来表示的，七位二进制数码共有 128 种组合，包括图形字符 96 个和控制字符 32 个。96 个图形字符包括十进制数字符 10 个、大小写英文字母 52 个和其他字符 34 个，这类字符有特定形状，可以显示在显示器上或打印出来。32 个控制字符包括回车符、换行符、退格符、设备控制符和信息分隔符等，这类字符没有特定形状，字符本身不能在显示器上显示或打印。ASCII 码表见书后附录 1。

4. 数在计算机中的表示

数在计算机中的表示形式统称为机器数，机器数有两个基本特点，一是数的符号数值化，通常以"0"代表"＋"号，以"1"代表"－"号。二是机器数的位数受计算机硬件（字长）的限制。

（1）无符号数。把计算机字长的所有二进制位都用来表示数值，称为无符号数。例如 8 位机中的无符号数：

$00001001B = 2^3 + 2^0 = 9$

$10001001B = 2^7 + 2^3 + 2^0 = 137$

（2）有符号数。有符号数一般有三种表示方法，即原码、反码和补码，8 位二进制的数表示见表 1.2。

原码就是用符号为"0"表示正数，"1"表示负数，后面再加上数值位的二进制数。

例如：＋4 的 8 位原码表示为 $[+4]_原 = 00000100B$；

－4 的 8 位原码表示为 $[-4]_原 = 10000100B$。

正数的反码与原码相同，负的反码是原码符号位不变、数值位取反。

例如：＋4 的 8 位反码表示为 $[+4]_反 = 00000100B$；

－4 的 8 位反码表示为 $[-4]_反 = 11111011B$。

正数的补码与原码相同，负数的补码是反码加 1，即原码符号位不变、数值位取反加 1。

例如：+4 的 8 位补码表示为[+4]反＝00000100B；

－4 的 8 位补码表示为[－4]反＝11111100B。

表 1.2 8 位二进制数的原码、反码和补码表示

二进制数码	无符号数	原　码	反　码	补　码
0000 0000	0	+0	+0	+0
0000 0001	1	+1	+1	+1
0000 0010	2	+2	+2	+2
……				
0111 1111	127	+127	+127	+127
1000 0000	128	－0	－127	－128
1000 0001	129	－1	－126	－127
1000 0010	130	－2	－125	－126
……				
1111 1101	253	－125	－2	－3
1111 1110	254	－126	－1	－2
1111 1111	255	－127	－0	－1

1.2　微　处　理　器

微处理器是微型计算机的核心，不同型号微处理器的结构有所不同。图 1.8 是 8 位微处理器的内部结构框图，它包括运算器、控制器、寄存器三部分。该微处理器的外部采用三总线结构，内部是单总线结构。

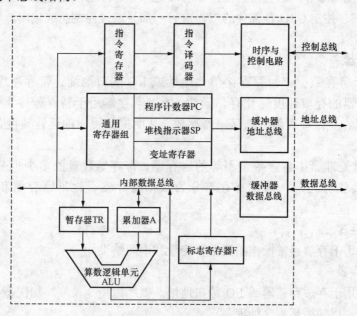

图 1.8　微处理器的内部结构框图

1.2.1　运算器

运算器由算术逻辑单元 ALU、累加器 A、暂存寄存器 TR、标志寄存器 F 等部分组成。

算术逻辑单元 ALU 是微型计算机执行算术运算和逻辑运算的主要部件。它有两个输入端，一个输入端与累加器 A（Accumulator）相连，另一个输入端与暂存寄存器 TR 相连。输出端则与内部总线相连。

累加器 A 是一个 8 位寄存器。很多 8 位双操作数运算一个操作数来自 A，运算结果又送回 A，所以累加器 A 是使用最频繁的寄存器。另一个操作数可以来自 CPU 内部的寄存器，也可以来自存储器或 I/O 接口，它总是通过内部总线送来的，由于总线只能分时传送数据，故用暂存寄存器在内部总线与 ALU 之间起缓冲作用。在执行运算指令时，内部总线先传送一个操作数至 TR，然后在控制器的控制下，由 ALU 对 A 和 TR 中的内容进行运算，运算结果再通过内部总线传送到累加器 A。

微机的运算器可执行加法、减法等算术运算，有些微机还可以执行乘法、除法运算，运算器执行的逻辑运算有与、或、求反、异或、清零、移位等。

1.2.2　控制器

控制器由指令寄存器 IR、指令译码器 ID、时序与控制电路三部分组成。

微机工作时，由时序与控制电路按照一定的时间顺序发出一系列控制信号，使微机各部件能按一定的时间节拍协调地工作，从而使指令得以执行。

一条指令的执行分成取指令和执行指令两个阶段，步骤如下：

（1）从存储器中取回该指令的机器码，送指令寄存器 IR 寄存。

（2）由指令译码器 ID 译码，以识别该指令需要执行何种操作。

（3）由时序与控制电路产生一系列控制信号，送到计算机各部件以完成这一指令。

时序与控制电路除了接收指令译码器送来的信号外，还接收 CPU 外部送来的信号，如中断请求信号、复位信号等，这些信号由控制总线送入。时序与控制电路产生的控制信号一部分用于 CPU 内部，控制 CPU 各部件的工作，另一部分通过控制总线输出，用于控制存储器和 I/O 接口的工作。

1.2.3　寄存器

寄存器用于暂存数据、暂存存储单元地址或 I/O 端口地址、暂存程序运行中的状态信息。由于寄存器的存取速度远比存储器快，所以寄存器用于暂存程序重复使用的数据、地址和中间结果，不必每次都送入存储器存放，从而提高程序的运行速度，简化指令的机器代码。

不同型号微处理器中包含数量不等的寄存器，寄存器数量的多少也是衡量微处理器功能强弱的重要指标之一。通常寄存器分为数据寄存器、地址寄存器和状态寄存器三大类。

1. 数据寄存器

数据寄存器用于存放经常操作的数据、变量和中间结果。

2. 地址寄存器

地址寄存器用于存放存储器或 I/O 端口地址，以缩短指令长度，加快指令运行速度，并能灵活修改地址，以便循环程序处理。

其中较为重要的，如程序计数器 PC（Program Counter），也称指令指针 IP（Instruction

Pointer）是管理程序执行次序的特殊功能寄存器。程序的执行有两种情况，即顺序执行和跳转，程序计数器具有以下功能：

（1）复位功能。微机通电时有上电复位，运行时有操作复位。复位时微机进入初始状态，PC 的内容将自动清零。如果用户主程序的首地址不是 0000H，那么，只要在 0000H 单元中安排一条无条件转移指令，而用户主程序从跳转地址处开始存放，微机复位后就转去执行用户主程序。

（2）计数功能。微处理器读取一条指令时，总是将 PC 的内容作为指令地址，并经地址总线送到存储器，从该地址单元中取回指令的机器码，送到指令寄存器。同时，每取回指令代码的一个字节，PC 的内容自动加 1。因此，在执行指令的阶段，PC 的内容已是按顺序排列的下一条指令的地址。

（3）置位功能。PC 能直接接收内部总线送来的数据，并用该数据取代其原有的内容，程序发生跳转必须借助这一功能来实现。

3. 状态寄存器

状态寄存器用于存放指令（处理器）的运行状态，如微处理器工作状态（监控态或用户态）、存储器工作状态（或管理模式）、指令执行结果的状态（比如是否溢出等）、中断状态（如是否允许中断）等。由于各微机的应用场合和功能强弱不同，其状态寄存器的内容也不同。

其中较为重要的标志寄存器 F（Flag）又称处理器状态字 PSW（Processor Status Word），用来存放 ALU 运算结果的一些特征，如溢出（OV）、进位（C）、辅助进位（AC）、奇偶（P）、结果为零（Z）等。

8086 微处理器含有 13 个 16 位的寄存器和 1 个 9 位的标志寄存器，如图 1.9 所示。其中三组可编程的寄存器，分别是通用寄存器、段寄存器以及指针和变址寄存器。

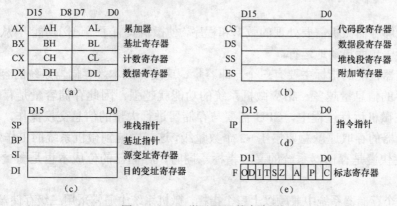

图 1.9　8086 微处理器的寄存器

（a）通用寄存器；（b）段寄存器；（c）指针和变址寄存器；（d）指令指针；（e）标志寄存器

（1）通用寄存器 AX、BX、CX 和 DX，主要用来保存算术和逻辑运算的操作数和运算结果。8086 每个通用寄存器既可以作为一个 16 位寄存器使用，也可以分别作为 2 个 8 位寄存器使用。每个通用寄存器的高 8 位和低 8 位都有各自的名称，低 8 位寄存器名称分别为 AL、BL、CL 和 DL，高 8 位寄存器的名称则为 AH、BH、CH 和 DH。这些寄存器的双重性使得8086 很容易地处理字节数据和字数据。

（2）段寄存器 CS、DS、SS 和 ES，用来指定相应段的起始地址。为了解决 1MB 的存储空间寻址问题，8086 系统采用存储器分段技术。段寄存器都是 16 位寄存器，CS 为代码段寄存器保存当前代码段的起始地址，DS 为数据段寄存器保存当前数据段的起始地址，SS 为堆栈段寄存器保存当前堆栈段的起始地址，ES 为附加段寄存器保存当前附加段的起始地址。

（3）指针和变址寄存器 SP、BP、SI 和 DI，通常用于存放某一个段内的偏移量。8086 微处理器中，SP 和 BP 称为指针寄存器，SI 和 DI 称为变址寄存器。

（4）指令指针 IP，用于存放即将读取的下一条指令的偏移地址。用户不能对其进行直接的读写操作，而由 8086 的总线接口部件 BIU 负责修改，以保证它总是保存下一条要取的指令在现行代码段中的地址偏移量，即 IP 总是指向下一条待取的指令。

（5）标志寄存器 F，用来记录微处理器运行的状态信息，或者控制微处理器操作。它包含有 9 个位，其中状态标志 6 位，在算术或逻辑运算指令执行之后自动设置；控制标志 3 位，由用户编程设定。

状态标志：进位标志位（CF）反映上次运算是否在最高位产生一个进位或借位。辅助进位标志位（AF）反映上次运算是否在低 4 位产生了一个进位或借位。溢出标志位（OF）反映上次运算是否产生一个超出范围的带符号数结果。零标志位（ZF）反映上次运算的结果是否为零。符号标志位（SF）反映上次运算的结果是否为负数。奇偶标志位（PF）反映上次运算结果的低 8 位中"1"的个数是否为偶数。

控制标志：方向标志位（DF）控制串操作指令对字符串操作的方向。中断允许标志位（IF）表示是否允许 CPU 响应外部可屏蔽中断请求。跟踪标志（TF）为方便程序的调试，使处理器的执行进入单步方式而设置的控制标志位。

1.3 存　储　器

存储器能够存储微机需要处理的数据和程序，使微机具有了"记忆功能"，从而微机才能脱离人的直接干预而自动地运行。

衡量存储器性能的指标主要有三个，即容量、速度和成本。存储器系统的容量越大，表明其能够保存的信息量越多，相应微机系统的功能就越强，因此存储容量是存储器系统的主要指标。在微机运行过程中，CPU 需要与存储器进行大量的信息交换操作，相对于高速的 CPU，存储器的存取速度总要慢 1～2 个数量级，这就影响到微机系统的工作效率，因此，存储器的速度快慢是存储器系统的又一指标。同时，存储器的位成本也是衡量存储器系统的指标。

为了在一个存储器系统中兼顾以上三个指标，微机系统中通常采用三级存储器结构，即使用高速缓冲存储器、主存储器和辅助存储器，由这三者构成统一的存储系统。从整体看，其速度接近高速缓存的速度，其容量接近辅存的容量，而位成本则接近廉价慢速的辅存平均价格。

1.3.1 存储器分类

随着电路和器件的发展，存储器的种类日益繁多，分类的方法也有很多种。

1. 按存储介质分类

按构成存储器的器件和存储介质的不同主要可分为半导体存储器、光电存储器、磁表面存储器以及光盘存储器等。目前，主存储器大多数情况下采用半导体存储器。

2. 按存取方式分类

按对存储器的存取方式可分为随机存取存储器、只读存储器等。

（1）随机访问存储器。随机访问存储器（Random Access Memory，RAM）又称读写存储器，它通过指令可以随机地对各个存储单元进行访问，访问所需时间基本固定，而与存储单元地址无关。主存储器主要采用随机访问存储器，用户编写的程序和数据等均存放在 RAM 中。

按照存放信息的方式不同，随机访问存储器又分为静态和动态两种。静态 RAM（SRAM）以双稳态元件作为基本的存储单元来保存信息，因此，其保存的信息在不断电的情况下，是不会被破坏的。而动态 RAM（DRAM）依靠电容来存放信息，由于电容放电，其存放的信息会随着时间的流逝而丢失，因此必须定时进行刷新。

（2）只读存储器。只读存储器（Read Only Memory，ROM）是指在微机系统在线工作过程中，对其内容只能读出不能写入的存储器。它通常用来存放固定不变的程序，汉字字型库、字符等不变的数据。

随着半导体技术的发展，只读存储器也出现了不同的种类，如掩膜型只读存储器 MROM（Masked ROM），可编程序只读存储器 PROM（Programmable ROM），可擦除可编程只读存储器 EPROM（Erasable PROM），电可擦除可编程只读存储器 EEPROM（Electrical EPROM），以及近年迅速发展的闪速存储器（Flash Memory）。

3. 按在微机中的作用分类

按在微机中的作用可分为主存储器（内存）、辅助存储器（外存）、缓冲存储器等。主存储器速度快，但容量较小，位价格较高。辅助存储器速度慢，容量较大，位价格较低。缓冲存储器用在两个不同工作速度的部件之间，在交换信息过程中起缓冲作用。

4. 按易失性分类

按照存储器的易失性可分为易失性存储器和非易失性存储器。如半导体存储器（SRAM、DRAM），停电后信息会丢失，属易失性。而磁带和磁盘等磁表面存储器，属非易失性。

综上所述，存储器分类如图 1.10 所示。

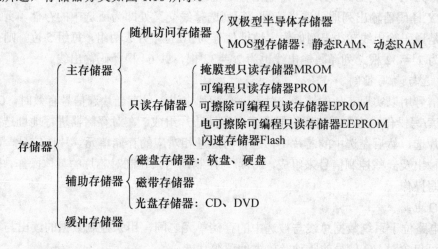

图 1.10　存储器分类

1.3.2　存储器结构

通常一个存储器系统由以下几部分组成。

1. 基本存储单元

一个基本存储单元可以存放一位二进制信息，其内部具有两个稳定的且相互对立的状态，并能够在外部对其状态进行识别和改变。比如，作为双稳态元件的触发器，其内部具有"0"与"1"两个对立的状态，并且这两个状态可由外部识别或改变，因而它可以作为一种基本存储单元；又如磁性材料中的一个磁化单元，具有正向及反向磁化两个对立的状态，并且可以通过外部电路识别或改变其磁化的方向，因而它也可以用来作为一种基本存储单元。不同类型的基本存储单元，决定了由其所组成的存储器件的类型不同。

2. 存储体

一个基本存储单元只能保存一位二进制信息，若要存放 M×N 个二进制信息，就需要用 M×N 个基本存储单元，它们按一定的规则排列起来，由这些基本存储单元所构成的阵列称为存储体或存储矩阵。如 8K×8 表示存储体中一共 8K 个存储单元，每个存储单元存放 8 位数据。

微型计算机系统的内部存储器是按字节组织的，每个字节由 8 个基本的存储单元构成，能存放 8 位二进制信息，CPU 把这 8 位二进制信息作为一个整体来进行处理。一般情况下，在 M×N 的存储矩阵中，N=8 或 8 的倍数及分数，对应微机系统的字长，而 M 则表示了存储体的大小，由此决定存储器系统的容量。

3. 地址译码器

由于存储器系统是由许多存储单元构成的，每个存储单元一般存放 8 位二进制信息，为了加以区分，必须给这些存储单元分配不同的地址。CPU 要对某个存储单元进行读/写操作时，必须先通过地址总线，向存储器系统发出所需访问存储单元的地址码。地址译码器的作用就是用来接收 CPU 送来的地址信号并对它进行译码，选择与此地址码相对应的存储单元，以便对该单元进行读/写操作。

容量较大的存储器系统，一般都采用双译码方式。将地址码分为两部分，一部分送行译码器（又称为 X 译码器），X 译码器输出行地址选择信号。另一部分送列译码器（又称为 Y 译码器），Y 译码器输出列地址选择信号。行列选择线交叉处即为所选中的存储单元，这种方式的特点是译码输出线较少。例如假定地址信号为 10 位，分成两组，每组 5 位，则行译码后的输出线为 $2^5=32$ 根，列译码输出线也为 $2^5=32$ 根，共 64 根译码输出线。

4. 片选与读/写控制

片选信号用以实现芯片的选择。对于一个芯片来讲，只有当片选信号有效时，CPU 才能对其进行读/写操作。一个存储器可能由多个存储芯片组成，在对存储器进行地址选择时，必须先进行片选，然后在选中的芯片中，选择与地址相对应的存储单元。片选信号一般由地址译码器的输出及一些控制信号来组成，而读/写控制则用来控制对芯片的具体操作，区分是读操作还是写操作。

5. I/O 电路

I/O 电路位于系统数据总线与被选中的存储单元之间，用来控制数据的读出与写入，必要时，还可包含对 I/O 信号的驱动及放大处理等功能。

6. 其他外围电路

为了扩充存储器系统的容量，常常需要将几片 RAM 或 ROM 芯片的数据线并联后与双向的数据线相连，这就要用到三态输出缓冲器。对不同类型的存储器系统，有时还需要一些特殊的外围电路，如动态 RAM 中的预充电及刷新操作控制电路等，这也是存储器系统的重要组成部分。

1.3.3 随机访问存储器

随机访问存储器 RAM 是指在微机系统工作的过程中可以随机地对其中的某个存储单元进行读/写操作的一类存储器。按其工作原理不同，随机访问存储器又分为静态 RAM 和动态 RAM 两种。

1. 静态 RAM 基本存储单元

静态 RAM 的基本存储单元是由两个增强型的 NMOS 反相器交叉耦合而成的触发器，每个基本的存储单元由六个 MOS 管构成，所以，静态存储电路又称为六管静态存储电路。

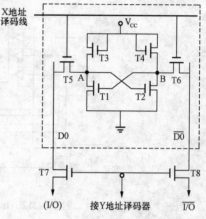

图 1.11　六管静态 RAM 存储单元

如图 1.11 所示，为六管静态存储单元的原理。其中 T1、T2 为控制管，T3、T4 为负载管，T5、T6 为门控管。该电路具有两个相对的稳态状态，若 Tl 管截止则 A＝1（高电平），它使 T2 管开启，于是 B＝0（低电平），而 B＝0 又进一步保证了 T1 管的截止。所以，这种状态在没有外触发的条件下是稳定不变的。同样，T1 管导通即 A＝0（低电平），T2 管截止即 B＝1（高电平）的状态也是稳定的。因此，该电路的两个相对稳定的状态可以分别表示存储逻辑"1"和逻辑"0"。

在进行写入操作时，写入信号自 I/O 线及 $\overline{\text{I/O}}$ 线输入，如要写入 1，则 I/O 线为高电平而 $\overline{\text{I/O}}$ 线为低电平，它们通过 T7、T8 管和 T5、T6 管分别与 A 端和 B 端相连，使 A＝1，B＝0，即强迫 T2 管导通，Tl 管截止，相当于写入 1。若要写入 0，则 $\overline{\text{I/O}}$ 线为高电平而 I/O 线为低电平，使 Tl 管导通，T2 管截止即 A＝0，B＝1。写入的信息可以保持住，直至有新的数据输入。

在进行读操作时，只要某一单元被选中，相应的 T5、T6、T7、T8 均导通，A 点与 B 点分别通过 T5、T6 管与 D0 及 $\overline{\text{D0}}$ 相通，D0 及 $\overline{\text{D0}}$ 又进一步通过 T7、T8 管与 I/O 及 $\overline{\text{I/O}}$ 线相通，即将该单元的状态传送到 I/O 及 $\overline{\text{I/O}}$ 线上。

可见，这种存储电路只要不掉电，写入的数据就不会消失。而且，其读出过程是非破坏性的，即数据在读出之后，原存储电路的状态保持不变。

2. 静态 RAM 存储器芯片 Intel 2114

Intel 2114 是一种 1K×4 的静态 RAM 芯片，其最基本的存储单元就是如上所述的六管存储电路。另外常用的静态 RAM 芯片还有 Intel 6116、6264、62256 等。

（1）Intel 2114 的内部结构。如图 1.12 所示，为 Intel 2114 静态存储器芯片的内部结构图，它由下列几个主要部分组成：

存储矩阵：Intel 2114 内部排列了 64×64 的矩阵式存储单元，共有 4096 个存储单元电路。

地址译码器：Intel 2114 的存储容量为 1K，需要地址译码器的输入为 10 根线，采用两级译码方式，其中 6 根用于行译码，4 根用于列译码。

I/O 控制电路：分为输入数据控制电路和列 I/O 电路，用于对数据的输入/输出进行缓冲和控制。

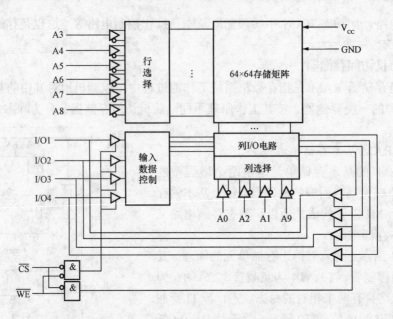

图 1.12　Intel 2114 静态存储器芯片的内部结构

片选及读/写控制电路：用于实现对芯片的选择及读/写控制。

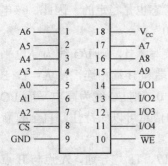

图 1.13　Intel 2114 引脚

（2）Intel 2114 的外部管脚。如图 1.13 所示，Intel 2114 为双列直插式封装芯片，共有 18 个引脚，功能定义如下。

I/O1～I/O4：4 根数据输入/输出信号引脚，是微机系统数据总线与存储器芯片中各单元之间的数据传输通道。

A0～A9：10 根地址信号输入引脚。

$\overline{\text{WE}}$：读/写控制信号输入引脚，低电平写有效。当 $\overline{\text{WE}}$ 为低电平时，使输入三态门导通，数据由数据总线通过输入数据控制电路写入被选中的存储单元；当 $\overline{\text{WE}}$ 为高电平时，则输出三态门打开，从所选中的存储单元读出数据，通过列 I/O 电路，送到数据总线。该引脚通常接微机系统控制总线的 $\overline{\text{WR}}$。

$\overline{\text{CS}}$：片选信号输入引脚，低电平有效，只有当该引脚有效，即芯片被选中工作时，才能对相应的存储器芯片进行读/写操作。该引脚通常接微机系统高位地址的译码器输出。

V_{CC}：+5V 电源。

GND：地。

3. 动态 RAM 基本存储单元

静态 RAM 的基本存储单元是双稳态触发器，因此其状态是稳定的，但由于每个基本存储单元需由 6 个 MOS 管构成，这就限制了 RAM 芯片的集成度。为提高芯片的集成度，必须将组成 RAM 基本存储单元的 MOS 管减少，由此演变成动态 RAM 的基本存储单元。

如图 1.14 所示，是一个动态 RAM 的基本存储单元，它由一个 MOS 管 T1 和位于其栅极上的分布电容 C 构成。

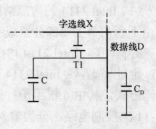

图 1.14　单管动态 RAM 存储单元

当栅极电容 C 上充有电荷时，表示该存储单元保存信息 "1"。反之，当栅极电容上没有电荷时，表示该单元保存信息 "0"。

在进行写入操作时，所写数据加到数据线 D 上，字选线 X 为高电平使 T1 管导通，对 C 进行充电或放电。在进行读出操作时，数据线 D 上加正脉冲对 C_D 预充电，字选线 X 为高电平使 T1 管导通，C_D 与 C 上电位不等，导致数据线 D 上电位变化，放大变化可得到读出信息。此过程中对 C 进行充电导致读操作是破坏性的，在读出之后，必须用读出数据对 C 进行重新写入，称为再生。

动态 RAM 存储单元实质上是依靠 T1 管栅极电容的充放电原理来保存数据的。当存储单元所存的数据为 "1"，即电容 C 上充有电荷时，时间一长，电容上所保存的电荷就会泄漏。当电荷泄漏到一定程度时，就不能分辨其保存的数据为 "1"，即造成了数据丢失。因此，在使用动态 RAM 过程中，必须及时向保存 "1" 的那些存储单元补充电荷，以维持数据的存在，称为动态 RAM 的刷新。由于该存储单元所保存的数据需不断地刷新，所以，这种 RAM 存储单元称为动态 RAM 存储单元。

动态 RAM 比静态 RAM 集成度高、功耗低，从而成本也低，适合作大容量存储器。所示，微机系统的主内存通常采用动态 RAM，而高速缓冲存储器（Cache）则使用静态 RAM。

RAM 通常是掉电之后数据就会丢失，在微机中通常用作数据存储器，用来保存数据、变量和运算的结果等。典型的应用，如 PC 机的内存，当 PC 机重新启动时，需要从硬盘重新载入数据。

1.3.4　只读存储器

只读存储器 ROM 指非易失性存储器，即掉电之后数据不丢失。ROM 存储器在微机中用于存储程序代码（如引导程序、监控程序）和不需改变（或很少改变）的数据。

ROM 又分为掩膜 ROM（MASK ROM）和可编程 ROM（PROM）。其中，掩膜 ROM 中的数据由工厂生产芯片时确定，用户无法更改。用户可以借助编程器对可编程 ROM 一次性写入数据。可擦除可编程 ROM 则可以多次擦写，由于擦除的方法不同，又分为紫外线擦除的 EPROM 和电擦除的 E^2PROM。最近几年出现的闪速存储器（Flash）也是一种电可擦除的非易失性半导体存储器。

1. 掩膜 ROM

如图 1.15 所示，为 4×4 位的掩膜 ROM 存储阵列。两位地址输入经译码后，输出四条字选择线，每条字选择线选中一个字，此时位线的输出即为这个字的每一位。其中，有的列连有管子，而有的列没有连管子，这是在制造时由二次光刻版的图形（掩膜，mask）所决定的，因此这种 ROM 称为掩膜 ROM。

若输入的地址码为 00，则选中第一条字线，使其输出为高电平。此时，若有管子与其相连，如位线 1 和位线 4，则相应的 MOS 管就导通，因此，这些位线的输出就是低电平，表示逻辑 "0"。没有管子与其相连的位线，如位线 2 和位线 3，则输出就是高电平，表示逻辑 "1"。

可见，该存储阵列所保存的数据取决于制造工艺，一旦芯片制成后，用户是无法变更其结构的。更重要的是，这种存储单元中保存的数据，在电源消失后，会永久的保存下去。因其电路结构简单，因此芯片的集成度较高。

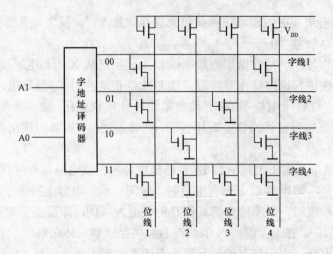

图 1.15 4×4 位的掩膜 ROM 存储阵列

2. 可编程 ROM

可编程 ROM（PROM），是一种可由用户通过简易设备写入数据的 ROM。下面以二极管破坏型 PROM 为例说明其原理。这种 PROM 芯片在出厂时，存储体中每条字线和位线的交叉处都是两个反向串联的二极管的 PN 结，字线与位线之间不导通，意味着该存储器中所有的存储内容均为"0"。

如果用户需要写入程序，则要通过专门的 PROM 写入电路，产生足够大的电流把要写入"1"的那个存储位上的二极管击穿，造成这个 PN 结短路，只剩下顺向的二极管跨连字线和位线，此位就意味着写入了"1"。读出操作与掩模 ROM 相同。

对 PROM 来讲，这个写入的过程称之为固化程序。由于击穿的二极管不能再正常工作，所以 PROM 芯片只能固化一次程序，数据写入后，就不能再改变了。

3. 可擦除可编程 ROM

可擦除可编程 ROM（EPROM）芯片，在其上方有一个石英玻璃窗口，用紫外线通过这个窗口照射其内部电路则可以擦除数据，通常需用持续 15～20min。由于擦除及写入的过程是在特殊的装置和特殊的条件下才能进行，而且速度很慢，故这种芯片在微机系统中只能用作 ROM。

Intel 2716 是一种 2K×8 的 EPROM 存储器芯片，双列直插式封装，24 个引脚，其最基本的存储单元就是采用如上所述的带有浮动栅的 MOS 管，其他常见的 PROM 芯片有 Intel 2732、27128、27512 等。

（1）Intel 2716 的内部结构。Intel 2716 存储器芯片的内部结构如图 1.16（b）所示，由以下几个主要部分组成：

存储阵列：Intel 2716 芯片的存储阵列由 2K×8 个带有浮动栅的 MOS 管构成，可保存 2K×8 位二进制数据。

X 译码器：又称为行译码器，可对 7 位行地址进译码。

Y 译码器：又称为列译码器，可对 4 位列地址进译码。

输出允许、片选和编程逻辑：用以实现片选和读/写控制。

数据输出缓冲器：实现对输出数据的缓冲。

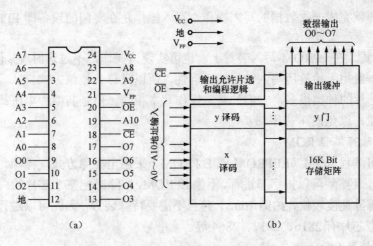

图 1.16　Intel 2716 的引脚排列及内部结构

（a）引脚排列；（b）内部结构

（2）Intel 2716 的外部管脚。如图 1.16（a）所示，Intel 2716 为双列直插式封装，共有 24 个引脚，功能定义如下：

O0～O7：双向数据信号输入/输出引脚。

A0～A10：地址信号输入引脚，可寻址芯片的 2K 个存储单元。

$\overline{CE}$：片选信号输入引脚，低电平有效，只有当该引脚接低电平时，才能对相应的芯片进行操作。通常接高位地址译码器的输出。

$\overline{OE}$：数据输出允许控制信号输入引脚，低电平有效，用以允许数据输出。通常接微机系统控制总线的 $\overline{RD}$。

V_{CC}：+5V 电源，用于使用中的读操作。

V_{PP}：+25V 电源，用于在专用装置上进行写操作。

GND：地。

（3）Intel 2716 的工作方式。

1）读方式。这是 Intel 2716 连接在微机系统中的主要工作方式。在读操作时，片选信号 $\overline{CE}$ 应接低电平，输出允许控制信号 $\overline{OE}$ 接低电平，因为只有当它为低电平时，才能把相应存储单元的数据送至微机系统的数据总线。

2）禁止方式。当系统中多片 Intel 2716 时，其数据输出可以接到同一个数据线上，为了防止数据的冲突，在某一时刻，只允许有一片 Intel 2716 芯片被选中，即该芯片的 $\overline{CE}$ 端为低，此时，它工作在读方式下。而其他芯片的片选信号输入保持为高电平，工作在禁止方式。

3）备用方式。当 Intel 2716 不工作时，可在片选信号输入端加一个高电平，这样，相应芯片即工作在备用方式。在备用方式下，芯片的功耗可由 525mW 降为 132mW。此时，输出端呈高阻状态。

4）写入方式。Intel 2716 在出厂时或在擦除后，所有单元的所有位的信息全为"1"，只有经过编程写入才能使"1"变成"0"。编程写入是以存储单元为单位进行的，此时，V_{PP} 必须接+25V，$\overline{OE}$ 接高电平，将地址码及欲写入的数据分别加到地址线及数据线上，等地址信号及数据信号稳定后，在 $\overline{CE}$ 输入一个宽度为 50ms 的正脉冲。在这个脉冲过后，存储的内容就变成了"0"，就完成一次数据的写入操作。写入操作是在专门的设备即 EPROM 编程器上完成的。

5）校核方式。在 EPROM 写入装置上，也可实现读操作，不过这时 V_{PP} 仍然接＋25V，这种操作方式一般用于检验所写入数据的正确性，所以又称为校核方式。

EPROM 芯片的种类很多，它们的基本操作基本相同，但是其编程电压却有所不同，使用时要特别注意，以免损坏芯片。

4. 电可擦除可编程 ROM

电可擦除可编程 ROM（EEPROM 或 E^2PROM）采用电擦除方式，擦除、写入、读出都采用＋5V 电源，且擦除可以按字节进行，不像 EPROM，擦除时把整个芯片的内容全变成"1"。字节的编程和擦除速度较快，约需 10ms，并且不需要特殊装置，因此可以进行在线的编程写入。常用的典型芯片有 2816、2817、2864 等。

5. 闪速存储器 Flash

随着半导体存储器向高集成度、多功能、低功耗、高速度和小型化发展。闪速存储器是不用电池供电的、高速耐用的非易失性半导体存储器，它以性能好、功耗低、体积小、重量轻等特点活跃于存储器市场。

闪速存储器具有 EEPROM 的特点，又可在线进行擦除和编程，它的读取时间与 DRAM 相似，而写入时间与磁盘驱动器相当。目前的闪速存储器有 5V 或 12V 两种供电方式。对于微机系统来讲，用＋5V 电源最为合适。闪速存储器操作简便，编程、擦除、校验等工作均已编成程序，可由配有闪速存储器系统的 CPU 予以控制。

闪速存储器可替代 EEPROM，在某些应用场合还可取代 SRAM，尤其是对于需要配备电池后援的 SRAM 系统，使用闪速存储器后可省去电池。闪速存储器的非易失性和快速读取的特点，能满足固态盘驱动器的要求。同时，可替代微机系统中的 ROM，以便随时写入最新版本的 BIOS。闪速存储器还可应用于激光打印机、条形码阅读器、各种仪器设备以及计算机的外部设备中。典型的芯片有 27F256、28F016、28F020 等。

1.3.5　堆栈

微型计算机中的堆栈是 RAM 中的一个特殊区域，是一组按照"后进先出"的方式工作的、用于暂存数据的存储单元。

1. 堆栈的作用

如果在一个程序中需要多次使用某段程序，就把这段程序独立出来编成子程序。其他部分称为主程序。在主程序执行过程中需要使用该子程序时，就用调用子程序指令（CALL）调用它，待子程序执行完后再返回继续执行主程序。该过程如图 1.17（a）所示。显然，这样做可以减少编写程序的重复工作，缩短了程序的长度和开发时间。

在调用子程序的过程中要保留断点地址，有时还要保护现场。所谓断点地址，就是调用子程序指令的按顺序排列的下一条指令的地址，即执行调用子程序指令时的程序计数器 PC 的内容。只有保留了断点地址，才能在子程序执行后保证返回到主程序的断点处，继续执行主程序。所谓现场，就是调用子程序前保存在累加器 A、工作寄存器及标志寄存器 F 中的数据，这些数据是主程序执行的中间结果和程序运行的状态信息。如果在执行子程序的过程中要使用这些寄存器，将会破坏原来所存的内容。为此，进入子程序后，首要的工作就是转存这些寄存器的内容，这就是保护现场。

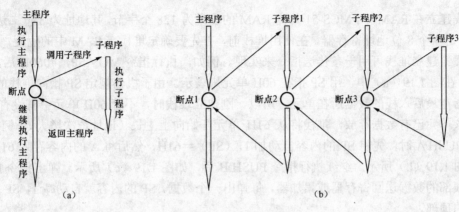

图 1.17　主程序与子程序

（a）主程序与子程序调用关系；（b）子程序嵌套

断点地址与现场信息都是送入堆栈保存的。在返回主程序前，要把保存在堆栈中的现场信息送回对应的寄存器，这称为恢复现场。

有时在执行一段子程序的过程中还要调用另一段子程序，如图 1.17（b）所示，这称为子程序嵌套。这种情况下，堆栈不仅需要存放多个断点地址和多批现场信息，而且为了保证逐次正确返回，要求先存入堆栈中的断点地址、现场信息后取出来，所以堆栈应按照"先进后出"的方式工作。

2. 堆栈操作

堆栈有入栈和出栈两种操作方式。将数据送入堆栈称为入栈操作，又称推入操作，入栈指令 PUSH A 完成把累加器 A 的内容推入堆栈的操作。把堆栈中内容取出来的操作称为出栈操作，又称弹出操作，出栈指令 POP A 完成把栈顶内容送回 A 的操作。

保护现场和恢复现场是由推入指令和弹出指令实现的。断点地址推入堆栈是在执行调用子程序指令时由硬件自动实现的。断点地址自堆栈中弹出是在执行返回指令 RET 时由硬件自动实现的。

3. 堆栈指针

堆栈指针 SP（Stack Pointer）是一个专用地址寄存器，如图 1.18 所示，它指明栈顶的位置，负责管理堆栈工作。根据 SP 变化规律的不同，堆栈分为两种类型，即向上生长型和向下生长型，如图 1.18 所示。

向上生长型堆栈，栈底在低地址单元。随着数据入栈，地址逐渐增大，指针 SP 上移。反之，随着数据出栈，地址逐渐减小，指针 SP 下移。MCS-51 单片机使用向上生长型堆栈，操作规则如下：

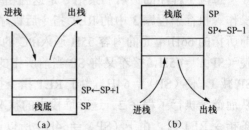

图 1.18　堆栈的两种生长形式

（a）向上生长型；（b）向下生长型

进栈操作：先 SP 加 1，后写入数据；

出栈操作：先读出数据，后 SP 减 1。

4. 堆栈工作过程

下面以 MCS-51 系列单片机为例，说明堆栈的工作过程和 SP 的作用。

堆栈建立在 RAM 中，MCS-51 片内 RAM 的容量为 128 个字节，其地址为 8 位二进制数，所以 SP 是一个 8 位地址寄存器。在使用堆栈前，首先要确定堆栈在 RAM 中的位置，这称为建立堆栈。建立堆栈可用一条传送指令来实现。例如，执行指令 MOV SP，#060H 后，（SP）＝60H。在图 1.19（a）中，用 SP 指在 60H 单元来表示。由于机器规定 SP 指向堆栈的顶部，也就是指在最后入栈的数据所在单元，所以，刚建立堆栈时，不管 60H 单元中有没有信息，都认为该单元已有数据存放，堆栈将从 61H 单元开始向上生长（地址依次增大）。例如，执行指令 PUSH A 时，先将 SP 的内容自动加 1，（SP）＝61H，然后将 A 的内容存入 61H 单元中，如图 1.19（b）所示。继续执行指令 PUSH B 后，如图 1.19（c）所示。弹出指令 POP 则把堆栈顶部的数据送回寄存器或累加器，每弹出一个数据，SP 的内容就自动减 1，SP 始终指向堆栈的顶部。

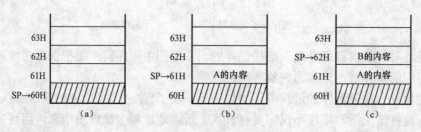

图 1.19　堆栈操作过程

以图 1.17 的中断嵌套过程为例，说明堆栈是如何按照"后进先出"方式工作的。为叙述简便，暂不涉及保护现场问题，且假定断点 1、2、3 的地址分别为 1122H、3344H 和 5566H。

执行主程序时，（SP）＝60H，如图 1.20（a）所示。从主程序转入子程序 1 的过程中，调用子程序指令将 PC 的内容（断点地址）推入堆栈。首先执行（SP）←（SP）＋1 的操作，使（SP）＝61H，接着把 PC 的低 8 位即断点地址的低 8 位 22H 推入 SP 当前所指单元 61H；然后再执行（SP）←（SP）＋1 的操作，使（SP）＝62H，接着把 PC 的高 8 位即断点地址的高 8 位 11H 推入 62H 单元，如图 1.20（b）所示。从子程序 1 转入子程序 2，以及从子程序 2 转入子程序 3 的过程中同样要保留断点 2 及断点 3。3 个断点地址全部推入堆栈后的堆栈状态如图 1.20（c）所示。其中最先推入堆栈的是断点地址 1122H；最后推入堆栈的是断点地址 5566H。

每段子程序的最后一条指令是返回指令 RET。RET 指令执行栈顶内容弹出送入 PC 的操作。执行子程序 3 中的 RET 指令后程序将回到子程序 2 的断点处。该指令首先将 SP 当前所指的 66H 单元的内容 55H 送入 PC 的高 8 位，同时 SP 内容减 1，（SP）←（SP）－1，使（SP）＝65H，接着又将 SP 当前所指的 65H 单元的内容 66H 送入 PC 的低 8 位，同时 SP 减 1，使（SP）＝64H。由于 RET 指令执行后，（PC）＝5566H，故使程序回到了断点 3，从而继续执行子程序 2。这时堆栈中的状况如图 1.20（d）所示。在执行子程序 2 的最后一条指令 RET 时，由于（SP）＝64H，所以该指令将 64H、63H 两单元的内容 44H 和 33H 弹出堆栈送入 PC，使（PC）＝3344H，程序回到了断点 2。向时 SP 两次减 1，使（SP）＝62H。同样道理，子程序 1 最后一条指令 RET 将在子程序 1 执行完毕后返回到主程序的断点处，继续执行主程序。

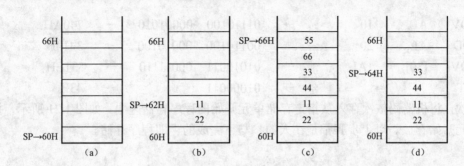

图 1.20 堆栈操作举例

（a）执行主程序时；（b）执行子程序 1 时；（c）执行子程序 3 时；（d）返回执行子程序 2 时

由于堆栈指针 SP 始终指在堆栈顶部的单元，从而堆栈按先进后出的原则处理数据。在程序嵌套时保证了逐次正确地返回。

1.4 微型计算机工作流程

计算机之所以能在没有人干预的情况下自动地完成各种工作任务，是因为人事先为它编制了完成这些任务所需的工作程序，并把程序存放到存储器中，这就是程序存储。计算机的工作过程就是执行程序的过程，控制器按照预先规定好的顺序，从程序存储区中一条一条地取出指令，分析指令，根据不同的指令向各个部件发出完成该指令所规定操作的控制信号，这就是程序控制。

下面以"10＋20 求和运算，结果送存储器 30 单元"的操作过程为例，说明所需的工作步骤。

首先，从微处理器的指令系统中查找出完成此任务的相关指令，见表 1.3，并编写汇编语言源程序如下：

```
MOV    AL,    10        ;AL=10
ADD    AL,    20        ;AL=AL+20=10+20=30
MOV    [30],  AL        ;AL 送 30 单元
HLT                     ;系统暂停
```

表 1.3 **指 令 说 明 表**

功　　能	助 记 符	机 器 码	说　　明
立即数 m 送 AL	MOV AL, m	01110100　m	双字节指令
AL 内容加立即数 n	ADD AL, n	00110100　n	结果在 AL 中
AL 内容送 M 为地址的存储单元	MOV [M], AL	01010011　M	双字节指令
停止操作	HLT	01000011	单字节指令

其次，对上述汇编语言源程序进行汇编，将其翻译成机器码。翻译过程一般通过汇编程序 MASM 和 LINK 自动完成，称为机器汇编。另一种为手工汇编，通过查指令系统表实现，见表 1.3，可将上述程序翻译为如下的机器码（这种手工汇编方法对简单程序可以采用，实际中通常采用机器汇编）：

MOV	AL,	10	;	→	01110100 00001010	→	740AH
ADD	AL,	20	;	→	00110100 00010100	→	3414H
MOV	[30],	AL	;	→	01010011 00011110	→	531EH
HLT			;	→	01000011	→	43H

再次，将机器码依次存入从指定存储单元开始的程序存储区中。如图 1.21 所示，指定从 00H 单元开始存放。以上步骤都是在人的参与下完成的，即程序存储。

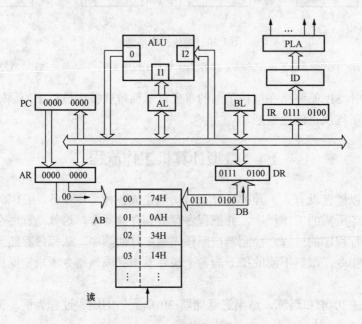

图 1.21　取指令阶段

最后，就可以启动微机，自动运行，实施程序控制，步骤如下：

（1）取指令阶段。微机接通电源，复位电路使程序计数器 PC（也称指令指针 IP）的内容自动置入程序存放的首地址。不同型号微机的 PC 初值可能不同，即程序的起始地址不同，它指出了第一条指令所在的存储单元地址。在本例中设 PC＝00H。在时钟脉冲作用下，CPU 开始取指令，工作过程如图 1.21 所示。

1）PC 的内容 00H 送地址寄存器 AR，然后它的内容自动加 1 变为 01H，指向下一个字节。AR 把地址码 00H 通过地址总线送至存储器，经存储器内部的地址译码器译码后，选中 00H 单元。

2）CPU 内的控制电路发出存储器读命令，并施加存储器的输出允许端。

3）存储器 00H 单元的内容 74H 输出到数据总线上，并把它送至数据寄存器 DR。

4）由于指令的第一个字节必然是操作码，故 CPU 发出有关控制信号，将其送到指令译码器进行译码，准备进入执行阶段。

（2）执行指令阶段。经指令译码后，CPU 了解操作码 74H 的功能是将紧跟其后的操作数送累加器 AL，故发出相关控制信号，以执行这条指令，工作过程如图 1.22 所示。

1）PC 的内容 01H 送地址寄存器 AR，然后它的内容自动加 1 变为 02H，指向下一个字节。AR 把地址码 01H 通过地址总线送至存储器，经存储器内部的地址译码器译码后，选中

01 单元。

2）CPU 内的控制电路发出存储器读命令，并施加到存储器的输出允许端。

3）存储器 01 单元的内容 0AH 输出到数据总线上，并把它送至数据寄存器 DR。

4）通过前面的指令译码，CPU 已经知道这是送往累加器 AL 的操作数，故把它送到累加器 AL。

至此，第一条指令执行完毕。在图 1.22 中，为了清楚地说明内部的信息流向，相关控制信号均未画出，实际微机工作过程是在时序信号和控制信号的作用下完成的。

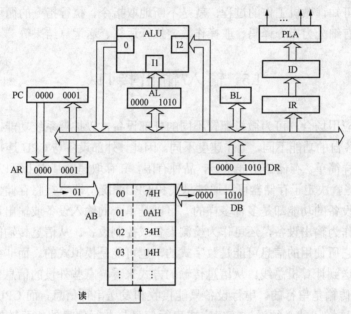

图 1.22　执行指令阶段

CPU 紧接着取第二条指令，过程与前面的分析类似，简述如下。

PC 的内容 02H 送 AR，PC 内容加 1 变为 03H。AR 把地址码 02H 通过地址总线送至存储器，选中 02 单元，CPU 发出存储器读命令，02 单元的内容 34H 被读到数据寄存器 DR。CPU 知道这是操作码，故把它送到指令译码器，经译码后，CPU 识别出这是加法指令，一个加数在累加器 AL 中，另一个加数是紧跟其后的操作数，故发出执行该指令的相关控制信号，执行过程如下。

PC 的内容 03H 送 AR，PC 的内容自动加 1 变为 04H。AR 把地址码 03H 通过地址总线送至存储器，选中 03 单元，CPU 内的控制电路发出存储器读命令，通过数据总线把 03 单元的内容 14H 送至 DR。CPU 已经知道这是与累加器 AL 的内容相加的一个操作数，故把它和累加器 AL 的内容 0AH 同时送算数逻辑单元 ALU，由 ALU 完成 0AH＋14H 的操作，结果送到累加器 AL。至此，第二条指令执行完毕，CPU 紧接着进行第三条指令的取指，过程如下。

PC 的内容 04H 送 AR，PC 的内容自动加 1 变为 05H。AR 把地址码 04H 通过地址总线送至存储器，选中 04 单元，CPU 内的控制电路发出存储器读命令，通过数据总线把 04 单元的内容 53H 送至 DR。CPU 知道这是操作码，故把它送到指令译码器，经译码后，CPU 识别出这是把 AL 中的内容写到存储器中的操作，这个存储单元的地址就是紧跟在操作码后面的操作数，执行过程如下。

PC 的内容 05H 送 AR，PC 的内容自动加 1 变为 06H。AR 把地址码 05H 通过地址总线送至存储器，选中 05 单元，CPU 内的控制电路发出存储器读命令，通过数据总线把 05 单元的内容 1EH 送至 DR。CPU 已经知道这是存储单元的地址，故把它送到 AR，AR 把地址码 1EH 通过地址总线送至存储器，经存储器内部的地址译码器译码后，选中 1E 单元。CPU 发出存储器写命令，通过数据总线把 AL 中的内容写入 1E 单元。

从以上分析可知，微机工作的过程，就是不断地取指令、执行指令的循环过程。在执行指令的过程中，有细分为指令译码、取操作数、执行运算、送运算结果等。

1.5 输入/输出接口

对于不同的应用场合，可为微机配置不同的外部设备，以扩展系统功能。然而，外部设备的差异很大，各自的功能不同，工作速度不同。因此，外部设备与 CPU 连接时，不像 CPU 与存储器相连那样简单。存储器功能单一，品种有限，其存取速度基本上可以和 CPU 的工作速度相匹配，这些就决定了存储器可以通过总线和 CPU 相连，即直接将存储器挂在系统总线上。但是，外部设备的功能却是多种多样的。可以是单一的输入设备或输出设备，也可以既作为输入设备又作为输出设备，还可作为检测设备或控制设备。从信息传输的形式来看，一个具体的设备，它所使用的信息可能是数字式的，也可能是模拟式的。而非数字式信号则必须经过转换才能送到计算机总线。从信息传输的方式来看，有些外设的信息传输是并行的，有些外设的信息传输是串行的。串行设备只能接收和发送串行信息，而 CPU 却只能接收和发送并行信息。这样，就必须通过接口完成串行信息与并行信息的相互转换，才能实现外设与 CPU 之间的通信。除此之外，外设的工作速度通常也比 CPU 的速度要低得多，而且各种外设的工作速度又互不相同，这也要求通过接口电路对输入/输出过程起一个缓冲和联络的作用。

为了使 CPU 能适应各种各样的外设，就需要在 CPU 与外设之间增加一个接口电路，由它完成相应的信号转换、速度匹配、数据缓冲等功能，以实现 CPU 与外设的连接，完成相应的输入/输出操作。值得注意的是，加入 I/O 接口以后，CPU 就不再直接对外设进行操作，而是通过接口来完成。

1.5.1　接口功能

1. CPU 与 I/O 设备之间的信号

CPU 和外部设备之间传输的信息有以下几类：

（1）数据信息。CPU 和外部设备交换的基本信息就是数据。数据信息大致分为数字量、模拟量和开关量三种形式。

数字量：是指由键盘、磁盘机等输入的信息，或者主机送给打印机、显示器及绘图仪的信息，是以二进制数、BCD 码或 ASCII 码表示的数据及字符，通常是 8 位或 16 位。

模拟量：当微机系统应用于实时控制，多数情况下的输入信息就是现场的连续变化的物理量，如温度、湿度、位移、压力、流量等。这些物理量一般通过传感器先变成电压信号，再经过模/数（A/D）转换，才能送入微机系统进行处理，处理之后，微机输出的数字量要经过数/模（D/A）转换，变为模拟信号后经功率放大才能用于控制现场。

开关量：是指二状态量，如开关的闭合和断开，阀门的打开和关闭，电机的运转与停止，LED 灯的亮与灭等，可以用一位二进制数来表示这两个不同的状态。

上述这些数据信息，其传输方向通常是双向的，可以由外设通过接口传递给微机系统，或由微机系统通过接口传递给外设。

（2）状态信息。状态信息反映了当前外设所处的工作状态，是由外设通过接口传往 CPU 供其查询。如用"准备好"（READY）信号来表明输入设备是否准备就绪，用"忙"（BUSY）信号表示输出设备是否处于空闲状态等。

（3）控制信息。控制信息是 CPU 通过接口发送给外设的，用于控制外设的工作。常见的有启动（START）信号，用于启动一个外设工作，选通（STROBE）信号，往外设送入一个数据等。控制信息往往随着外设的具体工作和电路原理的不同而有不同的含义

一般来说，数据信息、状态信息和控制信息各不相同，应该分别传送。但在微型计算机系统中，CPU 通过接口和外设交换信息时，只有输入指令（IN）和输出指令（OUT），所以状态信息、控制信息也被看成是广义的数据信息，即状态信息作为一种输入数据，而控制信息则作为一种输出数据，它们都是通过数据总线来传送的。但在接口电路中，这三种信息要分别进入不同的寄存器。具体地说，CPU 送往外设的数据或者外设送往 CPU 的数据存放在接口的数据寄存器中，从外设送往 CPU 的状态信息存放在接口的状态寄存器中，而 CPU 送往外设的控制信息则要存放到接口的控制寄存器中。

2. 接口电路的功能

接口的作用是在系统总线和外部设备之间架起一座桥梁，以实现 CPU 与外部设备之间的信息传输。为完成以上任务，接口应具备的常用功能如下：

（1）端口寻址功能。接口中通常包含一组寄存器，当 CPU 与外设之间进行数据传送时，不同的信息进入不同的寄存器。把 I/O 接口中能被 CPU 直接访问的寄存器或某些特定器件称为 I/O 端口（Port）。

一个接口可能含有一个或几个端口。其中，用来存放来自 CPU 和内存的数据或外设送往 CPU 和内存的数据的端口称为数据端口，简称数据口。用来存放外设或接口本身当前工作状态的端口，称为状态口。CPU 通过对状态口的访问可以检测并了解外设或接口当前的状态。用来存放 CPU 发出的控制外设或接口执行具体操作的命令的端口称为控制口。一般来讲。数据端口可读、可写，状态端口只读，而控制端口是只写。微机和外部设备通过接口的 I/O 端口进行沟通。

微机系统中往往接有多个外设，一个外设中也可能与 CPU 传送多种信息（如数据信息、状态信息、控制信息），而 CPU 在同一时间里只能与一个端口交换信息，因此需要通过接口的地址译码电路对端口进行寻址。CPU 要访问接口中的某一端口，需要先通过地址总线输出端口地址，一般用高位地址经地址译码选中接口芯片，用低位地址选择具体要访问的端口，只有被选中的端口才能与 CPU 交换信息。

（2）输入/输出功能。接口要根据送来的读/写信号决定当前进行的是输入操作还是输出操作，并且随之能从总线上接收从 CPU 送来的数据和控制信息，或者将数据或状态信息送到总线上。

（3）数据缓冲功能。输入/输出接口是挂在系统总线上的，应具备缓冲的功能。接口中一般都设置有数据寄存器或锁存器，以解决高速的主机与低速的外设之间的速度匹配问题，避免因主机与外设的速度不匹配而丢失数据。输入时要缓冲，输出时要锁存、驱动等。

（4）信号转换功能。外设提供的数据、状态和控制信号可能与微机的总线信号不兼容，所以接口电路应进行相应的信号转换。信号转换包括 CPU 信号与外设信号间的逻辑关系、时序匹配、并串转换和电平转换等。微机输入/输出的信号大多采用 TTL 电平，高电平+5V 代表逻辑"1"，低电平 0V 代表逻辑"0"。如果外设的信号不是 TTL 电平，那么在这些外设与微机连接时，I/O 接口电路要完成电平转换的工作。

（5）可编程功能。接口电路大多由可编程接口芯片组成，可以在不改变硬件电路的情况下，只要修改接口程序就可以改变接口的工作方式，提高了接口的灵活性和可扩充性。

（6）联络功能。当接口从总线上接收一个数据或者把一个数据送到总线上以后，能发出一个就绪信号，以通知 CPU 数据传输已经完成，从而准备进行下一次传输。在接口设计中，常常要考虑对错误的检测问题。如传输错误和覆盖错误等，如果发现有错，则对状态寄存器中的相应位进行置位以便提供给 CPU 查询。除此之外，一些接口还可根据具体情况设置其他的检测信息。

（7）中断管理功能。作为中断控制器的接口应该具有发送中断请求信号和接收中断响应信号的功能，而且还有发送中断类型码的功能。此外，如果总线控制逻辑中没有中断优先级管理电路，那么，接口还应该具有中断优先级管理功能。

对于某个接口，未必全部具备上述功能，但必定具备其中的某几个。当然，由于使用场合和作用不同，也可能具备更多的功能，比如某些接口具有复位功能，在接收到复位信号后能使接口本身以及所连的外设复位，并进入初始化的工作状态。

3. I/O 端口的编制方式

微机系统中每个 I/O 端口都有一个地址，称为端口地址。I/O 端口的编制方法有两种方式，即统一编址和独立编址。

（1）统一编址。统一编址又称存储器映像编址，把每一端口视为一个存储单元，将它们和存储单元联合在一起编排地址，即 I/O 端口和存储器使用统一的地址空间。这样，可利用访问内存的指令去访问 I/O 端口，而不需要专门的 I/O 指令。CPU 采用存储器读写控制信号，并经地址译码控制来确定是访问存储器还是访问 I/O 端口。

统一编址的特点是简化了指令系统，无需专门的 I/O 指令，但 I/O 端口地址占用了一部分存储器地址空间。如 MCS-51 系列单片机就是采用的统一编址。

（2）独立编址。独立编址方式是指 I/O 端口的地址空间和存储器地址空间是独立的、分开的，即端口地址不占用存储器的地址空间。微机系统中 I/O 端口数较存储单元数少很多，所以 I/O 端口地址空间小于存储器地址空间，CPU 只需用地址总线的低位部分对 I/O 端口寻址，如个人计算机（PC 机）仅使用 A9～A0 对 I/O 端口进行寻址。通过控制总线的 $\overline{IO}/M$ 或 $IO/\overline{M}$ 来确定 CPU 到底要访问内存空间还是 I/O 空间。为确保控制总线发出正确的信号，系统提供了专用的输入/输出指令（IN 和 OUT）来实现数据传送。

采用独立 I/O 端口编址方式的微处理器有 Intel 8086/8088，Zilog Z80 等。

不同微机系统可能采用不同的 I/O 端口编址方式，因此设计微机接口时，需要先明确该系统采用的是何种端口编址方法，只有正确寻址，才能正确地实现信息交换。

4. 接口与系统总线的连接

由于接口电路位于 CPU 与外设之间，因此，它必须同时满足 CPU 和外设信号的要求。从结构上看，可以把一个接口分为两个部分，一部分用来和 I/O 设备相连，另一部分用来和系统总线相连。与 I/O 设备相连的部分与设备的传输要求和数据格式有关，因此，不同的接口其结构互不相同，如串行接口和并行接口的差别就很大。但是，与系统总线相连的部分其结构则非常类似，因为它们面对的是同一总线。

图 1.23 是一个典型的 I/O 接口和系统总线的连接图。为了支持接口逻辑，连接时通常有总线收发器和相应的逻辑电路，其中，逻辑电路把相应的控制信号翻译成联络信号，如果接口部件内部带有总线驱动电路且驱动能力足够时，则可以省去总线收发器。另外，系统中还必须有地址译码器，以便将总线提供的地址码翻译成对接口的片选信号，同时，一般还要用1～2 位低位地址结合读/写信号来实现对接口内部端口的寻址。

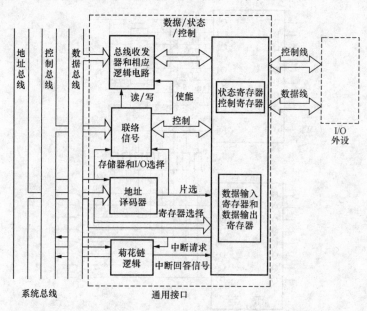

图 1.23　I/O 接口与系统总线的连接

1.5.2　数据传输控制方式

输入/输出操作对微机来讲是必不可少的。由于外设的工作速度相差很大，对接口的要求也不尽相同，因此，对 CPU 来讲，输入/输出数据的传输控制方式就是一个较复杂的问题，应根据不同的外设要求选择不同的传输控制方式以满足数据传输的要求。一般来说，CPU 与外设之间传输数据的控制方式有三种，即程序方式、中断方式和 DMA 方式。这三种控制方式控制传输的机制各不相同，但要完成输入/输出操作都需要有相应的接口电路的支持。

1.5.2.1　程序方式

程序方式就是指用程序来控制进行输入/输出数据传输的方式。显然，这是一种软件控制方式。根据程序控制的方法不同，又可分为无条件传送方式和条件传送方式，其中后者亦称为查询方式。

1. 无条件传送方式

当利用程序来控制 CPU 与外设交换信息时，如果可以确信外设总是处于"准备好"的状态，无需任何状态查询，就可以直接进行信息传输，这种方式称为无条件传输方式。

无条件传输方式下的程序设计比较简单，由于很难保证外设在每次传送时都准备好，因此该方法的应用场合也很少，一般只能用在一些简单外设的操作上，如开关，七段数码管显示等。这种方式所需的硬件接口电路也很简单，如图 1.24（a）所示。

无条件传送方式涉及到的控制信号主要是 $\overline{RD}$ 和 $\overline{WR}$，如图 1.24（b）所示。输入时需加缓冲器，该缓冲器由地址译码信号和 $\overline{RD}$ 信号选中。当外设将输入数据送入缓冲器以后，CPU 通过一条 IN 指令即可得到该数据，完成一次输入操作。输出时需加锁存器，由地址译码信号和 $\overline{WR}$ 信号作为锁存器的写入信号，当 CPU 通过一条 OUT 指令输出数据时，该数据被写入锁存器，然后输出至输出设备，就完一次输出操作。

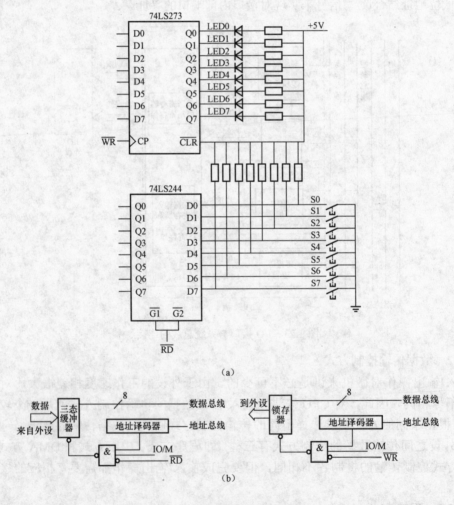

图 1.24　无条件传送方式接口电路

2. 条件传送方式

条件传送方式也称为查询方式，是一种软件控制方式，但适用的场合较无条件方式更多。一般外设在传输数据的过程中都可以提供一些反映其工作状态的状态信号。如对输入设备来讲，它需提供"准备好（READY）"信号，READY＝1 表示输入数据准备好，反之未准备好。对输出设备来讲，则需提供"忙（BUSY）"信号，BUSY＝1 表示其正在忙，不能接收 CPU 送来的数据，只有当 BUSY＝0 时才表示其空闲，这时 CPU 可以启动它进行输出操作。

查询式传输即用程序来查询设备的相应状态，若状态不符合传输要求则等待，只有当状态信号符合要求时，才能进行相应的传输。对输入设备就是查询 READY，对输出设备就是查询 BUSY。根据接口电路的不同，状态信号的提供一般有两种方式。对简单接口电路，可以直接将状态信号接至数据线的某位，通过对该位的检测即可得到相应的状态。对专用或通用接口芯片则可通过读该芯片的状态字，检测状态字的某些位即可得到相应的状态。

以输入为例，查询式传输的程序流程如图 1.25 所示。输出的情况类似，只是将查询READY 信号变成查询 BUSY 信号。

查询方式的优点是硬件开销小，使用简便。但由于 CPU 需不断地读取并检测状态字，若外设未准备好，则需要等待，这将占用 CPU 的大量时间，降低了 CPU 的工作效率，尤其是当系统中有多台设备时，对某些设备的响应较慢，从而影响了整个系统响应的实时性。因此，该方式适用于外设不多且实时性要求不高的微机系统。

1.5.2.2 中断方式

由于某个事件的发生，CPU 暂停当前正在执行的程序，转而执行处理该事件的一个程序，该程序执行完成后，CPU 接着执行被暂停的程序，这个过程称为中断。过程如图 1.26 所示。

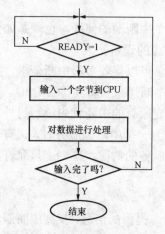

图 1.25 查询式输入程序流程

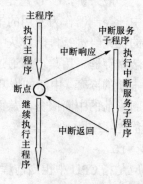

图 1.26 中断方式的工作流程图

在中断（Interrupt）方式中，外设在完成数据传送的准备工作后，主动向 CPU 提出传送请求，CPU 暂停原执行的程序，转去执行数据传送工作。从而将 CPU 从重复的查询工作中解放出来，只有当设备提出需要服务的申请时才为其服务，而在其他情况下可以执行其他程序。加入中断系统以后，CPU 与外设处在并行工作，因此，大大提高了 CPU 的工作效率，尤其是对多设备且实时响应要求较高的系统，中断方式是一种最佳的工作方式，也是当前计算机处理输入/输出的主流控制方式。

一般来讲，中断的处理过程可分为以下几个阶段，中断请求→中断判优→中断响应→中断服务→中断返回。

1．中断请求

在中断方式下，CPU 不需花大量的时间去查询外设的工作状态，当外设准备好时，它会主动向 CPU 发出请求，CPU 只需具有检测中断请求，进行中断响应，并能正确中断返回的功能即可。在这个过程中，将引起中断的原因或发出中断请求的设备称为中断源，中断源可以有许多种，如 I/O 设备、实时时钟、系统故障、定时时钟、软件设置等。

若系统中有多个中断源，可以采用可编程中断控制器进行统一管理，如图 1.27 所示。采用可编程中断控制器以后，CPU 的 INT 和 $\overline{\text{INTA}}$ 引脚不再与中断接口电路相连，而是与中断控制器相连，来自外设的中断请求信号通过中断控制器的中断请求输入引脚 IRi 进入中断控制器。

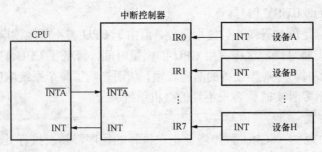

图 1.27　中断控制器管理多个中断源

2．中断判优

当多个中断源同时提出中断请求时，就有先响应哪个中断源的问题，也就是如何确定优先级的问题。一般来讲，CPU 总是先响应具有较高优先级的设备。

可编程中断控制器作为专用的中断优先权管理电路，可以接收多级中断请求，并对这多级中断请求的优先级进行排队，从中选出优先级最高的中断请求，将其传给 CPU。其内部还设有中断屏蔽寄存器，用户可以通过编程设置，从而改变原有的中断优先级。另外，中断控制器还支持中断的嵌套。中断的嵌套，是指当 CPU 正在为一个中断源服务时，又有一个新的中断请求打断当前的中断服务，从而进入一个新的中断服务的情况，原则上只允许高优先级中断打断低优先级中断。

3．中断响应

中断响应是指 CPU 中止当前程序的运行，根据中断源提供的信息，找到中断服务子程序的入口地址，转去执行中断服务子程序的过程。这个过程一般是由计算机的硬件自动完成的，其具体动作如下：

（1）判断是否满足中断响应的条件，如 IF 标志是否为 1，当前指令是否执行完等。

（2）保护断点。内容包括被中断的主程序的返回地址、状态寄存器的值等现场信息。

（3）找到要响应的中断源的中断服务子程序的入口地址，将其装入 CS:IP，从而实现转移。

4．中断服务

CPU 响应中断以后，转去执行一个中断服务子程序，以完成为相应设备的服务。中断服务子程序的一般结构如图 1.28 所示,其中保护现场的工作可以由一系列的 PUSH 指令来完成,目的是为了保护那些与主程序中有冲突的寄存器,如果中断服务子程序中所使用的寄存器与主程序中所使用的寄存器等没有冲突,该步骤可以省略。开中断由 STI 指令实现,目的是为了能实现中断的嵌套。恢复现场的工作可以由一系列的 POP 指令完成,与保护现场对应的,但要注意数据恢复的次序。

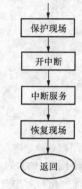

5. 中断返回

中断返回一定是要使用中断返回指令 IRET,而不能使用一般的子程序返回指令 RET,因为 IRET 指令除了能恢复断点地址外,还能恢复中断响应时的标志寄存器的值,而后一个动作是 RET 指令不能完成的。

中断服务子程序与一般子程序之间的差别:一是调用方式不同。一般子程序是通过执行 CALL 指令来调用的,因为,用户很清楚主程序在什么时候应该转向子程序。而中断服务子程序是由硬件自动实现转移的,其转移过程和时间用户是无法确定的,为此,要实现正确的中断响应,用户必须事先做好准备工作,如接口连接、中断

图 1.28　中断服务子
程序的流程图

服务子程序定位、标志设置、优先权分配等。二是返回方式不同。一般子程序是通过执行 RET 指令返回的。而中断服务子程序是通过执行 IRET 指令来返回的。

与查询方式相比,中断方式减少了 CPU 的等待时间,使外设和 CPU 在一定程度上可以并行工作,提高了 CPU 的工作效率。但是在中断方式下,仍然是通过 CPU 执行程序来实现数据传送的,CPU 每执行一次中断服务子程序,可以完成一次数据传输。在此期间,一系列的保护和恢复现场工作、中断调用和返回工作也要花费 CPU 的时间,这无疑影响了 CPU 的传输效率。对于那些配有高速外部设备,如磁盘、光盘的微机系统,CPU 将频繁处于中断工作状态,影响了微机系统整体的效率,而且还有可能丢失高速设备传送的信息。

1.5.2.3　DMA 方式

直接存储器访问(Direct Memory Access,DMA)是指外设利用专门的接口电路 DMA 控制器,直接和存储器进行批量数据传输的控制方式。DMA 控制器代替 CPU 对数据传输过程进行具体管理,数据不需要经过 CPU,而在内存和外设之间直接传输,因此传输效率大大提高。

它具有中断方式的优点,即在外设准备数据阶段,CPU 与外设能并行工作。由于在数据传送过程中不使用 CPU,也就不存在保护现场、恢复现场等繁琐操作,因此数据传送速度很高。这种方式适用于磁盘、光盘等高速设备大批量数据的传送。

1.5.3　并行接口

CPU 与外设间的数据通信是通过接口来实现的。

通信有两种方式,即串行通信和并行通信。所谓串行通信(串行传送),就是数据在一条传输线上一位一位地传送,如图 1.29(a)所示。在串行传送方式下,外设通过串行接口与系统总线相连接,如键盘、鼠标、显示器、调制解调器等。所谓并行通信(并行传送),就是同时在多条传输线上,数据以字节或字为单位进行传送,如图 1.29(b)所示。在并行传送方式下,外设通过并行接口与系统总线相连接,如并口打印机等。

这两种通信方式相比较,串行通信能够节省传输线,特别是数据位数很多和远距离数据传送时,这一优点更为突出。

需要指出的是，这里所说的串行、并行传送都是指接口与 I/O 设备之间，或多个 I/O 设备之间的数据传送方式，而不是指接口与 CPU 之间的数据传送方式。

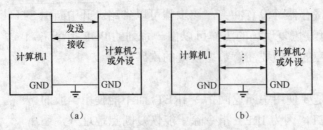

图 1.29　并行传送和串行传送

(a) 串行通信；(b) 并行通信

图 1.30 所示为典型的并行接口和外设连接的示意图。其中的并行接口是一个双通道的并行接口，包括输入锁存寄存器、输出缓冲寄存器、控制寄存器和状态寄存器。其中，控制寄存器用来接收 CPU 对它的控制命令，状态寄存器提供各种状态供 CPU 查询，输入锁存器和输出缓冲器用来实现输入和输出。

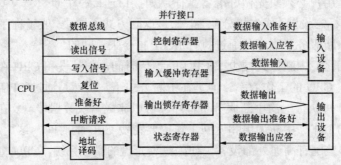

图 1.30　并行接口和外设连接

并行接口通常应具有以下三方面的功能：

（1）实现与系统总线的连接，提供数据的输入/输出功能，这是并行接口电路最基本的功能。

（2）实现与 I/O 设备的连接，具有与 I/O 设备进行应答的同步机构，保证有效地进行数据的接收/发送。

（3）有中断请求与处理功能，使得数据的输入/输出可以采用中断的方法来实现，这一功能对于需要采用中断传输的 I/O 设备是必需的。

根据并行接口的功能可知，在接口电路中应该有数据锁存器和缓冲器，以便于数据的输入/输出。同时，应有状态和控制命令的寄存器，以便于 CPU 与接口电路之间用应答的方式来交换信息，同样也便于接口电路与外设之间传送信息。接口电路中还要有译码与控制电路以及中断请求触发器、中断屏蔽触发器等，以解决时序配合问题并能实现各种控制，保证 CPU 能正确可靠地与外设交换信息。

CPU 与外设之间数据的并行传送可以采用无条件传送、查询方式和中断传送等方式。采用的传送方式不同，其接口电路也不同。常用的接口电路有两大类，一类是不可编程的接口电路，如 74LS244/245、74LS273/373 等。其特点是电路简单、使用方便；缺点是使用不灵活，一旦硬件连接以后，功能很难改变。另一类是可编程接口，其特点是使用灵活，可在不改变硬件的情况下，通过软件编程来改变电路的功能。随着大规模集成电路技术的发展，出现了许多通用的可编程的并行接口电路芯片，如 Intel 8255 等。其通用性强，使用灵活，且具有多种输入/输出工作方式，可以通过程序来设置。

1.5.4 串行接口

1.5.4.1 串行通信分类

按照串行数据的时钟控制方式，串行通信可分为同步通信和异步通信两类。

1. 异步通信

在异步通信（Asynchronous Communication）中，数据通常是以字符为单位组成字符帧传送的。字符帧由发送端一帧一帧地发送，每一帧数据是低位在前，高位在后，通过传输线被接收端一帧一帧地接收。发送端和接收端可以由各自独立的时钟来控制数据的发送和接收，这两个时钟彼此独立，互不同步。接收端是依靠字符帧格式来判断发送端是何时开始发送何时结束发送的。

异步通信的主要指标包括数据帧和波特率。

（1）数据帧。数据帧也叫字符帧，由起始位、数据位、奇偶校验位和停止位等四部分组成，如图 1.31 所示。

起始位：位于字符帧开头，只占一位，为逻辑 0 低电平，用于向接收设备表示发送端开始发送一帧信息。

数据位：紧跟起始位之后，用户根据情况可取 5 位、6 位、7 位或 8 位，低位在前高位在后。

奇偶校验位：位于数据位之后，仅占一位，用来表征串行通信中采用奇校验还是偶校验，由用户决定。

停止位：位于字符帧最后，为逻辑 1 高电平。通常可取 1 位、1.5 位或 2 位，用于向接收端表示一帧字符信息已经发送完，也为发送下一帧作准备。

在串行通信中，两相邻字符帧之间可以没有空闲位，如图 1.31（a）所示，也可以有若干空闲位，这由用户来决定。图 1.31（b）表示有 3 个空闲位的字符帧格式。

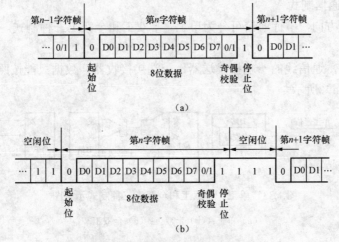

图 1.31　异步通信的字符帧格式

（a）无空闲位字符帧；（b）有空闲位字符帧

（2）波特率。波特率为每秒钟传送二进制数码的位数，也叫比特数，单位为 bit/s，即位/秒。波特率用于表征数据传输的速度，波特率越高，数据传输速度越快。但波特率和字符的实际传输速率不同，字符的实际传输速率是每秒内所传数据帧的帧数，和数据帧格式有关。

异步通信的波特率范围通常是 50～9600bit/s。异步通信的优点是不需要传送同步时钟，字符帧长度不受限制，故设备简单。缺点是字符帧中因包含起始位和停止位而降低了有效数据的传输速率。

2. 同步通信

同步通信（Synchronous Communication）是一种连续串行传送数据的通信方式，一次通信只传输一帧信息。这里的数据帧和异步通信的数据帧不同，通常有若干个数据字符，如图1.32 所示。图 1.32（a）为单同步字符帧结构，图 1.32（b）为双同步字符帧结构，均由同步字符、数据字符和校验字符 CRC 三部分组成。在同步通信中，同步字符可以采用统一的标准格式，也可以由用户约定。

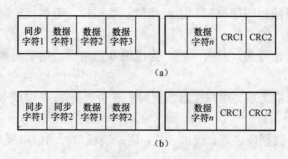

图 1.32　同步通信的字符帧格式

（a）单同步字符帧格式；（b）双同步字符帧格式

同步通信的数据传输速率较高，通常可达 56000bit/s 或更高。缺点是要求发送时钟和接收时钟必须保持严格同步。

1.5.4.2　串行通信制式

按照数据传送方向，串行通信可分为单工、半双工和全双工三种制式。图 1.33 为三种制式的示意图。

在单工制式下，通信线的一端接发送器，一端接接收器，数据只能按照一个固定的方向传送，如图 1.33（a）所示。

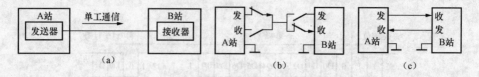

图 1.33　单工、半双工和全双工三种制式示意图

（a）单工；（b）半双工；（c）全双工

在半双工制式下，系统的每个通信设备都由一个发送器和一个接收器组成，如图 1.33（b）所示。在这种制式下，数据能从 A 站传送到 B 站，也可以从 B 站传送到 A 站，但是不能

同时在两个方向上传送,即只能一端发送,一端接收。其收发开关一般是由软件控制的电子开关。

全双工通信系统的每端都有发送器和接收器,可以同时发送和接收,即数据可以在两个方向上同时传送。如图 1.33 (c) 所示。

在实际应用中,尽管多数串行通信接口电路具有全双工功能,一般情况只工作于半双工制式下,这种用法简单、实用。

1.5.4.3 串行通信接口

串行通信接口的种类和型号很多。能够完成异步通信的硬件电路称为 UART,即通用异步接收器/发送器(Universal Asychronous Receiver / Transmitter),能够完成同步通信的硬件电路称为 USRT(Universal Sychronous Receiver / Transmitter),既能够完成异步又能同步通信的硬件电路称为 USART。

从本质上说,所有的串行通信接口都是以并行数据形式与 CPU 连接,以串行数据形式与外部设备连接。基本功能是从外部设备接收串行数据,转换成并行数据后传送给 CPU,或从 CPU 接收并行数据,转换成串行数据后输出到外部设备逻辑。

在设计通信接口时,必须根据需要选择标准接口,并考虑传输介质、电平转换等问题。采用标准接口后,能够方便地把微机和外设、测量仪器等有机地连接起来,从而构成一个微机系统。

异步串行通信接口较为常见的接口标准有 RS-232 接口,RS-422 接口和 RS-485 接口等。其中 RS-232C 是使用最早、应用最多的一种异步串行通信总线标准。由美国电子工业协会(EIA)1962 年公布,1969 年修定而成的。其中 RS 表示 Recommended Standard,232 是该标准的标识号,C 表示最后一次修定。

RS-232C 主要用来定义计算机系统的一些数据终端设备(DTE)和数据电路终接设备(DCE)之间的电气性能,适用于设备之间的通信距离不大于 15m,传输速率最大为 20kB/s 的应用场合。例如 CRT 显示器、打印机与 CPU 的通信大都采用 RS-232C 接口,MCS-51 单片机与 PC 机的通信也是采用该种类型的接口。

1. RS-232C 数据帧格式

RS-232C 采用串行格式,如图 1.34 所示。该标准规定数据帧的第一位为起始位,数据帧的最后一位为停止位,数据位数可以是 5、6、7、8 位再加一位奇偶位。两个数据帧之间写"1",表示空。

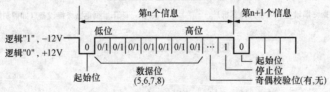

图 1.34　RS-232C 数据帧格式

2. RS-232C 电平转换器

RS-232C 规定了电气标准,由于它是在 TTL 电路之前研制的,所以它的电平不是+5V 和地,而是采用负逻辑,即逻辑"0"对应+5V～+15V 电平,逻辑"1"对应-5V～-15V 电平。

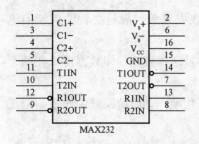

图 1.35　MAX232 引脚图

应用时必须注意，RS-232C 不能和 TTL 电平直接相连，使用时必须进行电平转换，否则将损毁 TTL 电路。常用的电平转换集成电路是传输线驱动器 MC1488 和传输线接收器 MC1489。MC1488 内部有三个与非门和一个反相器，供电电压为±12V，输入为 TTL 电平，输出为 RS-232C 电平。MC1489 内部有四个反相器，供电电压为±5V，输入为 RS-232C 电平，输出为 TTL 电平。另一常用的电平转换电路是 MAX232，如图 1.35 所示。

3. RS-232C 总线规定

RS-232C 标准总线为 25 根，采用标准的 D 型 25 芯插头。引脚的排列如图 1.36 所示。

在最简单的全双工系统中，仅用发送数据、接收数据和信号地三根线即可，对于 MCS-51 单片机，利用其 RXD（串行数据接收端）引脚、TXD（串行数据发送端）引脚和一根地线，就可以构成符合 RS-232C 接口标准的全双工通信口。

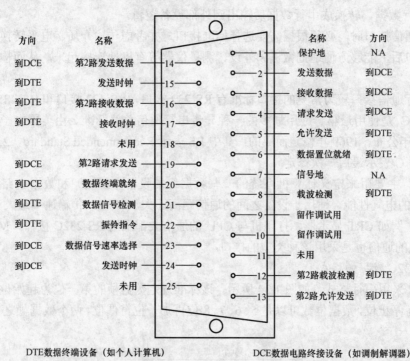

图 1.36　RS-232C 引脚图

本　章　小　结

微型计算机的主机由微处理器、存储器、I/O 接口和总线组成，在此基础上再加上外部设备、电源就构成了微型计算机的硬件部分，再加上系统软件、应用软件等软件部分就构成了微机系统。这里微机的结构是学习的重点，其中微处理器是构成微型计算机的核心，它由运算器、控制器和寄存器等组成。

　　由于存储器能够存储数据和程序，使微机具有了"记忆功能"，微机才能脱离人的直接干预而自动地工作。为了使 CPU 能适应各种各样的外设，需要在 CPU 与外设之间增加接口电路，由它完成相应的信号转换、速度匹配、数据缓冲等功能，以实现 CPU 与外设的连接，完成相应的输入/输出操作。

　　CPU 与外设之间传输数据的控制方式有三种，即程序方式、中断方式和 DMA 方式。CPU 与外设间的数据通信是通过接口来实现的。数据通信有两种方式，即串行通信和并行通信。

习　　题

1.1　微型计算机系统主要由哪些部分组成？各部分的功能是什么？

1.2　微处理器由哪些部分组成？各部分的功能是什么？

1.3　微型计算机中常用的存储器有哪些类型？

1.4　静态 RAM 与动态 RAM 的区别是什么？它们分别适用于哪些场合？

1.5　PROM、EPROM、EEPROM 分别代表什么？

1.6　为什么要在 CPU 与外部设备之间设置接口电路？

1.7　什么是 I/O 端口，其编址方法分哪两种？

1.8　CPU 与接口之间有哪几种数据传送方式？

1.9　什么是程序控制方式？它有哪两种基本方式？

1.10　什么是中断方式？其工作流程大体分哪几步？

1.11　并行通信和串行通信有什么异同？它们各自的优缺点是什么？

第2章　单片机硬件系统

与通用微型计算机比较，单片机在一个芯片上集成了微机的五个主要部件，即运算器、控制器、存储器、输入接口和输出接口，具有体积小、功能强、可靠性好、容易扩展、使用简单、价格便宜等特点，是专为智能仪表、自动控制等嵌入式应用设计的专用计算机。

本章首先讲述单片机及单片机应用系统的基本概念，然后分别介绍 MCS-51 单片机的组成结构，包括 CPU、存储器、I/O 口，最后说明 MCS-51 单片机的引脚功能、最小系统及其工作流程。除串行口和定时器/计数器在后面章节中专门论述外，学完本章，应了解 MCS-51 单片机的硬件组成结构及工作原理。

2.1　单片机概述

2.1.1　单片机及单片机应用系统

1. 单片微型计算机

单片微型计算机简称单片机，是指集成在一个芯片上的微型计算机，也就是把组成微型计算机的主要功能部件，包括 CPU（Central Processing Unit）、随机存取存储器 RAM（Random Access Memory）、只读存储器 ROM（Read Only Memory）、基本输入/输出（Input/Output）接口电路、定时器/计数器、中断、串行口等部件集成在一个芯片上，从而实现微型计算机的基本功能。单片机内部功能结构如图 2.1 所示。

单片机实质上是一个硬件的芯片，在实际应用中，通常很难直接和被控对象进行电气连接，必须外加各种扩展接口电路、外部设备、被控对象等硬件和软件，才能构成一个单片机应用系统。

2. 单片机应用系统

单片机应用系统是以单片机为核心，配以输入、输出、显示、控制等外围电路和软件，能实现一种或多种功能的实用系统。单片机应用系统是由硬件和软件组成，硬件是应用系统的基础，软件是在硬件的基础上对其资源进行合理调配和使用，从而完成应用系统所要求的任务，二者相互依赖，缺一不可，单片机应用系统的组成如图 2.2 所示。

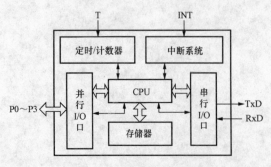

图 2.1　单片机内部功能结构

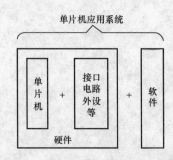

图 2.2　单片机应用系统的组成

可见，必须从硬件和软件两个角度来深入了解单片机，并能够将二者有机结合起来，才能设计出具有特定功能的单片机应用系统。

2.1.2　单片机的特点与应用

1. 单片机的特点

单片机主要用于控制领域，用以实现各种参数的测量和控制，又称为微控制器 MCU（Micro Control Unit）。也可以嵌入到电子产品中，构成嵌入式应用系统，又称为嵌入式微控制器 EMCU。其特点如下：

（1）价格低、功耗低、性价比高。高性能、低价格是单片机最显著的特点，使单片机应用系统的性价比大大高于一般微机系统。

（2）体积小、重量轻、易于产品集成化。其能组装成各种测控设备及智能仪器仪表。

（3）结构简单、可靠性高、应用范围广。单片机芯片是按工业应用环境要求设计的，抗干扰性强，能适应各种恶劣的环境，单片机应用系统的可靠性比一般微机系统高得多。

（4）控制功能强、易于扩展成应用系统。单片机采用面向控制的指令系统，实时控制功能特别强。CPU 可以直接对 I/O 口进行输入/输出操作，并且具有很强的位处理能力，能有效地完成各类控制任务。

2. 单片机的应用领域

（1）工业自动化控制。工业自动化控制是最早采用单片机的领域之一，如各种测控系统、过程控制、机器人控制、机电一体化设备等。

（2）智能仪器仪表。采用单片机的智能化仪表大大提升了仪表的档次，强化了功能。如数据处理和存储、故障诊断、连网群控等。

（3）新型家用电器。家用电器升级换代，普遍采用单片机智能化控制取代传统的电子线路控制，提高档次。如洗衣机、空调、电冰箱、电视机、电饭煲、微波炉、DVD 机、录像机、激光唱机等。

（4）办公自动化设备。现代办公室使用的大量办公设备多数嵌入了单片机。如打印机、复印机、传真机、考勤机、计算机中的键盘译码、磁盘驱动等外设。

（5）商业营销设备。在商业营销中广泛使用的电子秤、收款机、条形码阅读器、IC 卡刷卡机、出租车计价器以及商场保安系统、空气调节系统、冷冻保险系统等都采用了单片机控制。

（6）通信电子产品。调制解调器、程控交换机、手机等。

（7）汽车电子产品。现代汽车的集中显示系统、动力监测控制系统、自动驾驶系统、通信系统和运行监视器等都离不开单片机。

另外，其他领域，如航空航天、国防军事、尖端武器等领域，应用单片机进行导弹控制、鱼雷制导控制、智能武器装备、飞机导航系统。

2.1.3　单片机的分类

单片机发展经历了由 4 位机到 8 位机再到 16 位机的发展过程。单片机制造商很多，主要有 Intel、Motorola、Zilog、Atmel、LG、Phlips 等公司。目前，单片机正朝着高性能、多品种方向发展，近年来 32 位单片机已进入了实用阶段。

目前有两种结构的单片机体系。一种是单总线结构，如 Intel 公司、Motorola 公司和 Zilog 公司的系列产品。另一种是双总线哈佛结构，如 Microchip 公司的 PIC 系列产品和 Atmel 公司的 AVR 系列产品。单总线结构的单片机大多是复杂指令集计算机（CISC），而双总线哈佛结构的单片机大多是精简指令集计算机（RISC）。

1. MCS-51 系列单片机

从 20 世纪 70 年代初期开始，Intel 公司开始研发单片机产品。MCS-48 和 MCS-51 系列产品奠定了 Intel 公司在单片机领域的主导地位。随后，Philip 公司和 Atmel 等公司对 MCS-51 产品作了进一步的发展，丰富了产品的型号和种类，提高了产品的功能和速度，增强了 MCS-51 产品的主导地位。

Atmel 公司推出的 AT89C51 是一种带 4KB 闪速存储器（Falsh）的低电压、高性能 CMOS 工艺 8 位微处理器。采用高密度非易失存储器制造技术，将多功能 8 位 CPU 和闪速存储器 FLASH 组合在单个芯片中，与工业标准的 MCS-51 指令集和输出管脚兼容，为很多嵌入式控制系统提供了一种灵活且价廉的解决方案。

虽然目前单片机的种类很多，但使用最为广泛的应属 MCS-51 系列单片机。基于这一事实，本书以应用最为广泛的 MCS-51 系列 8 位单片机（8031、8051、8751 等）为主要研究对象，讲述典型单片机 AT89C51 的硬件结构、工作原理、功能部件、软件编程及应用系统设计。

MCS-51 系列单片机共有十几种芯片，见表 2.1。

表 2.1　　　　　　　　　　MCS-51 系列单片机分类表

子系列	片内 ROM 形式			片内 ROM 容量	片内 RAM 容量	寻址范围	功能部件数量			
	无	ROM	EPROM				计数器	并行口	串行口	中断源
51 子系列	8031	8051	8751	4KB	128B	$2\times64KB$	2×16	4×8	1	5
	80C31	80C51	87C51	4KB	128B	$2\times64KB$	2×16	4×8	1	5
52 子系列	8032	8052	8752	8KB	256B	$2\times64KB$	3×16	4×8	1	6
	80C32	80C52	87C52	8KB	256B	$2\times64KB$	3×16	4×8	1	6

MCS-51 系列单片机可分为 51 子系列和 52 子系列，并以芯片型号的最末位数字作为标志。其中 51 子系列是基本型，而 52 子系列属增强型。52 子系列功能增强的具体方面为：①片内 ROM 从 4KB 增加到 8KB；②片内 RAM 从 128 字节增加到 256 字节；③定时/计数器从 2 个增加到 3 个；④中断源从 5 个增加到 6 个。

注意：MCS-51、8051、AT89C51 之间的区别与联系。MCS-51 是个泛称，指的是采用 51 内核的一类单片机，区别于 ARM 内核、X86 内核等。8051 是 MCS-51 系列中较简单的一款单片机，片内含有 4KB 的只读存储器 ROM。AT89C51 是由 Atmel 公司生产的，与 8051 管脚完全兼容，片内含有 4KB 的闪速存储器 Flash。

2. Microchip 公司的 PIC 系列单片机

Microchip 公司是世界上最大的 8 位单片机生产商之一，由于 PIC 系列单片机进入我国较晚，开发工具和资料不如 MCS-51 系列，在应用的普及上不如 MCS-51 单片机。PIC 系列单片机在国外有广泛的应用，在我国的使用也在日益增多。

PIC12C5xxx 和 PIC16C5x 系列，这两个系列的单片机是 PIC 单片机中的低端产品，其中 PIC16C5x 系列因其价格较低，且有较完善的开发手段，因此在国内应用最为广泛；而

PIC12C5xx 是世界上第一个 8 脚低价位单片机，可用于一些对单片机体积要求较高的简单控制领域，应用前景十分广阔。PIC16Cxx 系列是 PIC 的中档产品，品种丰富、性价比高，指令周期可达 200ns，增加了中断功能、带 A/D、内部 EEPRROM 数据存储器、多种系统时钟选择、比较输出、捕捉输入、PWM 输出、I^2C 和 SPI 接口、异步串行通信、模拟电压比较器及 LCD 驱动等。其封装从 8 脚到 68 脚，可用于电子产品设计中。PIC17Cxx 系列是 PIC 系列 8 位单片机中的高档产品，适合于高级复杂系统的开发，其性能在中档位单片机的基础上增加了硬件乘法器，指令周期可达 160ns，是 8 位单片机中性价比最高的机种之一，可用于高、中档产品的开发，如电动机的控制、音调合成等。

3. TI 公司的 MSP430 系列单片机

TI 公司的 MSP430 系列单片机，是目前内部集成闪速存储器（Flash）产品中功耗最低的。在 3V 工作电压下其工作电流低于 350μA/MHz，待机模式仅为 1.5μA/MHz，且具有五种节电模式。该系列单片机的工作温度范围为 -140℃～85℃，可满足工业应用要求。MSP430 单片机可广泛地应用于煤气表、水表、电子电度表、医疗仪器、火警智能探头、通信产品、家庭自动化产品、便携式监视器及其他低功耗产品。由于其功耗极低，可设计出只需要 2 块电池就可以使用长达 10 年的仪表应用产品。

4. Atmel 公司的 AVR 系列单片机

Atmel 公司推出的基于增强精简指令的 AVR 系列单片机，其中 ATtiny、AT90 与 ATmega 分别对应为低、中、高档产品。高档 ATmega 系列单片机已非常具有竞争力，ATmega8、ATmega48 的价格已接近 AT89C51，在性能和集成的功能部件上远优于 AT89C51，在国内也正得到广泛的应用。大多数 AVR 单片机除了具有 8051 的基本功能，如定时器/计数器、中断、串行口以外，还有以下的特点：

（1）AVR 单片机在一个时钟周期内执行一条指令，因此处理速度在 1MHz 时钟频率时，大约为 1MI/S。其结构设计和指令系统特别适合 C 语言应用，Atmel 公司为 AVR 单片机保留的 GCC 开发工具端口，为 AVR 单片机的应用提供了极大的便利。

（2）以 ATmega8 为例，片内集成了看门狗定时器，具有单独的看门狗振荡时钟。内部集成了低供电电压检测复位电路。片内包括 10 位 8 通道的 A/D 转换器，有内部基准电压。有 PWM 输出，可用于 A/D 转换。所有的 I/O 口都配置了片内上拉电阻，可以在程序中使能，可以设置为三态门，I/O 口有 20mA 以上的电流驱动能力，足以直接点亮 LED 灯。支持在系统编程 ISP，已有厂商提供计算机并口的下载编程器，且价格低廉，使开发十分便利。支持包括休眠在内的五种节电模式，在休眠模式下，最小的耗电流可低至 0.5μA。

（3）高档产品 ATmega128 在片内具有 128KB 的 Flash 存储器，4KB 的 EEPROM 和 4KB 的 RAM，这种单片机已在数据采集系统、医疗仪器等复杂的单片机系统中得到很好的应用。

5. ADI 公司的 ADuC 系列单片机

ADuC 系列是 AnalogDevice（简称 ADI）公司出品的高性能单片机，该系列单片机充分发挥了 ADI 公司在 A/D 转换器上的技术优势，将高性能的 A/D 转换器集成到单片机片内，方便了单片机在数据采集系统中的应用。ADuC8xx 系列包含 ADuC812、ADuC816、ADuC824、ADuC834 等芯片，均采用 8051 的内核和兼容的指令集，主要区别在于 A/D 和 D/A 转换器的分辨率不同，存储器容量的大小等。

ADuC824 是含有 24 位 A/D 和 12 位 D/A 的单片机，是一个完整的数据采集系统芯片。

ADuC824 基于 8051 的内核，指令集与 8051 兼容；片内有 8KB Flash 程序存储器、640B 的 EEPROM 数据存储器、256B 数据 RAM、可扩展 64KB 程序存储器和 16MB 数据存储器。3 个 16 位的定时器/计数器；26 根可编程 I/O 口线；12 个中断源，2 个优先级。

ADuC824 可采用 3V 或 5V 电压工作，具有正常、空闲和掉电三种工作模式。片内还有一个通用串行口，一个与 I^2C 兼容的串口和 SPI 串口，一个看门狗定时器，一个电源监视器，片内温度传感器，两个激励电流源。非常适合应用于智能传感器、数据采集系统。

6. Motorola 公司的 68HC 系列单片机

Motorola 是最大的 8 位单片机生产厂商之一，单片机生产部分现已转移到 Freescale（飞思卡尔）公司。其拥有 8 位、16 位和 32 位几十个系列的单片机，其中 8 位机主要有 68HC05、68HC08 和 68HC11 等系列。Motorola 单片机的功能强，进入我国的时间也很早，在单片机应用领域有很高的威望，但由于初期其开发工具价格较高，影响了普及率。

2.2　MCS–51 单片机组成结构

下面以典型的 AT89C51 单片机为例，介绍其内部组成结构，如图 2.3 所示。其内部含有 8 位 CPU，片内振荡器，4K 字节 FLASH 程序指令存储器，128 字节 RAM，21 个特殊功能

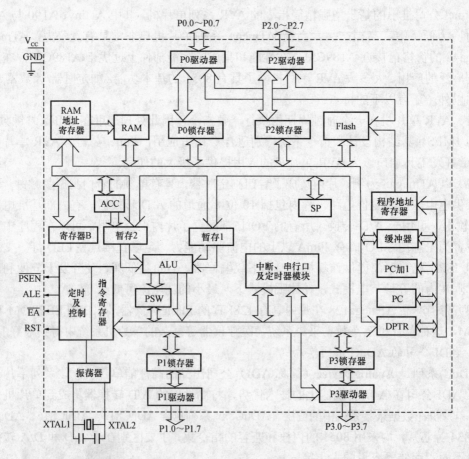

图 2.3　AT89C51 单片机的内部组成结构

寄存器，32 根 I/O 口线，可寻址各 64K 的外部数据、程序存储器空间，2 个 16 位的定时器/计数器，5 个中断源，5 个优先级，1 个全双工串行口，位寻址功能，适用于位运算的布尔处理机。

由图 2.3 可知，单片机的基本组成和一般微型计算机相似，它是多片微型计算机的单片化。除 128×8 的片内数据存储器、4K×8 的程序存储器、中断、串行口、定时器/计数器模块外，还有 4 个 I/O 口（P0～P3），其余部分构成了中央处理器 CPU。CPU、存储器、I/O 口三部分由片内总线紧密地联系在一起。

AT89C51 单片机的外部引脚排列如图 2.4 所示。

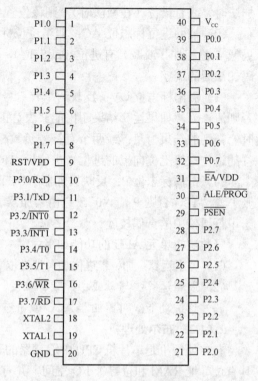

图 2.4　AT89C51 引脚图

2.2.1　CPU 结构

CPU 由运算器和控制器两大部分组成，与普通微机不同，单片机 CPU 中的运算器内包含有一个专用于位数据操作的布尔处理机（位处理机）。

2.2.1.1　运算器

由图 2.3 可见，单片机的运算器以 8 位的算术逻辑单元 ALU 为核心，还包括通过总线挂在其周围的累加器 ACC、寄存器 B、程序状态字寄存器 PSW 以及布尔处理机。

算术逻辑单元 ALU 用来完成单字节二进制数的四则运算和逻辑运算。累加器 ACC 是一个 8 位的寄存器，它是 CPU 中工作最频繁的寄存器，在算术逻辑类操作时，累加器 ACC 往往在运算前暂存一个操作数，而运算后又保存结果。寄存器 B 用于乘法和除法操作，对于其他指令，它只能作为一个暂存器使用。状态字寄存器 PSW 用来存放数据运算的状态特征。其每位的含义如下：

程序状态字寄存器 PSW

D7	D6	D5	D4	D3	D2	D1	D0
CY	AC	F0	RS1	RS0	OV	—	P

表 2.2　PSW 寄存器各位功能

位功能	符号地址	位地址	位功能	符号地址	位地址
进位标志	CY	PSW.7	用户标志	F0	PSW.5
辅助进位标志	AC	PSW.6	寄存器区选择（MSb）	RS1	PSW.4
溢出标志	OV	PSW.2	寄存器区选择（LSb）	RS0	PSW.3
奇偶标志	P	PSW.0	保　留	…	PSW.1

PSW 寄存器各位功能见表 2.2。对用户来讲，经常用到的是以下 4 位：

（1）进位标志位 CY：反映运算是否有进位（或借位）。如果操作结果在最高位有进位（在加法时）或有借位（在减法时），则该位置"1"，否则清"0"。

（2）辅助进位标志位 AC：即半进位标志，反映两个 8 位数运算低四位是否有进位，如果低 4 位相加（或减）有进位（或借位），则 AC 置"1"，否则清"0"。AC 主要用于 BCD 码加法后的调整。

（3）溢出标志位 OV：反映两个有符号数的算术运算结果是否溢出，溢出时 OV 置"1"，否则清"0"。如果运算结果超出能够表达的数据范围，即产生溢出。在两个有符号正数相加时，得到的结果为负；或两个有符号负数相加时，得到的结果为正。OV 等于第六位向第七位的进位与第七位向上的进位（进位标志位 CY）相异或。

（4）奇偶标志位 P：反映累加器 ACC 的奇偶性。如果累加器的八位的模 2 和是 1（奇），则 P 置"1"，否则 P 清"0"。它由累加器 A 中运算结果"1"的个数来决定。此标志主要用于串行通信中的奇偶校验。

算数逻辑单元 ALU 的功能如下：

（1）算术运算：加、带进位加、带借位减、乘、除、加 1、减 1 及 BCD 加法的十进制调整。

（2）逻辑运算：与、或、异或、求反、清 0。

（3）移位功能：对累加器 ACC 或带进位标志位 CY 进行逐位的循环左、右移位。

2.2.1.2　布尔处理机

布尔处理机是单片机 CPU 中运算器的重要组成部分。它将进位标志位 CY 当作位累加器，具有位寻址 RAM 和位寻址 I/O 空间，并有 17 条位操作指令，从而构成一个独立的位处理机使用。

与字节操作指令类似，大部分位操作均围绕着位累加器 C 完成。位操作指令允许直接寻址内部数据 RAM 里的 128 个位和特殊功能寄存器里的位地址空间。对任何可直接寻址的位，布尔处理机可执行置位、取反、等于 1 转移、等于 0 转移、等于 1 转移并清 0、送入/取自位累加器 C 的位操作。在任何可寻址的位（或该位内容取反）与累加器 C 之间，可执行逻辑与、逻辑或操作，其结果送回到位累加器 C。

布尔处理机给用户提供了丰富的位操作功能，用户在编程时可以利用位操作指令方便地设置标志位，或编程替代复杂的硬件逻辑电路。

2.2.1.3　控制器

控制器是 CPU 的大脑中枢，它包括定时与控制电路、指令寄存器、指令译码器、程序计数器 PC、数据地址指针 DPTR、堆栈指针 SP、RAM 地址寄存器、16 位地址缓冲器等。

CPU 从程序存储器取出的指令字节放在指令寄存器中，使整个分析运行过程一直在该指令控制下。指令寄存器中的指令代码被分析译码成一种或几种电平信号，这些电平信号与外部时钟脉冲（系统时钟）在 CPU 定时与控制电路中组合，形成各种按一定时间节拍变化的电平和脉冲，即是控制信息，在 CPU 内部协调寄存器之间的数据传送、数据运算等操作，对外部发出地址锁存 ALE、外部程序存储器选通（$\overline{\text{PSEN}}$）、外部数据存储器读（$\overline{\text{RD}}$）和写（$\overline{\text{WR}}$）等控制信号。

控制器的定时功能由时钟和定时电路完成，它产生 CPU 的操作时序。MCS-51 的时钟可以由两种方式产生，一种是内部震荡方式，另一种是外部震荡方式，如图 2.5 所示。

其中，XTAL1 为芯片内部振荡电路（单级反相放大器）输入端，XTAL2 为芯片内部振荡电路输出端。若采用内部方式，则利用芯片内反相器和电阻组成的振荡电路，在 XTAL1、XTAL2 引脚上外接定时元件，如晶振和电容组成的并联谐振回路，则在内部可产生与外加晶体同频率的振荡时钟。一般晶体可以在 0～24MHz 之间任选，电容 C1、C2 在 5～30pF 之间选择。若采用外部方式，此时把 XTAL1 接地，振荡频率由 XTAL2 引脚提供。当整个单片机系统已有时钟源或者在多机系统中为取得时钟同步，才考虑使用外部方式。

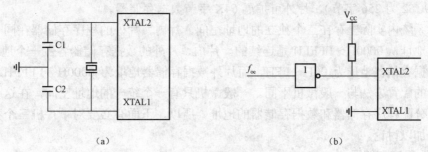

图 2.5 振荡器连接方式

（a）内部振荡器方式；（b）外部振荡器方式

至于 16 位的程序计数器 PC 和 8 位的堆栈指针 SP 等，其作用和一般微机是相同的。CPU 利用程序计数器 PC 指出下一条指令字节所在程序存储器的地址。而用堆栈指针 SP 在片内 RAM 中开辟堆栈区，并随时跟踪栈顶地址。MCS-51 的堆栈是向上生成的，即将一字节数据压入堆栈时，堆栈指针 SP 加 1，将一字节数据弹出堆栈时，堆栈指针 SP 减 1。单片机初始化时，单片机栈底地址（即 SP 内容）为 07H。由于 MCS-51 系列单片机存储器组织将程序存储器和数据存储器分开，所以又增设了一个 16 位的地址指针 DPTR，用以指示外部数据存储器或 I/O 口的地址。它们的作用在后续章节中，结合指令系统介绍。

2.2.2 存储器空间

单片机存储器结构的主要特点是程序存储器和数据存储器的寻址空间是独立的。对 MCS-51 系列单片机而言，有 4 个物理上相互独立的存储器空间，即内部程序存储器、外部程序存储器、内部数据存储器、外部数据存储器，如图 2.6 所示。

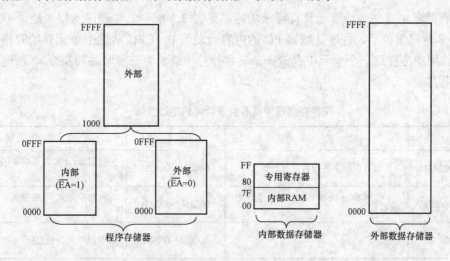

图 2.6 存储器的地址空间分配

程序存储器（只读存储器）用于存放程序代码和数据表格。Atmel 和 Philip 公司开发了一系列基于 MCS-51 内核的单片机，某些型号的单片机片内具有一定的程序存储器容量，片外还可以扩展程序存储器，但使用中的片内、片外程序存储器合起来的总容量不会超过 64KB。如 AT89C51 片内有 4K 字节 FLASH 程序存储器（AT89C52 为 8K 字节）。

片内数据存储器（随机访问存储器）用于存放数据。AT89C51 片内有 128 字节的数据存储器（AT89C52 为 256 字节），片外可扩展 64K 字节数据存储器。

单片机系统内实际上存在三个独立的地址空间。片内、片外的程序存储器在同一地址空间，它们的地址从 0000H～FFFFH 是连续的。片内、片外的数据存储器各占一个地址空间，其中片内数据存储器地址为 00H～FFH，而片外数据存储器地址为 0000H～FFFFH。单片机存储器空间的配置方法与一般微机不同。一般微机只有一个统一的地址空间，在这个统一的空间中任意分配程序存储器和数据存储器的地址。所以，下面有必要对单片机三个独立的地址空间分别加以讨论。

2.2.2.1 程序存储器

表 2.1 所列，对比了不同型号单片机的程序存储器类型的区别。对于 8051、8751，程序存储器有片内和片外两部分组成，若使用片内程序存储器，则必须占用最低 4K 字节地址，即 0000H～0FFFH。这时片外扩展的程序存储器地址应由 1000H 开始，向后编排。

单片机引脚提供了 $\overline{EA}$ 信号，使得用户可以对使用片内还是片外程序存储器作出选择：若 $\overline{EA}$ 引脚保持高电平（接 V_{CC}），在地址小于 4K 时，CPU 访问内部程序存储器，在地址大于 4K 时（对 8052 来说则为 8K），CPU 访问外部程序存储器。此时，用户既可使用内部程序存储器，也可使用外部程序存储器。由片内到片外程序存储器的总线扩展是自动进行的，所以地址空间是连续的；若 $\overline{EA}$ 引脚保持低电平（接 GND），CPU 访问外部程序存储器，无法访问内部程序存储器。显然，对 8031 来说，由于不含片内程序存储器，所以使用中 $\overline{EA}$ 引脚必须接地。

由于程序计数器 PC 是 16 位的寄存器，使得程序存储器可使用 16 位地址，这就决定了外部扩展程序存储器的最大容量为 64K。若使用内部程序存储器，则外部可扩充最大容量为 60K。

程序存储器中有些地址单元具有特殊功能，见表 2.3 所列。主程序入口（地址 0000H～0002H），单片机复位后，程序计数器 PC 的内容自动清 0，CPU 从这个单元开始取指令并执行程序。使用中应在这三个单元中存放一条转移指令（最长为三字节跳转指令），以便直接转去执行主程序。

表 2.3　　　　　　　　　　程序存储器中具有特殊功能的地址空间

地址范围	特殊功能	地址范围	特殊功能
0023H～002AH	串行中断服务子程序地址区	000BH～0012H	定时器/计数器 0 中断服务子程序地址区
001BH～0022H	定时器/计数器 1 中断服务子程序地址区	0003H～000AH	外部中断 0 中断服务子程序地址区
0013H～001AH	外部中断 1 中断服务子程序地址区	0000H～0002H	主程序入口地址区

中断服务子程序入口地址为 0003H～002AH，这 40 个单元被均匀地分为 5 段，固定用于存放 5 个中断服务子程序的入口地址。中断响应后，按中断源的不同，CPU 自动跳转到各中断服务子程序的入口地址去执行程序。由于 8 个单元通常难以存下完整的中断服务子程序，因此需要在该区域存放一条转移指令，以便中断响应后，CPU 通过该区域找到中断服务子程序的实际地址。

外部程序存储器通常由 EPROM、EEPROM、FLASH ROM 等组成，单片机访问外部程序存储器时，至少需要提供两类信号：一类是地址信号，用于确定选中某个存储单元；一类是控制信号，通常接在外部程序存储器的数据允许输出端 $\overline{OE}$ 和片选端 $\overline{CE}$。

由于单片机无专门的地址总线和数据总线，一般用 P2 口输出高八位地址，而用 P0 口分时输出低 8 位地址和 8 位数据，并由地址锁存允许 ALE 引脚信号把低八位地址锁存在地址锁存器中，而程序存储器输出允许 $\overline{PSEN}$ 引脚往往与存储器芯片的数据允许输出端 $\overline{OE}$ 相连，关于这个信号的有关说明及使用在后面作详细介绍。

CPU 可以通过 MOVC 指令遍访 64K 程序存储空间，此外没有其他指令能更改程序存储器中的内容，即向程序存储器执行写入操作，所以，单片机的程序存储器在系统运行过程中是只读的。另外，由于程序存储器和数据存储器在物理上相互独立，CPU 的取指令工作不能从程序存储器空间转到数据存储器空间。这与普通微机系统不同。

2.2.2.2 外部数据存储器

单片机的外部数据存储器由随机访问存储器 RAM 组成。片外最大可扩展 64K RAM，用于存储数据。实际使用时，应尽量充分利用内部数据存储器，只有在实时数据采集和处理等数据存储量较大的情况下，才需要在片外扩展数据存储器，最常采用的是静态 RAM 存储器芯片。

访问外部数据存储器，可以用 16 位的数据存储器地址指针 DPTR，同样由 P2 口输出高 8 位地址，由 P0 口输出低 8 位地址，用地址锁存允许 ALE 控制地址锁存。但与程序存储器不同，数据存储器的内容既可以读也可以写。在时序上产生相应的 $\overline{RD}$ 和 $\overline{WR}$ 信号，并以此来控制存储器的读和写操作。也可以用 8 位地址访问外部数据存储器，并不会与内部数据存储器空间重叠，因为单片机指令系统中专门设置了访问外部数据存储器的 MOVX 指令，使得这种操作既区别于访问程序存储器的 MOVC 指令，也区别于访问内部数据存储器的 MOV 指令。这种指令的区别是由时序和相应控制信号的区别作为保证的。

显然，当外部数据存储器不超过 256 字节时，使用 8 位地址即可，若外部数据存储器较大，超出 256 字节，则应在使用 8 位地址前，预先设置 P2 口的内容，以确定高 8 位地址，然后再用 8 位地址指令执行对该页面内某存储单元的操作。

2.2.2.3 内部数据存储器

掌握单片机内部数据存储器的地址空间分配是十分重要的，在后面学习指令系统和程序设计时将会频繁的使用到。

如图 2.7 所示，内部数据存储器地址 00H～FFH，这 256 个字节的地址空间可分为两部分：内部数据 RAM 地址 00H～7FH，即 0～127；特殊功能寄存器（SFR）地址 80H～FFH，即 128～255。

与一般微机相比，MCS-51 系列单片机的寄存器以 RAM 形式存在，而没有物理上独立的寄存器阵列。那些与 CPU 直接有关或表示 CPU 状态的寄存器如堆栈指针 SP、累加器 ACC、程序状态寄存器 PSW 等则归并于特殊功能寄存器 SFR 之中。

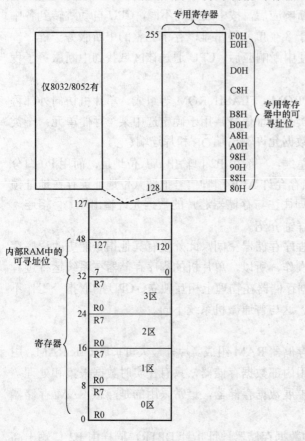

图 2.7 内部数据存储器

1. 内部数据 RAM

8051 单片机内部有 128 个字节的 RAM。CPU 为其提供了丰富的操作指令，它们均可按字节操作。既可以作为数据缓冲区，也可以在其中开辟堆栈，还可以利用其提供的工作寄存器区进行数据的快速存取。

（1）工作寄存器。在内部数据 RAM 的 00H～1FH 区域，划分出 4 组，每组有 8 个工作寄存器，均用 R0～R7 表示，共 32 个工作寄存器。它们可用来暂存运算的中间结果，以提高运算速度；可以用作计数器，在指令作用下加 1 或减 1；可以用其中的 R0、R1 存放八位地址，去访问 256 个地址中的某一个存储单元。但它们不能组成寄存器对，即不能合并起来当作 16 位地址指针使用。

工作寄存器共有 4 组，标志寄存器 PSW 中的 RS1、RS0 两位的状态，决定了 CPU 当前使用的是哪一组工作寄存器，见表 2.4 所列。当需要快速保护现场时，CPU 只要执行一条指令，就可以改变 PSW 中的 RS1、RS0，就可完成当前一组工作寄存器的切换，这就为保护寄存器内容提供了极大方便。

表 2.4　　　　　　　　　　　PSW 中的 RS1、RS0 的含义

RS1	RS0	工作寄存器组	R0～R7 占用的单元地址
0	0	0 组（BANK0）	00H～07H
0	1	1 组（BANK1）	08H～0FH
1	0	2 组（BANK2）	10H～17H
1	1	3 组（BANK3）	18H～1FH

（2）堆栈。单片机的堆栈限制在内部数据存储器中，由于堆栈指针 SP 为 8 位寄存器，所以原则上堆栈可由用户分配在片内 RAM 的任意区域，只要对堆栈指针 SP 赋以不同的初值就可指定不同的堆栈区域。但在具体应用时，堆栈区的设置应和 RAM 的分配统一考虑。工作寄存器和位寻址区是固定的，接下来需要指定堆栈区域。由于 MCS-51 系列单片机复位以后，SP 为 07H，栈顶与 1 区的工作寄存器重叠，因此用户初始化程序需要对 SP 设置初值，一般设在 30H 以后的范围为宜。

表 2.5 所列，为建议的内部数据存储器地址空间分配情况。MCS-51 系列单片机的堆栈是向上生成的，若 SP＝40H，则 CPU 执行一条调用指令或响应中断，程序计数器 PC 的内容会自动保护进栈，PC（L）保护到 41H，PC（H）保护到 42H，此时 SP 的内容会自动修改为（SP）＝42H。

表 2.5 内部数据存储器分配表

7FH 30H	数据缓冲区 堆栈区 工作单元	只能字节寻址
2FH 20H	位地址：00H～7FH	可位寻址（128 位） 可字节寻址（16 个字节）
1FH	3 组	只能字节寻址 4 组工作寄存器 R0～R7
	2 组	
	1 组	
00H	0 组	

2. 特殊功能寄存器

特殊功能寄存器（SFR）的地址 80H～FFH，即 128～255。在 MCS-51 单片机中，除程序计数器 PC 和 4 组工作寄存器区外，其余的 21 个寄存器都存于 SFR 区域中，其中 5 个是双字节寄存器，共占用了 26 个字节。

特殊功能寄存器反映了 MCS-51 单片机的工作状态，实际上是单片机的状态字和控制字寄存器，可分为两类：一类与单片机的引脚有关，另一类用于控制单片机的内部功能。单片机中的一些中断屏蔽及优先级控制，不是采用硬件优先链方式，而是用程序在特殊功能寄存器中设定。定时器/计数器、串行口的控制字等全部以特殊功能寄存器出现，这就使得单片机有可能把 I/O 口与 CPU、存储器集成在一起，而达到普通微机中多个芯片连接在一起的效果。

表 2.6 所列为特殊功能寄存器的功能说明。与单片机引脚有关的特殊功能寄存器是 P0～P3，它们实际上是 4 个锁存器，每个锁存器附加上相应的一个输出驱动器和一个输入缓冲器就构成了一个并行口，共有 4 个并行口，可提供 32 根 I/O 线，每根线都是双向的，并且具有第二功能。其余用于单片机内部控制的寄存器，如累加器 A、寄存器 B、程序状态字 PSW、堆栈指针 SP、数据地址指针 DPTR 等，其功能前面已有讲述，而另一些寄存器的功能将在后面有关章节介绍。

在内部数据存储器 128～255 共 128 个字节单元中，特殊功能寄存器只占用了其中 26 个字节，其余单元现无定义，用户不能对这些单元进行读/写操作。若对其进行访问，将得到一个不确定的随机数。

表 2.6 特 殊 功 能 寄 存 器

标识符	名 称	地 址
ACC	累加器	0E0H
B	B 寄存器	0F0H
PSW	程序状态字	0D0H
SP	堆栈指针	81H
DPTR	数据指针（包括 DPH 和 DPL）	83H 和 82H
P0	口 0	80H
P1	口 1	90H
P2	口 2	0A0H

续表

标识符	名　称	地　址
P3	口 3	0B0H
IP	中断优先级控制	0B8H
IE	允许中断控制	0A8H
TMOD	定时器/计数器方式控制	89H
TCON	定时器/计数器控制	88H
T2CON*	定时器/计数器 2 控制	0C8H
TH0	定时器/计数器 0（高位字节）	8CH
TL0	定时器/计数器 0（低位字节）	8AH
TH1	定时器/计数器 1（高位字节）	8DH
TL1	定时器/计数器 1（低位字节）	8BH
TH2*	定时器/计数器 2（高位字节）	0CDH
TL2*	定时器/计数器 2（低位字节）	0CCH
RLDH*	定时器/计数器 2 自动再装载（高位字节）	0CBH
RLDL*	定时器/计数器 2 自动再装载（低位字节）	0CAH
SCON	串行控制	98H
SBUF	串行数据缓冲器	99H
PCON	电源控制	87H

注　带*号的寄存器仅在 52 子系列单片机中才有。

3. 位地址空间

位地址空间是指在内部数据存储器中，存在着一些单元，CPU 既可以对其执行按字节的操作，布尔处理机也可以对其中每个单元的八位二进制数据执行按位的操作。

如表 2.7 所列，在内部数据 RAM 的 128 个单元中，地址 20H～2FH 有 16 个单元为位地址空间，计有 128 个可寻址位。如表 2.8 所列，在特殊功能寄存器中，有 12 个专用寄存器（字节地址可被 8 除尽）的各位是可位寻址的（除 IP.7、IP.6 和 IE.6 以外），计有 93 个可寻址位。可见，内部数据存储器中可进行位操作的有 221 位。

表 2.7　　　　　　　　　　　内部数据 RAM 的位地址

字节	（MSB）							(LSB)	位
7FH									127
30H									48
2FH	7F	7E	7D	7C	7B	7A	79	78	47
2EH	77	76	75	74	73	72	71	70	46
2DH	6F	6E	6D	6C	6B	6A	69	68	45
2CH	67	66	65	64	63	62	61	60	44
2BH	5F	5E	5D	5C	5B	5A	59	58	43

续表

字节	（MSB）							（LSB）	位
2AH	57	56	55	54	53	52	51	50	42
29H	4F	4E	4D	4C	4B	4A	49	48	41
28H	47	46	45	44	43	42	41	40	40
27H	3F	3E	3D	3C	3B	3A	39	38	39
26H	37	36	35	34	33	32	31	30	38
25H	2F	2E	2D	2C	2B	2A	29	28	37
24H	27	26	25	24	23	22	21	20	36
23H	1F	1E	1D	1C	1B	1A	19	18	35
22H	17	16	15	14	13	12	11	10	34
21H	0F	0E	0D	0C	0B	0A	09	08	33
20H	07	06	05	04	03	02	01	00	32
1FH 18H	工作寄存器（3 区）								31 24
17H 10H	工作寄存器（2 区）								23 16
0FH 08H	工作寄存器（1 区）								15 8
07H 00H	工作寄存器（0 区）								7 0

表 2.8　　　　　　　　　　特殊功能寄存器地址映像

SFR	MSB			位地址/位定义				LSB	字节地址
B	F7	F6	F5	F4	F3	F2	F1	F0	F0H
ACC	E7	E6	E5	E4	E3	E2	E1	E0	E0H
PSW	D7	D6	D5	D4	D3	D2	D1	D0	D0H
	CY	AC	F0	RS1	RS0	OV	F1	P	
IP	BF	BE	BD	BC	BB	BA	B9	B8	B8H
	—	—	—	PS	PT1	PX1	PT0	PX0	
P3	B7	B6	B5	B4	B3	B2	B1	B0	B0H
	P3.7	P3.6	P3.5	P3.4	P3.3	P3.2	P3.1	P3.0	
IE	AF	AE	AD	AC	AB	AA	A9	A8	A8H
	EA	—	—	ES	ET1	EX1	ET0	EX0	
P2	A7	A6	A5	A4	A3	A2	A1	A0	A0H
	P2.7	P2.6	P2.5	P2.4	P2.3	P2.2	P2.1	P2.0	
SBUF									（99H）

续表

SFR	MSB			位地址/位定义				LSB	字节地址
SCON	9F	9E	9D	9C	9B	9A	99	98	98H
	SM0	SM1	SM2	REN	TB8	RB8	TI	RI	
P1	97	96	95	94	93	92	91	90	90H
	P1.7	P1.6	P1.5	P1.4	P1.3	P1.2	P1.1	P1.0	
TH1									(8DH)
TH0									(8CH)
TL1									(8BH)
TL0									(8AH)
TMOD	GAT	C/T	M1	M0	GAT	C/T	M1	M0	(89H)
TCON	8F	8E	8D	8C	8B	8A	89	88	88H
	TF1	TR1	TF0	TR0	IE1	IT1	IE0	IT0	
PCON	SMOD	—	—	—	—	—	—	—	(87H)
DPH									(83H)
DPL									(82H)
SP									(81H)
P0	87	86	85	84	83	82	81	80	80H
	P0.7	P0.6	P0.5	P0.4	P0.3	P0.2	P0.1	P0.0	

注 字节地址不带括号的寄存器是可进行位寻址的，而带括号的只能进行字节寻址。

2.2.3 I/O 口特点

在图 2.3 的组成结构图中，只表示出了四个双向通道 P0～P3 口的 32 根引脚，而没有像一般微机如 8086 那样明确表示出地址线和数据线。在访问片外存储器时，低 8 位地址和数据由 P0 口分时传送，高 8 位地址由 P2 口传送；P3 口具有第二功能。其余情况下，这四个口的每一位均可作为双向的 I/O 端口使用。

四个通道口都具有一种特殊的线路结构，每个口都包含一个锁存器，即特殊功能寄存器 P0～P3，一个输出驱动器和两个（P3 口为 3 个）三态缓冲器。这种结构在数据输出时，可以锁存，即在重新输出新的数据之前，口上的数据一直保持不变。但对输入信号是不锁存的，所以外设欲输入的数据必须保持到取数指令执行（把数据读取）完毕为止。为了叙述方便，以下把 4 个端口和其中的锁存器（即特殊功能寄存器）都笼统地表示为 P0～P3。

2.2.3.1 P0 口

在访问外部存储器时，P0 口是一个真正的双向数据总线口，并分时送出低 8 位地址和数据。图 2.8 是 P0 口一位的结构图，它包括一个输出锁存器、两个三态缓冲器、一个输出驱动电路和一个输出控制电路。其中输出驱动电路由一对 FET（场效应管）组成，其工作状态受输出控制电路的控制。

当从 P0 输出地址或数据时，这时控制信号应为高电平"1"，模拟转换开关（MUX）把地址/数据信息经反相器和下拉 FET 接通，同时与门开锁。输出的地址或数据信号既通过与门去驱动上拉 FET，又通过反相器去驱动下拉 FET。例如，若地址/数据信息为"0"，该"0"信号一方面通过与门使上拉 FET 截止，另一方面经反相器使下拉 FET 导通，

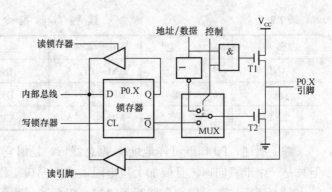

图 2.8　P0 口的位结构

从而使引脚上输出相应的"0"信号。反之，若地址/数据信息为"1"，将会使上拉 FET 导通而下拉 FET 截止，引脚上将出现相应的"1"信号。

若 P0 口作为一般 I/O 口使用，在 CPU 向端口输出数据时，对应的输出控制信号应为"0"，模拟转换开关将把输出级与锁存器 $\overline{Q}$ 接通。同时，因与门输出为"0"，使上拉 FET 处于截止状态，因此输出级是漏极开路的开漏电路，必须加上拉电阻。这样，当写脉冲加在触发器时钟端 CL 上时，则与内部总线相连的 D 端数据取反后就出现在 $\overline{Q}$ 端，再经 FET 反相，在 P0 引脚上出现的数据正好是内部总线的数据。

不难看出，P0 口在输出地址/数据信息和作为一般 I/O 口输出数据时，其输出驱动电路的工作状态是有差别的。P0 口作为地址/数据总线口使用时，两个 FET 工作于推挽方式，不必外加提升电阻。而作为一般 I/O 口使用时，由于上拉 FET 截止，下拉 FET 处于开漏状态，故需外接上拉电阻。

当 P0 口作为普通 I/O 口用于输入数据时，此时上拉 FET 一直处于截止状态。引脚上的外部信号既加在下面的一个内部三态缓冲器的输入端，又加在下拉 FET 的漏极，假定在此之前曾输出锁存过数据"0"，则下拉 FET 是导通的，这样引脚上的电位就始终被钳位在 0 电平，使输入高电平无法读入。因此作为一般 I/O 口使用时，P0 口也是一个准双向口，即输入数据时，应先向锁存器写入"1"，使下拉 FET 截止，然后方可作高阻抗输入。在复位时，P0 口的锁存器的值为 0FFH，所以，对用户而言，P0 用作普通 I/O 口时可以直接用作输入口。

上面所述为数据由引脚输入的情况，称为"读引脚"操作。但在有些情况下，例如，用一根口线去驱动一个晶体管的基极，则向此口线写"1"时，晶体管导通，并把引脚上的电平拉低，这时若从引脚上读取数据，会把此数据错读为"0"。为了避免错读引脚上电平的可能性，单片机中还提供了一类所谓"读锁存器"操作。这类操作的特点是：先读口锁存器，随之可对读入的数据进行修改，然后再写到端口上。例如执行指令 ANL P1，A 时，则先把 P1 锁存器的内容读入 CPU，然后与累加器 A 的内容按位进行逻辑"与"操作，最后把"与"的结果送回 P1 口锁存器。能使单片机产生这种读－修改－写操作的指令，其目的操作数一般为某 I/O 口或其中的某一位，这些指令是位与（&）、位或（|）、取反（～）、增 1、减 1 等，见表 2.9。

表 2.9　　　　　　　　　　　　　　　读 锁 存 器 指 令

助记符	功　　能	指令实例	助记符	功　　能	指令实例
ANL	按位与	ANL　P1，A	INC	增 1	INC　P1
ORL	按位或	ORL　P1，A	DEL	减 1	DEL　P1
XRL	按位异或	XRL　P1，A	CPL	位取反	CPL　P1.3

　　综上所述，P0 口既可作地址/数据总线口，这时它是真正的双向口；也可作通用 I/O 口，但只是一个准双向口，且要加上拉电阻。准双向口工作的特点是：在某引脚由输出状态变为输入时，则应先往对应锁存器写入 "1"，以免读错引脚上的信息。一般情况下，若 P0 口已当作地址/数据总线口使用时，就不能再作为通用 I/O 口使用。

　　复位时，P0 口锁存器均置 "1"，8 根引脚可当一般输入线使用。

2.2.3.2　P2 口

　　在访问外部存储器时，P2 口可用于输出高 8 位地址，若当作通用 I/O 口用，P2 口则是一个准双向口。通道口 2 的一位线路结构示于图 2.9 中。

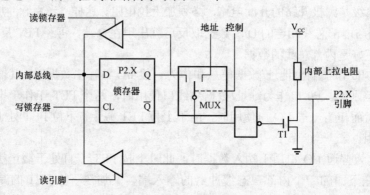

图 2.9　P2 口的位结构

　　由图可见，线路有一转换器（MUX），由控制信号控制，如果接通右边位置，则地址信号加到输出线路（反相器和输出 FET），并在输出脚上出现地址信号，这相当于 P2 口用于地址输出时的情况。如果转换器接通左边位置，则锁存器与输出线路接通，需要输出的数据通过内部总线锁存入 P2（符合通常输出锁存的常规），这个数据并将出现在口 2 的输出脚上。P2 锁存器中的数据也可以由 "读锁存器" 接通到内部总线，读回 CPU。

　　当把口 2 的某一位作为输入位时，首先要在对应锁存器中写入 "1"，它使得输出 FET 截止。从而使图 2.9 中下面一个三态缓冲器输入端逻辑电平随输入信号而变，由 "读引脚" 信号将外部输入信号接通到内部总线，并读入 CPU。否则和 P0 口作为通用 I/O 口使用时相同。若不予先在锁存器中写入 "1"，则输出 FET 有可能处于导通状态，从而将口线钳位在低电平上，而不可能把高电平输进来，因此称其为准双向口。线路中输入没有锁存，但对内部总线具有三态缓冲门，输出有锁存，符合通常的习惯。

　　复位时，8 个锁存器的状态均为高电平，可以当作输入线使用。

　　综上所述，P2 口输出有锁存功能，作准双向口使用输入时要先向口写 "1"。每根引脚既可以作地址输出，也可以作数据输出和输入。例如，口 2 可以作为高 8 位程序计数器（PCH）

输出（程序地址），高8位数据地址指针（DPH）输出或者作通用I/O口使用。但一般来说，若P2口已外接程序存储器，由于访问外部存储器的操作不断，P2口不断送出高8位地址，故这时P2口不可能再作通用I/O口使用。只有在仅连接外部数据存储器的系统中，可视访问外部数据存储器的频繁程度或扩充外部数据存储器容量的大小，在一定限度内作一般I/O口使用。这要结合外部存储器执行时序具体分析。

由图2.9还可看出，在输出驱动器部分，P2口也有别于P0口，它接有内部上拉电阻。实际中的上拉电阻是由作阻性元件使用的场效应管 FET 组成的，可分为固定部分和附加部分，其附加部分是为加速输出由"0－1"的跳变过程而设置的。对于 P1、P2、P3 口，输出级结构是相同的。这种驱动部分接有内部上拉电阻的结构，使 P1～P3 口输出时能驱动 3 个LSTTL 输入，而不必外接提升电阻就可驱动任何 CMOS 输入。

2.2.3.3　P3 口

P3 口是一个双功能口，第一功能和 P2 口一样可作为通用 I/O 口，每位可定义为输入或输出，且是一个准双向口。P3 口工作于第二功能时，各位的定义见表2.10。

表2.10　　　　　　　　　　　　P3 口各位第二功能定义

引　脚	名　　称	作　　用	引　脚	名　　称	作　　用
P3.0	RXD	串行输入通道	P3.4	T0	定时器 0 外部输入
P3.1	TXD	串行输出通道	P3.5	T1	定时器 1 外部输入
P3.2	$\overline{\text{INT0}}$	外中断 0	P3.6	$\overline{\text{WR}}$	外部数据存储器写选通
P3.3	$\overline{\text{INT1}}$	外中断 1	P3.7	$\overline{\text{RD}}$	外部数据存储器读选通

由图2.10中P3口的位结构可以看出，实现第一功能作通用输入/输出口时，选择输出功能端应保持高电平，使与非门对锁存器Q端是畅通的。同理，实现第二功能做专用信号输出时（如送出 $\overline{\text{WR}}$、$\overline{\text{RD}}$ 等信号），则该位的锁存器应置"1"，使与非门对选择输出功能端是畅通的。但对输入而言，无论该位是作通用输入口或作第二功能输入口，相应的输出锁存器和选择输出功能端都应置"1"。实际上，由于MCS-51系列单片机所有口锁存器在上电复位时均置为"1"，自然满足了上述条件，所以用户不必做任何工作，就可以直接使用 P3 口的第二功能。而在确信某一引脚第二功能所可提供的

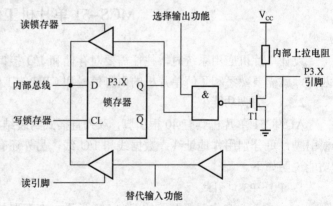

图2.10　P3 口的位结构

信号不用（或不会产生）时，该引脚才可作 I/O 线使用，这同一般准双向口的 I/O 引脚使用方法相同。

图下面的输入通道中有两个缓冲器，第二功能的专用输入信号取自第一个缓冲器输出端，通用输入信号取自"读引脚"缓冲器的输出端。

2.2.3.4　P1 口

P1 口是一个标准的准双向口，其位结构见图 2.11 中。在组成应用系统时，它往往作通用的 I/O 口使用。只是在 8052 单片机中，P1.0 和 P1.1 是多功能的。除作一般双向 I/O 口使用外，P1.0 还用作定时器/计数器 2 的外部输入端，并以标识符 T2 表示；P1.1 则作为定时器/计数器 2 的外部控制输入，以 T2EX 表示。

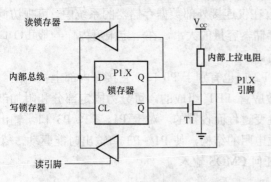

图 2.11　P1 口的位结构

综上，可对组成一般单片机应用系统时各个并口的分工如下：

P0 口：地址低 8 位与数据线分时使用口。

P1 口：按位可编程的输入输出口。

P2 口：PC 高 8 位、DPTR 高 8 位或 I/O 口。

P3 口：双功能口，第二功能定义如上表所述，若不用第二功能，则可作一般 I/O 口。

注意：设计开发单片机应用系统时，端口最常用来进行系统的扩展。例如实现单片机和存储器及输入/输出接口的连接，也可直接利用端口进行单片机和外设间的信息传送，这就必须考虑端口的负载能力。一般 P1、P2、P3 口的输出能驱动 3 个 LSTTL 输入，P0 口的输出能驱动 8 个 LSTTL 输入。它们可直接驱动固态继电器工作。对 CMOS 输入而言，P1、P2、P3 口无需外加提升电阻就可直接驱动，而 P0 口需外加提升电阻。但当 P0 口用作地址/数据复用线时，它可直接驱动 CMOS 输入而不必外加提升电阻。

新型 8x51 单片机产品的端口 I/O 驱动能力有较大提高，如 ATMEL 公司的 AT89C51、AT89C52 等产品，其端口输出电流高达 20mA，可以直接驱动 LED 显示。

2.3　MCS–51 单片机工作原理

设计单片机应用系统时，往往需要对存储和 I/O 接口加以扩充，为保证准确连写和时序匹配，就需要熟悉和了解单片机的引脚信号和 CPU 的工作流程。

2.3.1　引脚功能

AT89C51 单片机具有 40 根引脚，双列直插式封装结构如图 2.4 所示。4 个并行口共有 32 根引脚，可分别用作地址线、数据线和 I/O 线，另外还有 6 根控制信号线，2 根电源线。其功能说明如下。

1. P0～P3 口引线

P0：是一个 8 位漏极开路的双向 I/O 通道。在存取外存储器时用作低 8 位地址及数据总线（此时内部上拉电阻有效）。在程序检验时也用作输出指令字节（此时需要外接上拉电阻），P0 能连接 8 个 LSTTL 输入。

P1：是一个带内部上拉电阻的 8 位双向 I/O 通道。在 8051 或 8751 的程序检验中，它接收低 8 位地址字节。P1 能吸收或供给 3 个 LSTTL 输入，不用外接上拉电阻即可驱动 MOS 输入。

P2：是一个带内部上拉电阻的 8 位双向 I/O 通道。在存取外存储器时，它提供高 8 位地址。在 8051 或 8751 的程序检查中，它也能接收高位地址和控制信号。P2 能吸收或供给三个 LSTTL 输入，不用外接上拉电阻即可驱动 MOS 输入。

P3：是一个带内部上拉电阻的 8 位双向 I/O 通道。它还能用于实现第二功能。P3 能够吸收或供给三个 TTL 输入，不用外加电阻即可驱动 MOS 输入。

2. 控制信号线

ALE/$\overline{\text{PROG}}$：地址锁存允许输出。在访问片外存储器时，锁存低 8 位地址。在不访问片外存储器时，以时钟振荡频率 1/6 的固定频率激发 ALE，可以用于外部时钟和定时。然而在每一次访问片外数据存储器时，会丢失一个 ALE 脉冲。在进行 EPROM 编程时，该端线还是编程脉冲输入端 $\overline{\text{PROG}}$。

$\overline{\text{PSEN}}$：程序存储器读选通输出。从片外程序存储器取数时，每个机器周期内 $\overline{\text{PSEN}}$ 激发两次（然后，当执行片外程序存储器的程序时，$\overline{\text{PSEN}}$ 在每次存取片外数据存储器时，有两个脉冲是不出现的）。从内部程序存储器读取指令时，不激发 $\overline{\text{PSEN}}$。

$\overline{\text{EA}}$/VPP：当 $\overline{\text{EA}}$ 为高电平时，CPU 执行片内程序存储器指令（除非程序计数器超过 0FFFH）。当 $\overline{\text{EA}}$ 为低电平时，CPU 只执行片外程序存储器指令。对 AT89C51 而言，当对 FLASH 编程时，它用于接收 12V 的编程电源电压（V_{PP}）。

XTAL1：作为振荡器倒相放大器的输入。使用外振荡器时，须接地。

XTAL2：作为振荡器的倒相放大器的输出和内部时钟发生器的输入。使用外振荡器时，接收外振荡器信号。

根据 ALE 和 XTAL2 输出端是否有信号输出，可以判断出 MCS-51 单片机是否在工作。

RST/VPD：复位输入。当振荡器工作时，在此引脚持续给出两个机器周期的高电平可以完成复位。由于有一个内部的下拉电阻，只需要在该端和 V_{CC} 端之间加一个电容，便可以做到上电复位。单片机复位以后，P0～P3 口输出高电平，SP 指针重新赋值为 07H，其他特殊功能寄存器和程序计数器 PC 被清 0。复位后各内部寄存器初态见表 2.11。

表 2.11　　　　　　　　　　单片机复位后内部寄存器初态

特殊功能寄存器	初始状态	特殊功能寄存器	初始状态
ACC	00H	TMOD	00H
B	00H	TCON	00H
PSW	00H	TH0	00H
SP	07H	TL0	00H
DPL	00H	TH1	00H
DPH	00H	TL1	00H
P0～P3	0FFH	SCON	00H
IP	×××00000B	SBUF	不定
IE	0××00000B	PCON	0×××××××B

只要 RST 一直保持高电平，8051 就会循环复位。RST 由高电平变为低电平后，8051 从 0000H 地址开始执行程序。8051 初始复位不影响内部 RAM 的状态，包括工作寄存器 R0～R7。

常见的复位电路有上电复位、开关复位、带看门狗监视的复位等。

（1）上电复位。电路如图 2.12 所示，在通电瞬间，由于 C_R 通过 R_R 充电，在 RST 端出现正脉冲，单片机自动复位。C_R、R_R 随 CPU 时钟频率而变化，可采用经验值或通过实验调整。若采用 6MHz 时钟，C_R 为 22μF，R_R 为 1kΩ，便能可靠复位。

（2）开关复位。电路如图 2.13 所示，分为电平方式开关复位和脉冲方式开关复位两种。电路中的电阻、电容参数和 CPU 采用的时钟频率有关，由实验调整。在实际的单片机应用系统中，外部扩展的芯片也可能需要初始复位，若与单片机的复位端相连将影响复位电路中的 R_C 参数。

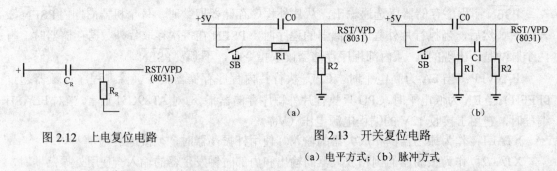

图 2.12　上电复位电路

图 2.13　开关复位电路
（a）电平方式；（b）脉冲方式

（3）带看门狗的复位。电路如图 2.14 所示，借助看门狗芯片（WDT）实现可靠复位，在单片机受到干扰使程序不能正常运行（飞车）时自动产生复位信号。当 CPU 正常工作时，定时复位看门狗中的计数器，使得计数值不超过某个特定值；当 CPU 不能正常工作时，由于看门狗中的计数器不能被复位，其计数会超过这个特定值，从而产生复位脉冲，使得单片机系统复位，确保 CPU 恢复正常工作状态。

以 Dallas 公司的看门狗芯片 DS1232 为例说明其原理。DS1232 可以提供高电平和低电平两种复位信号，可以产生上电复位和手动复位，可以监视电源电平，当电平低于一定值时产生复位信号，可以监视软件运行状态，当程序运行出现飞车时，产生复位信号。DS1232 管脚排列如图 2.15 所示。

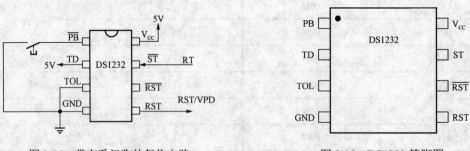

图 2.14　带有看门狗的复位电路

图 2.15　DS1232 管脚图

TD：WDT 定时器超时周期设置，接地为 150ms，悬空为 600ms，接 V_{CC} 为 1.2s。

TOL：电源电平监测门限 5%或 10%选择，接地为 5%，接 V_{CC} 为 10%。

ST：WDT 定时器复位信号输入，在选定的超时周期内，在 ST 引脚产生一下降沿信号，就复位 WDT 定时器；若在选定的超时周期内在 ST 引脚没有产生一下降沿信号，就产生复位信号输出。

PB：从该引脚接一开关接地，构成手动复位开关。开关闭合时，PB 接地，产生复位输出信号。

硬件设计方面，由于 MCS-51 系列单片机需要高电平复位信号，将 DS1232 的 RST 接单片机的 RST，将 TD 和 TOL 接 V_{CC}，PB 通过一开关接地，ST 接单片机的某个 I/O 引脚。RST 与 V_{CC} 之间接一上拉电阻。

软件设计方面，在程序的主循环中和运行耗时较长的函数中，要保证在设定的超时周期内在 ST 引脚得到一个脉冲信号。

3．电源线

V_{CC}：接＋5V，在编程（8751）、检验（8051 或 8751）和正常运行时的电源。

GND：接地端，也常用 V_{SS} 表示。

通常 V_{CC} 和 GND 之间应接有高频和低频滤波电容，如 $0.01\mu F$ 或 $0.1\mu F$。

2.3.2　小型系统

以 AT89C51 单片机为核心，扩展了片外存储器的小型系统电路如图 2.16 所示。

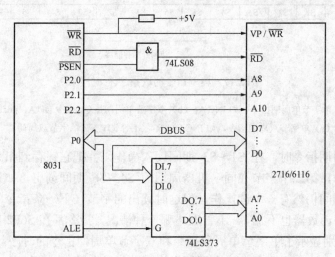

图 2.16　AT89C51 小型系统电路图

2.3.3　CPU 时序

单片机的基本操作周期为机器周期，一个机器周期可分 6 个状态，用 S1～S6 表示，每个状态由 2 个脉冲（相位）组成，用 P1、P2 表示。所以，一个机器周期共有 12 个振荡脉冲，如图 2.17 所示。一般情况下，算术和逻辑操作发生在 P1 期间，而内部寄存器到寄存器传输发生在 P2 期间。

由于内部时钟信号在外部是无法观察到的，所以画出了外部 XTAL2 的振荡信号和 ALE（地址锁存允许）信号供参考。如图 2.17 所示，一个机器周期包含 12 个振荡周期，编号为 S1P1～S6P2，每一相位持续一个振荡周期，每一个状态持续两个振荡周期。在每个机器周期中，ALE 信号两次高电平有效，一次在 S1P2 和 S2P1 期间，另一次在 S4P2 和 S5P1 期间。

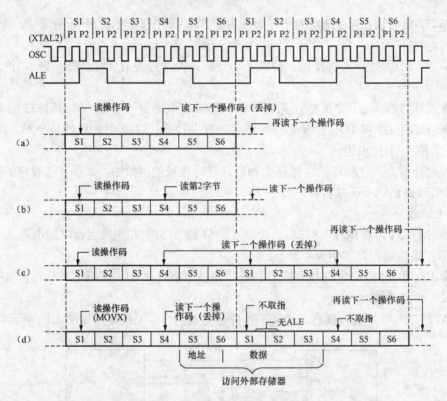

图 2.17　典型指令的取指/执行时序

（a）单字节单周期指令，如 INC A；（b）双字节单周期指令，如 ADD A，#data；

（c）单字节双周期指令，如 INC DPTR；（d）MOV X（单字节双周期）

　　执行一条单周期指令时，在 S1～S3 期间读入操作码并把它锁存到指令寄存器中。如果是一条双字节指令，第二个字节在同一机器周期的 S4～S6 期间读出。如果是一条单字节指令，在 S4～S6 期间仍然有一个读操作，但这时读出的字节（下一条指令的操作码）是不加处理的，而且程序计数器也不加 1。不管上述哪一种情况，指令都在 S6P2 期间执行完毕。图 2.17（a）、（b）分别显示了单字节单周期指令和双字节单周期指令的时序。

　　绝大多数的 MCS-51 指令是在一个周期内执行的。只有 MUL（乘）和 DIV（除）指令需用 4 个周期来完成。通常在每一个机器周期中，从程序存储器中取两个字节码，仅在执行 MOVX 指令时是例外。MOVX 是一条单字节、双周期指令，用于存取片外数据存储器数据。执行 MOVX 指令时，仍在第一个机器周期的 S1～S3 期间读入其操作码，而在 S4～S6 期间也执行读操作，但读入的下一个操作码不予处理（因为 MOV X 是单字节指令）。由第一机器周期的 S5 开始，送出片外数据存储器的地址，随后读或写数据，直到第二个机器周期的 S3 结束，此期间不产生 ALE 有效信号。而在第二机器周期 S4 期间，由于片外数据存储器已被寻址和选通，所以也不产生取指操作。图 2.17（c）、（d）显示了通常的单字节、双周期和 MOV X 指令的时序。

2.3.4　工作流程

　　单片机的工作过程实质上是执行用户编制程序的过程，通常程序指令的机器码事先已固化到存储器中，其工作过程就是周而复始地重复"取指令"和"执行指令"的过程。

假设机器码 74H、08H 已存放在 2000H 开始的存储单元中，对应指令"MOV A，#08H"，表示将 08H 这个值送入累加器 A。并假设单片机运行过程中，（PC）＝2000H，接下来的取指令和执行指令过程如下。

1. 取指令

（1）PC 的内容 2000H 送地址寄存器，然后 PC 的内容自动加 1，变为 2001H，指向下一个指令字节。

（2）地址寄存器中的内容 2000H 通过地址总线送到存储器，经地址译码选中 2000H 单元。

（3）CPU 通过控制总线发出读命令。

（4）被选中单元 2000H 的内容 74H 读出，经内部数据总线送到指令寄存器。

到此取指令过程结束，进入执行指令过程。

2. 执行指令

（1）指令寄存器中的内容 74H 经指令译码器译码，分析该指令是传送命令，即把下一个指令字节送累加器 A。

（2）PC 的内容 2001H 送地址寄存器，然后 PC 的内容自动加 1，变为 2002H，指向下一个指令字节。

（3）地址寄存器中的内容 2001H 通过地址总线送到存储器，经地址译码选中 2001H 单元。

（4）CPU 通过控制总线发出读命令。

（5）被选中单元 2001H 的内容 08H 读出，经内部数据总线送至累加器 A。

至此本指令执行结束。PC＝2002H，机器又进入下一条指令的取指令过程。一直重复上述过程直到程序中的所有指令执行完毕，这就是单片机的基本工作过程。

3. 程序转移

下面分析图 2.18 所示程序计数器 PC 管理程序执行次序的流程，假设下列程序的机器码已经存放于首地址为 2000H 和 2200H 的存储区中。

单片机工作过程中，（PC）＝2000H。CPU 将 PC 的内容 2000H 作为地址送到存储器，从存储器 2000H 单元中取回第一条指令的第一个字节 74H，送入指令寄存器。同时，PC 自动加 1，使（PC）

2000H	74H	08H		MOV A, #08H
2002H	24H	04H		ADD A, #04H
2004H	24H	05H		ADD A, #05H
2006H	02H	22H	00H	LJMP 2200H
2009H				
……				
2200H	78H 7FH			MOV R0, #7FH

图 2.18　程序机器码的存储示意

＝2001H。由于该指令是双字节指令，CPU 又将 2001H 作为地址送到存储器，从 2001H 单元中取回指令的第二个字节 08H，送入指令寄存器。同时，PC 自动加 1，使（PC）＝2002H。第一条指令（MOV A，08H）的机器码全部取回控制器后，CPU 对指令译码并执行这条指令。此时，PC 的内容已是按顺序排列的下一条指令（ADD A，#04H）的首地址 2002H。

第一条指令执行完后，CPU 又将 PC 的内容 2002H 作为地址，从 2002H 单元中取回第二条指令的第一个字节机，同时，每取一个字节，PC 自动加 1。在执行第二条指令时，PC 的内容是第三条指令的首地址，（PC）＝2004H。

于是，在程序计数器 PC 的管理下，CPU 按照程序的顺序一条一条地执行指令。

　　有时，程序需要跳转，即不再按照顺序执行。这就需要在程序中安排转移指令（JMP）、调用子程序指令（CALL）或返回指令（RET）等。这些指令将下一条要执行的指令首地址直接置入 PC 中。例如，上列程序中第四条指令（LJMP　2200H）就是一条无条件转移指令。CPU 取回这条指令并开始执行时，（PC）＝2009H。然而，"LJMP　2200H"的功能是将跳转地址 2200H 直接置入 PC，故该指令执行后，（PC）＝2200H。于是，CPU 将 2200H 作为地址，从 2200H 单元中取出指令（MOV　R0，#7FH）继续执行。这就实现了程序转移。

本 章 小 结

　　本章以 AT89C51 为主线介绍 MCS-51 系列单片机的硬件结构及工作特性，单片机由一个 8 位 CPU、一个片内振荡器及时钟电路、4KB ROM（8051 有 4KB 掩膜 ROM，8751 有 4KB EPROM，8031 片内无 ROM）、128B 片内 RAM、21 个特殊功能寄存器、两个 16 位定时器/计数器、4 个 8 位并行 I/O 口、一个串行输入/输出口和 5 个中断源等电路组成。芯片共有 40 个引脚，除了 32 个 I/O 引脚外，还有 6 个控制引脚：地址锁存允许 ALE，片外程序存储器读选通 $\overline{PSEN}$，复位 RST，内外 ROM 选择 $\overline{EA}$，时钟输入 XTAL1、XTAL2，以及电源和地引脚。

　　AT89C51 单片机片内有 256B 的数据存储器，它分为低 128B 的片内 RAM 区和高 128B 的特殊功能寄存器区，低 128B 的片内 RAM 又可分为工作寄存器区（00H～1FH）、位寻址区（20H～2FH）和数据缓冲区（30H～7FH）。累加器 A、程序状态寄存器 PSW、堆栈指针 SP、数据存储器地址指针 DPTR、程序计数器 PC 等均有着特殊的用途和功能。

　　AT89C51 单片机有四个 8 位的并行 I/O 口，它们在结构和特性上基本相同。当片外扩展 RAM 和 ROM 时，P0 口分时传送低 8 位地址和数据，P2 口传送高 8 位地址，P3 口常用于第二功能，通常情况下只有 P1 口用作一般的输入/输出引脚。

　　指挥单片机有条不紊工作的是时钟脉冲，执行指令均按一定的时序操作。须掌握机器周期、时序等概念，了解典型的时钟电路和复位电路，了解单片机的取指令和执行指令的工作流程。

习　　题

2.1　什么是单片机？什么是单片机应用系统？

2.2　单片机由哪几部分组成？作用分别是什么？

2.3　MCS-51 型单片机有多少个特殊功能寄存器？它们分布在什么地址范围？

2.4　DPTR 是什么寄存器？作用是什么？

2.5　程序状态寄存器 PSW 各位的含义？如何确定当前的工作寄存器区？

2.6　堆栈指针 SP 的作用是什么？在堆栈中存取数据时的原则是什么？

2.7　单片机片内 RAM 的组成是如何划分的，各有什么功能？

2.8　单片机 ROM 空间中 0003H～002BH 有什么特殊用途？

2.9　当单片机外部扩展存储器时，四个 I/O 口各起什么作用？

2.10　P0~P3 口作为 I/O 口输入或输出时，各有什么特殊要求？

2.11　单片机控制引脚有哪几根？作用分别是什么？

2.12　当时钟频率为 6MHz 时，机器周期是多少？

2.13　分别画出单片机的内部、外部时钟电路接法。

2.14　单片机常用的复位方法有哪几种？画出电路并说明工作原理。

2.15　以"ADD　A，#80H"指令为例，说明单片机的工作流程。

第 3 章　单片机指令系统

　　单片机能够按照人们的意愿工作，是因为人们给了它相应命令。这些命令是由 CPU 所能识别的指令组成的，指令是 CPU 用于控制功能部件完成某一指定功能的指示和命令。CPU 所支持的全部指令的集合，称为它的指令系统，它是表征 CPU 性能的重要指标之一，指令系统越丰富，说明 CPU 的功能越强。

　　程序设计是单片机应用系统设计的一个重要方面。本章首先学习程序设计语言、汇编指令格式，然后详细介绍 MCS-51 单片机的寻址方式、指令系统和常用伪指令，最后通过实例来讲解 MCS-51 单片机汇编语言程序设计的方法。

3.1　程序设计概述

3.1.1　程序设计语言

　　单片机程序设计语言有三类，即机器语言、汇编语言和高级语言。

　　（1）机器语言（Machine Language）是指直接用机器码编写程序，能够为 CPU 直接执行的机器级语言。机器码是一串由二进制代码 "0" 和 "1" 组成的二进制数据，执行速度快。但是可读性差，程序的设计、输入、修改和调试都很麻烦。

　　（2）汇编语言（Assembly Language）是指用指令助记符代替机器码的编程语言。汇编语言的程序结构简单，执行速度快，程序易优化，编译后占用存储空间小，是单片机应用系统开发中最常用的程序设计语言。只有熟悉单片机的指令系统，并具有一定的程序设计经验，才能编写出功能复杂的应用程序。

　　（3）高级语言（High-Level Language）是在汇编语言的基础上用高级语言来编写程序，例如 PL/M-51、Franklin C51、MBASIC-51 等。程序可读性强，通用性好，适用于不熟悉单片机指令系统的用户。不足是实时性不高，编译后占用存储空间较大。

　　采用汇编语言程序设计进行单片机应用系统软件开发的步骤大致如下：

　　（1）分析需求。在熟悉汇编语言指令格式和特点的基础上，通过分析单片机应用系统的功能需求，明确对程序的具体要求，并设计出算法。

　　（2）画程序流程图。编写较复杂的程序前，画出程序流程图是十分必要的。程序流程图是根据控制流程设计的，它可以使程序清晰、结构合理，按照基本结构编写程序，便于调试。

　　（3）分配内存工作区及有关端口地址。根据程序区、数据区、暂存区、堆栈区等预计所占空间大小，对片内外存储区进行合理分配，并确定每个区域的首地址。另外，还要考虑扩展部件的 I/O 端口地址，便于编程使用。

　　（4）编制汇编源程序。从单片机支持的指令系统中选择合适的指令，采用正确的寻址方式，编写源程序。在通过语法检查之后进行汇编，将源程序转化为目标程序。

　　（5）仿真调试程序。在开发工具软件的帮助下，进行程序的调试运行，检验程序功能的正确性，并修改可能的逻辑错误。

（6）固化程序。在开发工具系统的帮助下，将目标程序固化到程序存储器中，完成单片机应用系统软件的开发。

3.1.2 汇编指令格式

MCS-51 单片机的指令有两种表述方法，即机器指令和汇编指令。

（1）机器指令。采用二进制编码表示的指令，是 CPU 能够直接识别和执行的指令。

（2）汇编指令。采用助记符、符号和数字来表示的指令，它与机器指令是一一对应的。由于机器指令难以记忆，因此实际中常采用汇编指令。

不同指令翻译成机器码后所占用存储空间的字节数不一定相同。按照所占字节个数，MCS-51 单片机指令可以分为三种，即单字节指令、双字节指令、三字节指令，格式如下：

单字节指令： | 操作码 |

双字节指令： | 操作码 | 数据或寻址方式 |

三字节指令： | 操作码 | 数据或寻址方式 | 数据或寻址方式 |

指令的另一个属性是它的时间特性，即指令执行时消耗的机器周期数，有单周期指令、双周期指令和四周期指令。

MCS-51 指令系统具有 111 条指令，操作码有 44 种。其中，单字节指令 49 条，双字节指令 45 条，三字节指令 17 条；单周期指令 64 条，双周期指令 45 条，四周期指令 2 条。详细指令说明见书后附录 2。

书写汇编语言指令时，一条指令占一行，格式如下：

| 标号： | 操作码 | 操作数或操作数地址 | ；注释 |

如，NEXT,　MOV　A，30H　　　；（A）← （30H）

1. 标号

标号是根据编程需要给指令设定的符号地址。每一条指令占据一行，可以有一个标号，也可能没有。每一个子程序的第一条语句都必须有一个标号，以标识该子程序的入口地址，也充当该子程序的名字。标号由 1～8 个字符组成；第一个字符必须是英文字母；不能使用汇编语言已经定义的符号，如指令助记符、伪指令助记符、寄存器名称等；标号后必须用冒号（英文半角符号）。

2. 操作码

操作码是每一条指令必须有的，表明该条指令的功能。如 ADD 表示加法指令，MOV 指令表示数据传送等。

3. 操作数

操作数是指令的操作对象，操作数可以是一个数（立即数），也可以是一个数据所在的存储单元地址。有以下几种情况：

（1）无操作数项，操作数隐含在操作码中，如 RET 指令，其操作是固定的，即从堆栈中将程序计数器的值弹出，让程序返回断点处继续执行，因而指令不需要操作数；或者无操作数，如 NOP 指令。

（2）有一个操作数，如 INC　A 将累加器 A 的值加 1。

（3）有两个操作数，如 ADD　A，#23H 将数 23H 与累加器 A 中的数相加，结果存于 A

中，操作数之间以逗号分隔，前者称目的操作数，后者称源操作数。

（4）有三个操作数，如 CJNE A，#00H，NEXT；操作数之间以逗号分隔。

4. 注释

注释是对指令或程序段的解释说明，用以提高程序的可读性，对以后阅读和修改程序有很大帮助。注释前必须加分号，汇编程序在汇编过程中将忽略本行分号后的所有内容。

3.2 寻 址 方 式

寻址方式就是汇编语言指令中表示寻找操作数的方式。MCS-51 单片机有七种寻址方式。对后面使用的符号约定见表 3.1。

表 3.1 　　　　　　　　　　　　　　指令系统说明中的符号约定

Rn	工作寄存器	n＝0～7
Ri	工作寄存器	i＝0～1
direct	单元地址	单字节无符号数
#data	数据	单字节数据
#data16	数据	双字节数据
addr11	地址	11 位地址
addr16	地址	16 位地址
bit	地址	位空间单元地址
rel	偏移量	单字节有符号值
（　）	直接寻址	给定对象（寄存器、SFR、单元地址）的内容
←	单向传送	将源数据传送给目的数据
↔	数据交换	将源数据与目的数据交换

1. 寄存器寻址

用某个寄存器存放操作数，即指令中的操作数为某个寄存器的内容。如：

MOV A，R0 　　　　；（A）←（R0），寄存器 R0 的内容是操作数

ADD A，R5 　　　　；（A）←（A）＋（R5）寄存器 R5 的内容是操作数

使用寄存器寻址方式时，工作寄存器在指令中以 Rn 的形式出现，n ＝ 0～7，由 PSW 中的 RS0 和 RS1 两位确定是哪一组工作寄存器。

2. 直接寻址

指令中给出的操作数是内部 RAM 的单元地址。如：

MOV A，45H 　　　　；（A）←（45H）

此时内部 RAM 的 45H 单元的内容是操作数。

可用于直接寻址的空间是：内部 RAM 的低 128 字节（包括可位寻址区）、特殊功能寄存器区（SFR）。

对特殊功能寄存器区，必须用直接寻址方式寻址。使用特殊功能寄存器时，不需要显式地给出单元地址，而是使用特殊功能寄存器的名字，如累加器 A、程序状态寄存器 PSW 等，这些特殊功能寄存器的名字具有地址含义。当然，直接使用它们的地址也是一样的效果。

3. 寄存器间接寻址

用某个工作寄存器 Ri 存放操作数的地址，i 的值只能是 0 或 1，即用于这种寻址方式的工作寄存器只有 R0 和 R1。如：

MOV A，@R1 　　　　　　；（A）←（（R1））

此时 R1 的内容是操作数的地址。若 R1 的内容为 34H，内部 RAM 的 34H 单元的内容是 56H，该指令将 56H 送入累加器 A。

使用 R0 和 R1 可以寻址外部数据寄存器一个页面空间的单元，页面即是指 256 个字节的区域，使用前要使用 P2 指定页面号。而使用 DPTR 可以寻址外部数据寄存器 64K 空间的单元。如：

MOVX A，@DPTR 　　　；（A）←（（DPTR））

对于 8052 系列单片机，其内部 RAM 的高 128 字节地址与特殊功能寄存器地址重合。内部 RAM 的高 128 字节必须用寄存器间接寻址方式寻址，而特殊功能寄存器必须用直接寻址方式寻址。靠寻址方式的不同来区别这两个空间。

注意：在寄存器名称前加@表示寄存器中的内容为操作数的地址。

4. 立即寻址

指令中直接给出操作数。如：

MOV A，# 2FH 　　　　　；（A）←2FH

ADD A，# 0E3H 　　　　；（A）←（A）+E3H

注意：数字前冠以#号，表示立即数。而直接寻址方式时，地址操作数前没有任何符号。注意与 x86 指令系统相区别。

5. 变址寻址

用于读取存放在程序存储器中的数组（表格）。使用时通常用 DPTR 存放数组首址，A 中存放数组元素的偏移量（无符号数），两者的和作为实际操作数的地址。如：

MOVC A，@A+DPTR 　；（A）←（（A）+（DPTR））

变址寻址的作用空间是程序存储器中存放的数组（表格）。

DPTR 称为基址寄存器，能用作基址寄存器的还有程序计数器 PC。如：

MOVC A，@A+PC 　　；（A）←（（A）+（PC））

使用 PC 做基址寄存器时，基址不是数组首地址，而是由当前指令的位置决定。

6. 相对寻址

相对寻址主要用于跳转指令，以程序计数器 PC 作为基址寄存器，指令中给出偏移量 rel（有符号数），PC 的当前内容（源地址）与 rel 之和给出了操作数的新地址。如：

SJMP rel 　　　　　　　；（PC）←（PC）+2+rel

相对寻址的操作对象只能是 PC，所以指令中就省略了。

7. 位寻址

对内部 RAM 的可位寻址空间及特殊功能寄存器中可寻址位采用位寻址方式。位寻址是按位进行的操作，而上述的其他寻址方式都是按字节进行的操作。MCS-51 单片机中，操作数不仅可以按字节为单位进行操作，也可以按位进行操作。如：

　　MOV　C，3AH　　　　　；目的操作数累加器 C 为位地址，故源操作数也必为位地址

　　SETB　3DH　　　　　　；将内部 RAM 位寻址区中的 3DH 位置 1

　　设内部 RAM 27H 单元的内容是 00H，执行 SETB 3DH 后，由于 3DH 对应着内部 RAM 27H 的第 5 位，因此该位变为 1，也就是 27H 单元的内容变为 20H。

　　特殊功能寄存器中的可寻址位在指令中的表示方法见表 3.2。

表 3.2　　　　　　　　　　　　　　可寻址位的表示方法

使用位地址	SETB D5H	位地址 D5
使用位名称	SETB F0	位名称 F0
使用单元地址加位数	SETB D0.5	PSW 的单元地址 D0
专用寄存器名称加位数	SETB PSW.5	PSW 中的第 5 位

3.3　指　令　系　统

　　MCS-51 单片机的指令系统根据功能可分为数据传送类、逻辑操作类、算术运算类、位操作类和控制转移类。学习指令系统需要掌握指令格式、指令功能、助记符，了解指令执行周期、字节长度和机器代码。

3.3.1　数据传送类指令

　　数据传送类指令是最常用、最基本的一类指令。如图 3.1 所示，数据传送类指令分为两类：一类是单纯的数据传送，即把源操作数传送到目的操作数，而源操作数保持不变，表示为源操作数→目的操作数。另一类是数据交换，即源操作数和目的操作数内容相互交换，表示为源操作数 ↔ 目的操作数。而按作用区域可将数据传送类指令分为内部数据传送指令、外部数据传送指令、程序存储器数据传送指令。

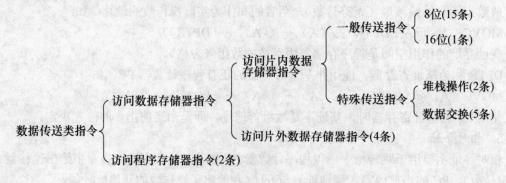

图 3.1　数据传送指令类型

1．内部数据传送指令

　MOV　<目的操作数>，<源操作数>

用助记符 MOV 表示在工作寄存器、累加器 A 和内部 RAM 单元间传送字节数据，如图 3.2 所示。这一类指令使用的寻址方式多，代码效率高，使用方便灵活。

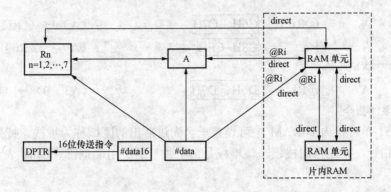

图 3.2　访问片内 RAM 的一般传送指令操作关系

（1）立即数送累加器 A 或内部数据存储器（Rn、内部 RAM、SFR）：

MOV	A,	# data	74H data	；（A）←# data
MOV	direct,	# data	75H direct data	；（direct）←# data
MOV	@Ri,	# data	76H（77H）data	；（（Ri））←# data
MOV	Rn,	# data	78H~7FH data	；（Rn）←# data

（2）内部数据存储器（Rn、内部 RAM、SFR）与累加器 A 之间的数据传送：

MOV	A,	direct	E5H direct	；（A）←（direct）
MOV	A,	@Ri	E6H、E7H	；（A）←（（Ri））
MOV	A,	Rn	E8H~EFH	；（A）←（Rn）
MOV	direct,	A	F5H direct	；（direct）←（A）
MOV	@Ri,	A	F6H、F7H	；（（Ri））←（A）
MOV	Rn,	A	F8H~FFH	；（Rn）←（A）

（3）内部数据存储器中 Rn、内部 RAM、SFR 之间的数据传送：

MOV	direct2,	direct1	85H direct1 direct2	；（direct2）←（direct1）
MOV	direct,	@Ri	86H（87H）direct	；（direct）←（（Ri））
MOV	direct,	Rn	88H~8FH direct	；（direct）←（Rn）
MOV	@Ri,	direct	A6H（A7H）direct	；（（Ri））←（direct）
MOV	Rn,	direct	A8H~AFH direct	；（Rn）←（direct）

其中，A 是累加器，是一个特殊功能寄存器（SFR），因此它表示直接地址；direct 表示直接地址；#data 表示立即数；@Ri 表示寄存器间接寻址，@符号表示间接寻址；（（Ri））表示把立即数送到由 Ri 寄存器的内容所指出的 RAM 单元中去。

（4）目标地址传送：

MOV DPTR, # data16　　　90H 高字节 低字节　　　；（DPTR）←# data16

这是唯一的操作对象为双字节数据的传送指令。

2. 数据交换指令

用助记符 XCH 表示累加器 A 与内部 RAM 之间的字节或半字节交换。

（1）字节交换指令：

XCH	A,	direct	C5H direct	；（A）↔（direct）

| XCH | A, | @Ri | C6H、C7H | ；（A）↔（（Ri）） |
| XCH | A, | Rn | C8H~CFH | ；（A）↔（Rn） |

（2）半字节交换指令：

| XCHD | A, | @Ri | D6H、D7H | ；（A3～0）↔（（Ri）3～0） |

3. 堆栈操作指令

在 MCS-51 单片机内部 RAM 中可设置一个先进后出的区域称为堆栈。特殊功能寄存器 SP 作为堆栈指针，始终指向栈顶，该堆栈是向上生长的。用助记符 PUSH 表示进栈，POP 表示出栈。

（1）进栈指令：

PUSH direct E0H direct ；（SP）←（SP）+1，（SP）←（direct）

先将堆栈指针 SP 的内容加 1，然后将直接地址 direct 中的内容送到 SP 所指的内部 RAM 单元。

（2）出栈指令：

POP direct D0H direct ；（SP）←（direct），（SP）←（SP）−1

先将 SP 所指的内部 RAM 单元的内容送到直接地址 direct 指向的单元，然后堆栈指针 SP 的内容减 1。如：

PUSH ACC

POP ACC

注意在进栈与出栈的指令中，累加器 A 必须写为"ACC"，表示累加器 A 的地址。

4. 外部数据传送指令

用助记符 MOVX 表示累加器 A 与外部 RAM 之间的数据传送。外部 RAM 各单元之间，以及外部 RAM 与内部 RAM 之间的数据传送只能通过累加器 A 间接完成。外部 RAM 只能使用寄存器间接寻址。

外部 RAM 与累加器 A 之间的数据传送指令：

MOVX	A,	@DPTR	E0H	；（A）←（（DPTR））
MOVX	A,	@Ri	E2H、E3H	；（A）←（（Ri））
MOVX	@DPTR,	A	F0H	；（（DPTR））←（A）
MOVX	@Ri,	A	F2H、F3H	；（（Ri））←（A）

5. 从 ROM 中读取数据指令

用助记符 MOVC 表示从 ROM 中读取数据到累加器 A。

MOVC A, @A+PC ；（PC）←（PC）+1，（A）←（（A）+（PC））

MOVC A, @A+DPTR ；（A）←（（A）+（DPTR））

这两条指令使用变址寻址方式，其机器码分别为 83H 和 93H。

常用 MOVC 指令和 MOVX 指令实现查表程序。当表格数据存放在程序存储器中时用 MOVC 指令，当表格数据存放在外部数据存储器中时用 MOVX 指令。

3.3.2 逻辑操作类指令

逻辑操作类指令有单操作数指令和双操作数指令。单操作数指令以累加器 A 为操作对象，主要有清零、取反及移位指令。双操作数指令包括与、或及异或。

1. 累加器清零及取反指令

CLR A $\boxed{\text{E4H}}$ ；（A）← 0 ，清零
CPL A $\boxed{\text{F4H}}$ ；（A）← !（A），累加器取反

2. 移位指令

RL A $\boxed{\text{23H}}$ ；累加器左环移
RLC A $\boxed{\text{33H}}$ ；累加器带进位左环移
RR A $\boxed{\text{03H}}$ ；累加器右环移
RRC A $\boxed{\text{13H}}$ ；累加器带进位右环移
SWAP A $\boxed{\text{C4H}}$ ；交换累加器 ACC 的高低半字节内容

移位指令示意图如图 3.3 所示。

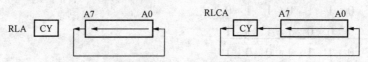

图 3.3　移位指令示意图

程序设计中的移位有两种类型：逻辑移位和算术移位。两者的向左移位操作是相同的，移出的高位丢弃，低位补零，相当于整数的乘 2 操作。逻辑右移时，移出的低位丢弃，高位补零。算术右移时，移出的低位丢弃，高位以符号位填充。MCS-51 单片机的循环移位只有加入进位位 CY，才能实现逻辑移位或算术移位。

3. 逻辑与指令

ANL A, # data $\boxed{\text{54H　data}}$ ；（A）←（A）∧ # data
ANL A, direct $\boxed{\text{55H　direct}}$ ；（A）←（A）∧（direct）
ANL A, @Ri $\boxed{\text{56H、57H}}$ ；（A）←（A）∧（(Ri)）
ANL A, Rn $\boxed{\text{58H~5FH}}$ ；（A）←（A）∧（Rn）
ANL direct, A $\boxed{\text{52H　direct}}$ ；（direct）←（direct）∧（A）
ANL direct, # data $\boxed{\text{53H direct data}}$ ；（direct）←（direct）∧ # data

4. 逻辑或指令

ORL A, # data $\boxed{\text{44H data}}$ ；（A）←（A）∨ # data
ORL A, direct $\boxed{\text{45H direct}}$ ；（A）←（A）∨（direct）
ORL A, @Ri $\boxed{\text{46H、47H}}$ ；（A）←（A）∨（(Ri)）
ORL A, Rn $\boxed{\text{48H~4FH}}$ ；（A）←（A）∨（Rn）
ORL direct, A $\boxed{\text{42H　direct}}$ ；（direct）←（direct）∨（A）
ORL direct, # data $\boxed{\text{43H direct data}}$ ；（direct）←（direct）∨# data

5. 逻辑异或指令

XRL A, # data $\boxed{\text{64H　data}}$ ；（A）←（A）⊕ # data
XRL A, direct $\boxed{\text{65H　direct}}$ ；（A）←（A）⊕（direct）
XRL A, @Ri $\boxed{\text{66H、67H}}$ ；（A）←（A）⊕（(Ri)）
XRL A, Rn $\boxed{\text{68H~6FH}}$ ；（A）←（A）⊕（Rn）
XRL direct, A $\boxed{\text{62H　direct}}$ ；（direct）←（direct）⊕（A）

XRL　　　　direct,　　# data　　　63H direct data　　　；（direct）←（direct）⊕# data

逻辑运算示列：

```
    0 0 0 0 0 0 1 1
与  0 0 0 0 0 1 1 0
    0 0 0 0 0 0 1 0
```

与指令的应用：特定位清 0，与"0 与"则将该位清 0，与"1 与"则保留该位不变。

```
    0 0 1 1 0 0 0 0
或  0 0 0 0 1 1 1 1
    0 0 1 1 1 1 1 1
```

或指令的应用：特定位置 1，与"1 或"则将该位置 1，与"0 或"则保留该位不变。

```
      0 0 1 1 0 1 1 0
异或  0 0 0 0 1 1 1 1
      0 0 1 1 1 0 0 1
```

异或指令的应用：特定位取反，与"1 异或"则将该位取反，与"0 异或"则保留该位不变。

逻辑运算是两个操作数的对应位进行独立位运算。所以，逻辑与指令常用来屏蔽字节中的某些位，该位欲清除用"0"去"与"，该位欲保留用"1"去"与"。逻辑或指令常用来对字节中某些位置"1"，欲保留的位用"0"去"或"，欲置位的位用"1"去"或"。逻辑异或指令用来对字节中某些位取反，欲取反位用"1"去"异或"，欲保留的位用"0"去"异或"。

当用逻辑指令对 P0～P3 口进行操作时，则为"读—操作—写"功能，读取的不是 I/O 引脚，而是从它们的锁存器中读出数据，再将处理后的结果写回锁存器。

3.3.3　算术运算类指令

算术运算类指令主要完成加、减、乘、除四则运算，以及加 1、减 1 和二—十进制调整运算。

对于双操作数的算术运算指令，累加器 A 是目的操作数，运算的结果也保存在累加器 A 中，源操作数可以用四种寻址方式。算术逻辑单元 ALU 将运算数看做是无符号数，借助 PSW 中的溢出标志 OV，可对有符号数进行二进制补码运算。四则运算指令会影响程序状态字 PSW，而加 1、减 1 指令不会影响程序状态字 PSW。

1. 不带进位的加法指令

ADD　　　A，# data　　　24H　data　　　；（A）←（A）+ # data

ADD　　　A，direct　　　25H　direct　　　；（A）←（A）+（direct）

ADD　　　A，@Ri　　　26H、27H　　　；（A）←（A）+（(Ri)）

ADD　　　A，Rn　　　28H～2FH　　　；（A）←（A）+（Rn）

2. 带进位加法指令

ADDC　　　A，# data　　　34H　data　　　；（A）←（A）+#data +（C）

ADDC　　　A，direct　　　35H　direct　　　；（A）←（A）+（direct）+（C）

ADDC　　　A，@Ri　　　36H、37H　　　；（A）←（A）+（(Ri)）+（C）

ADDC　　　A，Rn　　　38H～3FH　　　；（A）←（A）+（Rn）+（C）

3. 带借位减法指令

SUBB	A,	#data	94H data	；(A) ← (A) -#data- (C)
SUBB	A,	data	95H direct	；(A) ← (A) - (data) - (C)
SUBB	A,	@Ri	96H、97H	；(A) ← (A) - ((Ri)) - (C)
SUBB	A,	Rn	98H～9FH	；(A) ← (A) - (Rn) - (C)

加减指令会影响程序状态字 PSW 中的进位位 CY、辅助进位位 AC、溢出位 OV。当带符号数加减运算时，若第 6、7 位中有一位产生进位（或借位）而另一位不产生进位（借位），则使 OV 置 1，否则 OV 被清 0。OV＝1 表示两正数相加，和变成负数，或两负数相加，和变为正数的错误运算结果。

多字节数进行加法运算时，最低字节使用 ADD 指令，其他字节要用 ADDC 指令，以将低字节的进位位 CY 加入求和结果中。

减法指令只有 SUBB，当参加运算的是两个单字节数据时，运算前需要清零进位标志位 CY。当参加运算的是两个多字节数据时，最低字节做减法之前，也要清零进位标志位 CY。

【例 3.1】 多字节加法。

解 设 RAM 中 31H、30H 两单元存放有被加数的高低字节，33H、32H 存放有加数的高低字节，对其求和，结果存放在 35H、34H 单元中。程序如下：

```
MOV   A, 30H
ADD   A, 32H
MOV   34H, A
MOV   A, 31H
ADDC  A, 33H
MOV   35H, A
```

运算后，根据运算数是有符号数还是无符号数，分别判断溢出标志 OV 或进位标志 CY 看是否溢出。

【例 3.2】 多字节减法。

解 设 RAM 中 31H、30H 两单元存放有被减数的高低字节，33H、32H 存放有减数的高低字节，对其求差，结果存放在 35H、34H 单元中。程序如下：

```
CLR   C
MOV   A, 30H
SUBB  A, 32H
MOV   33H, A
MOV   A, 31H
SUBB  A, 33H
MOV   35H, A
```

运算后，根据运算数是有符号数还是无符号数，分别判断溢出标志 OV 或进位标志 CY 看是否溢出。

4. 乘法指令

MUL AB   A4H   ；(A) 0～7 ⎫ ← (A) × (B)
                   (B) 8～15 ⎭

该指令把累加器 A 和寄存器 B 中的 8 位无符号整数相乘，并将 16 位乘积的低字节存放在累加器 A 中，高字节存放在寄存器 B 中，如乘积大于 255（FFH），则将溢出标志位 OV 置 1，否则清 0，运算结果总使进位标志 CY 清 0。

乘法指令只能完成单字节无符号数相乘，多字节数相乘需要编程实现。

【例 3.3】 多字节乘法。

解　设 RAM 中 31H、30H 两单元存放有被乘数的高低字节，33H、32H 存放有乘数的高低字节，对其求积，结果存放在 37H、36H、35H、34H 单元中。程序如下：

```
MOV   A, 30H
MOV   B, 32H
MUL   AB
MOV   34H, A
MOV   35H, B
MOV   A, 31H
MOV   B, 32H
MUL   AB
MOV   36H, B
ADD   A, 35H
MOV   35H, A
MOV   A, #0
ADDC  A, 36H
MOV   36H, A
MOV   A, 30H
MOV   B, 33H
MUL   AB
MOV   36H, B
ADD   A, 35H
MOV   35H, A
MOV   A, #0
ADDC  A, 36H
MOV   36H, A
MOV   A, 31H
MOV   B, 33H
MUL   AB
MOV   37H, B
ADD   A, 36H
MOV   36H, A
MOV   A, #0
ADDC  A, 37H
MOV   37H, A
```

5. 除法指令

DIV　AB　84H　；　$\left.\begin{array}{l}（A）商 \\ （B）余数\end{array}\right\}$ ← （A）/（B）

该指令把累加器 A 中的 8 位无符号整数除以寄存器 B 中 8 位无符号整数，并将所得商存在累加器 A 中，余数存在寄存器 B 中，进位标志位 CY 和溢出标志位 OV 均清 0。若除数（B 中内容）为 00H，则执行后结果为不定值，并将溢出标志位 OV 置位，在任何情况下，进位标志位 CY 总清 0。

6. 加 1 指令

INC	A	04H	；（A）← （A）＋1
INC	direct	05H direct	；（direct）← （direct）＋1
INC	@Ri	06H、07H	；（（Ri））← （（Ri））＋1
INC	Rn	08H～0FH	；（Rn）← （Rn）＋1
INC	DPTR	A3H	；（DPTR）← （DPTR）＋1

7. 减 1 指令

DEC	A	14H	；（A）← （A）－1
DEC	direct	15H direct	；（direct）← （direct）－1
DEC	@Ri	16H、17H	；（（Ri））← （（Ri））－1
DEC	Rn	18H～1FH	；（Rn）← （Rn）－1

加 1 和减 1 指令不影响 PSW 中的标志位。

8. 二—十进制调整指令

DA　　A　　　　　　D4H　　　　　　；调整累加器 A 中的内容为 BCD 码

该指令必须紧跟在加法（ADD、ADDC）指令后面使用，对二—十进制的加法进行调整。两个压缩型 BCD 码按二进制数相加，必须经过本条指令调整，才能得到压缩型的 BCD 码和数。

指令的操作过程，若相加后累加器低 4 位大于 9 或半进位位 AC＝1，则低 4 位进行加 6 调整，即 A←A＋06H；若累加器高 4 位大于 9 或进位位 CY＝1，则高 4 位进行加 6 调整，即 A←A＋60H；若两者同时发生或高 4 位虽等于 9，但低 4 位有进位，则应进行加 66 调整。

注意：DA　A 指令不能对减法指令进行二—十进制调整。若要完成两个 BCD 数相减，需要将减数表示成补码形式，即用 9AH 减去减数，再将两数相加，相加后即可用 DA　A 指令进行调整，从而得到正确的结果。

3.3.4　位操作类指令

位操作指令是 MCS-51 单片机的特色之一，它是按位进行运算和操作的。

1. 位数据传送指令

MOV	C，bit	A2H bit	；（C）← （bit）
MOV	bit，C	92H bit	；（bit）← （C）

2. 位状态控制指令

CLR	bit	C2H bit	；（bit）← 0
CLR	C	C3H	；（C）← 0
SETB	bit	D2H bit	；（bit）← 1
SETB	C	D3H	；（C）← 1
CPL	bit	B2H bit	；（bit）← !（bit）
CPL	C	B3H	；（C）← !（C）

这组指令是对位累加器 C 及位地址指定的位 bit 进行置位及清零，不影响 PSW 中的其他标志。

3. 位逻辑操作指令

ANL　C，bit　　　82H　bit　　　；（C）← （C）∧（bit）

ANL　C，/ bit　　B0H　bit　　　；（C）← （C）∧（bit）

ORL　C，bit　　　72H　bit　　　；（C）← （C）∨（bit）

ORL　C，/ bit　　50H　bit　　　；（C）← （C）∨（/bit）

位逻辑操作指令包括逻辑与、逻辑或和逻辑非三种。指令中的"/ bit"表示对该寻址位的内容取出后取反，再与累加器 C 的值进行运算，而（bit）的原值保持不变。

4. 位条件转移指令

JC　　rel　　　　40H rel　　　；若（C）＝1，则（PC）← （PC）＋ rel，否则顺序执行

JNC　rel　　　　50H rel　　　；若（C）＝0，则（PC）← （PC）＋ rel，否则顺序执行

JB　　bit，rel　　20H bit rel　；若（bit）＝1，（PC）← （PC）＋ rel，否则顺序执行

JNB　bit，rel　　30H bit rel　；若（bit）＝0，（PC）← （PC）＋ rel，否则顺序执行

JBC　bit，rel　　10H bit rel　；若（bit）＝1，（PC）← （PC）＋ rel，（bit）←0，否则顺序执行

通过判断进位标志位 CY 或位地址的内容（bit）的状态来决定程序的走向，当条件满足时就转移，否则程序就顺序执行。

【例 3.4】 P1.0 接一开关，P1.1 接一发光二极管。开关打开时，二极管不亮，开关闭合时，二极管点亮。

解　程序如下：

```
LB:     JB P1.0, LB1
        SETB P1.1
        SJMP LB2
LB1:    CLR P1.1
LB2:    SJMP LB
```

3.3.5　控制转移类指令

控制转移类指令是通过改变程序计数器 PC 的内容，从而改变程序的执行顺序。其包括无条件转移指令、条件转移指令及子程序调用、返回指令三种。

1. 无条件转移指令

LJMP　addr16　　　02H　addrh　addrl　　　；（PC）←addr0～15

AJMP　addr11　　　a10a9a800001 a7~a0　　；（PC）← （PC）＋2，（PC$_{0～10}$）← addr$_{0～10}$

SJMP　rel　　　　　80H　rel　　　　　　　；（PC）← （PC）＋2，（PC）← （PC）＋rel

JMP　　@A+DPTR　　73H　　　　　　　　；（PC）← （A）＋（DPTR）

该指令都可使程序无条件地转移到指令所提供的地址上，它们的不同之处在于它们所提供的转移范围不同。

（1）长转移指令 LJMP。该指令提供 16 位目标地址，执行这条指令可以使程序从当前地址转移到 64K 程序存储器地址空间的任何单元。

（2）绝对转移指令 AJMP。该指令第二字节存放目的地址的低 8 位，第一字节 7、6、5 位存放目的地址的高 3 位。指令执行时分别把高 3 位和低 8 位地址值取出送入程序计数器 PC 的低 11 位，维持 PC 的高 5 位（（PC）＋2 后的）不变，可实现 2K 范围内的程序转移。

由于 AJMP 为双字节指令，当程序真正转移时 PC 值已经加 2，因此转移的目标地址应与 AJMP 下一条指令首地址在同一 2K 字节范围内。这 2K 字节范围称为段，在 64K 程序存储空间中，共有 32 个段，段号由 PC 的高五位确定。AJMP addr11 的跳转范围是由该指令后面的指令地址决定的段内。

（3）相对转移指令 SJMP。该指令地址由指令第二字节的相对地址和程序计数器 PC 的当前值（执行 SJMP 前的 PC 值加 2）相加形成。因而转向地址可以在这条指令首地址−128B～+127B 之间。

其优点是指令中只给出了相对转移量 rel（8 位带符号的数），这样当程序修改时只要相对地址不发生变化，该指令就不需做任何改动。对于前两条指令（LJMP、AJMP）由于直接给出转移地址，在程序修改时就可能需要修改该地址。

LJMP、AJMP 和 SJMP 指令中的地址和偏移量可以用目的语句的语句标号代替，由汇编程序自动确定目的地址和偏移量。

（4）间接转移指令 JMP。极有用的多分支选择转移指令，也称散转指令。其转移地址是在程序运行时动态决定的，这也是与前三条指令的主要区别。它可在 DPTR 中装入多分支转移程序的首地址，而由累加器 A 的内容来动态选择其中的某一个分支，这就可用一条指令代替众多的转移指令，实现以 DPTR 内容为起始的 256 个字节范围的选择转移。

2. 条件转移指令

（1）累加器判零转移指令

| JZ | rel | 60H rel | ；累加器为 0 则转移，否则顺序执行 |

| JNZ | rel | 70H rel | ；累加器不为 0 则转移，否则顺序执行 |

JZ 表示若累加器全"0"，则转向指定的地址，否则顺序执行，JNZ 指令刚好相反，只须累加器"非零"，则转向指定地址，否则顺序执行。

（2）比较转移指令

CJNE　〈目的字节〉，〈源字节〉，rel

比较两个操作数之的大小，如果它们的值不相等则转移，否则顺序执行。这些指令均为三字节指令，PC 当前值（(PC)＋3→(PC)）与指令第三字节带符号的偏移量相加即得到转移地址。如果目的字节的无符号整数值小于源字节的无符号整数值，则置位进位标志 CY，否则清零进位标志 CY，该指令执行不影响任何一个操作数。共有 4 条指令，即：

| CJNE | A，# data，rel | B4H　data　rel |

| CJNE | A，direct，re1 | B5H　direct　rel |

| CJNE | @Ri，# data，rel | B6H（B7H）　data　rel |

| CJNE | Rn，# data，rel | B8H（~BFH）　data　rel |

（3）循环转移指令

DJNZ　〈字节〉，rel

减 1 与零比较指令，先对源操作数做减 1 操作，然后判断结果是否为 0，不为 0 则转移，否则顺序执行。一般可将循环次数放入工作寄存器 Rn 或直接地址单元中，利用该指令即可实现循环。共有两条指令。

| DJNZ | direct，rel | D5H　direct　rel |

| DJNZ | Rn，rel | D8H（~DFH）　rel |

由于循环变量是单字节无符号数，其最大循环次数为 256 次。如果程序要求循环次数大于 256 次，则需要采用循环嵌套。

【**例 3.5**】 实现 300 次循环。

解 程序如下：

```
    MOV R0, #10
LB: MOV R1, #30
LB1:DJNZ R1, LB1
    DJNZ R0, LB
```

【**例 3.6**】 P1 口的 P1.0 和 P1.1 各接一开关 S1、S2，P1.4、P1.5、P1.6 和 P1.7 各接一发光二极管 L1、L2、L3、L4。由 S1 和 S2 的不同状态确定哪个发光二极管点亮，其真值表见表 3.3，试利用程序实现该功能。

表 3.3   真   值   表

S2	S1	点亮的二极管	S2	S1	点亮的二极管
0	0	L1	1	0	L3
0	1	L2	1	1	L4

解 程序如下：

```
LB:     JB  P1.1, LB2
        JB  P1.0, LB1
        MOV P1, #1FH        ;S1、S2: 0、0
        SJMP LB
LB1:    MOV P1, #2FH        ;S1、S2: 0、1
        SJMP LB
LB2:    JB   P1.0, LB3
        MOV P1, #4FH        ;S1、S2: 1、0
        SJMP LB
LB3:    MOV P1, #8FH        ;S1、S2: 1、1
        SJMP LB
```

上面的程序是用条件判断的指令完成开关状态识别，也可以使用散转指令完成该功能，即

```
        MOV DPTR, #TAB
LB:     MOV A, P1
        ANL A, #3
        RL  A
        JMP @A+DPTR
LB1:    MOV P1, #1FH
        SJMP LB
LB2:    MOV P1, #2FH
        SJMP LB
LB3:    MOV P1, #4FH
        SJMP LB
LB4:    MOV P1, #8FH
        SJMP LB
TAB:    SJMP LB1
        SJMP LB2
```

```
        SJMP  LB3
        SJMP  LB4
```

3. 子程序调用、返回指令

（1）长调用指令：

$$\text{LCALL} \quad \text{addr16} \quad \boxed{\text{12H \quad addrh \quad addrl}} ; \begin{cases} (PC) \leftarrow (PC) + 3 \\ (SP) \leftarrow (SP) + 1 \\ ((SP)) \leftarrow (PC_{0\sim7}) \\ (SP) \leftarrow (SP) + 1 \\ ((SP)) \leftarrow (PC_{8\sim15}) \\ (PC) \leftarrow addr_{0\sim15} \end{cases}$$

（2）绝对调用指令：

$$\text{ACALL} \quad \text{addr11} \quad \boxed{\text{a10a9a810001 \quad a7}\sim\text{a0}} ; \begin{cases} (PC) \leftarrow (PC) + 2 \\ (SP) \leftarrow (SP) + 1 \\ ((SP)) \leftarrow (PC_{0\sim7}) \\ (SP) \leftarrow (SP) + 1 \\ ((SP)) \leftarrow (PC_{8\sim15}) \\ (PC_{0\sim10}) \leftarrow addr_{0\sim10} \\ (PC_{11\sim15})\text{不变} \end{cases}$$

（3）返回指令：

$$\text{RET} \quad \boxed{\text{22H}} ; \begin{cases} (PC_{8\sim15}) \leftarrow ((SP)) \\ (SP) \leftarrow (SP) - 1 \\ (PC_{0\sim7}) \leftarrow ((SP)) \\ (SP) \leftarrow (SP) - 1 \end{cases}$$

RETI $\boxed{\text{32H}}$ ；中断服务程序返回指令

（4）空操作指令：

NOP $\boxed{\text{00H}}$ ；（PC）← （PC）＋ 1

3.4 伪 指 令

在单片机汇编语言程序设计中，除了使用指令系统规定的指令外，还要用到一些伪指令。伪指令又称指示性指令，具有和指令类似的形式，但汇编时伪指令并不产生可执行的目标代码，只是对汇编过程进行某种控制或提供某些汇编信息。MCS-51 单片机常用的伪指令如下。

1. 定位 ORG（Origin）

形式： ORG 16 位地址

ORG 伪指令出现在程序块或数据块的开始，用以指明此语句后面的程序块或数据块存放的起始地址。在一个源程序文件中，可以多次使用 ORG，规定不同程序段的起始位置，但定义的地址顺序要从小到大，各段之间地址不能重叠。

2. 字节定义 DB（Define Byte）

形式： [标号：] DB 字节数据项表

数据项表从标号指定的地址连续存放，可为十进制数或十六进制数，也可以是由单引号括起来的一个字符串，每个字符串元素为一个 ASCII 码。各数据项之间用逗号分隔。

3. 字定义 DW（Define Word）

形式：　[标号：]　DW　双字节数据项表

DW 的功能与 DB 类似，通常 DB 用于定义字节数据，DW 用于定义双字节数据。

4. 赋值 EQU 或 =（Equal）

形式：　名字　EQU　表达式

　　　　名字　=　　表达式

用于给一个表达式的值或一个字符串起一个名字。该名字可以用作程序地址、数据地址或立即数使用。表达式可以是 8 位或 16 位数值。名字必须是以字母开头的字母、数字串，名字必须唯一。如：

START　EQU　　100H

PORT　EQU　　2301H

ORG　　START

MOV　　DPTR，# PORT

5. 字节地址 DATA

形式：　名字　DATA　直接字节地址

用于给内部 RAM 的一个字节单元起一个名字，相当于定义一个变量。一个单元可以有多个名字。如：

ERR　　DATA　　32H

MOV　　ERR，#23H

6. 位地址 BIT

形式：　名字　BIT　直接位地址

用于给可寻址位起一个名字，相当于定义一个位变量。如：

A1　　BIT　　P1.0

A2　　BIT　　02H

7. 汇编结束 END

END 伪指令指出源程序到此结束，汇编器对其后的程序语句不予处理。

3.5　汇编语言程序设计

程序设计就是利用单片机的指令系统，根据单片机应用系统（即目标产品）的要求编写单片机的应用程序。不论程序是简单还是复杂，它们都是由一些基本的程序结构组合而成的，这些基本结构有顺序结构、分支结构和循环结构。

3.5.1　顺序程序设计

顺序结构是一种最基本的程序结构，即按程序的书写顺序依次执行，程序中没有转移类指令。如图 3.4 所示，程序先执行 A 操作，然后再执行 B 操作。

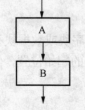

图 3.4　顺序结构流程图

【例 3.7】 将 40H 单元的两个 BCD 码拆开并变成 ASCII 码，存入 41H、42H 单元（0～9 的 ASCII 码为 30H～39H）。

解 可先将 40H 单元的 BCD 码除以 10H，A 和 B 中分别为 BCD 码的高 4 位（商）和低 4 位（余数），然后使 A 和 B 分别与 30H 相或，即可得到 ASCII 码。程序如下：

```
ORG     2000H
MOV     A, 40H          ;(40H)→A
MOV     B, #10H         ;10H →B
DIV     AB              ;拆开两个 BCD 数，高 4 位在 A 中，低 4 位在 B 中
ORL     A, #30H         ;高 4 位转换成 ASCII 码
MOV     42H, A          ;存结果
ORL     B, #30H         ;低 4 位转换成 ASCII 码
MOV     41H, B          ;存结果
END
```

3.5.2 分支程序设计

分支结构也称选择结构，是根据条件的成立与否来决定执行哪个程序段。在程序中条件转移指令常用来实现分支，无条件转移指令用来控制每个分支的转移方向。程序先对条件进行判断。当条件成立，即条件语句为"真"时，执行一个分支，当条件不成立，即条件语句为"假"时，执行另一个分支。如图 3.5 所示，当条件 P 成立时，执行分支 A；当条件 P 不成立时，执行分支 B。

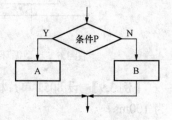

图 3.5 分支结构流程图

【例 3.8】 编制计算函数 Y＝f（X）的程序。设 X、Y 均为有符号数，其方程如下：

$$Y = \begin{cases} 2 & \text{当} X > 0 \\ 0 & \text{当} X = 0 \\ -2 & \text{当} X < 0 \end{cases}$$

解 因为 X 为带符号数，故不能用比较转移指令 CJNE。该程序有三个分支，要做 2 次判断，第 1 次用累加器判零指令判断 X 是否为零，第 2 次用位条件转移指令判断 X＞0 还是 X＜0。程序如下：

```
        ORG     2000H
X       EQU     30H         ;设 X 存放在 30H
Y       EQU     31H         ;设 Y 存放在 31H
        MOV     A, X        ;（30H）→ A
        JZ      LOOP2       ;若 X＝0, 则转 LOOP2
        JNB     ACC.7, LOOP1  ;若 X＞0, 则转 LOOP1
        MOV     A, #0FEH    ;若 X＜0, 则 A＝-2
        LJMP    LOOP2       ;转 LOOP2
LOOP1:  MOV     A, #02H     ;若 X＞0, 则 A＝2
LOOP2:  MOV     Y, A        ;存结果
        END
```

3.5.3 循环程序设计

循环程序将需要重复执行的部分程序作为一个程序段，然后利用循环指令来重复执行这

个程序段。循环结构分为两种，即当型循环结构和直到型循环结构。

1. 当型循环结构

当型循环结构如图 3.6 所示，当条件 P 成立（为真）时，重复执行语句 A，当条件不成立（为假）时才停止重复，执行后面的程序。

2. 直到型循环结构

直到型循环结构如图 3.7 所示，先执行语句 A，再判断条件 P。当条件成立时，再重复执行语句 A，直到条件不成立时才停止重复，执行后面的程序。

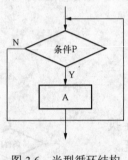

图 3.6　当型循环结构

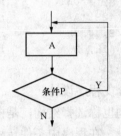

图 3.7　直到型循环结构

【例 3.9】 设 8051 单片机的时钟频率为 12MHz，要求设计一个软件延时程序，延时时间为 100ms。

解 该单片机的机器周期为 1μs，设计一个延时 1 ms 的循环程序作为内循环，共循环 100 次，则可以实现 100ms 的延时。程序如下：

```
        ORG   2000H
        MOV   R6, #100        ;外循环 100 次
LOOP1:  MOV   R7, #200        ;内循环 1ms
LOOP2:  NOP
        NOP
        NOP
        DJNZ  R7, LOOP2
        DJNZ  R6, LOOP1
        END
```

内循环指令的机器周期数为 $1+1+1+2=5$，故内循环每循环一次的时间为（$1+5\times 200$）μs。

3.5.4　数据转换子程序

在进行单片机程序设计时，经常会遇到一个程序中多次使用同一个功能相对独立的程序段，例如延时、数据转换、查表、算术运算等。为了节约存储空间、提高程序开发效率，通常把这种具有一定功能的程序段编成子程序，当需要时，可以去调用这些独立的子程序。调用程序称为主程序，被调用的程序称为子程序。

在单片机应用系统中，为方便用户使用，数据的输入/输出常采用十进制数；而单片机内部运算时，必须使用二进制数。因此，经常使用到数据转换子程序。

【例 3.10】 单字节 BCD 码到二进制数的转换。

解 算法原理：BCD 码高位乘 10 加 BCD 码低位。入口参数：R2（BCD 码）。出口参数：

R2（8 位无符号二进制数）。程序如下：

```
BCD2B:  MOV  A, R2
        ANL  A, #0F0H        ;取 BCD 码高位
        SWAP A
        MOV  B, #10
        MUL  AB
        MOV  R3, A           ;缓存
        MOV  A, R2
        ANL  A, #0FH
        ADD  A, R3
        MOV  R2, A
        RET
```

【例 3.11】 双字节 BCD 码到二进制数的转换。

解 算法原理：双字节 BCD 码可以表示为

$$(d3d2d1d0)BCD=(d3*10+d2)*100+(d1*10+d0)$$

这里，（di*10+di−1）的运算可由子程序 BCD2B 完成。

入口参数：R5（千、百位）R4（十、个位）BCD 码。出口参数：R5R4（无符号二进制数）。

程序如下：

```
BCD4B:  MOV  A, R5
        MOV  R2, A
        ACALL BCD2B
        MOV  A, R2
        MOV  B, #100
        MUL  AB
        MOV  R6, A           ;乘积低字节
        XCH  B, A
        MOV  R5, A           ;乘积高字节
        MOV  A, R4
        MOV  R2, A
        ACALL BCD2B
        MOV  A, R2
        ADD  A, R6
        MOV  R4, A
        MOV  A, R5
        ADDC A, #0
        MOV  R5, A
        RET
```

3.5.5 查表子程序

查表是单片机应用程序设计时常用的算法，根据不同的表格结构，有多种查表方法。

【例 3.12】 有一个巡回检测报警装置，需对 16 路输入节点进行检测。每路输入有一个最大允许值，为双字节整数。检测时，需根据测量的节点号，找出该节点的最大允许值，看测量值是否大于最大允许值，如大于就报警。

解 这个问题中所进行的操作是，给出表格的项号（节点号），查出该项表项的值，即求解 $Xi=f(i)$ 的过程。这种结构的程序是将一系列函数值编成表格存在 ROM 中，当需要时

再按 i 查找 f (i)。查表时，R2 中存放节点号，查到的该路最大值放 R3、R4 中。程序如下：

```
LTB1:   MOV  A, R2
        ADD  A, R2              ;每个表项为两字节
        MOV  R3, A
        ADD  A, #6             ;表首偏移量
        MOVC A, @A+PC          ;查第一字节
        XCH  R3, A
        ADD  A, #3
        MOVC A, @A+PC          ;查第二字节
        MOV  R4, A
        RET
TAB:    DW   1520, 3721, 42645, 7850
        DW   3483, 32657, 883, 9943
        DW   10000, 49511, 6758, 8931
        DW   4468, 5871, 13284, 27808
```

这里用 PC 作为基址，表的位置和表的长度都须合适。当表的长度较大时，必须用 DPTR 作基址。若该例中有 1024 个表项，每个表项为两字节，考虑程序该如何修改？

有时表格中的一个表项包含有若干个数据值，例如每项有两个数据值 ai 和 bi。对于这种表格，一般的查表运算为求 bi＝f (ai)，即给出 ai，找到对应的 bi。

【例 3.13】 设有一控制系统，输入一个 ASCII 字符，要按输入的字符转去执行对应的处理程序。命令字符为 ‘A’、‘D’、‘E’、‘L’、‘X’、‘Z’ 六种，对应的处理程序入口标号为 XA、XD、XE、XL、XX、XZ。

解 命令字符在 A 中。查到时，转相应处理子程序，否则转查不到处理子程序。与 [例 3.14] 相同，表的结束标志仍为一 0 数值。程序如下：

```
LTB3:   MOV  DPTR, #TABEL
        MOV  B, A             ;缓存输入字符
LTB3A:  CLR  A
        MOVC A, @A + DPTR
        JZ   LTB3N            ;到表尾
        INC  DPTR            ;指向下一字节
        CJNE A, B, LTB3B     ;不符
        CLR  A               ;找到
        MOVC A, @A + DPTR    ;取入口地址高字节
        MOV  B, A
        INC  DPTR
        CLR  A
        MOVC A, @A + DPTR    ;取入口地址低字节
        MOV  DPL, A
        MOV  DPH, B
        CLR  A
        JMP  @A + DPTR       ;按 (DPTR) 跳转
LTB3B:  INC  DPTR
        INC  DPTR            ;准备查下一表项
        SJMP LTB3A
LTB3N:  AJMP UNFOUND         ;转查不到处理子程序
TABEL:  DB   'A'
        DW   XA
```

```
            DB    'D'
            DW    XD
            DB    'E'
            DW    XE
            DB    'L'
            DW    XL
            DB    'X'
            DW    XX
            DB    'Z'
            DW    XZ
            DB    0
```

这里使用的方法实质上是一种散转程序设计方法，另一种较简便的方法如下：

```
LTB4:       MOV   DPTR, #TABEL
            MOV   B, A
LTB4A:      CLR   A
            MOVC  A, @A + DPTR
            JZ    LTB4N
            INC   DPTR
            CJNE  A, B, LTB4B
            CLR   A
            JMP   @A + DPTR
LTB4B:      INC   DPTR
            INC   DPTR
            SJMP  LTB4A
LTB4N:      AJMP  UNFOUND
TABEL:      DB    'A'
            AJMP  XA
            DB    'D'
            AJMP  XD
            DB    'E'
            AJMP  XE
            DB    'L'
            AJMP  XL
            DB    'X'
            AJMP  XX
            DB    'Z'
            AJMP  XZ
            DB    0
```

本 章 小 结

　　寻找操作数地址的方式称为寻址方式。MCS-51 指令系统共使用了七种寻址方式，包括寄存器寻址、直接寻址、立即数寻址、寄存器间接寻址、变址寻址、相对寻址和位寻址等。

　　MCS-51 单片机指令系统包括 111 条指令，按功能可以划分为以下五类：数据传送指令、算术运算指令、逻辑运算指令、位操作指令、控制转移指令。

　　汇编语言程序设计是单片机应用系统设计的重要组成部分。汇编语言程序基本结构包括顺序结构、分支结构、循环结构和子程序结构等。程序设计中还要注意单片机软件资源的分配，包括内部 RAM、工作寄存器、堆栈、位寻址区、I/O 端口地址等。

习　　题

3.1　单片机的指令有几种表示方法？单片机能够直接执行的是什么指令？

3.2　什么叫寻址方式？MCS-51 单片机哪有几种寻址方式？

3.3　下列指令的寻址方式及执行的操作功能？

（1）MOV　A, data；　　（2）MOV　A,#data；　　　（3）MOV　A,R1；

（4）MOV　A,@R1；　　（5）MOVC　A,@A+DPTR

3.4　已知下列相应单元的内容。R0＝30H，R1＝40H，R2＝50H，内部 RAM（30H）＝34H，内部 RAM（40H）＝50H，请指出下列指令执行后各单元内容相应的变化。

（1）MOV　A,R2；　　　（2）MOV　R2,40H；　　　　（3）MOV　@R1,#88H；

（4）MOV　30H,40H；　（5）MOV　40H,@R0

3.5　编写程序段实现把外部 RAM 2000H 单元的内容传送到内部 RAM 20H 中的操作。

3.6　编写计算 6825H－357BH＝?的结果，并将结果存入 30H、31H 单元（30H 存低位）。

3.7　已知：A＝25H，B＝3FH，指令 MUL　AB 执行后寄存器 A、B 的值是什么？

3.8　请写出完成下列操作的指令：

（1）使累加器 A 的低 4 位清 0，其余位不变。

（2）使累加器 A 的低 4 位置 1，其余位不变。

（3）使累加器 A 的低 4 位取反，其余位不变。

（4）使累加器 A 中的内容全部取反。

3.9　用移位指令实现累加器 A 的内容乘以 10 的操作。

3.10　设有 100 个有符号数，连续存放在外部 RAM 1000H 地址开始的区域，编程统计其中的正数、负数和 0 的个数，并分别存放在内部 RAM 的 20H、21H、22H 单元中。

3.11　使用子程序分别将外部 RAM 的 0000H～000FH、1030H～1050H、2050H～3000H 清零。

第4章　单片机 C 程序设计

由于汇编语言程序的可读性和可移植性都较差，并且程序的编写和调试都比较困难。已有越来越多的开发人员逐渐使用高级语言替代汇编语言进行单片机程序开发，其中以 C 语言为主。C 语言既具有一般高级语言的特点，又能直接对单片机的硬件进行操作，方便程序的开发和移植。

MCS-51 系列单片机作为工业标准地位，从 1985 年开始就有 MCS-51 系列单片机的 C 语言编译器，简称 C51。在学习了使用汇编语言程序设计的基础上，学习单片机 C 语言程序设计是比较容易的。本章首先介绍 C51 的数据类型、运算量与运算符，然后说明 C51 的表达式和程序语句，最后通过实例讲述 C51 程序结构和程序设计方法。

4.1　数　据　类　型

数据是单片机操作的对象。不管使用何种语言、何种算法进行程序设计，最终在单片机中运行的只有数据流。数据的不同格式称为数据类型，C51 语言支持的数据类型分为两大类，即基本数据类型和构造数据类型。

4.1.1　基本数据类型

C51 的基本数据类型有字符型、整型、长整型、实型、特殊功能寄存器型、位类型等几种。

1. 字符型

标识符为 char 和 unsigned char，占用一个字节存储单元。char 用于定义带符号字节数据，其字节的最高位为符号位，"0" 表示正数，"1" 表示负数，补码表示，数值范围是 $-128\sim+127$。unsigned char 用于定义无符号字节数据或字符，可以存放一个字节的无符号数，数值范围是 $0\sim255$。MCS-51 系列单片机是 8 位机，在程序中大多使用字符型变量存放数据。

2. 整型

标识符为 int 和 unsigned int，占用两个字节储存单元。int 用于存放两字节带符号数，补码表示，数值范围是 $-32768\sim+32767$。unsigned int 用于存放两字节无符号数，数值范围是 $0\sim65535$。

3. 长整型

标识符为 long 和 unsigned long，占用四个字节存储单元。

4. 实型

标识符为 float 和 double，单精度 float 型数据占用 4 个字节存储单元，双精度 double 型数据占用 8 个字节存储单元。MCS-51 系列单片机没有硬件乘法器，其实型数据的运算非常慢，因而一般在程序中不做实型数据的计算。

5. 特殊功能寄存器型

C51 中扩充的数据类型，标识符为 sfr 和 sfr16，用于定义单片机内部的特殊功能寄存器。

sfr 用于定义字节型特殊功能寄存器，占用一个字节存储单元，数值范围 0～255。如用 sfr P1＝0x90 来定义 P1 为 P1 口在片内的寄存器，后面可以用语句 P1＝255，对 P1 口的所有引脚置高电平。sfr16 用于定义字型特殊功能寄存器，占用两个字节存储单元，值域为 0～65535。如用 sfr16 T1＝0x8A 来定义 T1 为定时器 T1 在片内的寄存器。在 C51 中，必须先用 sfr 或 sfr16 对特殊功能寄存器进行声明，后面的程序中才能访问。

6. 位类型

C51 中扩充的数据类型，标识符为 bit 和 sbit，用于定义位变量，占用一位的存储单元，其值可以是"0"或"1"，类似一些高级语言中的布尔类型。bit 用于定义一般位变量，不能定义位指针或位数组，此时位变量位于内部 RAM 的可位寻址区，在 C51 编译器编译时，其位地址是不固定的。sbit 用于定义特殊位变量，此时位变量必须与单片机中特殊功能寄存器及 I/O 中的一个可寻址位相联系，其位地址是固定的。

程序中可能会出现在运算中数据类型不一致的情况。C51 允许标准数据类型的隐式转换，隐式转换的优先级顺序如下：

bit→char→int→long→float

signed→unsigned

当 char 型与 int 型进行运算时，先自动将 char 型扩展为 int 型，然后与 int 型进行运算，运算结果为 int 型。除了支持隐式转换外，还可以通过强制类型转换符"(数据类型)"对数据类型进行强制转换。

4.1.2　构造数据类型

C51 编译器除了支持以上的基本数据类型之外，还支持一些复杂的构造数据类型，如数组、指针、结构体和联合等。

1. 数组

数组是一组有序数据的集合，数组中的每一个数据都属于同一基本数据类型。数组中的各个元素可以用数组名和下标来唯一确定。根据下标的个数，数组分为一维数组、二维数组和多维数组。数组在使用之前必须先进行定义。根据数组中存放的数据可分为整型数组、字符数组等。不同的数组在定义、使用上基本相同，这里仅介绍使用最多的一维数组和字符数组。

（1）一维数组。一维数组只有一个下标，定义的形式为：

数据类型说明符　　数组名[常量表达式] [＝{初值 1，初值 2，…}]；

"数据类型说明符"说明了数组中各个元素存储的数据的类型；"数组名"是整个数组的标识符，它的取名方法与变量的取名方法相同；"常量表达式"，常量表达式要求取值为整型常量，必须用方括号"[ ]"括起来，用于说明该数组的长度，即该数组元素的个数；"初值部分"用于给数组元素赋初值，这部分在数组定义时属于可选项。

对数组元素赋值，可以在定义时赋值，也可以定义之后赋值。在定义时赋值，后面需带等号，初值需要用花括号括起来，括号内的初值两两之间用逗号隔开，可以对数组的全部元素赋值，也可以只对部分元素赋值。初值为 0 的元素可以只用逗号占位而不写初值 0。如：

unsigned　char　x[5]；

unsigned　int　y[3]＝{1，2，3}；

第一句定义了一个无符号字符数组，数组名为 x，数组中的元素个数为 5。

第二句定义了一个无符号整型数组，数组名为 y，数组中元素个数为 3，定义的同时给数组中的三个元素赋初值，赋初值分别为 1、2、3。

注意：C51 语言中的数组下标是从 0 开始的，因此上面第一句定义的 5 个元素分别是 x[0]、x[1]、x[2]、x[3]、x[4]。赋值情况为 y[0]＝1；y[1]＝2；y[2]＝3。在引用数组时，只能逐个引用数组中的各个元素，而不能一次引用整个数组，但如果是字符数组则可以一次引用整个数组。

（2）字符数组。用来存放字符数据的数组称为字符数组。字符数组中的每一个元素都用来存放一个字符，也可用字符数组来存放字符串。如：

char   string1[10];

char   string2[20];

上面定义了两个字符数组，分别定义了 10 个元素和 20 个元素。

字符数组用于存放一组字符或一个字符串。存放字符时，一个字符占一个数组元素，使用时只能逐个元素进行访问；而存放字符串时，字符串以"\0"作为结束符，"\0"是一个 ASCII 码为 0 的、不可显示的字符，结束符自动存放于字符串的后面，也要占一个元素位置，因而定义数组长度时应比字符串长度大 1。使用时既可以对字符数组的逐个元素进行访问，也可以对整个数组进行处理。

2. 指针

指针是 C 语言中的一个重要概念。指针类型数据在 C 语言程序中使用十分普遍，正确地使用指针类型数据，可以有效地表示复杂的数据结构，可以动态地分配存储器，直接处理内存地址。

（1）指针的概念。数据一般是放在内存单元中，而内存单元是按字节来组织和管理的。每个字节有一个编号，即内存单元的地址，内存单元存放的内容是数据。

在汇编语言中，对内存单元数据的访问是通过指明内存单元的地址来实现的。访问时有两种方式，即直接寻址方式和间接寻址方式。直接寻址是通过在指令中直接给出数据所在单元的地址而访问该单元的数据。例如：MOV A，20H。在指令中直接给出所访问的内存单元地址 20H，访问的是地址为 20H 的单元的数据，该指令把地址为 20H 的片内 RAM 单元的内容送给累加器 A；间接寻址是指所操作的数据所在的内存单元地址不是通过指令中直接提供，该地址是存放在寄存器中或其他的内存单元中，指令中指明存放地址的寄存器或内存单元来访问相应的数据。

在 C 语言中，数据通常是以变量的形式进行存取的。对于变量，在一个程序中定义了一个变量，编译器在编译时就在内存中给这个变量分配一定的字节单元进行存储。如对整型变量分配 2 个字节单元，对于字符型变量分配 1 个字节单元等。变量在是使用时分清两个概念，即变量名和变量的值。前一个是数据的表示，后一个是数据的内容。变量名相当于内存单元的地址，变量的值相当于内存单元的内容。

对于变量的访问，多数情况下直接给出变量名。如 c＝a＋b，在执行时，根据变量名得到内存单元的地址，然后从内存单元中取出数据。某些情况下并不直接给出变量名。例如要存取变量 a 中的值，可以先将变量 a 的地址放在另一个变量 b 中。访问时先找到变量 b，从变量 b 中取出变量 a 的地址，然后根据这个地址，从内存单元中取出变量 a 的值。在这里，从变量 b 中取出的不是所访问的数据，而是访问数据的地址，这就是指针，变量 b 称为指针变量。

　　注意：变量的指针和指向变量的指针变量。变量的指针就是变量的地址。对于变量 a，如果它所对应的内存单元地址为 2000H，它的指针就是 2000H。指针变量是指一个专门用于存放另一个变量地址的变量，它的值是指针。上面变量 b 中存放的是变量 a 的地址，变量 b 中的值是变量 a 的指针，变量 b 就是一个指向变量 a 的指针变量。

　　（2）指针的定义与引用。指针变量的定义形式为：

数据类型说明符　　*指针变量名；

指针变量定义如：

```
int    *p1;          /*定义一个指向整型变量的指针变量 p1*/
char   *p2;          /*定义一个指向字符变量的指针变量 p2*/
char   data   *p3;   /*定义一个指向字符变量的指针变量 p3，该指针访问的数据在片内数据存
                         储器中，该指针在内存中占一个字节*/
float  xdata  *p4;   /*定义一个指向字符变量的指针变量 p4，该指针访问的数据在片外数据存
                         储器中，该指针在内存中占两个字节*/
```

　　指针变量是存放另一变量地址的特殊变量，指针变量只能存放地址。指针变量使用时，注意两个运算符：&和*。&是取地址运算符，通过&取地址运算符可以把一个变量的地址送给指针变量，使指针变量指向该变量；*是指针运算符，通过*指针运算符可以实现通过指针变量访问它所指向的变量的值。

　　指针变量经过定义之后可以引用。如：

```
int  x, *px, *py;    /*变量及指针变量定义*/
px＝&x;               /*将变量 x 的地址赋给指针变量 px，使 px 指向变量 x*/
*px＝5;               /*等价于 x＝5*/
py＝px;               /*将指针变量 px 中的地址赋给指针变量 py，使指针变量 py 也指向 x*/
```

3. 结构

　　前面介绍的数组是把同一数据类型的数据合成一个整体使用。在实际应用中，常常还需要把不同数据类型的数据合在一起使用，这是通过结构数据类型来实现的。结构是一种组合数据类型，它将若干个不同类型的变量结合在一起而形成的一种数据的集合体。组成该集合体的各个变量称为结构的元素或成员。整个集合体使用一个单独的结构变量名。一般来说结构中的各个变量之间存在某种关系，例如时间数据中的时、分、秒，日期数据中的年、月、日等。结构便于对一些复杂而相互之间又联系的一组数据进行管理。

　　（1）结构与结构变量的定义。结构与结构变量是两个不同的概念，结构是一种组合数据类型，结构变量是取值为结构这种组合数据类型的变量，相当于整型数据类型与整型变量的关系。对于结构与结构变量的定义有两种方法。

　　1）第一种方法，先定义结构类型再定义结构变量，格式为：

struct　　结构名

{结构元素表}；

结构变量的定义如下：

struct　　结构名　　结构变量名 1，结构变量名 2，…；

　　其中，"结构元素表"为结构中的各个成员，它可以由不同的数据类型组成。在定义时需指明各个成员的数据类型。如定义一个日期结构类型 data，它由三个结构元素 year、month、day 组成，定义结构变量 d1 和 d2。如：

```
struct  data
{
    int  year;
    char month, day;
};
struct data d1, d2;
```

2）第二种方法，定义结构类型的同时定义结构变量名，格式为：

struct　结构名

{结构元素表} 结构变量名 1，结构变量名 2，…

对于上面的日期结构变量 d1 和 d2 可以按以下格式定义。如：

```
struct  data
{
    int  year;
    char month, day;
}d1, d2;
```

注意：结构中的成员可以是基本数据类型，也可以是指针、数组或结构等构造数据类型。定义的一个结构是一个相对独立的集合体，结构中的元素只在该结构中起作用。因而一个结构中的结构元素的名字可以与程序中的其他变量的名称相同，它们代表不同的对象，在使用时互相不影响。

（2）结构变量的引用。在定义了一个结构变量之后，就可以对它进行引用，即可以进行赋值、存取和运算。一般情况下，结构变量的引用是通过对其结构元素的引用来实现的，结构元素的引用一般格式为：

　　　结构变量名．结构元素名

或　结构变量名→结构元素名

其中，"．"是结构的成员运算符，例如：d1.year 表示结构变量 d1 中的元素 year，d2.day 表示结构变量 d2 中的元素 day。

4．联合

前面介绍的结构能够把不同类型的数据组合在一起使用，另外，联合也能够把不同类型的数据组合在一起使用，但它与结构又不一样，结构中定义的各个变量在内存中占用不同的内存单元，在位置上是分开的，而联合中定义的各个变量在内存中都是从同一个地址开始存放，即采用了所谓的"覆盖技术"。这种技术可使不同的变量分时使用同一内存空间，提高内存的利用效率。

（1）联合的定义。联合的定义与结构的定义类似。

1）第一种方法，可以先定义联合类型再定义联合变量，格式为：

union　联合类型名

{成员列表};

定义联合变量格式为：

union　联合类型名　变量列表;

2）第二种方法，定义联合类型的同时定义联合变量，格式如下：

union　联合类型名

{成员列表} 变量列表；

定义结构与联合的区别只是将关键字由 struct 换成 union，但在内存的分配上两者完全不同。结构变量占用的内存长度是其中各个元素所占用的内存长度的总和；而联合变量所占用的内存长度是其中各元素的长度的最大值。结构变量中的各个元素可以同时进行访问，联合变量中的各个元素在一个时刻只能对一个进行访问。

（2）联合变量的引用。定义了一个联合变量之后，就可以对它进行引用，可以对它进行赋值、存取和运算。同样，联合变量的引用是通过对其元素的引用实现的，联合变量中元素的引用与结构变量中元素的引用格式相同，即

    联合变量名．联合元素

或　联合变量名→联合元素

5. 枚举

枚举数据类型是一个有名字的某些整型常量的集合。这些整型常量是该类型变量可取的所有合法值。枚举定义时应当列出该类型变量的所有可取值。

枚举定义的格式与结构和联合基本相同，也有两种方法。

1）第一种方法，先定义枚举类型，再定义枚举变量，格式为：

enum　枚举名　{枚举值列表}；

enum　枚举名　枚举变量列表；

2）第二种方法，在定义枚举类型的同时定义枚举变量，格式为：

enum　枚举名　{枚举值列表}枚举变量列表；

如，定义一个取值为星期几的枚举变量 d1。

    enum week　{Sun，Mon，Tue，Wed，Thu，Fri，Sat}

    enum week　d1；

或　enum week　{Sun，Mon，Tue，Wed，Thu，Fri，Sat}d1；

定义之后，就可以把枚举值列表中的某个值赋给枚举变量 d1 使用了。

4.2　运算量与运算符

4.2.1　常量

常量是指在程序执行中其值不变的量。

1. 整型常量

整型常量就是整型常数，根据其值范围在存储器中分配不同的字节数来存放。可以表示成：

二进制整数，如 10B，01B，1010B。

十进制整数，如 234，−56，0。

十六进制整数，以 0x 开头表示，如 0x78，0xFF3D。

长整数，存储时占四个字节存储单元，如 123L。

2. 浮点型常量

浮点型常量就是实型常数，有十进制表示形式和指数表示形式。

十进制形式又称定点形式，由数字和小数点组成，如 0.123，34.645。

指数形式的浮点型常量，如 123e－4。

3. 字符型常量

字符型常量是用单引号引起的字符，如‘1’、‘F’等。可以是可显示的 ASCII 字符，也可以是不可显示的控制字符。对不可显示的控制字符须在前面加上反斜杠"\"组成转义字符，利用它可以完成一些特殊功能和输出时的格式控制。常用的转义字符见表 4.1。

表 4.1 常 用 转 义 字 符

转义字符	含　义	ASC II 码	转义字符	含　义	ASC II 码
\ 0	空字符(null)	00H	\ f	换页符(FF)	0CH
\ n	换行符(LF)	0AH	\ '	单引号	27H
\ r	回车符(CR)	0DH	\ "	双引号	22H
\ t	水平制表符(HT)	09H	\ \	反斜杠	5CH
\ b	退格符(BS)	08H			

4. 字符串型常量

字符串型常量由双引号""括起来的字符组成。如"D"、"1234"、"ABCD"，一个字符常量在存储器内只用一个字节存放，而一个字符串常量在存储器中存放时，不仅双引号内的字符各占一个字节，而且会自动的在后面加一个转义字符"\0"作为字符串结束标志。

4.2.2 变量

变量是指程序运行过程中其值可以改变的量。一个变量由两部分组成，即变量名和变量值。每个变量都有一个变量名，在存储器中占用一定的存储单元，变量的数据类型不同，占用的存储单元数也不一样。在存储单元中存放的内容就是变量值。

变量必须先定义后使用，在定义时必须指出变量的数据类型，也可以指出变量的存储种类和存储类型。以便编译系统为它分配相应的存储单元。定义格式：

[存储种类] 数据类型 [存储类型] 变量名 1[＝初值], 变量名 2[＝初值], …

1. 数据类型

在定义变量时，必须通过数据类型说明符指明变量的数据类型，指明变量在存储器中占用的字节数，可以是基本数据类型，也可以是构造数据类型，还可以是用 typedef 定义的类型别名。为了增加程序的可读性，允许用户为系统固有的数据类型说明符用 typedef 起别名，如：

typedef 固有的数据类型说明符 别名；

定义别名后，就可以用别名代替数据类型说明符对变量进行定义，别名一般用大写字母表示。

2. 变量名

变量名是为了区分不同变量，而为变量取的名称。C 语言中规定：变量名可以用字母、数字和下划线三种字符组成，且第一个字母必须为字母或下划线。变量名有普通变量名和指针变量名两种，其区别是指针变量前面要带"＊"号。

3. 存储种类

存储种类是指变量在程序执行过程中的作用范围。C 语言中变量的存储种类有自动变量（auto）、外部变量（extern）、静态变量（static）和寄存器变量（register）四种。

（1）自动变量 auto：其作用范围在定义它的函数体或复合语句内部。当定义它的函数体或复合语句执行时，C51 才为该变量分配内存空间，结束时占用的内存空间释放。自动变量一般分配在内存的堆栈空间中。定义变量时，如果省略存储器种类，则该变量默认为自动变量。

（2）外部变量 extern：在一个函数体内，要使用一个已在该函数体外或别的程序中定义过的外部变量时，该变量在该函数体内要用 extern 说明。外部变量被定义后分配固定的内存空间，在程序整个执行时间内都有效，直到程序结束才释放。

（3）静态变量 static：又分为内部静态变量和外部静态变量。在函数体内部定义的静态变量为内部静态变量，它在对应的函数体内有效，一直存在，但在函数体外不可见。这样不仅使变量在定义它的函数体外被保护，还可以实现当离开函数时值不被改变。外部静态变量上在函数外部定义的静态变量，它在程序中一直存在，但在定义的范围之外时不可见的。

（4）寄存器变量 register：它定义的变量存放在 CPU 内部的寄存器中，处理速度快，但数目少。C51 编译器编译时能自动识别程序中使用频率最高的变量，并自动将其作为寄存器变量，用户可以无需专门声明。

4．存储类型

存储类型是用于指明变量所处的存储器区域。C51 在定义变量和常量时，需说明它们的存储类型，将它们定位在不同的存储区中。MCS-51 系列单片机在物理上有三个存储空间，即程序存储器、片内数据存储器、片外数据存储器。

程序存储器空间是只读的，只能存放程序和固定不变的数据表格，如对热电偶采集数据的校正参数表格、LED 显示的字符编码数据等。

片外数据存储器空间只能用 R0、R1 和 DPTR 的寄存器间接寻址方式，用指令 MOVX 进行数据读写操作。

片内数据存储器空间分为四个区域，即四组工作寄存器、可位寻址区、堆栈区和用户 RAM 区。对 8051 系列单片机，这四个区域都处于低 128 字节 RAM 区内。用户数据区可用直接寻址或寄存器间接寻址方式进行访问。对 8052 系列单片机，用户数据区还包括高 128 字节的 RAM 区域，但该区域只能用寄存器间接寻址方式访问，以与对 SFR 的直接寻址访问相区别。

表 4.2   存 储 器 类 型 说 明

存储类型	对应的存储区域描述
data	直接寻址的片内 RAM 低 128B，访问速度快
bdata	片内 RAM 的可位寻址区（20H～2FH），允许字节和位混合访问
idata	间接寻址访问的片内 RAM，允许访问全部片内 RAM
pdata	用 Ri 间接访问的片外 RAM 的低 256B
xdata	用 DPTR 间接访问的片外 RAM，允许访问全部片外 RAM
code	程序存储器 64KB

变量定义如下：

```
# define uchar unsigned char    /* 宏定义无符号字符类型 uchar */
uchar  data  a1;                 /* 字符变量 a1 定位在片内 RAM 中 */
bit  bdata  flag;                /* 位变量 flag 定位在片内 RAM 中的可位寻址区 */
float  idata  x, y;              /* 浮点变量 x、y 定位在片内 RAM 中，间接寻址访问 */
```

```
uchar  xdata  s[ ]={81, 9, 16};        /* 无符号字符数组 s 定位在片外 RAM */
uchar  code  tab[2]={0x3f, 0x06};      /* 无符号字符数组 tab 定位在片外 ROM */
```

若没有指定存储类型，则由编译系统的存储模式将其存于默认存储空间。当编译系统的存储模式为小模式时，默认存储类型为 data，当编译系统的存储模式为其他模式时，缺省存储类型为 xdata。C51 编译器的存储模式一般为小模式，即默认的存储类型为 data，变量定位在片内 RAM 中。

4.2.3　数据声明

1. SFR 声明

8051 单片机片内有 21 个特殊功能寄存器，通过这些特殊功能寄存器可以控制单片机的 I/O 口、串口、定时器/计数器及其他功能部件。在 C51 中，需要访问特殊功能寄存器之前，必须通过 sfr 或 sfr16 说明符进行声明，指明其所对应的片内 RAM 单元的地址。格式：

sfr 或 sfr16　　特殊功能寄存器名　　＝　　地址

sfr 用于对单字节的特殊功能寄存器进行声明，sfr16 用于对双字节特殊功能寄存器进行声明，特殊功能寄存器名一般用大写字母表示。如：

```
sfr  P1 = 0x90           ;/* 定义 I/O 口 P1，其地址为 90H */
sfr  TMOD = 0x89         ;/* 定义定时/计数器方式控制寄存器 TMOD，其地址为 89H */
```

特殊功能寄存器中有 11 个可位寻址的寄存器，在访问前需要通过 sbit 说明符进行声明。格式：

sbit　　位变量名　　＝　　地址；

若位地址为直接位地址，其取值范围为 00H～FFH；若位地址是可位寻址变量带位号或特殊功能寄存器名带位号，则在它前面需对可位寻址变量或特殊功能寄存器进行声明。字节地址与位号之间、特殊功能寄存器与位号之间一般用"^"作间隔。PSW 是可位寻址的 SFR，其中各位的定义用 sbit，如：

```
sfr  PSW = 0xD0;         /* 定义程序状态字寄存器 PSW，其地址为 D0H */
sbit  CY = 0xD7;         /* 定义位 CY，其位地址为 D7H */
sbit  AC = 0xD0 ^ 6;     /* 定义位 AC，其位地址为 D6H */
sbit  RS0 = PSW ^ 3;     /* 定义位 RS0，其位地址为 D3H */
```

注意：sfr、sfr16 和 sbit 只能在函数外使用，一般放在程序的开头部分。

实际上，C51 编译器已经把 MCS-51 系列单片机的特殊功能寄存器和特殊位进行了声明，放在"reg51.h"或"reg52.h"头文件中。用户在使用之前用一条预处理命令"# include <reg51.h>"把这个头文件包含到程序中，然后就可以使用特殊功能寄存器名和特殊位名称了，而对于未定义的位，使用之前必须先定义，如：

```
# include <reg51.h>
sbit  P10=P1 ^ 0;
sbit  P12=P1 ^ 2;
void  main( )
{
    P10=1; P12=0;
    PSW=0x08;            /* 相当于 RS0=1, RS1=0; */
    if ( OV== 1 )
    ⋮
}
```

2. 并行口声明

MCS-51 系列单片机的 I/O 口有四个 P0～P3，此外，还可以在片外扩展硬件 I/O 口和其他功能芯片，它们与外部数据存储器是统一编址的，使用时可以把它们当作外部数据存储器的一个单元。

在头文件 reg51.h 和 reg52.h 中已有 P0、P1、P2 和 P3 的定义，扩展的外部硬件 I/O 口和功能芯片端口则需由用户声明。如：

```
# include "absacc.h"
# define PA XBYTE [ 0xffec ]
void main( )
{
    PA = 0x3A;        /* 向外部数据存储器的地址为 ffecH 的单元中写入 3AH */
}
```

其中，编译预处理命令#define 将 PA 定义为外部 I/O 口，地址为 0xffec，是单字节量。XBYTE 是一个指针，指向外部数据存储器的零地址单元，它是在头文件 absacc.h 中声明的。

3. 位变量声明

单片机具有位处理器，C51 相应地设置了 bit 数据类型，bit 用于定义一般位变量，即

bit　　位变量名　＝地址

此时只能是片内 RAM 的可位寻址区，如：

```
bit  lock_pt;              /* 将 lock_pt 定义为位变量 */
bit  direction_bit;        /* 将 lock_pt 定义为位变量 */
```

函数可以有 bit 类型的参数，也可以有 bit 类型的返回值，如：

```
bit func (bit b0, bit b1)
{
    bit a ;
    …
    return a ;
}
```

注意：位变量说明中可以指定存储类型，但位变量的存储类型只能是 bdata。不能定义位变量指针，不能定义位数组。

4.2.4　运算符

C 语言具有十分丰富的运算符，利用这些运算符可以组成各种表达式及语句。运算符按其在表达式中与运算对象之间的关系，又可以分为单目运算符、双目运算符和三目运算符。在 C51 中，运算符按其在表达式所起的作用，分类介绍如下。

1. 赋值运算符

赋值运算符"＝"，将一个数据的值赋给一个变量，如 x＝10。利用赋值运算符将一个变量与一个表达式连接起来的式子称为赋值表达式，在赋值表达式的后面加一个分号";"就构成了赋值语句，格式为：

变量　＝　表达式;

执行时先计算出右边表达式的值，然后赋给左边的变量。允许在一个语句中同时给多个变量赋值，赋值顺序自右向左。如：

x＝8＋9；

x＝y＝5；

2．算术运算符

＋　加或取正值运算符；

－　减或取负值运算符；

*　乘运算符；

/　除运算符；

%　取余运算符。

对于除运算，若相除的两个数为浮点数，则运算的结果也为浮点数；若相除的两个数为整数，则运算的结果也为整数。如 25.0/20.0 结果为 1.25，而 25/20 结果为 1。

3．关系运算符

＞　大于；

＜　小于；

＞＝　大于等于；

＜＝　小于等于；

＝＝　等于；

！＝　不等于。

关系运算符用于比较两个数的大小，用关系运算符将两个表达式连接起来形成的式子称为关系表达式。关系表达式通常用来作为判别条件构造分支或循环程序，形式为：

表达式 1　　关系运算符　　表达式 2

关系运算的结果为逻辑量，成立为真（1），不成立为假（0）。其结果可以作为一个逻辑量参与逻辑运算。如 5＞3，结果为真（1），而 10＝＝100，结果为假（0）。

4．逻辑运算符

‖　逻辑或；

&&　逻辑与；

！　逻辑非。

逻辑运算符用于求条件式的逻辑值，用逻辑运算符将关系表达式或逻辑量连接起来的式子就是逻辑表达式。如：

若 a＝8，b＝3，c＝0，则！a 为假，a&&b 为真，b&&c 为假。

5．位运算符

C 语言能对运算对象按位进行操作，但并不改变参与运算的变量的值。如果要求按位改变变量的值，则要利用相应的赋值运算。且位运算符只能对整数进行操作，不能对浮点数进行操作。

&　　　按位与；

|　　　按位或；

^　　　按位异或；

～　　　按位取反；

＜＜　　左移；

＞＞　　右移。

6. 复合赋值运算符

+=	加法赋值；
-=	减法赋值；
*=	乘法赋值；
/=	除法赋值；
%=	取值赋值；
&=	逻辑与赋值；
|=	逻辑或赋值；
^=	逻辑异或赋值；
~=	逻辑非赋值；
>>=	右移位赋值；
<<=	左移位赋值。

复合赋值运算的一般格式为：

变量　　复合运算赋值符　　表达式

先把变量与后面的表达式进行某种运算，然后将运算的结果赋给前面的变量。这是简化程序的一种方法，大多数二目运算都可以用复合赋值运算符简化表示。如：

a+=6 相当于 a=a+6；a*=5 相当于 a=a*5。

7. 逗号运算符

逗号","是一个特殊的运算符，用它可以将两个或两个以上的表达式连接起来，称为逗号表达式。一般格式为：

表达式 1，表达式 2，…，表达式 n

程序执行时，按从左至右的顺序依次计算出各个表达式的值。而整个逗号表达式的值是最右边的表达式 n 的值。如：

x=（a=3，6*3），结果 x 的值为 18。

8. 条件运算符

条件运算符"？:"是 C 语言中唯一的三目运算符，要求有三个运算对象，用它可以将三个表达式连接在一起，构成一个条件表达式。一般格式为：

逻辑表达式？　　表达式 1：　　表达式 2

先计算逻辑表达式的值，当逻辑表达式的值为真（非 0）时，将计算的表达式 1 的值作为整个条件表达式的值；当逻辑表达式的值为假（0）时，将计算的表达式 2 的值作为整个条件表达式的值。如：

max=（a>b）？a：b 的执行结果是将 a 和 b 中较大的数赋值给变量 max。

9. 指针运算符

变量的指针就是该变量的地址，为了表示指针变量和它所指向的变量地址之间的关系，提供了两个专门的运算符，即：

| * | 指针运算符； |
| & | 取地址运算符； |

指针运算符"*"放在指针变量前面，通过它实现访问以指针变量的内容为地址所指向的存储单元。如：指针变量 p 中的地址为 2000H，则 *p 所访问的是地址为 2000H 的存储单

元，x= * p，实现把地址为 2000H 的存储单元的内容送给变量 x。

取地址运算符"&"放在变量的前面，通过它取得变量的地址，变量的地址通常送给指针变量。如：设变量 x 的内容为 12H，地址为 2000H，则&x 的值为 2000H。如有一指针变量 p，则通常用 p=&x，实现将 x 变量的地址送给指针变量 p，指针变量 p 指向变量 x，以后可以通过 * p 访问变量 x。

4.3　程　序　语　句

4.3.1　表达式语句

表达式语句是最基本的一种语句，在表达式的后边加一个分号"；"就构成了表达式语句。如：

a=++　b * 9；

x=8；y=7；

++　k；

在编写程序时，可以一行放一个表达式形成表达式语句，也可以一行放多个表达式形成表达式语句，这时每个表达式后面都必须带"；"号，还可以一行仅有一个分号"；"行形成一个表达式语句，称为空语句。

4.3.2　复合语句

用一个大括号"{}"将若干条语句括在一起就形成了一个复合语句。复合语句最后不需要以分号"；"结束，但它内部的各条语句仍需以分号"；"结束。一般形式为：

```
{
    局部变量定义；
    语句 1；
    语句 2；
}
```

复合语句在执行时，其中的各条单语句按顺序依次执行。复合语句通常出现在函数中，实际上函数的执行部分（即函数体）就是一个复合语句；复合语句中的单语句一般是可执行语句，此外还可以是变量的定义语句（说明变量的数据类型）。在复合语句内部语句所定义的变量，称为该复合语句中的局部变量，它仅在当前这个复合语句中有效。

4.3.3　条件分支语句

1. if 语句

if 语句是一个基本选择语句，通常有三种格式：

（1）if（表达式）　{语句：}

（2）if（表达式）　{语句 1；} else {语句 2；}

（3）if（表达式）　语句 1；}

　　else if（表达式 2）　{语句 2；}

　　else if（表达式 3）　{语句 3；}

　　…

　　else if（表达式 n-1）　{语句 n-1；}

　　else{语句 n}

　　2. switch case 语句

　　if 语句通过嵌套可以实现多分支结构，但结构复杂。switch 是专门处理多分支结构的多分支选择语句，格式如下：

```
switch (表达式)
{
    case 常量表达式 1; {语句 1;}break;
    case 常量表达式 2; {语句 2;}break;
    …
    case 常量表达式 n: {语句 n;}break;
    default: {语句 n+1;}
}
```

　　说明：

　　switch 后面括号内的表达式，可以是整型或字符型表达式。当该表达式的值与某一"case"后面的常量表达式相等时，就执行该"case"后面的语句，遇到 break 语句退出 switch 语句。若表达式的值与所有 case 后的常量表达式的值都不同，则执行 default 后面的语句，然后退出 switch 结构。

　　每一个 case 常量表达式的值必须不同，否则会出现矛盾。case 语句和 defalut 语句的出现次序对执行过程没有影响。每个 case 语句后面可以有"break"，也可以没有。有 break 语句，执行遇到 break 则退出 switch 结构，若没有则会顺次执行后面的语句，直到遇到 break 或结束。每一个 case 语句后面可以带一个语句，也可以带多个语句，还可以不带。

4.3.4　循环语句

　　1. while 语句

　　while 语句用于实现当型循环结构，格式如下：

```
while (表达式)
{ 语句;}          /*循环体*/
```

　　while 语句后面的表达式是能否循环的条件，后面的语句是循环体。当表达式为真（非 0）时，就重复执行循环体内的语句；当表达式为假（0）时，则终止 while 循环，程序将执行循环结构之外的下一条语句。其特点是先判断条件，后执行循环体。在循环体中对条件进行改变，然后再判断条件。如条件成立，则再执行循环体；如条件不成立，则退出循环。如条件第一次就不成立，则循环体一次也不执行。

　　2. do…while 语句

　　do…while 语句用于实现直到循环结构，它的格式如下：

```
do
{ 语句;}          /*循环体*/
While (表达式);
```

　　先执行循环体中的语句，后判断表达式。如表达式为真（非 0），则再执行循环体，然后又判断，直到有表达式为假（0）时，退出循环，执行下一条语句。

　　3. for 语句

　　for 语句是使用最灵活、最常用的循环控制语句。它可以用于循环次数已经确定的情况，也可以用于循环次数不确定的情况，功能最强大，格式如下：

```
for{表达式 1;表达式 2;表达式 3}
{ 语句;}              /*循环体*/
```

for 语句后面带 3 个表达式，它的执行过程如下：

（1）先求解表达式 1 的值。

（2）先求解表达式 2 的值，如表达式 2 的值为真，则执行循环体中的语句，然后执行步骤（3）的操作；如表达式 2 的值为假，则结束 for 循环，转到最后一步。

（3）若表达式 2 的值为真，则执行完循环体中的语句后，求解表达式 3，然后转到第 4 步。

（4）转到步骤（2）继续执行。

（5）退出 for 循环，执行下面的一条语句。

其中，通常表达式 1 为初值表达式，用于给循环变量赋初值；表达式 2 为条件表达式，对循环变量进行判断；表达式 3 为循环变量更新表达式，用于对循环变量的值进行更新，使循环变量能不满足条件而退出循环。

在一个循环的循环体中允许又包含一个完整的循环结构，这种结构称为循环的嵌套。

4.3.5　转移语句

1. break 语句

前面已介绍过用 break 语句跳出 switch 结构，使程序继续执行 switch 结构后面的一个语句，使用 break 语句还可以从循环体中跳出循环，提前结束循环而接着执行循环下面的语句。它不能用在除了循环语句和 switch 语句之外的任何其他的语句中。

2. continue 语句

continue 语句用在循环结构中，用于结束本次循环，跳出循环体 continue 下面的未执行的语句，直接进行下一次是否执行循环的判定。

break 和 continue 语句用于跳出循环结构，二者区别在于：continue 语句只是结束本次循环而不是终止新整个循环；break 语句则是结束循环，不再进行条件判断。

3. return 语句

return 语句一般放在函数的最后位置，用于终止函数的执行，并控制程序返回调用该函数时所处的位置，返回时还可以通过 return 语句带回返回值，格式有两种：

（1）return;

（2）return（表达式）;

如果 return 语句后面带有表达式，则要计算表达式的值，并将表达式的值作为函数的返回值。通常用 return 语句把调用函数取得的值返回给主调用函数。

4.4　C51 程 序 设 计

4.4.1　C51 程序实例

【例 4.1】 P1.0 接一开关，P1.1 接一发光二极管，如图 4.1 所示。设计程序使得开关打开时，二极管不亮，开关闭合时，二极管亮。

解　程序如下：

```
# include <reg51.h>
sbit p10=P1^0;
sbit p11=P1^1;
void main( )
{
    p11=!p10;
}
```

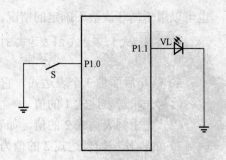

图 4.1　［例 4.1］图

【例 4.2】　将例 4.1 用 if 语句来改写。

解　程序如下：

```
# include <reg51.h>
sbit p10=P1^0;
sbit p11=P1^1;
void main( )
{
    if ( p10== 0 ) p11=1 ;
    else p11=0 ;
}
```

【例 4.3】　将［例 4.1］用条件运算符来改写。

解　程序如下：

```
# include <reg51.h>
sbit p10=P1^0;
sbit p11=P1^1;
void main( )
{
    p11=( p10== 0 ) ? 1 : 0;
}
```

【例 4.4】　P1 口的 P1.0 接一开关 S1，P1.1 接开关 S2，P1.4、P1.5、P1.6 和 P1.7 各接一发光二极管，如下图 4.2 所示。由 S1 和 S2 的不同状态，确定哪个发光二极管亮，真值表见表 4.3 所示。

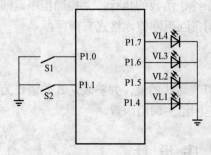

图 4.2　［例 4.4］图

表 4.3　真值表

S1	S2	
1	1	VL1
0	1	VL2
1	0	VL3
0	0	VL4

解　程序如下：

```
# include <reg51.h>
void main( )
```

```
{
    char a;
    a=P1;
    a=a & 0x03;              /* 屏蔽高 6 位 */
    if ( a== 3 )  P1=0x13;
    else if (a== 2 )  P1=0x23;
        else if (a== 1 )  P1=0x43;
            else  P1=0x83;
}
```

【例 4.5】　将［例 4.4］用 switch 语句改写。

解　程序如下：

```
# include <reg51.h>
void  main( )
{
    char a;
    a=P1;
    a=a & 0x03;
    switch ( a )
    {
        case 3: P1=0x13; break;
        case 2: P1=0x23; break;
        case 1: P1=0x43; break;
        csae 0: P1=0x83;
    }
}
```

【例 4.6】　前面［例 4.4］的程序只能执行一次，若需要在程序执行过程中，可以随时改变开关的状态，进而改变发光二极管的状态。即要求程序不能停止，必须用到循环结构。

解　程序如下：

```
# include <reg51.h>
void  main( )
{
    char a;
    LP1:    a=P1;
            a=a & 0x03;
            switch (a )
            {
                case 3:  P1=0x13; break;
                case 2:  P1=0x23; break;
                case 1:  P1=0x43; break;
                csae 0:  P1=0x83;
            }
    goto  LP1;
}
```

【例 4.7】　将［例 4.6］用 while 语句改写。

解　程序如下：

```
# include <reg51.h>
```

```
void  main( )
{
    char a;
    while ( 1 )
    {
        a＝P1;
        a＝a & 0x03;
        switch (a )
        {
            case 3:  P1＝0x13; break;
            case 2:  P1＝0x23; break;
            case 1:  P1＝0x43; break;
            csae 0:  P1＝0x83;
        }
    }
}
```

【例 4.8】　将［例 4.6］用 do-while 语句改写。

解　程序如下：

```
# include <reg51.h>
void  main( )
{
    char  a;
    do {
        a＝P1;
        a＝a & 0x03;
        switch (a )
        {
            case 3:  P1＝0x13; break;
            case 2:  P1＝0x23; break;
            case 1:  P1＝0x43; break;
            csae 0:  P1＝0x83;
        }
    }while (1 );
}
```

【例 4.9】　P1 口接 8 个发光二极管，分别为 VL0、VL1、…、VL7。程序控制点亮 VL0，延迟一段时间，再点亮 VL1，…，VL7，然后又是 VL0。同时只能有一个灯亮。

解　程序如下：

```
# include <reg51.h>
void  main( )
{
    char a＝1;
    unsigned int b;
    do{
        P1＝a;
        a＝a << 1;
        if (a== 0 )  a＝1;
        b＝50000;
        while (-- b ) ;
```

```
    }while (1 ) ;
}
```

4.4.2　C51 的库函数

C51 编译器提供了丰富的库函数，用户可以根据需要随时调用，从而大大提高编程效率。这些库函数的原型已在相应的头文件中给出，用户使用时，只需在源程序的开头用编译预处理命令# include 将该头文件包含进来。下面分类介绍常用的库函数。

1. 字符函数库

CTYPE.H 文件中提供了一组关于字符处理的函数，主要的函数原型和功能如下：

extern bit isalpha (char)；检查参数字符是否为英文字母，是则返回 1，否则返回 0。

extern bit isalnum (char)；检查参数字符是否为英文字母或数字字符，是则返回 1，否则返回 0。

extern bit iscntrl (char)；检查参数字符是否为控制字符，即 ASCII 值为 0x00～0x1f 或 0x7f 的字符，是则返回 1，否则返回 0。

extern bit islower (char)；检查参数字符是否为小写英文字母，是则返回 1，否则返回 0。

extern bit isupper (char)；检查参数字符是否为大写英文字母，是则返回 1，否则返回 0。

extern bit isdigit (char)；检查参数字符是否为数字字符，是则返回 1，否则返回 0。

extern bit isxdigit (char)；检查参数字符是否为十六进制数字字符，是则返回 1，否则返回 0。

extern char toint (char)；将 ASCII 字符的 0～9、a～f（大小写无关）转换为十六进制数字。

extern char toupper (char)；将小写字母转换成大写字母，如果字符不在"a"～"z"之间，则不作转换直接返回该字符。

extern char tolower (char)；将大写字母转换成小写字母，如果字符不在"A"～"Z"之间，则不作转换直接返回该字符。

2. 标准函数库

STDLIB.H 文件中提供了一组标准函数，主要的函数原型和功能如下：

extern float atof (char *s)；将字符串 s 转换成浮点数值并返回它。参数字符串必须包含与浮点数规定相符的数。

extern long atol (char *s)；将字符串 s 转换成长整型数值并返回它。参数字符串必须包含与长整型数规定相符的数。

extern int atoi (char *s)；将字符串 s 转换成整型数值并返回它。参数字符串必须包含与整型数规定相符的数。

void *malloc (unsigned int size)；返回一块大小为 size 个字节的连续内存空间的指针。如返回值为 NULL，则无足够的内存空间可用。

void free (void *p)；释放由 malloc 函数分配的存储器空间。

void init_mempool (void *p, unsigned int size)；清零由 malloc 函数分配的存储器空间。

3. 数学函数库

MATH.H 文件中提供了一组数学函数，主要的函数原型和功能如下：

extern int abs (int val)；

extern char abs (char val)；

extern float abs (float val)；

extern long abs (long val)；计算并返回 val 的绝对值。这四个函数的区别在于参数和返回值的类型不同。

extern float exp (float x)；返回以 e 为底的 x 的幂，即 e^x。

extern float log (float x)；

extern float log10 (float x)；log 返回 x 的自然对数，即 lnx；log10 返回以 10 为底的 x 的对数，即 $\log_{10}x$。

extern float sqrt (float x)；返回 x 的正平方根，即 $\sqrt{x}$。

extern float sin (float x)；返回值为 sin(x)。

extern float cos (float x)；返回值为 cos (x)。

extern float tan (float x)；返回值为 tg (x)。

extern float pow (float x，float y)；返回值为 x^y。

4. 绝对地址访问

ABSACC.H 文件中提供了一组绝对地址访问函数，主要的函数原型和功能如下：

\# define CBYTE ((unsigned char *) 0x50000L)；

\# define DBYTE ((unsigned char *) 0x40000L)；

\# define PBYTE ((unsigned char *) 0x30000L)；

\# define XBYTE ((unsigned char *) 0x20000L)；用来对 MCS-51 系列单片机的存储器空间进行绝对地址访问，以字节为单位寻址。CBYTE 寻址 CODE 区；DBYTE 寻址 DATA 区；PBYTE 寻址 XDATA 的 00H～FFH 区域(用指令 MOVX　@R0，A)；XBYTE 寻址 XDATA 区(用指令 MOVX　@DPTR，A)。

\# define CWORD ((unsigned int *) 0x50000L)；

\# define DWORD ((unsigned int *) 0x40000L)；

\# define PWORD ((unsigned int *) 0x30000L)；

\# define XWORD ((unsigned int *) 0x20000L)；与前面的宏定义相同，只是数据为双字节。

5. 内部函数库

INTRIN.H 文件中提供了一组内部函数，主要的函数原型和功能如下：

unsigned char _crol_ (unsigned char val，unsigned char n)；

unsigned int _irol_ (unsigned int val，unsigned char n)；

unsigned long _lrol_ (unsigned long val，unsigned char n)；将变量 val 循环左移 n 位。

unsigned char _cror_ (unsigned char val，unsigned char n)；

unsigned int _iror_ (unsigned int val，unsigned char n)；

unsigned long _lror_ (unsigned long val，unsigned char n)；将变量 val 循环右移 n 位。

void _nop_ (void)；该函数产生一个 MCS-51 单片机的 NOP 指令，用于延时一个机器周期。如：

```
        P10＝1；
        _nop_ ( )；      /*  等待一个机器周期 */
        P10＝0；
```

bit _testbit_ (bit x)；测试给定的位参数 x 是否为 1，若为 1，返回 1，同时将该位复位为 0；否则返回 0。

4.4.3　C51 编程规范

1. 编程规范

遵循好的编程规范能够提高程序的可读性及编写、调试和修改的效率，在单片机 C51 程序开发过程中推荐参照以下规范。

（1）注释说明。对于模块、函数以及完成复杂算法的语句都应当加上清晰的注释。对于模块，应在源文件的开头标注作者名称、创建日期、修改日期、模块功能、复杂算法说明等；对于函数，应在函数之前加上函数名称、功能说明、输入参数和返回值描述、处理流程和涉及的全局变量说明；对于复杂算法语句，应在关键语句后面加上方便理解的注释。注释内容应简练、清楚。

（2）符号命名。对于常量、变量和函数等的命名要有一定的意义，能够反映其功能、作用或数据类型。对于常量，一般使用大写字母命名；对于变量，一般使用简写的类型名作为前缀，反映变量意义的第一个字母大写，其他字母小写；对于函数，将组成函数名的各个单词的首字母大写，其他字母小写。

（3）编程风格。在长期的程序编写过程中遵循并养成的代码编写习惯称为编程风格，包含注释、命名的使用习惯，以及语句的书写风格，主要体现在缩进、对齐方式和空格的使用等方面。同一级别的语句应使用相同的缩进格式；在表达式中要注意空格的使用，运算符与操作数之间最好用一个空格；较长的语句应在运算符或逗号后进行换行；括号要成对出现，尤其是成对的花括号要在不同的行中保持列对齐。

在 C51 程序开发过程中，除了遵守上述的编程规范，以提高编辑效率之外，还要注意一些编程技巧，这些技巧可以优化程序代码，提高单片机的运行效率。

2. 编程技巧

（1）使用短变量。MCS-51 系列单片机是 8 位机，大部分的数据处理都是以字节为单位的，如果是 8 位就能够处理的数据，应尽量定义为 unsigned char 型。如定义一个循环变量，循环次数不超过 255 次，那么就要使用 unsigned char 型，而不使用 int 型，因为 int 型占用 16 位空间。减小变量的长度能够很好地提高代码效率。

（2）使用无符号变量。MCS-51 系列单片机本身不支持带符号运算，所以在程序编写过程中，应尽量使用无符号类型的变量。若程序中使用了带符号变量，就会无形中增加额外的代码来处理这些带符号数。

（3）使用位变量。对于一些标志位，可以使用 bit 型变量取代 unsigned char 型变量，从而可以降低存储空间，并提高执行效率，因为访问位标量只需一个机器周期。但要注意，bit 类型不能声明一个 using 关键字指定的函数返回值，同时也没有 bit 类型的指针和数组。

（4）使用局部变量。局部变量在编译过程中都被分配在内部存储区，能够保证变量的访问速度，所示局部变量比全局变量使用效率高。另外，过多地使用全局变量，也会给编程带来一定的难度。

（5）合理使用存储类型。在定义变量时，把经常使用的变量定义在片内 RAM 区，可以提高程序执行速度，并减少代码存储空间。考虑到存储速度，通常按照 data、idata、pdata、xdata 的顺序来确定变量存储区。同时要注意在 data 区中保留足够的堆栈空间。

（6）合理使用宏定义。对于常数，可使用宏来进行定义，完成程序上下文的统一性和可维护性。对于小段代码，可以通过宏来替代函数，使程序有更好的可读性，同时可以减少调用函数所造成的时间浪费。

（7）尽量少用指针。在源代码中使用指针，那么编译后的代码量就会增加，所以应尽量减少指针的使用。在程序中使用指针时，应指定指针的类型，并确定它们指向的区域，如 xdta 或 idata，这样就不必由编译器确定指针所指向的存储区，使得代码更加紧凑。

（8）尽量少用浮点数。浮点数在存储器中占用 32 位空间，在 8 位的 MCS-51 单片机上使用浮点数就会浪费存储空间，而且浮点运算也会消耗大量机器时间，所以在编程时要慎重使用这种数据类型。

本 章 小 结

数据的不同格式称为数据类型，C51 中扩充的数据类型有特殊功能寄存器型标识符为 sfr 和 sfr16，位类型标识符为 bit 和 sbit。

C51 编译器已经把 MCS-51 系列单片机的特殊功能寄存器、特殊位和 I/O 口有四个 P0～P3 进行了声明，放在"reg51.h"或"reg52.h"头文件中。用户在使用之前用一条预处理命令"＃include <reg51.h>"把这个头文件包含到程序中，然后就可以使用特殊功能寄存器名和特殊位名称了，而对于未定义的位，使用之前必须先定义。

MCS-51 系列单片机在物理上有三个存储空间，即程序存储器、片内数据存储器、片外数据存储器。C51 在定义变量和常量时，需说明它们的存储类型，将它们定位在不同的存储区中。C 语言具有十分丰富的运算符，利用这些运算符可以组成各种表达式及语句。

习 题

4.1　什么是数据类型？C51 有哪些基本数据类型？

4.2　C51 有哪几种存储区域？如何实现将变量定位在这些存储区域？

4.3　按照优先级从高到低的顺序，写出 C51 的各个运算符。

4.4　定义变量，a 为内部 RAM 的可位寻址区的字符型变量，b 为外部数据存储器的浮点型变量，c 为指向 int 型 xdata 区的指针。

4.5　编写 C51 函数 htoi(s)，输入字符串 s，输出整数值，功能是把十六进制字符串 s 变换成整数。

4.6　编写 C51 函数 reverse(s)，输入字符串 s，输出字符串 s，功能是把字符串 s 逆转。

4.7　编写 C51 函数，实现多字节无符号数加法，入口参数：R0 为被加数低位地址指针、R1 为加数低位地址指针、R2 为字节数，出口参数：R0 为和的低位地址指针。

4.8　编写 C51 程序，将外部 RAM 的 10H～15H 单元内容传送到内部 RAM 的 10H～15H 单元。

4.9　P1 口引脚驱动 8 个发光管，P2.3 引脚控制蜂鸣器，编写 C51 程序，使 8 个发光管由左到右间隔 1s 流动，即每个灯亮 500ms 同时蜂鸣器响，灯灭 500ms 同时蜂鸣器停，一直循环下去。

第5章　单片机功能部件

单片机应用于检测与控制等领域时，常需要定时器来实现定时或延时控制，也常需要计数器对外界事件进行计数，单片机内部的定时器/计数器可以实现这些功能。MCS-51单片机内部除含有 4 个并行 I/O 口外，还有一个串行通信 I/O 口，通过该串行口可以实现与其他系统的串行通信。实时控制、故障自动处理往往需要中断系统，单片机与外围设备间传送数据及实现人机联系也常采用中断方式。

MCS-51 单片机在片内集成了定时器/计数器、串行通信接口和中断处理系统，增强了其应用于工业控制的能力。本章介绍 MCS-51 单片机的三大功能部件，即定时器/计数器、串行口、中断系统，讲述它们的原理、寄存器结构、工作方式和典型应用。

5.1　定 时 器/计 数 器

大多数的单片机应用系统中都要使用定时或计数功能，几乎所有型号的单片机内部都集成有定时器/计数器。在 MCS-51 系列单片机中，51 子系列单片机内部有两个 16 位的可编程定时器/计数器，称为定时器 T0 和定时器 T1，可编程选择其作为定时器或作为计数器用。此外，工作方式、定时时间、计数初值、启动、中断请求等都可以由编程设定。

5.1.1　定时器/计数器组成结构及工作原理

1. 组成结构

AT89C51 单片机的定时器/计数器组成逻辑结构如图 5.1 所示，由定时器 T0、定时器 T1、定时器方式寄存器 TMOD 和定时器控制寄存器 TCON 组成。

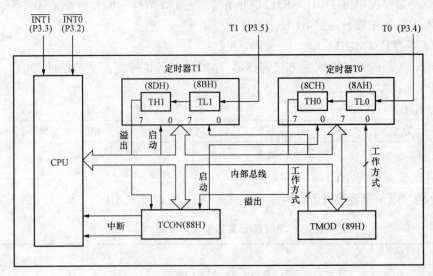

图 5.1　定时器/计数器逻辑结构图

　　T0、T1 是 16 位加法计数器，分别由两个 8 位专用寄存器组成，T0 由 TH0 和 TL0 组成，T1 由 TH1 和 TL1 组成。TL0、TL1、TH0、TH1 的地址依次为 8AH～8DH，每个寄存器均可单独访问。当 T0 或 T1 用作定时器时，对内部机器周期脉冲计数，由于机器周期是定值，故计数值确定时，时间也随之确定；当 T0 或 T1 用作计数器时，对芯片引脚 T0(P3.4)或 T1(P3.5) 上输入的脉冲计数，每输入一个脉冲，加法计数器加 1。

　　TMOD、TCON 与 T0、T1 间通过内部总线及逻辑电路连接，TMOD 用于设置定时器/计数器的工作方式，TCON 用于控制定时器/计数器的启动与停止。

　　2.　工作原理

　　当定时器/计数器设置为定时工作方式时，计数器对内部机器周期计数，每过一个机器周期，计数器增 1，直至计满溢出。定时器的定时时间与系统的振荡频率紧密相关，因 MCS-51 单片机的一个机器周期由 12 个振荡脉冲组成，所以，计数频率 $f_c = f_{osc}/12$。这是最短的定时周期，适当选择定时器的初值可获取不同的定时时间。

　　当定时器/计数器设置为计数工作方式时，计数器对来自输入引脚 T0(P3.4)和 T1(P3.5)的外部信号计数，外部脉冲的下降沿将触发计数。在每个机器周期的 S5P2 期间采样引脚输入电平，若前一个机器周期采样值为 1，后一个机器周期采样值为 0，则计数器加 1。新的计数值是在下一个机器周期的 S3P1 期间装入计数器中的，可见，检测一个由 1 到 0 的负跳变需要两个机器周期，所以，最高检测频率为振荡频率的 1/24。计数器对外部输入信号的占空比没有特殊要求，但要求输入信号的高电平与低电平的持续时间在一个机器周期以上。

　　当设置了定时器/计数器的工作方式并启动定时器/计数器工作后，定时器/计数器就按设定的工作方式独立工作，不再占用 CPU 的操作时间，只有在定时器/计数器计满溢出时才可能中断 CPU 当前的操作。

5.1.2　定时器/计数器寄存器

　　定时器/计数器相关的特殊功能寄存器：方式控制寄存器 TMOD，加计数寄存器高八位 TH0、TH1，加计数寄存器低八位 TL0、TL1；定时器/计数器到标志位 TF0、TF1(TCON)；定时器/计数器启停控制位 TR0、TR1(TCON)；定时器/计数器中断允许位 ET0、ET1(IE)；定时器/计数器中断优先级设定位 PT0、PT1(IP)。

　　1.　方式寄存器 TMOD

　　定时器/计数器的工作方式由方式寄存器 TMOD 的各位控制，字节地址 89H，不能位寻址，必须整体赋值，其格式为：

D7	D6	D5	D4	D3	D2	D1	D0
GATE	C/$\overline{T}$	M1	M0	GATE	C/$\overline{T}$	M1	M0

　　　　　　　T1 方式字段　　　　　　　　　　　　　T0 方式字段

　　TMOD 的低 4 位为 T0 的方式字，高 4 位为 T1 的方式字。

　　M1、M0：用于设置定时器/计数器的工作方式，规则见表 5.1。

表 5.1　　　　　　　　　　定时器/计数器的工作方式

M1	M0	方　式	功　能　说　明
0	0	方式 0	为 13 位的定时器/计数器
0	1	方式 1	为 16 位的定时器/计数器

续表

M1	M0	方 式	功 能 说 明
1	0	方式 2	为初值自动重装入的 8 位定时器/计数器
1	1	方式 3	T0 成为两个 8 位定时器/计数器, T1 停止

$C/\overline{T}$：定时和计数功能选择位。

$C/\overline{T}=0$ 为定时器功能。以振荡器输出时钟脉冲的十二分频信号（即机器周期）作为计数信号，也就是每一个机器周期定时器加"1"，若晶振为 12MHz，则定时器计数频率为 1MHz，计数的脉冲周期为 1μs。定时器从初值开始加"1"计数直至定时器溢出所需的时间是固定的，所以称为定时方式。

$C/\overline{T}=1$ 为外部事件计数器功能。采用外部引脚（T0 为 P3.4、T1 为 P3.5）上的输入脉冲作为计数脉冲。内部硬件在每个机器周期的 S5P2 采样外部引脚的状态，当一个机器周期采样到高电平，接着的下一个机器周期采样到低电平时计数器加"1"，也就是外部输入电平发生负跳变时加"1"。外部事件计数时最高计数频率为晶振频率的二十四分之一，外部输入脉冲高电平和低电平时间必须在一个机器周期以上。对外部输入脉冲计数的目的通常是为了测试脉冲的周期、频率或对输入的脉冲数进行累加。

GATE：门控位。GATE 为 1 时，定时器的计数受定时器运行控制位和外部引脚输入电平的控制（TR0 和 $\overline{\text{INT0}}$ 控制 T0 的运行，TR1 和 $\overline{\text{INT1}}$ 控制 T1 的运行），GATE 为 0 时，定时器计数不受外部引脚输入电平的控制，而只受定时器运行控制位（TR0、TR1）的控制。

2. 控制寄存器 TCON

定时器/计数器的运行控制由控制寄存器 TCON 的各位控制，字节地址 88H，可位寻址，其格式为：

D7	D6	D5	D4	D3	D2	D1	D0
TF1	TR1	TF0	TR0	IE1	IT1	IE0	IT0

TF1：定时器 1 溢出标志位。当定时器 1 计数满产生溢出时，由硬件自动置 TF1=1。在中断允许时，向 CPU 发出定时器 1 的中断请求，进入中断服务子程序后，由硬件自动清 0。在中断屏蔽时，TF1 可作查询测试用，此时只能由软件清 0。

TR1：定时器 1 运行控制位。由软件置 1 或清 0，用于启动或关闭定时器 1。当门控位 GATE 为 0 时，T0 的计数仅由 TR0 控制，T0 为 1 时允许 T0 计数，TR0 为 0 时禁止 T0 计数，这时，定时器仅由软件控制。门控位 GATE 为 1 时，仅当 TR0 等于 1 且 $\overline{\text{INT0}}$（P3.2）的输入信号为高电平时 T0 才计数，TR0 为 0 或 $\overline{\text{INT0}}$ 输入低电平时都禁止 T0 计数，这时，置 TR0 为 1，则定时器仅由引脚信号 $\overline{\text{INT0}}$ 的状态控制启停，因而是硬件控制的。用 TR0 和 $\overline{\text{INT0}}$ 一起控制定时器的启停，则为软、硬件配合控制。

TF0：定时器 0 溢出标志位。其功能及操作情况同 TF1。

TR0：定时器 0 运行控制位。其功能及操作情况同 TR1。

IE1：外部中断 1（$\overline{\text{INT1}}$）请求标志位。

IT1：外部中断 1 触发方式选择位。

IE0：外部中断 0（$\overline{\text{INT0}}$）请求标志位。

IT0：外部中断 0 触发方式选择位。

TCON 中的低 4 位用于控制外部中断，与定时器/计数器无关，将在后面介绍。TCON 的字节地址为 88H，可以位寻址，启动定时器或清除溢出标志位都可以采用位操作指令。当系统复位时，TCON 所有位均清 0。

5.1.3 定时器/计数器工作方式

MCS-51 系列单片机的定时器有方式 0、方式 1、方式 2 和方式 3 四种工作方式。下面讨论各种工作方式的定时器结构和功能。

1. 方式 0

当 M1M0 为 00 时，定时器工作于方式 0。定时器 T1 方式 0 的结构框图如图 5.2 所示。方式 0 为 13 位的计数器，由 TL1 的低 5 位和 TH1 的 8 位组成，TL1 低 5 位计数溢出时向 TH1 进位，TH1 计数溢出时置位溢出标志 TF1。若 T1 工作于定时方式，计数初值为 a，晶振频率为 12MHz，则 T1 从初值计数到溢出的定时时间为 $t = (2^{13} - a)\mu s$。

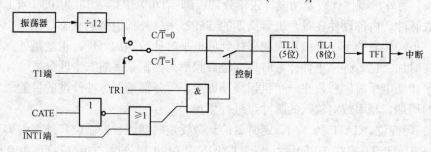

图 5.2　定时器/计数器工作方式 0

此时有一个方式电子开关和计数控制电子开关。$C/\overline{T} = 0$ 时，方式电子开关打在上面，以振荡器的十二分频信号作为 T1 的计数信号，$C/\overline{T} = 1$ 时，方式电子开关打在下面，此时以 T1（P3.5）引脚上的输入脉冲作为 T1 的计数脉冲。当 GATE 为 0 时，只要 TR1 为 "1"，计数控制开关的控制端即为高电平，使开关闭合，计数脉冲加到 T1，允许 T1 计数。当 GATE 为 "1" 时，仅当 TR1 为 "1" 且 $\overline{INT1}$ 脚上输入高电平，控制端才为高电平，才使控制开关闭合，允许 T1 计数，TR1 为 "0" 或 $\overline{INT1}$ 输入低电平都使控制开关断开，禁止 T1 计数。

2. 方式 1

当 M1M0 为 01 时，定时器工作于方式 1。方式 1 和方式 0 的差别仅仅在于计数器的位数不同，方式 1 为 16 位的定时器/计数器。定时器 T1 工作于方式 1 的逻辑结构框图如图 5.3 所示。T1 工作于方式 1 时，由 TH1 作为高 8 位，TL1 作为低 8 位，构成一个十六位的计数器。若 T1 工作于定时方式 1，计数初值为 a，晶振频率为 12MHz，则 T1 从计数初值计数到溢出的定时时间为 $t = (2^{16} - a)\mu s$。

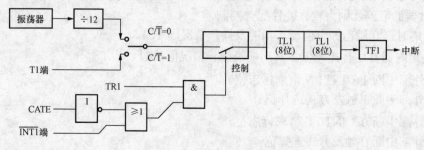

图 5.3　定时器/计数器工作方式 1

3．方式 2

M1M0 为 10 时，定时器/计数器工作于方式 2，方式 2 为自动恢复初值的 8 位计数器。定时器 T1 工作于方式 2 时的逻辑结构如图 5.4 所示。T1 工作于方式 2 时，TL1 作为 8 位计数器，TH1 作为计数初值寄存器。当 TL1 计数溢出时，一方面置"1"溢出标志 TF1，同时打开三态门，将 TH1 中的计数初值送至 TL1，使 TL1 从初值开始重新加"1"计数。若 T1 工作于定时方式 2 时，计数初值为 a，晶振频率为 12MHz 时，则定时时间为 $t = (2^8 - a)\mu s$。

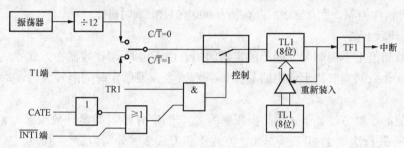

图 5.4　定时器/计数器工作方式 2

上面以 T1 为例，说明了定时器/计数器方式 0、1、2 的工作原理，T0 和 T1 的这三种方式是完全相同的。

4．方式 3

若 T1 设置为工作方式 3 时，则使 T1 停止计数。T0 方式字段中置 M1M0 为 11 时，T0 被设置为方式 3，此时 T0 的逻辑结构如图 5.5 所示，T0 分为两个独立的 8 位计数器 TL0 和 TH0。TL0 使用 T0 的所有状态控制位、GATE、TR0、$\overline{INT0}$（P3.2）、T0（P3.4）、TF0 等，TL0 可以作为 8 位定时器或外部事件计数器，TL0 计数溢出时置位溢出标志 TF0，TL0 计数初值必须由软件每次设定。

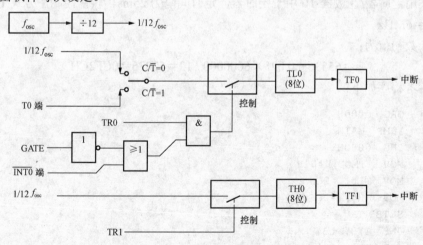

图 5.5　定时器/计数器工作方式 3

TH0 被固定为一个 8 位定时器方式，并使用 T1 的状态控制位 TR1、TF1。TR1 为 1 时，允许 TH0 计数，当 TH0 计数溢出时，将溢出标志 TF1 置 1。一般情况下，只有当 T1 用于串行口的波特率发生器时，T0 才在需要时用于方式 3，以增加一个计数器。这时 T1 的启停也受 TR1 控制，当 T1 计数溢出时不置位 TF1。

5.1.4　定时器/计数器应用举例

使用定时器/计数器的步骤。

1. 设定 TMOD

设定 TMOD 即确定定时器/计数器的工作方式，是用作定时器还是计数器；定时器/计数器的工作方式字，定时器/计数器的控制方式。如 T1 用于定时器，方式 1，T0 用于计数器，方式 2，均用软件控制，则 TMOD 的值应为 0001 0110，即 16H。

2. 设置计数初值

设置计数初值用于控制产生期望的定时间隔。由于定时器/计数器在方式 0、方式 1 和方式 2 时的最大计数间隔取决于使用的晶振频率 f_{osc}，当需要的定时间隔较大时，要将定时间隔分段处理。

计数初值的计算方法如下，设晶振频率为 f_{osc}，则定时器/计数器计数频率为 $f_{osc}/12$，定时器/计数器的计数总次数 T_all 在方式 0、方式 1 和方式 2 时分别为 $2^{13}=8192$、$2^{16}=65536$ 和 $2^8=256$，定时间隔为 T，计数初值为 a，则有

$$T = 12 \times (\text{T\_all} - a)/f_{osc};$$

$$a = \text{T\_all} - T \times f_{osc}/12$$

方式 1 时将计数初值 a 分别赋给加 1 计数器 TH0、TL0 或 TH1、TL1：

$$TH0 = a / 256;$$

$$TL0 = a \% 256;$$

3. 启动定时器

即 TR0（TR1）＝1。

【例 5.1】　从 P1.0 输出方波信号，周期为 50ms。

解　采用定时器/计数器 T0 用于定时器，定时间隔为 25ms，软件控制，方式 1，中断方式。设 $f_{osc}=6$MHz。

定时计数初值为：

$$a = 65536 - 0.025 \times 6000000 / 12 = 53036 = 0CF2CH$$

汇编参考程序如下：

```
        ORG   0000H
        LJMP  MAIN
        ORG   0030H
MAIN:   MOV   TMOD, #01H
        MOV   TL0, #2CH
        MOV   TH0, #0CFH
        SETB  TR0
LB:     JNB   TF0, LB
        CLR   TF0
        MOV   TL0, #2CH
        MOV   TH0, #0CFH
        CPL   P1.0
        SJMP  LB
        END
```

C51 参考程序如下：

```c
# include <reg51.h>
sbit  P10 = P1^0;
void  main( )
{
    TMOD = 0x01;
    TH0 = 0xCF;
    TL0 = 0x2C;
    TR0 = 1;
    while (1)
    {
        while(TF0 == 0);
        TF0 = 0;
        TL0 = 0x2C;
        TH0 = 0xCF;
        P10 = !P10;
    }
}
```

【例 5.2】 交通灯控制问题。设东西方向和南北方向均有红、黄、绿灯，控制规则为：南北方向绿灯亮 10s，黄灯亮 3s；东西方向绿灯亮 8s，黄灯亮 3s。

解 端口分配：东西方向 P1.0 红灯，P1.1 黄灯，P1.2 绿灯

南北方向 P1.3 红灯，P1.4 黄灯，P1.5 绿灯

使用定时器/计数器 T0 作定时器，设 $f_{osc}=6MHz$，定时间隔为 0.1s。定时常数为

$$a=65536-0.1\times6000000 / 12=15536=03CB0H$$

汇编参考程序如下：

```
        ORG  0000H
        LJMP  MAIN
        ORG  0030H
        SUM  DATA  22H
        EWR  BIT  P1.0
        EWY  BIT  P1.1
        EWG  BIT  P1.2
        SNR  BIT  P1.3
        SNY  BIT  P1.4
        SNG  BIT  P1.5
MAIN:   MOV  SUM, #0
        MOV  TMOD, #01H
        MOV  TL0, #0B0H
        MOV  TH0, #3CH
        MOV  P1, #0
        SETB  TR0
LB:     SETB  EWG
        SETB  SNR
        MOV  R0, #80
LB1:    JNB  TF0, $
        CLR  TF0
        DJNZ  R0, LB1            ;东西方向绿灯，延时 8s
```

```
              CLR  EWG
              SETB EWY
              MOV  R0, #30
       LB2:   JNB  TF0, $
              CLR  TF0
              DJNZ R0, LB2          ;东西方向黄灯，延时 3s
              CLR  EWY
              CLR  SNR
              SETB EWR
              SETB SNG
              MOV  R0, #100
       LB3:   JNB  TF0, $
              CLR  TF0
              DJNZ R0, LB3          ;南北方向绿灯，延时 10s
              CLR  SNG
              SETB SNY
              MOV  R0, #30
       LB4:   JNB  TF0, $
              CLR  TF0
              DJNZ R0, LB4          ;南北方向黄灯，延时 3s
              CLR  SNY
              CLR  EWR
              SJMP LB
              END
```

C51 参考程序如下：

```
# include <reg51.h>
char  count;                 /*计数变量*/
sbit  P10 = P1^0;
sbit  P11 = P1^1;
sbit  P12 = P1^2;
sbit  P13 = P1^3;
sbit  P14 = P1^4;
sbit  P15 = P1^5;
void  main( )
{
    char sum = 0;
    TMOD = 0x01;
    TH0 = 0x3C;
    TL0 = 0xB0;
    TR0 = 1;
    P1 = 0;
    While ( 1 )
    {
        P10 = 1; P15 = 1;     /*东西：红；南北：绿*/
        while ( sum < 100 )
        {
            while ( !TF0 ) ;
            TF0 = 0;
            sum++;
        }
```

```
        sum = 0;
        P15 = 0;
        P14 = 1;
        while(sum < 30)
        {
            while (! TF0);
            TF0 = 0;
            sum++;
        }
        sum = 0;
        P14 = 0; P10 = 0; P12 = 1; P13 = 1;
        while ( sum < 80 )
        {
            while ( ! TF0 );
            TF0 = 0;
            sum++;
        }
        sum = 0;
        P12 = 0; P11 = 1;
        while ( sum < 30 )
        {
            while ( ! TF0 );
            TF0 = 0;
            sum++;
        }
        sum = 0;
        P11 = 0; P13 = 0;
    }
}
```

【例 5.3】 波形展宽程序。设 P3.4 输入低频的窄脉冲信号，要求在 P3.4 输入发生负跳变时，P1.0 输出一个 500μs 的同步脉冲。

解 若晶振频率为 6MHz，500μs 相当于 250 个机器周期。采用如图 5.6 所示的设计方法。P1.0 的初态为高电平，T0 选为方式 2 对外部事件计数，初值为 0FFH；这样 P3.4 输入发生负跳变时，T0 产生溢出，程序查询到 TF0 为 1 时，T0 改变为 500μs 的定时器的工作方式，并使 P1.0 输出低电平，T0 溢出后恢复 P1.0 高电平，T0 又工作于外部事件计数方式。

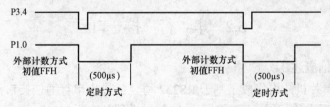

图 5.6 I/O 波形和 T0 方式变换

解 汇编参考程序如下：

```
        ORG  0000H
        LJMP  MAIN
        ORG  0030H
```

```
MAIN:    MOV  TMOD, #06H
         MOV  TH0, #06H
         MOV  TL0, #0FFH
         SETB TR0
LB:      JNB  TF0, $
         CLR  TF0                ;外部负脉冲到
         MOV  TMOD, #02H         ;T0 改为定时器，方式 2
         CLR  P1.0
         JNB  TF0, $
         CLR  TF0
         SETB P1.0
         MOV  TMOD, #06H         ;T0 恢复计数器功能，方式 2
         MOV  TL0, #0FFH
         SJMP LB
         END
```

C51 参考程序如下：

```
# include <reg51.h>
void  main( )
{
    TMOD = 0x06;              /*T0 计数器，方式 2*/
    TH0 = 6;                  //250 个机器周期后溢出
    TL0 = 255;                //外部一个负脉冲就计数溢出
    TR0 = 1;
    while(1)
    {
        while(!TF0);
        TF0 = 0;
        TMOD = 0x02;          /* T0 定时器，方式 2*/
        P10 = 0;
        while(!TF0);
        TF0 = 0;
        P10 = 1;
        TMOD = 0x06;
        TL0 = 255;
    }
}
```

5.2　串　行　接　口

5.2.1　串口通信概述

MCS-51 系列单片机片内集成了基于 RS232 协议的异步串行通信接口部件。其工作原理与第一章介绍的原理大致相同，下面对有一些差异进行补充说明。

1. UART 帧结构

串行通信一次发送一个二进制位，一个字节有 8 个二进制位，在多个字节连续发送时，接收方必须从接收到的位序列中正确地区分出不同的字节，这需要采用合适的规则。异步串行通信采用如下的帧结构：

起始位＋8 位数据位＋停止位

或　　　　　　　　　　　　起始位＋9 位数据位＋停止位

起始位为低电平，停止位为高电平。

第一种格式中，8 位数据刚好是 8 位二进制数据，不包含校验位；第二种格式中，9 位数据的构成为，8 位数据位，1 位校验位或多机通信的地址数据标志位。

在串行通信过程中，传输的电信号会受到各种干扰而产生畸变，因而使接收方接收到错误的数据。为了保证数据传输的正确性，通常采用错误校验的方法，使接收方能判断出接收到的数据中是否有误码。

在异步串行通信系统中，奇偶校验是一种简单的错误校验编码。奇偶校验分为奇校验和偶校验。奇校验是指数据各位与校验位中"1"码的个数总为奇数个，偶校验是指数据各位与校验位中"1"码的个数总为偶数个。当传输 ASCII 字符数据时，可以利用每个字节的最高位作奇偶校验位。若发送的是 8 位的数据信息，则可采用 9 位的帧结构，使用第 9 位作奇偶校验位。

2. UART 工作方式

在基本的异步串行通信系统中，两台机器之间通过三根信号线 TxD、RxD 和 GND 连接，TxD 与 GND 构成发送线路，RxD 与 GND 构成接收线路。一台机器的 TxD、RxD 线分别与另一台机器的 RxD、TxD 线相连。

（1）发送过程。CPU 将要发送的一个字节并行数据转换为串行数据序列，加入一个起始位和一个停止位，根据需要加入校验位构成一个帧。按事先约定的通信波特率发送起始位，然后发送数据位和校验位，最后发送停止位。

（2）接收过程。在双方都没有数据发送时，通信线路处于空闲状态。异步串行通信系统在空闲时，接收线 RxD 为高电平。CPU 以 64 或 16 倍于波特率的频率对 RxD 进行采样，当采样到低电平后，延时半个码元时间再采样，若为低电平，确定接收到起始位。然后，延时一个码元时间接收一位数据，直至接收到停止位。判断无误后，将串行的字节数据转换为并行数据，交应用程序处理。在接收一位数据时，采用三次采样的多数判决方法。

在串行通信过程中，由于串并转换、并串转换、线路检测、采样判决、组帧、拆帧、定时发送和接收二进制位等操作需消耗 CPU 大量时间，以至 CPU 无法处理其他工作，因而芯片厂商开发出专用于处理异步串行通信发送和接收工作的芯片 UART（通用异步串行通信接收发送器）。CPU 只需将要发送的字节数据交给 UART，其他发送工作由 UART 自动完成；UART 自动监测线路状态并完成数据接收工作，当接收到一个字节数据后，UART 会通知 CPU 以并行数据形式读取。采用 UART 后，CPU 的负担大大减轻了。

3. 单片机的串行接口

MCS-51 单片机内部集成有一个 UART，用于全双工方式的串行通信，可以同时发送、接收数据，串行接口结构如图 5.7 所示。

它有一个发送缓冲器和一个发送移位寄存器，发送缓冲器是发送移位寄存器的并行输入，定时器 T1 作波特率发生器，其溢出信号作发送移位寄存器的移位时钟，发送移位寄存器的输出是 TxD 引脚。当 CPU 将一个字节的数据写入发送缓冲器后，UART 根据指定的帧结构将该数据存入发送移位寄存器，然后启动发送移位寄存器的输出操作，当把停止位发出之后，停止发送移位寄存器的输出工作，置位 TI，向 CPU 发中断请求。

它还有一个接收缓冲器和一个接收移位寄存器，RxD 引脚是接收移位寄存器的输入，接收移位寄存器的并行输出是接收缓冲器的输入，波特率发生器的溢出信号作接收移位寄存器的移位时钟。UART 一直检测接收线 RxD 的状态，当接收完一帧数据后，将数据写入接收缓冲器，置位 RI 标志，向 CPU 发中断请求。UART 的发送缓冲器与接收缓冲器同名（SBUF），并共用一个地址号（99H），为区别操作对象，规定发送缓冲器只能写入，不能读出，接收缓冲器只能读出，不能写入。要发送的字节数据直接写入发送缓冲器，SBUF＝a。当 UART 接收到数据后，CPU 从接收缓冲器中读取数据，a＝SBUF。

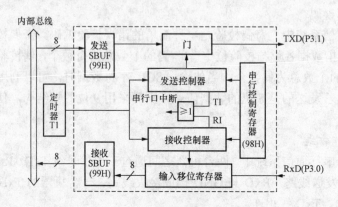

图 5.7　串行接口结构图

可以用查询方式处理串行接口，也可以用中断方式处理串行接口。

5.2.2　串行接口寄存器

串行接口的控制寄存器有两个，串行控制寄存器 SCON 和能特殊功能寄存器 PCON。

1. 控制寄存器 SCON

SCON 用于确定串行接口的工作方式和控制串行接口的某些功能，也可用于发送和接收第九个数据位（TB8、RB8），并有接收和发送中断标志（RI 及 TI）位，字节地址 98H，可位寻址，其格式为：

D7	D6	D5	D4	D3	D2	D1	D0
SM0	SM1	SM2	REN	TB8	RB8	TI	RI

SM0、SM1：用于设定串行接口的工作方式，规定见表 5.2，设振荡器频率为 f_{osc}。

表 5.2　　　　　　　　　　　　　串行接口的工作方式

SM0	SM1	方式	说　　明	波　特　率
0	0	0	移位寄存器工作方式	$f_{osc}/12$
0	1	1	8 位数据位的 UART 工作方式	可　变
1	0	2	9 位数据位的 UART 工作方式	$f_{osc}/64$ 或 $f_{osc}/32$
1	1	3	9 位数据位的 UART 工作方式	可　变

SM2：在方式 2 和方式 3 时，进行主从式多机通信操作的控制位。SM2＝1，该机为从机；SM2＝0，该机为主机。在方式 1 时，如 SM2＝1，则只有在接收到有效停止位时才能激发中断标志（RI＝1），如没有接收到有效停止位则 RI 仍然为 0。SM2＝0，则不进行帧的完整性

检验，只把数据接收完就置位 RI。在方式 0 时，SM2 应为 0。

REN：允许串行接口接收控制位。用软件设置 REN＝1 时，为允许接收状态，可启动串行口的接收器 RxD，开始接收数据。用软件设置 REN＝0 时，为禁止接收状态。

TR8：在方式 2 和方式 3 时，它是要发送的第九个数据位，按需要由软件进行置位或清零。例如可用作数据的奇偶校验位，或在多机通信中表示是地址帧/数据帧标志位（TB8＝1/0）。

RB8：在方式 2 和方式 3 时，它是接收到的第九位数据，作为奇偶校验位或地址帧/数据帧标志位。在方式 1 时，若 SM2＝0，则 RB8 是接收到的停止位，在方式 0 时，不使用 RB8。

TI：发送中断标志位。在方式 0 时，当串行发送数据字节第八位结束时，由内部硬件置位（TI＝1），向 CPU 申请发送中断。CPU 响应中断后，必须用软件清零，取消此中断标志。在其他方式时，它在停止位开始发送时由硬件置位。同样，必须用软件使其复位。

RI：接收中断标志位。在方式 0 时，串行接收到第八位数据时由内部硬件置位。在其他方式中，它在接收到停止位的中间时刻由硬件置位，例外情况见 SM2 说明，也必须用软件来清零。

SCON 的所有位在复位之后均为 0。

SCON 的内容可由 SCON＝a；指令来设定。如选择工作方式 0 并启动接收，可由指令 SCON＝10H；来设定。应指出，当由指令改变 SCON 的内容时，改变的内容是在下一条指令的第一个周期的 S1P1 状态期间才锁存入 SFR 中，并开始有效。如果此时已经开始进行一次串行发送，那么 TR8 中送出去的仍是原有的值，而不是新值。

当一幅行帧发送完成时，发送中断标志 TI 被置位，接着发生串行口中断，当接收完一幅行帧时，接受中断标志 RI 被置位，同样产生串行口中断。如 CPU 允许中断，则进入串行口中断服务子程序。但 CPU 并不能分辨是由 TI 还是由 RI 引起的中断请求，而必须在中断服务子程序中用位测试指令加以判别。两个中断标志位 TI 及 RI 均不能自动清零，故必须在中断服务子程序设置清中断标志位指令，撤销中断请求状态，否则原先的中断标志位状态又将表示有中断请求。

2. 特殊功能寄存器 PCON

寄存器 PCON 中的 D7 位为串行口波特率选择位，字节地址 87H，不能位寻址，必须整体赋值，其格式为：

D7	D6	D5	D4	D3	D2	D1	D0
SMOD	—	—	—	—	—	—	—

SMOD：串行口波特率选择位。当用软件设置 SMOD＝1 时，则使方式 1、方式 2、方式 3 的波特率加倍。当用软件设置 SMOD＝0 时，各工作方式的波特率不加倍。其字节地址 87H，没有位寻址，系统复位时，SMOD 为 0。

串行通道内设有数据寄存器。在所有的串行方式中，在写 SBUF 信号的控制下把数据装入 9 位的发送移位寄存器，前面 8 位为数据字节，其最低位就是移位寄存器的移位输出位。根据不同的工作方式会自动将"1"或 TB8 的值装入移位寄存器的第九位，并进行发送。

串行通道的接收寄存器是一个输入移位寄存器。在方式 0 时移位寄存器字长为 8 位，在其他方式时其字长为 9 位。当一个字符接收完毕，移位寄存器中的数据字节装入串行数据缓冲器 SBUF 中，其第九位则装入 SCON 寄存器的 RB8 位。如果 SM2 使得已接收的数据无效，则 RB8 位和 SBUF 缓冲器中的内容不变。

5.2.3 串行接口工作方式

串行接口有四种工作方式，有的工作方式下其波特率是可变的。用户可以用软件编程的方法在串行控制寄存器 SCON 中写入相应的控制字，就可改变串行口的工作方式。

1. 方式 0——移位寄存器方式

串行口输出端可直接与移位寄存器相连，用来扩展 I/O 口，或外接同步输入/输出设备。

发送过程：当 CPU 将数据写入到发送缓冲器 SBUF 时，串行口即将 8 位数据以 f_{osc}/12 的波特率由 RxD 引脚输出，同时由 TxD 引脚输出同步脉冲。字符发送完毕，置中断标志 TI 为 1。

接收过程：控制字除置方式 0 外，还应置允许接收控制位 REN＝1，清除 RI 中断标志。接收器启动后 RxD 为数据输入端，TxD 为同步信号输出端。接收器以 f_{osc}/12 波特率采样 RxD 引脚输入的数据信息。当接收完 8 位数据时，又重新置中断标志 RI＝1。

此时必须使 SCON 控制字的 SM2 位（多机通信控制位）为 0，从而不影响 TB8 和 RB8 位。由于波特率固定，无须用定时器提供。但以中断方式传送数据时，CPU 响应中断并不会自动清除 TI、RI 标志，所以在中断服务子程序中必须由指令清 0，如用 TI＝0 及 RI＝0 指令。

2. 其他方式——UART 方式

发送过程：CPU 执行一条将数据写入发送缓冲器 SBUF 的指令，如 SBUF＝a，即可启动发送。字符发送完毕，置中断标志 TI 为 1。

接收过程：UART 检测到起始位后，就按程序设定的帧格式接收一帧代码，并把此码的数据位变换成并行码送入接收缓冲寄存器中。在方式 1 时，把停止位送入；在方式 2 或方式 3 时，把第九位数据送入 RB8。置接收中断标志 RI＝1。CPU 响应中断后必须在中断服务子程序中由软件使 RI 复位。

方式 1、方式 2 与方式 3 的区别之一：方式 1 其数据字是 8 位异步通信格式，串行口发送/接收共 10 位信息，第 1 位为起始位 0，其后的 8 位是数据位，最后是停止位 1；方式 2 与方式 3 的数据字为 9 位的异步通信。1 位起始位 0，8 位数据位，第 9 位是可程控位 1 或 0，最后是停止位 1，共有 11 位信息。

方式 1、方式 2 与方式 3 的区别之二：方式 1 与方式 3 的波特率是可变的，其波特率取决于定时器 1 的溢出率和特殊功能寄存器 PCON 中的 SMOD 位的值。此时，定时器 1 用作波特率发生器用，其中断应无效。其波特率为

$$波特率 = \frac{2^{SMOD}}{32} \times (定时器 1 的溢出率)$$

方式 2 的波特率为

$$波特率 = \frac{2^{SMOD}}{64} \times (振荡器频率)$$

因振荡器的频率是固定的，方式 2 的波特率只能为（振荡器频率）/32 或（振荡器频率）/64 两种，这取决于编程时 PCON 寄存器的"SMOD"位写入 1 还是 0。故也可称方式 2 的波特率是可编程的。

显然，方式 2 的波特率变化范围比方式 1、方式 3 要小，这也是方式 2 和方式 3 的唯一区别。

对于输出方式，三者设置控制字的差别仅在于 SCON 寄存器选择方式的两个控制位不同。

此外，在方式2与方式3中，还可通过程控TR8位的方法，使其传送附加的第九位数据作为多机通信中的地址、数据标志位，或作为数据的奇偶校验位。

若以 TB8 作为奇偶校验位，处理方法为数据写入 SBUF 之前，先将数据的奇偶位写入 TB8。

对输入方式而言，除选不同的方式控制外，均应使 REN＝1，允许串行接收。只有在最后的移位脉冲产生并同时满足下列两个条件时，才会产生接收数据装入 SBUF 和 RB8 及置位 RI 的信号：

对于方式1：

1）RI＝0；

2）SM2＝0 或接收到的停止位。

对于方式2、3：

1）RI＝0；

2）SM2＝0 或已接收到的第九个数据＝1。

如果不满足上述条件，接收到的数据将不可避免地被丢失。由此可见，中断标志必须由用户在中断服务子程序中设置清'0'指令。否则，将有可能产生另一次中断而造成混乱。串行接口的工作方式详细对比见表5.3。

表 5.3　　　　　　　　　　　串行接口的工作方式比较

信号 ＼ 方式		方式 0	方式 1	方式 2、3
SM0　SM1		00	01	方式2：10　　方式3：11
输出发送	TB8	没用	没用	
	发送位	8 位	10 位（加上起始位和停止位）	
	数据	8 位	8 位	
	RxD	输出串行输出		
	TxD	输出同步脉冲	输出发送数据	
	波特率	$f_{osc}/12$	可变：$2^{SMOD} \times$ 定时器1溢出率/32	方式2：$2^{SMOD} \times$ 振荡频率/64 方式3：$f_{osc}/12$
	中断	发送完，置中断标志 TI=1，响应后必须由软件清零		
输入接收	RB8	没有	若 SM2=0，接收停止位	接收发送的第九位数据
	REN	允许串行接收 REN=1		
	SM2	SM2=0	通常 SM2=0	串行通信时置"1" 正常接收时置"0"
	接收位	8 位	10 位	11 位
	数据	8 位	8 位	8 位
	波特率	同发送情况		
	接收条件	无要求	RI=0 且 SM2=0 或停止位=1	RI=0 且 SM2=0 或接收的第九个数据=1
	中断	接收完，置中断标志 RI=1，响应后必须由软件清零		
	RxD	串行数据输入端		
	TxD	同步信号输出端		

5.2.4 多处理机通信

在多机通信系统中，有一台主机和多台从机。主机发送的地址信息可被各从机接收，而主机发送的数据信息只有地址符合的从机才能接收，实现主机与指定从机之间的数据传输。从机之间不能直接通信。

从机串行口必须在方式 2 或方式 3 下工作，且应将 SM2 及 REN 控制位置 1，从而使从机事先处于只能接收地址帧信息（第 9 数据位为 1）的状态。当从机接收到主机发出的地址帧信息后，串行口可向 CPU 申请中断。由一个 8051 主机和三个 8051 从机组成的多机通信系统，如图 5.8 所示。

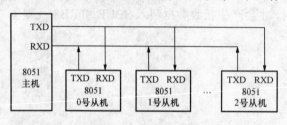

图 5.8 多机通信系统

从机系统由初始化程序将串行接口置成工作方式 2 或 3，SM2＝1，REN＝1，处于接收状态。当主机和某一从机通信时，主机应先发出一帧某从机的地址信息给各从机，接着才能送数据或命令。

当各从机接收到主机发出的地址帧信息后，自动将第 9 数据位状态 '1' 送到 SCON 控制寄存器的 RB8 位，激发中断标志 RI＝1，分别中断 CPU。各 CPU 响应中断后均进入中断服务子程序，在中断服务子程序中把主机送来的地址号与本从机的地址号相比较，若地址相符，则把本机的 SM2 清 0，为接收主机接着发送来的数据帧（第 9 数据位为 0）做好准备。而其他地址号不符的从机仍然维持 SM2＝1 状态，对主机以后发出的数据帧信息不予理睬，不激发中断标志 RI＝0。从而实现了主从一对一通信（点—点通信）。可见，在多机通信时 SM2 控制位发挥了极为重要的作用。

5.2.5 波特率的设定

串行口工作于方式 0 时，波特率为振荡频率的 1/12，是固定不变的。工作于方式 2 时，波特率是可编程的，有两种波特率可选择，它取决于特殊功能寄存器 PCON 中 SMOD 的值，当 SMOD＝0 时，为振荡频率的 1/64，当 SMOD＝1 时，为振荡频率 1/32。工作于方式 1 和方式 3 时，波特率是可变的，可以通过编程改变定时器 1 的溢出率来改变波特率。

若已知定时器 1 的溢出率，则工作在方式 1 与方式 3 时的串行口波特率可由下式求得

$$波特率 = \frac{2^{SMOD}}{32} \times (定时器1的溢出率)$$

编程过程中还应注意，当定时器 T1 作为波特率发生器用时，应不允许定时器 T1 产生中断，即禁止中断，使中断允许寄存器的 IE.3（ET1）＝0。定时器 1 作为波特率发生器应用时，最典型的用法是定时器 T1 工作在自动重装入初值的定时方式 2，即定时器的方式控制寄存器 TMOD 的高四位为 0010B。定时器的控制寄存器 TCON 的 TCON.6（TR1）＝1 启动定时器 T1。这时溢出率取决于 TH1 中的自动重新入的初值。定时器 T1 的溢出率可由下式算出

$$波特率 = \frac{2^{SMOD}}{32} \times \frac{f_{osc}}{12 \times [256 - (TH1)]}$$

常用的串行口波特率与定时器 T1 各参数间关系见表 5.4。

表 5.4　　　　　　　　　　　　　　常用波特率与定时器 T1 各参数关系

常用波特率	振荡频率（MHz）	SMOD	定 时 器 T1		
			C/$\overline{T}$	方式	初
方式 0　MAX：1MHz	12	×	×	×	×
方式 2　MAX：35k	12	1	×	×	×
方式 1、3 ：62.5k	12	1	0	2	FFH
19.2k	11.059	1	0	2	FDH
9.6k	11.059	0	0	2	FDH
4.8k	11.059	0	0	2	FAH
2.4k	11.059	0	0	2	F4H
1.2k	11.059	0	0	2	E8H
137.5	11.059	0	0	2	1DH
110	6	0	0	2	72H
110	12	0	0	1	FEEBH

5.2.6　串口接口应用举例

【例 5.4】　将字符串 "MCS-51 Serial Communication Bus." 发送出去。

解　设 f_{osc}＝11.0592MHz，波特率＝2400，串行口工作于方式 1。

汇编参考程序如下：

```
        ORG  0000H
        LJMP  MAIN
        ORG  0030H
        STR_LEN  EQU  32      ;字符个数
MAIN:   MOV  TMOD, #20H       ;T1 定时器，方式 2，用于波特率发生器
        MOV  SCON, #60H       ;0 1 1 0 0000
        MOV  TH1, #0F4H
        MOV  TL1, #0F4H
        SETB  TR1
        MOV  DPTR, #TB        ;字符串首地址
        MOV  R1, # STR_LEN
LB:     CLR  A                ;偏移总为 0
        MOVC  A, @A + DPTR    ;取要发送的字符
        MOV  SBUF, A
        INC  DPTR             ;基址加一指向下一个字符
        JNB  TI, $            ;等待字符各位发送完毕
        CLR  TI
        DJNZ  R1, LB
        SJMP  $
TB:     DB  'MCS-51 Serial Communication Bus.'
        END
```

C51 参考程序如下：

```
# include <reg51.h>
# include "string.h"
char  s[] = "MCS-51 Serial Communication Bus.";
void  main( )
{
    char  a, b = 0;
```

```
        TMOD = 0x20;
        SCON = 0x60;                        /*SM0=0, SM2=1, SM1=1, REN=0*/
        TH1=0xF4;
        TL1=0xF4;
        a = strlen(s);
        for(;b < a; b++)
        {
            SBUF = s[b];
            while(!TI);
            TI = 0;
        }
}
```

【例 5.5】 带偶校验的发送程序。

解 设 f_{osc}＝11.0592MHz，波特率＝2400，串行口工作于方式 1。

汇编参考程序如下：

```
        ORG  0000H
        LJMP  MAIN
        ORG  0030H
        STR_LEN  EQU  32          ;字符个数
MAIN:   MOV  TMOD, #20H          ;T1 定时器，方式 2，用于波特率发生器
        MOV  SCON, #60H          ;0 1 1 0 0000
        MOV  TH1, #0F4H
        MOV  TL1, #0F4H
        SETB  TR1
        MOV  DPTR, #TB           ;字符串首地址
        MOV  R1, #STR_LEN
LB:     CLR  A                   ;偏移总为 0
        MOVC  A, @A + DPTR       ;取要发送的字符
        MOV  C, P                ;要发送数据中 1 的奇偶性
        MOV  ACC.7, C            ;发送出的数据都有偶数个 1
        MOV  SBUF, A
        INC  DPTR                ;基址加一指向下一个字符
        JNB  TI, $               ;等待字符各位发送完毕
        CLR  TI
        DJNZ  R1, LB
        SJMP  $
TB:     DB  'MCS-51 Serial Communication Bus.'
        END
```

C51 参考程序如下：

```
# include <reg51.h>
# include "string.h"
char  s[] = "MCS-51 Serial Communication Bus.";
char  bdata  c;
sbit  c7 = c^7;
void  main( )
{
    char a, b = 0;
    TMOD = 0x20;
```

```
    SCON = 0x50;                /*SM0=SM2=0, SM1=1, REN=1*/
    TH1=0xF4;
    TL1=0xF4;
    a = strlen(s);
    for(; b < a; b++)
    {
        c = s[b];
        ACC = c;
        c7 = P;                 /*奇偶位，偶校验*/
        SBUF = c;
        while(!TI);
        TI = 0;
    }
}
```

【例 5.6】 将上例串行口的工作方式改为方式 3。

解　设 f_{osc}＝11.0592MHz，波特率＝2400，串行口工作于方式 3。

汇编参考程序如下：

```
            ORG  0000H
            LJMP  MAIN
            ORG  0030H
            STR_LEN  EQU  32      ;字符个数
MAIN:       MOV  TMOD, #20H       ;T1 定时器，方式 2，用于波特率发生器
            MOV  SCON, #0E0H      ;1 1 1 0 0000
            MOV  TH1, #0F4H
            MOV  TL1, #0F4H
            SETB  TR1
            MOV  DPTR, #TB        ;字符串首地址
            MOV  R1, #STR_LEN
LB:         CLR  A                ;偏移总为 0
            MOVC  A, @A + DPTR    ;取要发送的字符
            MOV  C, P             ;要发送数据中 1 的奇偶性
            MOV  TB8, C           ;先将奇偶位送 TB8
            MOV  SBUF, A          ;在将字节数据送 SBUF
            INC  DPTR             ;基址加一指向下一个字符
            JNB  TI, $            ;等待字符各位发送完毕
            CLR  TI
            DJNZ  R1, LB
            SJMP  $
TB:         DB  'MCS-51 Serial Communication Bus.'
            END
```

C51 参考程序如下：

```
# include <reg51.h>
# include "string.h"
char  s[] = "MCS-51 Serial Communication Bus.";
void  main( )
{
    char a, b = 0;
    TMOD = 0x20;
```

```
        SCON = 0xE0;              /*SM0=1, SM1=1, SM2=1, REN=0*/
        TH1=0xF4;
        TL1=0xF4;
        TR1 = 1;
        a = strlen(s);
        for(; b < a; b++)
        {
            ACC = s[b];
            TB8 = P;              /*奇偶位，偶校验*/
            SBUF = s[b];
            while(!TI);
            TI = 0;
        }
    }
```

【例 5.7】　前面几例的接收程序。

解　[例 5.4] 的接收程序。

汇编参考程序如下：

将接收到的数据存放在 30H 为首地址的内存块中。

```
        ORG  0000H
        LJMP  MAIN
        ORG  0030H
        STR_LEN EQU 32        ;字符个数
MAIN:   MOV  TMOD,#20H        ;T1 定时器，方式 2，用于波特率发生器
        MOV  SCON,#70H        ;0 1 1 1 0000
        MOV  TH1,#0F4H
        MOV  TL1,#0F4H
        SETB  TR1
        MOV  R0,#30H          ;字符串首地址
        MOV  R1,#STR_LEN
LB:     JNB  RI,$             ;等待接收字符
        MOV  A,SBUF
        CLR  RI
        MOV  @R0,A            ;保存接收到的字符
        INC  R0              ;基址加一指向下一个单元
        DJNZ  R1,LB
        END
```

C51 参考程序如下：

```
# include <reg51.h>
# include "string.h"
char  s[32];
void  main( )
{
    char a,b = 0;
    TMOD = 0x20;
    SCON = 0x70;             /*SM0=0,SM2=1,SM1=1,REN=1*/
    TH1=0xF4;
    TL1=0xF4;
    a = 32;
```

```
    for(;b < a;b++)
    {
        while(!RI);
        s[b] = SBUF;
        RI = 0;
    }
}
```

[例 5.5] 的接收程序。

解　汇编参考程序如下：

将接收到的数据存放在 30H 为首地址的内存块中。

```
        ORG  0000H
        LJMP  MAIN
        ORG  0030H
        STR_LEN  EQU  32        ;字符个数
MAIN:   MOV  TMOD, #20H         ;T1 定时器,方式 2,用于波特率发生器
        MOV  SCON, #70H         ;0 1 1 1 0000
        MOV  TH1, #0F4H
        MOV  TL1, #0F4H
        SETB  TR1
        MOV  R0, #30H           ;字符串首地址
        MOV  R1, #STR_LEN
LB:     JNB  RI,$               ;等待接收字符
        MOV  A,SBUF
        CLR  RI
        JB  P, LB1              ;接收错误,转 LB1
        ANL  A, #7FH            ;去掉校验位
        SJMP  LB2
LB1:    MOV  A, #0             ;错码用 0 代替
LB2:    MOV  @R0, A            ;保存接收到的字符
        INC  R0               ;基址加一指向下一个单元
        DJNZ  R1, LB
        END
```

C51 参考程序如下：

```c
# include <reg51.h>
# include "string.h"
char  s[32];
char  bdata c;
sbit  c7 = c^7;
void  main( )
{
    char a,b = 0;
    TMOD = 0x20;
    SCON = 0x70;                  /*SM0=0, SM2=1, SM1=1, REN=1*/
    TH1=0xF4;
    TL1=0xF4;
    a = 32;
    for(;b < a;b++)
    {
```

```
        while(!RI);
        c = SBUF;
        ACC = c;
        if(P != 0) c = 0;
        else c = c & 0x7F;
        s[b] = c;
        RI = 0;
    }
}
```

[例 5.6] 的接收程序。

解　汇编参考程序如下：

```
        ORG  0000H
        LJMP  MAIN
        ORG  0030H
        STR_LEN  EQU  32              ;字符个数
MAIN:   MOV  TMOD, #20H               ;T1 定时器,方式 2,用于波特率发生器
        MOV  SCON, #0E0H              ;1 1 1 0 0000
        MOV  TH1, #0F4H
        MOV  TL1, #0F4H
        SETB  TR1
        MOV  DPTR,#TB                 ;字符串首地址
        MOV  R1,#STR_LEN
        MOV  R0,#30H
LB:     JNB  RI,$
        MOV  A,SBUF                   ;接收到的字符
        JNB  P,PNB                    ;P = 0,转 PNB
        JNB  RB8,RER                  ;P = 1,RB8 = 0,错误
        SJMP  RIGHT                   ;P = 1,RB8 = 1,正确
PNB:    JB  RB8,RER                   ;P = 0,RB8 = 1,错误
RIGHT:  MOV  @R0,A                    ;P = 0,RB8 = 0,正确
        INC  R0
        DJNZ  R1,LB
        SJMP  $
RER:    MOV  A, #0
        SJMP  RIGHT
        END
```

C51 参考程序如下：

```
# include <reg51.h>
# include "string.h"
char  s[32];
void  main( )
{
    char  b = 0;
    TMOD = 0x20;
    SCON = 0xF0;                      /*SM0=1,SM1=1,SM2=1,REN=1*/
    TH1=0xF4;
    TL1=0xF4;
    TR1 = 1;
```

```
    for(;b <32;b++)
    {
        while(RI == 0);
        RI = 0;
        ACC = SBUF;
        if(P != RB8) ACC = 0;
        s[b] = ACC;
    }
}
```

【例 5.8】一多机通信系统，主机发送的数据格式为：

报头	地址	命令	数据长度	数据	校验和	报尾

其中，报头为：0xFF 0xFF 0xFF （至少三个）

地址：一个字节

命令：发送数据 0xA5；要求数据 0x5A

数据长度：命令字为 0x5A 时，没有此项与数据项

校验和：数据长度与数据各字节的异或和

报尾：0x0D 0x0A

编写从机的初始化程序和接收中断服务子程序。

解 设 f_{osc} = 11.0592MHz，波特率为 4800，串行口工作方式 3，TB8 作字节奇偶校验。采用偶校验。

C51 参考主程序为：

```
# include <reg51.h>
# define ADREE 0x12
char  s[15];                    /*数据存储缓冲*/
bit  rev_succ;                  /*一帧数据接收成功标志*/
char  rev_len, data_len;index;
char  address = 0x12;
bit  want;
void  main( )
{
    TMOD = 0x20;                /*T1 方式 2,波特率发生器*/
    SCON = 0xD0;                /*串行口方式 3,REN = 1*/
    TH1 = 0xFA;
    TL1 = 0xFA;
    TR1 =·1;
    ES = 1;                     /*允许串行口中断*/
    EA = 1;
    while(1);
}
void  sir_srv( ) interrupt  4  using  1
{
    char  t,t1 = 0,t2;
    if(RI)
    {
        RI = 0;
        t = SBUF;
```

```
        ACC = t;
        if(P != RB8)
        {
            rev_len = 0;rev_succ = 0;data_len = 0;index = 0;
        }
        else
        {
            switch(rev_len)
            {
            case 0: if(t == 0xFF) rev_len++;break;
            case 1: if(t == 0xFF) rev_len++;else rev_len = 0;break;
            case 2: if(t == 0xFF) rev_len++;else rev_len = 0;break;
            case 3: if(t == 0xFF) break;else if(t == address)rev_len++;
                                else  rev_len = 0;break;
            case 4: if(t == 0xA5)rev_len++;else if(t == 0x5A){want = 1;rev_len = 0;}
                                else  rev_len = 0;break;
            case 5: data_len = t;rev_len++;break;
            case 6: s[index++] = t;if(index == data_len)rev_len++;break;
            case 7: for(t2 = 0;t2 < data_len; t2++)
                        t1 = t1 ^ s[t2];
                    t1 ^= data_len;
                    if(t1 == t)rev_succ = 1;
                    rev_len = 0;data_len = 0;index = 0;
            }
        }
    }
}
```

5.3 中 断 系 统

5.3.1 中断概述

1. 中断的概念

在普通微机中，CPU 与外设之间传输数据的控制方式有三种，即程序方式、中断方式和 DMA 方式，其中程序方式又分为无条件方式和条件方式（查询方式）。这三种控制方式控制传输的机制各不相同，MCS-51 单片机中不含 DMA 控制器，也就无法实现 DMA 方式，下面重点讲述中断方式。

在单片机应用系统中，经常需要处理如下问题：

（1）定时器问题。在温度控制系统中，需要对被控对象的温度进行定时采样，两次采样之间的时间间隔是固定的，如每秒一次。在电机速度控制系统中，需对受控电机的转速进行定时采样，两次采样之间的时间间隔也是固定的，如每 0.1s 一次。为了定时采样，就必须使用定时器。当 CPU 启动定时器后，就要等待定时器的溢出标志位，然后就进行采样，周而复始地循环。

（2）键盘按键问题。键盘是操作人员对单片机应用系统进行参数设置和状态控制的常用输入设备，操作者何时对键盘进行操作，程序本身是无法事先确定的，这就要求单片机能够应快速响应键盘操作。

（3）串行通信问题。单片机系统可能与另一个计算机通过异步串行通信接口进行数据交换。MCS-51 单片机有一个串行通信控制器，当 CPU 将要发送的一个字节数据提交给 UART 后，需要等待 UART 把这个字节数据发送完毕，才能再发送下一个字节数据。这时，CPU 要等待 UART 的一个标志，表明 UART 的发送缓冲器空闲，才能把下一个要发送字节数据提交给 UART。CPU 除了发送数据之外，还要接收对方发送来的数据，而对方什么时候要发送数据是无法实现确定的。MCS-51 单片机的 UART 会自动处理数据接收，一旦接收到一个字节的数据，UART 会置位数据接收完成标志，CPU 检测到该标志后，就从 UART 中将数据读出。

上述三个问题的共性是：CPU 需要对一个标志进行检测判断，以决定是否进行一项预定的工作，即执行一个特定的程序段。对一个定时出现的或随机出现的标志进行检测判断，可以采用两种方法，查询和中断。

查询是指 CPU 在程序流程中循环检测判断标志。如刚启动定时器时，定时器的溢出标志 TF 为 0，定时间隔到时，定时器将溢出标志 TF 置 1，在程序中用循环结构检测该标志是否为 1，从而判断定时结束，while（TF==0）；TF=0；调用采样函数。或者，在主函数的流程中按顺序判断各个标志的状态，以确定要做的工作，while(1){ if(TI)调用发送函数；if(RI)调用接收函数；if（keypress）调用按键处理函数；…}。这里，TF、TI、RI、keypress 分别为定时到标志、发送缓冲器空标志、接收缓冲器满标志和有键按下标志。

单片机内部有一个中断管理系统，它对内部的定时器事件、串行通信的发送和接收事件及外部事件（如键盘按键动作）等进行自动的检测判断，当有某个事件产生时，中断管理系统会置位相应标志，从而请求 CPU 去迅速处理该事件。CPU 检测到某个标志时，会停止当前正在处理的程序流程，转去处理所发生的事件，即针对发生的事件，调用某一特定的中断服务子程序，处理完以后，再回到原来被中断的地方，继续执行原来的程序。CPU 对中断标志的检测是在程序指令执行的周期中顺带进行的，不影响指令的连续执行。

查询和中断两种工作方式的特点，可以用电话的例子来说明：一个人有一部只有指示灯而没有铃的电话，为了不遗漏来电，在他工作的时候，必须时时查看电话的指示灯。这就是查询工作方式，时时查看指示灯势必会降低他的工作效率。另一个人的电话有铃，当有来电时，电话铃就会自动响起来，他会停下手中的工作去接电话，电话打完之后，他又继续原来的工作。这就是中断工作方式，这种工作方式比查询方式的工作效率要高得多。中断方式与查询方式的根本区别是，查询方式 CPU 要兼顾程序的运行和事件的检测，而中断方式 CPU 和中断管理系统并行工作。

当有中断标志时，CPU 会调用一段特定的函数，称为中断服务函数，与程序中函数的调用是不同的。程序中的一般函数是由主函数或其他函数调用的，而中断服务函数不能被其他函数调用；一般函数的调用在程序中是固定的，而中断服务函数的执行完全是随机的。

中断管理系统可以处理的事件称为中断源。当几个中断源同时向 CPU 发出请求，要求为它们服务时，通常根据中断源（所发生的事件）的轻重缓急排队，优先处理最紧急事件的中断请求，于是规定每个中断源都有自己的中断优先级别。

当 CPU 正在处理某个中断源请求时，又发生了另一个优先级比它高的中断请求，如果 CPU 能够暂时中止执行当前的中断服务子程序，转而去处理优先级更高的中断请求，待处理完以后，再继续执行原来的低级中断服务子程序，这样的过程称为中断嵌套。

2. 中断系统组成结构

在 MCS-51 系列单片机中，不同型号单片机的中断源数量不同（5～11 个）。8051 单片机有 5 个中断源，两个中断优先级，可以实现两级中断服务程序嵌套。每一个中断源可以编程为高优先级或低优先级，允许或禁止向 CPU 请求中断。其中断系统结构如图 5.9 所示。其中，与中断系统有关的特殊功能寄存器有中断控制寄存器 TCON 和 SCON 中的有关位、中断允许寄存器 IE、中断优先级寄存器 IP。

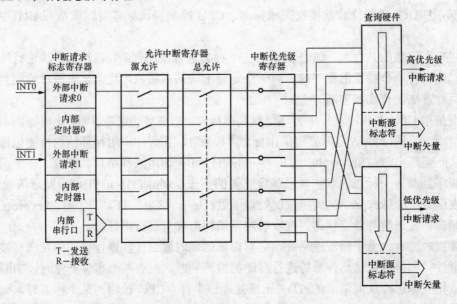

图 5.9 中断系统结构

两个外部中断是 $\overline{\text{INT0}}$（P3.2）引脚、$\overline{\text{INT1}}$（P3.3）引脚上输入的外部中断源，低电平或负跳变有效，在每个机器周期的 S5P2 状态采样，并相应置位 TCON 中的 IE0 和 IE1 中断请求标志位。

三个内部中断是定时器/计数器 T0 的溢出中断源、定时器/计数器 T1 的溢出中断源和串行接口的发送/接收中断源，对 T0 和 T1 中断，当定时计数回 "0" 溢出时，由硬件自动置位 TCON 中的 TF0 或 TF1 中断请求标志位；对串行接口接收/发送中断，当完成一串行帧的接收/发送时，由硬件自动置位 SCON 中的中断请求标志位 TI（发送）或 RI（接收）。

5.3.2　中断寄存器

1. 控制寄存器 TCON、SCON

中断功能由定时/计数器控制寄存器 TCON 与串行接口控制寄存器 SCON 中的有关位控制。

定时器/计数器控制寄存器 TCON 的字节地址 88H，可位寻址，其格式为：

D7	D6	D5	D4	D3	D2	D1	D0
TF1	TR1	TF0	TR0	IE1	IT1	IE0	IT0

IE0：外部中断源 0 请求标志（$\overline{\text{INT0}}$）。IE0＝1，外部中断 0 向 CPU 请求中断，当 CPU 响应该中断时，由硬件将 IE0 清零（边沿触发方式）。

IT0：外部中断源 0 触发方式控制位。IT0＝0，外部中断 0 为电平触发方式，当 $\overline{\text{INT0}}$（P3.2）

输入低电平时，置位 IE0。中断系统在每一个机器周期的 S5P2 采样 $\overline{INT0}$ 的输入电平，当采样到低电平时，将 IE0 置位。在 CPU 调用中断服务子程序之前，$\overline{INT0}$ 上的电平必须保持为低，否则当中断系统检测到 $\overline{INT0}$ 的输入为高电平时，就清除 IE0 标志。IT0＝1，外部中断 0 为边沿触发方式，中断系统在每一个机器周期的 S5P2 采样 $\overline{INT0}$（P3.2）的输入电平。如果前一个周期中采样到 $\overline{INT0}$ 为高电平，接着的下个周期中采样到 $\overline{INT0}$ 为低电平，则将 IE0 置位。因为每个机器周期采样一次外部中断输入电平，故采用边沿触发方式时，外部中断源输入的高电平和低电平时间必须保持 12 个振荡周期以上，才能保证 CPU 检测到电平的负跳变。

IE1：外部中断源 1 请求标志（$\overline{INT0}$）。IE1＝1，外部中断 1 向 CPU 请求中断，当 CPU 响应外部中断时，由硬件将 IE1 清零（边沿触发方式）。

IT1：外部中断 1 触发方式控制位。IT1＝0，外部中断 1 为电平触发方式，IT＝1，外部中断 1 为边沿触发方式，功能与 IT0 类似。

TR0：定时器/计数器 T0 运行控制位。

TF0：定时器/计数器 T0 溢出标志位。T0 中断请求标志，CPU 执行中断服务子程序时由硬件复位。

TR1：定时器/计数器 T1 运行控制位。

TF1：定时器/计数器 T1 溢出标志位。T1 中断请求标志，CPU 执行中断服务子程序时由硬件复位。

串行接口控制寄存器 SCON 的字节地址 98H，可位寻址，其格式为：

D7	D6	D5	D4	D3	D2	D1	D0
SM0	SM1	SM2	REN	TB8	RB8	TI	RI

TI：发送中断标志位。

RI：接收中断标志位。

串行口的接收中断标志 RI（SCON.0）和发送中断标志 TI（SCON.1）逻辑或以后作为内部的一个中断源。当串行口发送完一个字符由内部硬件置位发送中断标志 TI，接收到一个字符后也由内部硬件置位接收中断标志 RI。应该注意，CPU 响应串行口的中断时，并不将 TI 或 RI 清零，这两个标志为必须由软件清零，即串行接口的中断服务子程序中必须有清 TI、RI 的指令。

系统复位时，TCON 的各位均被清 0。

2. 中断允许寄存器 IE

CPU 对中断源的开放或屏蔽，即每一个中断源是否被允许，是由内部的中断允许寄存器 IE 控制的。中断允许寄存器 IE，字节地址 A8H，可位寻址，其格式如下：

D7	D6	D5	D4	D3	D2	D1	D0
EA	—	—	ES	ET1	EX1	ET0	EX0

EA：CPU 的中断开放标志。EA＝1，CPU 开放中断；EA＝0，CPU 屏蔽所有的中断申请。

ES：串行口中断允许位。ES＝1，允许串行口中断；ES＝0 禁止串行口中断。

ET1：定时器/计数器 T1 的溢出中断允许位。ET1＝1，允许 T1 中断；ET1＝0 禁止 TI 中断。

EX1：外部中断 1 中断允许位。EXI＝1，允许外部中断 1 中断；EXI＝0，禁止外部中断 1 中断。

ET0：T0 的溢出中断允许位。ET0＝1，允许 T0 中断；ET0＝0，禁止 T0 中断。

EX0：外部中断 0 中断允许位。EX0＝1，允许中断；EX0＝0，禁止所有中断。

3. 中断优先级寄存器 IP

8051 单片机有两个中断优先级，每一中断请求源可编程为高优先级中断或低优先级中断，实现二级中断嵌套。一个正在被执行的低优先级中断服务子程序能被高优先级中断所中断，但不能被另一个同级的或低优先级中断源所中断。若 CPU 正在执行高优先级的中断服务子程序，则不能被任何中断源所中断，一直执行到结束，遇到返回指令 RETI，返回主程序后再执行一条指令才能响应新的中断源申请。

8051 单片机的中断系统有两个不可寻址的优先级状态触发器，一个指出 CPU 是否正在执行高优先级中断服务子程序，另一个指出 CPU 是否正在执行低级中断服务子程序。这两个触发器的 '1' 状态分别屏蔽所有的中断申请和同一优先级的其他中断源申请。

中断优先级寄存器 IP，字节地址为 B8H，可位寻址，其格式为：

D7	D6	D5	D4	D3	D2	D1	D0
—	—	—	PS	PT1	PX1	PT0	PX0

PS：串行口中断优先级控制位。PS＝1，串行口中断定义为高优先级中断；PS＝0，串行口中断定义为低优先级中断。

PT1：定时器 T1 中断优先级控制位。PT1＝1，定时器 T1 中断定义为高优先级中断；PT1＝0，定时器 T1 中断定义为低优先级中断。

PX1：外部中断 1 中断优先级控制位。PX1＝1，外部中断 1 中断定义为高优先级中断；PX1＝0，外部中断 1 中断定义为低优先级中断。

PT0：定时器 T0 中断优先级控制位。PT0＝1，定时器 T0 中断定义为高优先级中断；PT0＝0，定时器 T0 中断定义为低优先级中断。

PX0：外部中断 0 中断优先级控制位。PX0＝1，外部中断 0 中断定义为高优先级中断；PX0＝0，外部中断 0 中断定义为低优先级中断。

当 CPU 接收到同样优先级的几个中断请求源时，一个内部的硬件查询序列确定优先服务于哪一个中断申请，这样在同一个优先级里，由查询序列确定了自然优先级结构，见表 5.5。

表 5.5　　　　　　　　　　　中断源优先级、入口地址及中断编号

中　断　源	优先级	入口地址	中断编号
外部中断 0	最　高	0003H	0
定时器 T0 中断		000BH	1
外部中断 1		0013H	2
定时器 T1 中断		001BH	3
串行口中断	最　低	0023H	4

MCS-51 单片机复位以后，特殊功能寄存器 IE、IP 的内容均为 0，由初始化程序对 IE、IP 编程，以开放中断，并允许某些中断源中断和改变中断的优先级。

5.3.3　中断响应过程

1. 中断响应过程

MCS-51 系列单片机的 CPU 在每一个机器周期，顺序检查全部的中断源。在机器周期的

S6 状态采样，并按优先级处理中断请求，如果没有被下列条件所阻止，将在下一个机器周期的 S1 状态响应最高优先级中断请求。

CPU 正在处理相同优先级或更高优先级的中断；现行的机器周期不是所执行指令的最后一个机器周期；正在执行的指令是中断返回指令（RETI）或者是对 IE、IP 的写操作指令，执行这些指令后至少再执行一条指令，之后才会响应中断。

如果上述条件中有一个存在，CPU 将丢弃中断查询的结果；若一个条件也不存在，将在紧接着的下一个机器周期执行中断服务子程序。

CPU 响应中断时，先置位相应的优先级状态触发器，指明 CPU 开始处理的中断优先级别，然后执行一条硬件子程序调用，将中断请求源申请标志清零 0（TI 和 RI 除外），接着把程序计数器 PC 的内容压入堆栈（注意不保护 PSW），将被响应的中断服务子程序的入口地址送程序计数器 PC，各中断服务子程序的入口地址见表 5.5。通常在中断入口地址的存储单元，安排一条跳转指令，以转移到用户设计的中断服务子程序。

CPU 执行中断服务子程序，一直到 RETI 指令为止。RETI 指令是表示中断服务子程序的结束，CPU 执行完这条指令后，将响应中断时所置位的优先级状态触发器清零，然后从堆栈中弹出顶上的两个字节到程序计数器 PC，CPU 从原来打断处重新执行被中断的程序。可见，用户的中断服务子程序末尾必须安排一条中断返回指令 RETI，CPU 现场的保护和恢复必须由用户的中断服务子程序完成。

2. 外部中断响应时间

$\overline{INT0}$ 和 $\overline{INT1}$ 电平在每个机器周期的 S5P2 被采样，并被锁存到 IE0、IE1 中，等到下一个机器周期才被查询电路查询到。如果满足中断响应条件，CPU 接着执行一条硬件子程序调用指令，以转到相应的服务子程序入口，该调用指令本身需要两个机器周期。这样，在产生外部中断请求到开始执行中断服务子程序的第一条指令之间，至少需要 3 个完整的机器周期。

如果中断请求被前面列出的条件之一所阻止，则需要更长的响应时间。如果已经在处理相同优先级或更高优先级的中断，额外的等待时间将取决于其他中断服务子程序的处理过程。当没有处理同级或更高级中断时，如果正在处理的指令没有执行到最后的机器周期，所需的额外等待时间不会多于 3 个机器周期，因为最长的指令如乘法指令 MUL 和除法指令 DIV 只有 4 个机器周期，如果正在执行的指令为 IE 或 IP，额外的等待时间不会超过 5 个机器周期，最多需一个周期完成正在处理的指令，完成下一条指令 4 个机器周期。可见，在单一中断优先级系统里，外部中断响应需要等待的时间在 3～8 个机器周期之间。

3. 外部中断触发方式

（1）电平触发方式。若外部中断采用电平触发方式，外部中断输入必须保持低电平有效，直到 CPU 实际响应该中断时为止。同时，在中断服务子程序返回之前，外部中断输入必须高电平无效，否则会再次引起 CPU 响应该中断。所以，电平触发方式适合于外部中断请求以低电平输入的，而且中断服务子程序能清除外部中断输入请求信号的情况。

在单片机应用系统中，可将中断输入信号经一个 D 触发器接入，并使 D 触发器的 D 端接地，当外部中断请求的正脉冲信号出现在 D 触发器的 CLK 端时，D 触发器的 Q 端产生低电平，发出中断请求，CPU 执行中断服务子程序时，利用一根口线如 P1.0，输出负跳变脉冲，使 D 触发器的 Q 端产生高电平，撤销中断请求。

（2）边沿触发方式。若外部中断采用边沿触发方式，外部中断申请触发器能锁存外部输入的负跳变，即使 CPU 暂时不能响应该中断，中断申请标志也不会丢失。在这种方式里，如果相继两次采样，前一个周期采样到外部中断输入为高电平，下个周期采样到低电平，则置位中断申请触发器，直到 CPU 响应此中断时才自动清零。这样不会丢失中断，但输入的脉冲宽度至少保持 12 个时钟周期才能被 CPU 采样到，如晶振频率为 6MHz，脉冲宽度必须大于 2μs。所以，边沿触发方式适合于外部中断请求以脉冲形式输入的，如 ADC0809 的 A/D 转换结果的标志信号 EOC 为正脉冲，取反后连到 8051 单片机的 $\overline{\text{INT0}}$ 引脚，实现以中断方式读取 A/D 的转换结果。

5.3.4　中断服务子程序举例

在使用 MCS-51 单片机的中断系统时，需要为相应的中断源编写中断服务子程序。中断服务函数是由系统调用的，程序中的任何函数都不能调用中断服务函数，C51 为编写中断服务函数提供了方便，C51 的中断服务函数说明形式为：

```
void 函数名(void)  interrupt n  using m
{
    函数体;
}
```

其中，interrupt 和 using 是为编写 C51 中断服务函数而引入的关键字，不能用于其他函数。interrupt 表示该函数是一个中断服务函数，interrupt 后的整数 n 指定该中断服务函数对应哪一个中断源，每个中断源都有固定的中断编号，见表 5.5。using 后的整数 m 指定该中断服务函数使用那一组工作寄存器，m 为 0～3。若不使用关键字 using，则编译器会将当前工作寄存器组的 8 个寄存器都压入堆栈，在中断服务函数中可以直接使用当前工作寄存器组。

【例 5.9】　$\overline{\text{INT0}}$ 引脚接一开关，P1.0 接一发光二极管。开关闭合（接地）时，发光二极管改变一次状态。

　　解　汇编参考程序如下：

```
        ORG  0000H
        LJMP  MAIN
        ORG  0003H
        LJMP  IN0
        ORG  0030H
MAIN:   SETB  IT0          ;边沿触发
        CLR P1.0
        SETB  EX0          ;开放外部中断 0
        SETB  EA
        SJMP  $
IN0:    ACALL   DELAY      ;软件去抖动
        JB INT0, TC        ;键盘随机扰动
        CPL P1.0
TC:     RETI
DELAY:  MOV R7, #50
LB:     MOV R6, #100
LB1:    DJNZ R6, $
        DJNZ R7, LB
        RET
        END
```

C51 参考程序如下：

```
# include <reg51.h>
# include "intrins.h"
void delay(void)
{
    int a = 5000;
    while(a--) _nop_( )      /* INTRINS.H 中说明的内部函数 */
}
void int0_srv(void) interrupt 0 using 1
{
    delay( );
    if(INT0 == 0)
    {
        P10 = !P10;
        while(INT0 == 0 )    /* 电平触发时，必须等待按键抬起 */
    }
}
void main( )
{
    P10 = 0;
    EA = 1;
    EX0 = 1;
    while(1);
}
```

【例 5.10】 交通灯控制问题。设东西方向和南北方向均有红、黄、绿灯，控制规则为：南北绿灯亮 10s，黄灯亮 3s；绿灯亮 8s，黄灯亮 3s。

解 端口分配： 东西方向 P1.0 红灯，P1.1 黄灯，P1.2 绿灯

南北方向 P1.3 红灯，P1.4 黄灯，P1.5 绿灯

使用定时器/计数器 T0 作定时器，设 $f_{osc}=6MHz$，定时间隔为 0.1s。定时常数为

$$a=65536-0.1 \times 6000000 / 12=15536=3CB0H$$

由于定时器/计数器无法定时 1s，故将 1s 定时分为 10 段，每段 0.1s，在定时中断服务函数中使用一个计数变量，当计数变量达到 10 时，就完成了 1s 的定时，置标志 flag。

（1）汇编参考程序如下：

```
        ORG  0000H
        LJMP  MAIN              ;AA
        ORG  000BH
        LJMP  T0_S
        ORG  0030H
        SUM  DATA  22H
        SUM1  DATA  23H
        EWR  BIT  P1.0
        EWY  BIT  P1.1
        EWG  BIT  P1.2
        SNR  BIT  P1.3
        SNY  BIT  P1.4
        SNG  BIT  P1.5
        FLAG  BIT  20H.0
```

```
MAIN:    MOV  SUM, #0
         MOV  SUM1, #0
         MOV  SP, #30H
         CLR  FLAG
         MOV  TMOD, #01H
         MOV  TL0, #0B0H
         MOV  TH0, #3CH
         MOV  P1, #0
         SETB ET0
         SETB EA
         SETB TR0
LB:      SETB EWG
         SETB SNR
         MOV  R0, #8
LB1:     JNB  FLAG, $
         CLR  FLAG
         DJNZ R0, LB1            ;东西方向绿灯，延时 8s
         CLR  EWG
         SETB EWY
         MOV  R0, #3
LB2:     JNB  FLAG, $
         CLR  FLAG
         DJNZ R0, LB2            ;东西方向黄灯，延时 3s
         CLR  EWY
         CLR  SNR
         SETB EWR
         SETB SNG
         MOV  R0, #10
LB3:     JNB  FLAG, $
         CLR  FLAG
         DJNZ R0, LB3            ;南北方向绿灯，延时 10s
         CLR  SNG
         SETB SNY
         MOV  R0, #3
LB4:     JNB  FLAG, $
         CLR  FLAG
         DJNZ R0, LB4            ;南北方向黄灯，延时 3s
         CLR  SNY
         CLR  EWR
         SJMP LB
T0_S:    PUSH ACC
         PUSH PSW
         MOV  TL0, #0B0H
         MOV  TH0, #3CH
         INC  SUM1
         MOV  A, SUM1
         CJNE A, #10, LB1
         MOV  SUM1, #0
         SETB FLAG
LB1:     POP  PSW
         POP  ACC
```

```
        RETI
        END
```

（2）C51 参考程序如下：

```c
# include <reg51.h>
char  count;                    /*计数变量*/
bit  flag;
void  T0_srv(void) interrupt  1  using  1
{
    TL0 = 0xB0;
    TH0 = 0x3C;
    count++;
    if(count == 10)
    {
        count = 0;
        flag = 1;
    }
}
void  main( )
{
    char sum = 0;
    TMOD = 0x01;
    TH0 = 0x3C;
    TL0 = 0xB0;
    ET0 = 1;
    EA = 1;
    TR0 = 1;
    P1 = 0;
    while(1)
    {
        P10 = 1; P15 = 1;      /*东西：红；南北：  绿*/
        while(sum < 10)
        {
            while(!flag);
            flag = 0;
            sum++;
        }
        sum = 0;
        P15 = 0;
        P14 = 1;
        while(sum < 3)
        {
            while(!flag);
            flag = 0;
            sum++;
        }
        sum = 0;
        P14 = 0; P10=0; P12=1; P13=1;
        while(sum < 8)
        {
            while(!flag);
```

```
            flag = 0;
            sum++;
        }
        sum = 0;
        P12 = 0; P11 = 1;
        while(sum < 3)
        {
            while(!flag);
            flag = 0;
            sum++;
        }
        sum = 0;
        P11 = 0;
        P13 = 0;
    }
}
```

【例 5.11】 有救护车和消防车控制的交通控制问题。在上例基础上，增加救护车和消防车控制情况，当有救护车和消防通过时，两个方向均亮红灯，救护车和消防通过后，恢复原来状态。在上例端口使用基础上，增加一个手动控制开关，接在 $\overline{INT0}$ 输入端，当开关接通时，保存 P1 口状态，使两个方向红灯亮，等开关断开后，恢复 P1 口状态。

解 汇编程序在前例程序头部添加定义：

```
TEMP  DATA  24H
```

在注释 AA 行后添加指令

```
ORG  0003H
LJMP  IN0
```

在标号 MAIN 后添加指令

```
SETB  EX0
SETB  PX0
```

在标号 T0_S 之前添加中断服务函数

```
IN0:    PUSH  PSW
        MOV  R0, #100
LB1:    MOV  R1, #100
LB2:    DJNZ  R1, $
        DJNZ  R0, LB1
        JB  INT0, LB3
        MOV  TEMP, P1
        MOV  P1, #0
        SETB  P1.0
        SETB  P1.3
        JNB  INT0, $
        MOV  P1, TEMP
LB3:    POP  PSW
        RETI
```

C51 程序中增加一个 $\overline{INT0}$ 中断服务函数。

```
delay( )
{
    int x = 10000;
    while(x--);
}
void int0_srv(void) interrupt 0 using 2
{
    char a;
    delay( );
    if(!INT0)
    {
        a = P1;                    /*保留 P1 状态*/
        P1 = 0;
        P10 = 1;
        P13 = 1;
        while(!INT0);              /*等待开关断开*/
        P1 = a;                    /*恢复 P1 状态*/
    }
}
```

主程序初始化时，增加设置 $\overline{INT0}$ 为高优先级中断，并开放 $\overline{INT0}$：

```
PX0 = 1;
EX0 = 1;
```

【例 5.12】 上面的交通灯控制程序中，并没有完全使用中断方式，而是混合使用了中断与查询方法。这里给出完全使用中断方式的中断服务子程序。

解 设置位变量 dire 和 color，标识当前亮黄或绿灯的方向及是黄灯或绿灯。dire = 0 为东西方向，dire＝1 为南北方向；color = 0 为绿灯亮，color = 1 为黄灯亮。定时器 T0 产生 0.1s 定时。

```
void T0_svr( ) interrupt 1 using 1
{
    ms++;
    if(ms == 5){
        s++;
        if(color){                 /*黄灯亮*/
            if(s == 8){            /*4s 定时到*/
            if(dire){             /*南北方向的黄灯*/
                    红绿灯改变方向;
                }
                else 红绿灯改变方向;
                s = 0; dire = !dire; color = 0
            }
            else 黄灯闪烁处理;
        }
        else                       /*绿灯亮*/
        if(s == 12){               /*6s 定时到*/
            if(dire)  南北绿灯改黄灯;
            else 东西绿灯改黄灯;
            color = 1; s = 0;
```

```
        }
    }
}
```

【例 5.13】 将字符串"MCS-51 Serial Communication Bus."发送出去。

解 设 $f_{osc}=11.0592MHz$，波特率＝2400，串行口工作于方式 1，中断方式。

汇编参考程序如下：

```
        ORG  0000H
        LJMP MAIN
        ORG  0023H
        LJMP SERI
        ORG  0030H
        STR_LEN EQU 32          ;字符个数
MAIN:   MOV  TMOD, #20H         ;T1 定时器，方式 2，用于波特率发生器
        MOV  SCON, #60H         ;0 1 1 0 0000
        MOV  TH1, #0F4H
        MOV  TL1, #0F4H
        SETB ES
        SETB EA
        SETB TR1
        MOV  DPTR, #TB          ;字符串首地址
        MOV  R1, #STR_LEN
        SETB TI                 ;启动发送
        SJMP $
SERI:   PUSH  PSW
        PUSH ACC
        CLR  TI                 ;中断服务子程序
        CJNE R1, #0, LB
        RETI                    ;字符串发送完
LB:     CLR  A                  ;偏移总为 0
        MOVC A, @A + DPTR       ;取要发送的字符
        MOV  SBUF, A
        INC  DPTR               ;基址加一指向下一个字符
        DEC  R1
        POP  ACC
        POP  PSW
        RETI
TB:     DB  'MCS-51 Serial Communication Bus.'
        END
```

C51 参考程序如下：

```c
# include <reg51.h>
# include "string.h"
char  s[] = "MCS-51 Serial Communication Bus.";
char  a, b = 0;
void  main( )
{
    TMOD = 0x20;
    SCON = 0x60;                  /*SM0=0, SM2=1, SM1=1, REN=0*/
    TH1=0xF4;
```

```
    TL1=0xF4;
    ES = 1;
    EA = 1;
    a = strlen(s);
    TI = 1;
    for(;;){;}
}
void seri( ) interrupt  4  using  1
{
    TI = 0;
    if( b < a){
        SBUF = s[b];
        b++;
    }
}
```

【例 5.14】　带偶校验的发送程序。设 f_{osc}＝11.0592MHz，波特率＝2400，串行口工作于方式 1。

解　汇编参考程序如下：

```
            ORG  0000H
            LJMP  MAIN
            ORG  0023H
            LJMP  SERI
            ORG  0030H
            STR_LEN EQU 32          ;字符个数
MAIN:       MOV  TMOD, #20H        ;T1 定时器，方式 2，用于波特率发生器
            MOV  SCON, #60H        ;0 1 1 0 0000
            MOV  TH1, #0F4H
            MOV  TL1, #0F4H
            SETB  ES
            SETB  EA
            SETB  TR1
            MOV  DPTR, #TB          ;字符串首地址
            MOV  R1, #STR_LEN
            SETB  TI
            SJMP  $
SERI:       PUSH  ACC
            PUSH  PSW
            CLR  TI
            CJNE  R1, #0, LB
            RETI
LB:         CLR  A                  ;偏移总为 0
            MOVC  A, @A + DPTR      ;取要发送的字符
            MOV  C, P              ;要发送数据中 1 的奇偶性
            MOV  ACC.7, C          ;发送出的数据都有偶数个 1
            MOV  SBUF, A
            INC  DPTR              ;基址加一指向下一个字符
            DEC  R1
            POP  PSW
            POP  ACC
```

```
        RETI
TB:     DB   'MCS-51 Serial Communication Bus.'
        END
```

C51 参考程序如下：

```
# include <reg51.h>
# include "string.h"
char  s[] = "MCS-51 Serial Communication Bus.";
char  bdata  c;
char  a, b = 0;
sbit  c7 = c^7;
void  main( )
{
    TMOD = 0x20;
    SCON = 0x50;                    /*SM0=SM2=0, SM1=1, REN=1*/
    TH1=0xF4;
    TL1=0xF4;
    ES = 1;
    EA = 1;
    a = strlen(s);
    TI = 1;
    for(; ;){;}
}
void  seri( ) interrupt  4  using  1
{
    TI = 0;
    if( b < a){
        c = s[b];
        ACC = c;
        c7 = P;                     /*奇偶位，偶校验*/
        SBUF = c;
    }
}
```

【例 5.15】将上例串行口的工作方式改为方式 3。

解　设 $f_{osc} = 11.0592MHz$，波特率＝2400，串行口工作于方式 3。

汇编参考程序如下：

```
        ORG  0000H
        LJMP  MAIN
        ORG  0023H
        LJMP  SERI
        ORG  0030H
        STR_LEN  EQU  32        ;字符个数
MAIN:   MOV  TMOD, #20H         ;T1 定时器，方式 2，用于波特率发生器
        MOV  SCON, #0E0H        ;1 1 1 0 0000
        MOV  TH1, #0F4H
        MOV  TL1, #0F4H
        SETB  ES
        SETB  EA
        SETB  TR1
```

```
        MOV  DPTR, #TB              ;字符串首地址
        MOV  R1, #STR_LEN
        SJMP $
SERI:   CLR  TI
        CJNE R1, #0,  LB
        RETI
LB:     PUSH PSW
        PUSH ACC
        CLR  A                     ;偏移总为 0
        MOVC A, @A + DPTR          ;取要发送的字符
        MOV  C, P                  ;要发送数据中 1 的奇偶性
        MOV  TB8, C                ;先将奇偶位送 TB8
        MOV  SBUF, A               ;在将字节数据送 SBUF
        INC  DPTR                  ;基址加一指向下一个字符
        DEC  R1
        POP  ACC
        POP  PSW
        RETI
TB:     DB   'MCS-51 Serial Communication Bus.'
        END
```

C51 参考程序如下：

```
# include <reg51.h>
# include "string.h"
char  s[] = "MCS-51 Serial Communication Bus.";
char  a, b = 0;
void  main( )
{
    TMOD = 0x20;
    SCON = 0xE0;                    /*SM0=1, SM1=1, SM2=1, REN=0*/
    TH1=0xF4;
    TL1=0xF4;
    ES = 1;
    EA = 1;
    TR1 = 1;
    a = strlen(s);
    TI = 1;
    for(; ;){ ;}
}
void  seri( ) interrupt  4  using 1
{
    TI = 0;
    if( b < a){
        ACC = s[b];
        TB8 = P;                    /*奇偶位, 偶校验*/
        SBUF = s[b];
        b++;
    }
}
```

【例 5.16】 前面几例的接收程序。

解 [例 5.13] 的接收程序。

汇编参考程序如下：

将接收到的数据存放在 30H 为首地址的内存块中。

```
            STR_LEN EQU 32         ;字符个数
            ORG 0000H
            LJMP  MAIN
            ORG 0023H
            LJMP  SERI
            ORG 0030H
MAIN:    MOV  TMOD, #20H          ;T1 定时器，方式 2，用于波特率发生器
            MOV  SCON, #70H          ;0 1 1 1 0000
            MOV  TH1, #0F4H
            MOV  TL1, #0F4H
            SETB  ES
            SETB  EA
            SETB  TR1
            MOV  R0, #30H           ;字符串首地址
            MOV  R1, #STR_LEN
            SJMP  $
SERI:    CLR  RI
            CJNE  R1, #0, LB
            RETI
LB:       PUSH  ACC
            MOV  A, SBUF
            MOV  @R0, A             ;保存接收到的字符
            INC  R0                 ;基址加一指向下一个单元
            DEC  R1
            POP  ACC
            RETI
            END
```

C51 参考程序如下：

```
# include <reg51.h>
# include "string.h"
char  s[32];
void  main( )
{
    char a, b = 0;
    TMOD = 0x20;
    SCON = 0x70;                  /*SM0=0, SM2=1, SM1=1, REN=1*/
    TH1=0xF4;
    TL1=0xF4;
    ES = 1;
    EA = 1;
    TR1 = 1;
    a = 32;
    for(; ;){;}
}
void  seri( )  interrupt  4  using  1
{
```

```
        RI = 0;
        If( b < a){
            s[b] = SBUF;
            b++;
        }
}
```

[例 5.14] 的接收程序。

汇编参考程序如下：

将接收到的数据存放在 30H 为首地址的内存块中。

```
            ORG  0000H
            LJMP  MAIN
            ORG  0023H
            LJMP  SERI
            ORG  0030H
            STR_LEN  EQU  32        ;字符个数
MAIN:       MOV  TMOD, #20H         ;T1 定时器，方式 2，用于波特率发生器
            MOV  SCON, #70H         ;0 1 1 1 0000
            MOV  TH1, #0F4H
            MOV  TL1, #0F4H
            SETB  ES
            SETB  EA
            SETB  TR1
            MOV  R0, #30H           ;字符串首地址
            MOV  R1, #STR_LEN
            SJMP  $
SERI:       CLR  RI
            CJNE  R1, #0, LB
            RETI
LB:         PUSH  ACC
            MOV  A, SBUF
            JB  P, LB1             ;接收错误，转 LB1
            ANL  A, #7FH           ;去掉校验位
            SJMP  LB2
LB1:        MOV  A, #0             ;错码用 0 代替
LB2:        MOV  @R0, A            ;保存接收到的字符
            INC  R0               ;基址加一指向下一个单元
            DEC  R1
            POP  ACC
            RETI
            END
```

C51 参考程序如下：

```
# include <reg51.h>
# include "string.h"
char  s[32];
char  bdata c;
sbit  c7 = c^7;
char  a, b = 0;
void  main( )
{
    TMOD = 0x20;
```

```
        SCON = 0x70;                /*SM0=0, SM2=1, SM1=1, REN=1*/
        TH1=0xF4;
        TL1=0xF4;
        ES = 1;
        EA = 1;
        TR1 = 1;
        a = 32;
        for(; ;)
        {
            while(!RI);
            RI = 0;
        }
    }
    void seri( ) interrupt 4 using 1
    {
        RI = 0;
        If( b < a){
            c = SBUF;
            ACC = c;
            if(P != 0) c = 0;
            else c = c & 0x7F;
            s[b] = c;
            b++;
        }
    }
```

[例 5.15] 的接收程序。

解 汇编参考程序如下:

```
        ORG  0000H
        LJMP MAIN
        ORG  0023H
        LJMP SERI
        ORG  0030H
        STR_LEN EQU 32              ;字符个数
MAIN:   MOV  TMOD, #20H            ;T1 定时器，方式 2，用于波特率发生器
        MOV  SCON, #0E0H           ;1 1 1 0 0000
        MOV  TH1, #0F4H
        MOV  TL1, #0F4H
        SETB ES
        SETB EA
        SETB TR1
        MOV  DPTR, #TB             ;字符串首地址
        MOV  R1, #STR_LEN
        MOV  R0, #30H
        SJMP $
SERI:   CLR  RI
        CJNE R1, #0, LB
        RETI
LB:     PUSH ACC
        MOV  A,    SBUF
        JNB  P, PNB               ;P = 0, 转 PNB
        JNB  RB8, RER             ;P = 1, RB8 = 0, 错误
        SJMP RIGHT                ;P = 1, RB8 = 1, 正确
```

```
PNB:    JB  RB8, RER        ;P = 0, RB8 = 1, 错误
        RIGHT: MOV @R0, A    ;P = 0, RB8 = 0, 正确
        INC  R0             ;基址加一指向下一个单元
        DEC  R1
        POP  ACC
        RETI
RER:    MOV  A, #0
        SJMP RIGHT
        END
```

C51 参考程序如下：

```
# include <reg51.h>
# include "string.h"
char  b = 0;
char  s[32];
void  main( )
{
    TMOD = 0x20;
    SCON = 0xF0;                /*SM0=1, SM1=1, SM2=1, REN=1*/
    TH1=0xF4;
    TL1=0xF4;
    ES = 1;
    EA = 1;
    TR1 = 1;
    for(; ;){;}
}
void  seri( )  interrupt  4  using  1
{
    RI = 0;
    If( b < 32){
        ACC = SBUF;
        if(P != RB8) ACC = 0;
        else ACC = ACC & 0x7F;
        s[b] = ACC;
        b++;
    }
}
```

本 章 小 结

AT89C51 单片机内部有两个可编程定时器/计数器 T0 和 T1，每个定时器/计数器有四种工作方式：方式 0～方式 3。方式 0 是 13 位的定时器/计数器，方式 1 是 16 位的定时器/计数器，方式 2 是初值重载的 8 位定时器/计数器，方式 3 只适用于 T0，将 T0 分为两个独立的定时器/计数器，同时 T1 可以作为串行接口波特率发生器。不同位数的定时器/计数器其最大计数值也不同。对于定时器/计数器的编程包括设置方式寄存器、初值及控制寄存器。初值由定时时间及定时器/计数器的位数决定。

MCS-51 系列单片机内部有一个全双工的异步串行通信接口，该串行口的波特率和帧格式可以编程设定，有四种工作方式：方式 0、1、2、3。方式 0 和方式 2 的传送波特率是固定的，方式 1 和方式 3 的波特率是可变的，由定时器的溢出率决定。单片机与单片机之间以及

单片机与 PC 机之间都可以进行通信，异步通信的发送和接受程序通常采用两种方法，即查询法和中断法。

中断是指当机器正在执行程序的过程中，一旦遇到某些异常情况或特殊请求时，暂停正在执行的程序，转入中断服务子程序，处理完毕后，再返回到断点继续执行。引起中断的事情称为中断源，8051 单片机提供了五个中断源：$\overline{INT0}$、$\overline{INT1}$、TF0、TF1 和串行中断请求。中断请求的优先级由用户编程和自然优先级共同确定。中断编程包括设置中断入口地址、中断源优先级、中断开放或关闭，以及编写中断服务子程序。

习　　题

5.1　定时器/计数器的定时方式与计数方式差别是什么？试举例说明两者的用途。

5.2　若晶振为 12MHz，用 T0 产生 1s 的定时，写出定时器的方式字和计数初值。

5.3　若晶振为 12MHz，编写程序，用 T1 来测试 2～1k 之间的输入方波周期。

5.4　若晶振为 12MHz，编写程序，用定时器 T0 产生 500s 定时，在 P1.0 上产生频率为 1kHz 的方波。

5.5　编写串行口初始化子程序，使串行口工作于方式 1，晶振为 11.0592MHz，波特率为 1200，发送字符串"Hello, MCS-51."。

5.6　编写串行口初始化子程序，使串行口工作于方式 3，晶振为 11.0592MHz，波特率为 2400，第 9 位数据为奇校验位。编写串行口接收子程序，采用查询方式，接收 16 个字符，存放于内部 RAM 的 30H 开始的区域。若对 RB8 校验出错，则停止接收，并将 P1.0 清零；若正确地接收到 16 个字符则停止接收，并将 P1.1 清零。

5.7　编写一个子程序，将（R0）指出的两个 RAM 单元中的数转换为四个 ASCII 字符，并用查询方式从串行口上发送出去，设串行口已由主程序完成初始化。

5.8　中断服务子程序能否存储在 64K 程序存储器的任意区域？中断响应后如何找到该程序？

5.9　编写中断系统初始化程序，允许 INT0、INT1、T0、串行口中断，使 T0 中断为高优先级。

5.10　编写初始化程序和中断服务子程序，晶振为 6MHz，用 T0 产生 0.5s 的定时中断，时钟计数值的时、分、秒变成压缩 BCD 码，分别存放在内存的 30H、31H、32H 单元。

5.11　编写有关程序，晶振为 12MHz，P1 口上输入 8 路脉冲，频率范围 0.1～3Hz，用 T0 产生 1ms 定时，由 T0 中断服务子程序中读取 P1 口状态，若发生上跳则该路计数单元加 1，每到一分钟将各路计数值拆成 2 位十六进制数送显示缓冲区 70H～7FH，并将各计数单元清零。

5.12　编写初始化程序和中断服务子程序，晶振为 12MHz，输入到 P1.0 上的脉冲信号周期在 3s 以上，脉冲的上跳变和下跳变都有 30ms 的抖动期，使 T0 工作于方式 1，产生 10ms 的定时中断，在 T0 中断服务子程序中滤除 P1.0 的跳变抖动信号，并将有效输入状态输出到 P1.1。

第6章　单片机系统扩展

　　由单片机组成应用系统时，如单片机本身所具有的功能满足应用系统的要求，这样的系统称为最小系统。最小系统包括外接的晶振电路、复位电路和电源部分等。对于8031单片机，其最小系统还包括外接的程序存储器。若单片机最小系统不能满足应用系统的功能需求，就需要在片外扩展一些外围芯片，以增强单片机的功能。

　　系统扩展是以单片机为核心进行的，扩展内容包括ROM、RAM、I/O接口等。扩展是通过系统总线进行的，即通过总线把各扩展部件连接起来，进行数据、地址和控制信号的传送。因此，本章首先讲解存储器扩展技术，并以并行总线扩展为主，然后介绍I/O口扩展技术，最后讲解串行总线I^{2}C扩展技术。

6.1　存　储　器　扩　展

　　在进行单片机应用系统设计时，首先要考虑的是存储器扩展，包括程序存储器和数据存储器的扩展。单片机的程序存储器空间和数据存储器空间是相互独立的。

6.1.1　程序存储器扩展

　　对于没有内部ROM的单片机或者程序较长、片内ROM容量不够时，用户必须在单片机外部扩展程序存储器。MCS-51单片机有一个引脚$\overline{EA}$跟程序存储器的扩展有关。如果$\overline{EA}$接高电平，那么片内存储器地址范围是0000H~0FFFH（4KB），片外程序存储器地址范围是1000H~FFFFH（60KB）。如果$\overline{EA}$接低电平，不使用片内程序存储器，片外程序存储器地址范围为0000H~FFFFH（64KB）。8031单片机没有片内程序存储器，因此$\overline{EA}$引脚总是接低电平。

1. EPROM扩展实例

　　EPROM芯片上均有一个玻璃窗口，在紫外线照射下，存储器中的各位信息均变1，即处于擦除状态。擦除后的EPROM可以通过编程器将应用程序固化到其中。

　　【例6.1】　8031单片机外围扩展4KB的EPROM程序存储器。

　　（1）选择芯片。8031单片机内部无ROM区，无论程序长短都必须扩展程序存储器。在选择程序存储器芯片时，首先必须满足程序容量，其次在价格合理情况下尽量选用容量大的芯片。芯片少，接线简单，芯片存储容量大，程序调整裕量大。若估计程序总长3KB左右，最好扩展一片EPROM 2732（4KB），而不选用2片2716（2KB）。在单片机应用系统硬件设计中，应尽量减少芯片使用个数，使得电路结构简单，提高可靠性。

　　EPROM 2732的容量为4K×8位。4K表示有$4×1024$（$2^2×2^{10}=2^{12}$）个存储单元，8位表示每个单元存储数据的宽度是8位。前者确定了地址线的位数是12位（A0~A11），后者确定了数据线的位数是8位（O0~O7）。2732单一＋5V供电，最大静态工作电流为100mA，维持电流为35mA，读出时间最大为250ns。DIP封装的2732引脚排列如图6.1所示。

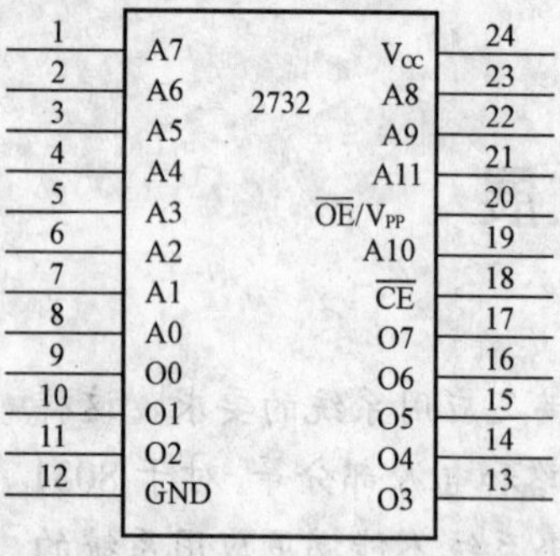

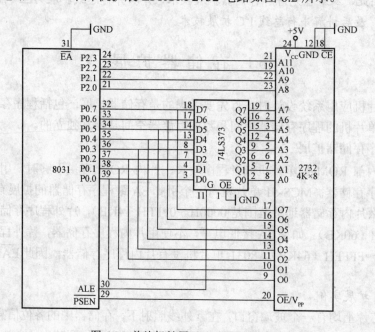

图 6.1　EPROM 2732 引脚排列

引脚功能定义如下：

A0～A11：地址线，12 条；O0～O7：数据线，8 条；$\overline{CE}$：片选线，低电平有效，只有当 $\overline{CE}$ 为低电平时，2732 才被选中，否则 2732 不工作；$\overline{OE}/V_{PP}$：输出允许/编程高压双功能引脚，当 2732 用作程序存储器读取时，其功能是允许读出数据；当对 2732 进行编程写入（固化程序）时，该引脚用于高电压输入，不同生产厂家的芯片编程电压可能有所不同。

74LS373 是带三态缓冲输出的 8D 锁存器，由于单片机的三总线结构中，数据线与地址线的低 8 位分时复用 P0 口，因此必须用地址锁存器将地址信号和数据信号区分开。74LS373 的锁存控制端 G 直接与单片机的地址锁存控制信号 ALE 相连，在 ALE 的下降沿锁存低 8 位地址。

（2）硬件电路。8031 单片机扩展 EPROM 2732 电路如图 6.2 所示。

图 6.2　单片机扩展 EPROM 2732 电路

（3）连线说明。

1）地址线。单片机扩展片外存储器时，地址线是由 P0 和 P2 口提供的。2732 的 12 条地址线（A0～A11）中，低 8 位 A0～A7 通过锁存器 74LS373 与 P0 口连接，高 4 位 A8～A11 直接与 P2 口的 P2.0～P2.3 连接，P2 口本身有锁存功能。注意，锁存器的锁存使能端 G 必须和单片机的 ALE 引脚相连。

2）数据线。2732 的 8 位数据线直接与单片机的 P0 口相连。可见，P0 口是一个分时复用的地址/数据线。

3）控制线。CPU 执行 2732 中存放的程序时，取指阶段就是对 2732 进行读操作。注意，CPU 对 EPROM 只能进行读操作，不能进行写操作。CPU 对 2732 的读操作控制是通过控制线实现的。2732 控制线的连接有以下几条。

$\overline{\text{CE}}$：直接接地。由于系统中只扩展了一个程序存储器芯片，因此 2732 的片选端 $\overline{\text{CE}}$ 直接接地，表示 2732 一直被选中。若同时扩展多片，需通过译码器来完成片选工作。

$\overline{\text{OE}}$：接 8031 的外部程序存储器读选通信号 $\overline{\text{PSEN}}$ 端。在访问片外程序存储器时，只要 $\overline{\text{PSEN}}$ 端出现负脉冲，即可从 2732 中读出程序。

（4）地址范围。单片机扩展存储器的关键是明确扩展芯片的地址范围。决定扩展存储器芯片地址范围的因素有两个：一个是片选端 $\overline{\text{CE}}$ 必须为低电平，另一个是芯片本身的地址线与单片机地址线的连接，单片机本身地址线的编码确定了芯片的容量。

本例中，2732 的片选端 $\overline{\text{CE}}$ 总是接地，因此第一个条件总是满足的；2732 有 12 条地址线与 8031 的低 12 位地址相连，编码结果如下：

8031		$P_{2.7}$	$P_{2.6}$	$P_{2.5}$	$P_{2.4}$	$P_{2.3}$	$P_{2.2}$	$P_{2.1}$	$P_{2.0}$	$P_{0.7}$	$P_{0.6}$	$P_{0.5}$	$P_{0.4}$	$P_{0.3}$	$P_{0.2}$	$P_{0.1}$	$P_{0.0}$
2732	$\overline{\text{CE}}$					A11	A10	A9	A8	A7	A6	A5	A4	A3	A2	A1	A0
	0	×	×	×	×	0	0	0	0	0	0	0	0	0	0	0	0
	0	×	×	×	×	0	0	0	0	0	0	0	0	0	0	0	1
	0	×	×	×	×	⋮	⋮	⋮	⋮	⋮	⋮	⋮	⋮	⋮	⋮	⋮	⋮
	0	×	×	×	×	1	1	1	1	1	1	1	1	1	1	1	1

其中，"×"表示跟 2732 无关的引脚，取 0 或 1 都可以，通常取 0。可见，本例中扩展的 2732 的地址范围是 0000H～0FFFH（无关的引脚取 0，地址范围不是唯一的），共 4KB 容量。

（5）EPROM 的使用。当单片机应用系统的软件设计完成，把程序通过特定的编程工具（称为编程器、烧写器或 EPROM 固化器）固化到 2732 中，然后再将 2732 插到目标板的插座上。

当上电复位时，PC＝0000H，自动从 2732 的 0000H 单元取指令，然后开始执行指令。

如果程序需要反复调试，可以用紫外线擦除器先将 2732 中的内容擦除，然后将修改后的程序重新固化到其中进行调试。如果要从 EPROM 中读出程序中定义的表格，使用查表指令，即：

MOVC A，@A＋DPTR；

MOVC A，@A＋PC；

2. EEPROM 扩展实例

电擦除可编程只读存储器 EEPROM 是一种可用电气方法在线擦除可编程的只读存储器，它既有 RAM 可读可改写的特性，又具有 ROM 在掉电后仍能保持所存储数据的优点。因此 EEPROM 在单片机存储器扩展中，可以用作程序存储器，也可以用作数据存储器，至于具体做什么使用，由硬件电路确定。

EEPROM 作为程序存储器使用时，CPU 读取 EEPROM 数据同读取一般 EPROM 操作相同；但 EEPROM 的写入时间较长，必须用软件或硬件来检测写入周期。

【例 6.2】 8031 单片机外围扩展 2KB 的 EEPROM。

（1）选择芯片。2816A 和 2817A 均属于 5V 电擦除可编程只读存储器，其容量都是 2K×8 位。2816A 与 2817A 的不同之处在于，2816A 的写入时间为 9～15ms，完全由软件延时控制，与硬件电路无关；2817A 利用硬件引脚 RDY/$\overline{\text{BUSY}}$ 来检测写操作是否完成。

在此选用 2817A 芯片来完成扩展 2KB 的 EEPROM，2817A 为双列直插封装 28 引脚，采用单一＋5V 供电，最大工作电流为 150mA，维持电流为 55mA，读出时间最大为 250ns。片内设有编程所需的高压脉冲产生电路，无需外加编程电源和写入脉冲即可工作。2817A 在写入一个字节的指令码或数据之前，自动对所要写入的单元进行擦除，因而无需专门进行字节或整片擦除操作。2817A 的引脚如图 6.3 所示。

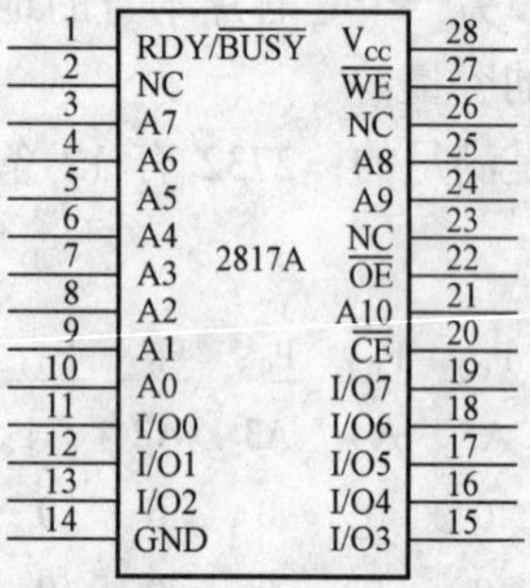

引脚功能定义如下：

$\overline{CE}$：片选线；V_{CC}：＋5V 电源；GND：接地端；A0～A10：地址线；I/O0～I/O7：数据线；$\overline{OE}$：读允许线，低电平有效；$\overline{WE}$：写允许线，低电平有效；RDY/$\overline{BUSY}$：低电平表示正在写操作，处于忙状态，高电平表示写操作完毕。

2817A 的读操作与普通 EPROM 的读出相同，所不同的只是可以在线进行字节的写入。2817A 的写入过程如下：CPU 向 2817A 发出字节写入命令后，2817A 便锁存地址、数据及控制信号，从而启动一次写操作。2817A 的写入时间大约为 16ms 左右，在此期间，2817A 的 RDY/BUSY 脚呈低电平，表示 2817A 正在进行写操作，此时它的数据总线呈高阻状态，因而允许 CPU 在此期间执行其他的任务。当一次字节写入操作完毕，2817A 便将 RDY/BUSY 线置高，由此来通知 CPU。

（2）硬件电路。8031 单片机扩展 2817A 电路如图 6.4 所示。

图 6.3　EEPROM 2817A 引脚排列

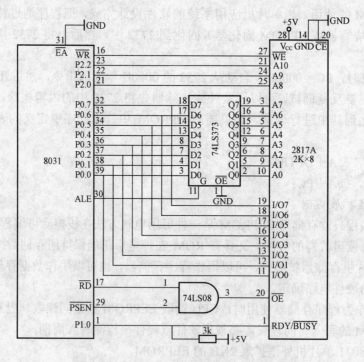

图 6.4　单片机扩展 EEPROM 2817A 电路

（3）连线说明。

1）地址线。2817A 的 11 条地址线（A0～A10，容量为 2K ×8 位，$2^{11}=2\times1024=2K$），低 8 位 A0～A7 通过锁存器 74LS373 与 P0 口连接，高 3 位 A8～A10 直接与 P2 口的 P2.0～P2.2 连接。

2）数据线。2817A 的 8 位数据线直接与单片机的 P0 口相连。

3）控制线。单片机与 2817A 的控制线连接方法采用了将外部数据存储器空间和程序存储器空间合并的方法，使得 2817A 既可以作为程序存储器使用，又可以作为数据存储器使用。引脚如下：

$\overline{PSEN}$：控制程序存储器的读操作，取指令阶段和执行 MOVC　A，@A＋DPTR 指令时有效。

$\overline{RD}$：控制数据存储器的读操作，执行 MOVX　@DPTR，A 和 MOVX　@Ri，A 时有效。

$\overline{WR}$：控制数据存储器的写操作，执行 MOVX　A，@DPTR 和 MOVX　A，@Ri 时有效。

2817A 控制线的连线方法如下：

$\overline{CE}$：直接接地。由于系统中只扩展了一个程序存储器芯片，因此片选端 $\overline{CE}$ 直接接地，表示 2817A 一直被选中。

$\overline{OE}$：8031 的程序存储器读选通信号 $\overline{PSEN}$ 和数据存储器读信号 $\overline{RD}$ 经过"与"操作后与 2817A 的读允许信号相连。这样，只要 $\overline{PSEN}$、$\overline{RD}$ 中有一个有效，就可以对 2817A 进行读操作。也就是说，对 2817A 既可以看作程序存储器取指令，也可以看作数据存储器读数据。

$\overline{WE}$：与 8031 的数据存储器写信号 $\overline{WR}$ 相连，只要执行数据存储器写操作指令时，就可以往 2817A 中写入数据。

RDY/$\overline{BUSY}$：与 8031 的 P1.0 相连，采用查询方法对 2817A 的写操作进行管理。在擦、写操作期间，RDY/$\overline{BUSY}$ 脚为低电平，当字节擦写完毕时，RDY/$\overline{BUSY}$ 为高电平。

其实，检测 2817A 写操作是否完成也可以用中断方式实现，方法是将 2817A 的 RDY/$\overline{BUSY}$ 反相后与 8031 的中断输入脚 $\overline{INT0}$/$\overline{INT1}$ 相连。当 2817A 每擦、写完一个字节便向单片机提出中断请求。

2817A 的地址范围是 0000H～07FFH（无关的引脚取 0，该地址范围不是唯一的）。

（4）EEPROM 的使用。电路连接好以后，如果只是把 2817A 作为程序存储器使用，使用方法与 EPROM 相同。EEPROM 也可以通过编程器将程序固化进去。

如果将 2817A 作为数据存储器，读操作同使用静态 RAM 一样，直接从给定的地址单元中读取数据即可。向 2817A 中写数据采用指令：

MOVX　@DPTR，A；

3. 常用程序存储器芯片

扩展程序存储器的一般方法。程序存储器与单片机的连线分为三类：①数据线，通常有 8 位数据线，由 P0 口提供；②地址线，地址线的条数决定了程序存储器的容量。低 8 位地址线由 P0 口通过锁存器提供，高 8 位由 P2 口提供，具体使用多少条地址线根据扩展容量而定；③控制线，存储器的读允许信号 $\overline{OE}$ 与单片机的取指信号 $\overline{PSEN}$ 相连；存储器片选线 $\overline{CE}$ 的接法决定了程序存储器的地址范围，当只采用一片程序存储器芯片时 $\overline{CE}$ 可以直接接地，当采用多片时要使用译码器来选中 $\overline{CE}$。

下面介绍一些常用的 EPROM 扩展芯片。

1. 常用 EPROM 芯片

2716、2764、27128 和 27256 的引脚如图 6.5 所示。

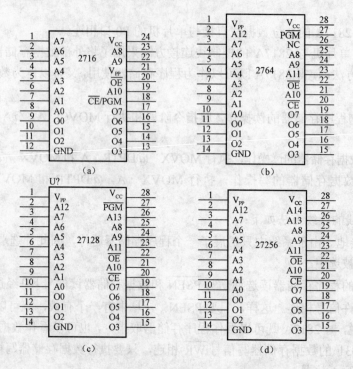

图 6.5　常用 EPROM 芯片引脚

（1）EPROM 2716。2716 是 2K×8 位的 EPROM，单一＋5V 供电，运行时最大功耗为 252mW，维持功耗为 132mW，读出时间最大为 450ns，封装形式为 DIP24。2716 有地址线 11 条（A0～A10），数据线 8 条（O0～O7），$\overline{CE}$ 为片选线，低电平有效，$\overline{OE}$ 为数据输出允许信号，低电平有效，V_{PP} 为编程电源，V_{CC} 为工作电源。

（2）EPROM 2764。2764 是 8K×8 位的 EPROM，单一＋5V 供电，工作电流为 75mA，维持电流为 35mA，读出时间最大为 250ns，DIP28 封装。2764A 有 13 条地址线 A0～A12，数据输出线 O0～O7，$\overline{CE}$ 为片选线，$\overline{OE}$ 为数据输出允许线，PGM 为编程脉冲输入端，V_{PP} 为编程电源，V_{CC} 为工作电源。

（3）EPROM27128。27128 是 16K×8 位的 EPROM，单一＋5V 供电，工作电流为 100mA，维持电流为 40mA，读出时间最大为 250ns，DIP28 封装。27128A 有 14 条地址线 A0～A13，数据输出线 O0～O7，$\overline{CE}$ 为片选线，$\overline{OE}$ 为数据输出允许线，PGM 为编程脉冲输入端，V_{PP} 为编程电源，V_{CC} 为工作电源。

（4）EPROM27256。27256 是 32K×8 位的 EPROM，单一＋5V 供电，工作电流为 100mA，维持电流为 40mA，读出时间最大为 250ns，DIP28 封装。27256 有 15 条地址线 A0～A14，数据输出线 O0～O7，$\overline{CE}$ 为片选线，$\overline{OE}$ 为数据输出允许线，V_{PP} 为编程电源，V_{CC} 为工作电源。

2. 常用 EEPROM 芯片

2816A、2864A 的引脚如图 6.6 所示。

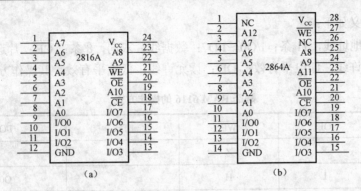

图 6.6 EEPROM 2816A 和 2864A 引脚

（1）EEPROM 2816A。2816A 的存储容量为 2K×8 位，单一＋5V 供电，不需要专门配置写入电源。它能随时写入和读出数据，其读取时间完全能满足一般程序存储器的要求，但写入时间较长，需 9～15ms，写入时间完全由软件控制。

（2）EEPROM 2864A。2864A 是 8K×8 位 EEPROM，单一＋5V 供电，最大工作电流 160mA，最大维持电流 60mA，典型读出时间 250ns。由于芯片内部设有"页缓冲器"，因而允许对其快速写入。2864A 内部可提供编程所需的全部定时，编程结束可以给出查询标志。2864A 的封装形式为 DIP28。

6.1.2 数据存储器扩展

数据存储器一般采用半导体随机读写存储器 RAM，其引脚类型与程序存储器基本相同，只是为写操作而设置了一个写控制信号 $\overline{WR}$，其输出允许信号表示为 $\overline{RD}$。

采用并行扩展方式扩展外部数据存储器时，其地址线、数据线的连接方法与扩展程序存储器的方法相同，与数据存储器的读写信号线相连的 8051 的控制线是 $\overline{WR}$（P3.6）和 $\overline{RD}$（P3.7）。

MCS-51 单片机的内部数据存储器空间和外部数据存储器空间是独立编址的，外部数据存储器的地址范围分为以下两个区域：

（1）00H～FFH。共 256 个字节，可以用八位地址寻址。对这个区域的单元操作的汇编语言指令为：MOVX　A，@Ri 和 MOVX　@Ri，A，i 为 0 或 1。这个区域的 C 存储类型为 pdata，定义这个区域的变量为 char　pdata　x。

（2）0000H～0FFFFH。共 64K 字节。对这个区域的单元操作的汇编语言指令为：MOVX　A，@DPTR 和 MOVX　@DPTR，A。这个区域的 C 存储类型为 xdata，定义这个区域的变量为 char　xdata　y。

【例 6.3】 8031 单片机外围扩展 2KB 静态 RAM。

解 （1）芯片选择。扩展数据存储器常用的静态 RAM 芯片有 6116（2K×8 位）、6264（8K×8 位）、62256（32K×8 位）等。根据容量要求选用 SRAM 6116，它是一种采用 CMOS 工艺制成的 SRAM，采用单一＋5V 供电，输入/输出电平与 TTL 兼容，具有低功耗操作方式。当 CPU 没有选中该芯片时（CE＝1），芯片处于低功耗状态，可以减少 80%以上的功耗。

6116 的引脚与 EPROM 2716 引脚兼容，引脚排列如图 6.7 所示。

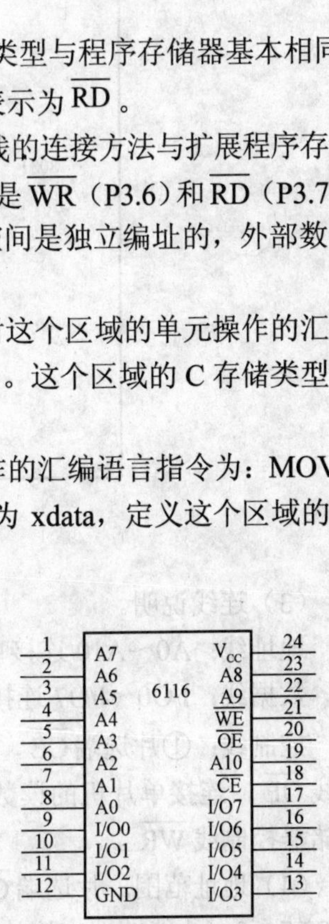

图 6.7 静态 RAM 6116 引脚排列

引脚功能定义如下:

A0～A10: 地址线, 11 条; I/O0～I/O7: 数据线, 双向, 8 条; $\overline{CE}$: 片选线, 低电平有效; $\overline{WE}$: 写允许线, 低电平有效; $\overline{OE}$: 读允许线, 低电平有效。其操作方式见表 6.1。

表 6.1　　　　　　　　　　　**静态 RAM 6116 的操作方式**

$\overline{CE}$	$\overline{OE}$	$\overline{WE}$	方式	I/O0～I/O7
H	×	×	未选中	高阻
L	L	H	读	O0 ～ O7
L	H	L	写	I0 ～ I7
L	L	L	写	I0 ～ I7

（2）硬件电路。8031 单片机扩展静态 RAM 6116 电路如图 6.8 所示。

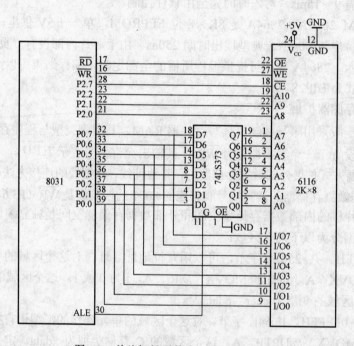

图 6.8　单片机扩展静态 RAM 6116 电路

（3）连线说明。

地址线: A0～A10 连接单片机地址总线的 A0～A10, 即 P0.0～P0.7、P2.0、P2.1、P2.2;

数据线: I/O0～I/O7 连接单片机的数据线, 即 P0.0～P0.7;

控制线: ①片选端 $\overline{CE}$, 连接单片机的 P2.7, 即单片机地址总线的最高位 A15; ②读允许线 $\overline{OE}$, 连接单片机的读数据存储器控制线 $\overline{RD}$; ③写允许线 $\overline{WE}$, 连接单片机的写数据存储器控制线 $\overline{WR}$。

（4）地址范围。片选端 $\overline{CE}$ 直接与地址线 P2.7 相连, 这种扩展方法称为线选法。显然只有 P2.7＝0, 才能够选中该片 6116, 故其地址范围如下:

8031	P2.7	P2.6	P2.5	P2.4	P2.3	P2.2	P2.1	P2.0	P0.7	P0.6	P0.5	P0.4	P0.3	P0.2	P0.1	P0.0
6116	$\overline{CE}$					A10	A9	A8	A7	A6	A5	A4	A3	A2	A1	A0
	0	×	×	×	×	0	0	0	0	0	0	0	0	0	0	0
	0	×	×	×	×	0	0	0	0	0	0	0	0	0	0	1
	0	×	×	×	×	⋮	⋮	⋮	⋮	⋮	⋮	⋮	⋮	⋮	⋮	⋮
	0	×	×	×	×	1	1	1	1	1	1	1	1	1	1	1

其中，"×"表示跟 6116 无关的引脚，取 0 或 1 都可以。如果与 6116 无关的引脚取 0，那么 6116 的地址范围是 0000H~07FFH；如果与 6116 无关的引脚取 1，那么 6116 的地址范围是 7800H~7FFFH。

（5）RAM 的使用。单片机对 RAM 的读写除了可以使用以下指令：

```
MOVX  @DPTR, A        ;64K 字节内写入数据
MOVX  A, @DPTR        ;64K 字节内读取数据
MOVX  @Ri, A          ;低 256 字节内写入数据
MOVX  A, @Ri          ;低 256 字节内读取数据
```

6.1.3 并行总线扩展

单片机进行并行扩展时应把单片机的 I/O 口看作为一般的微型机三总线结构形式，其三总线的构成如图 6.9 所示。

1. 地址总线

16 位地址线由 MCS-51 单片机的 P2 口和 P0 口提供。高 8 位地址线由 P2 口提供，P2 口具有锁存功能，可以和外部芯片的高位地址线直接相连。低 8 位地址线由 P0 口提供，由于 P0 口为地址/数据分时复用，为保持整个取指周期内低 8 位地址的稳定，需外加地址锁存器以锁存低 8 位的地址信息，如 74LS373 或 74LS273（8 路 D 触发器），并由 ALE

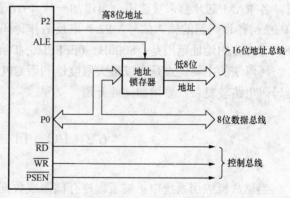

图 6.9　单片机并行总线构成

（74LS373）或将 ALE 取反（73LS273）提供锁存器的锁存触发信号。这样，在 P0 口低 8 位地址输出有效时，由 ALE 的下降沿将低 8 位地址锁存在地址锁存器的输出端。

2. 数据总线

8 位数据线由 MCS-51 单片机的 P0 口提供。当 P0 口用作地址、数据口复用口时，数据可以双向传输，且输入时具有三态控制功能，可与外部芯片的数据线直接相连。

3. 控制总线

系统扩展时常用的控制信号为 ALE、$\overline{PSEN}$、$\overline{WR}$ 和 $\overline{RD}$ 等。其中，ALE 是地址锁存信号；$\overline{PSEN}$ 是程序存储器输出允许信号；$\overline{WR}$ 是数据存储器或外部功能部件写信号；$\overline{RD}$ 是数据存储器或外部功能部件读信号。

4. 片选控制方法

在扩展外部程序存储器、数据存储器和各种功能部件时，各器件的地址属于两个不同的

地址空间，程序存储器芯片属于程序地址空间，数据存储器和各种功能器件的地址属于外部数据存储器空间。在一个地址空间中扩展多个片芯片时，为保证当前操作只对一个芯片进行，必须对各芯片的片选信号进行控制。

（1）线选法。使用 P2 口未使用的 I/O 口线作片选控制线。

如使用多片容量为 2K 的数据存储器 6116 进行系统扩展，每片 RAM 需要 11 根地址线，高 8 位地址总线 P2 口只用了三位，P2.0、P2.1 和 P2.2，其余 5 根口线用于控制各片的片选信号，被操作的芯片的片选线为低电平，其余芯片的片选线为高电平。这样可以扩展 5 片 RAM 共 10K 字节容量。但这 10K 字节数据存储器的单元地址是不连续的，它们的地址范围是：第一片：0F000H～0F7FFH；第二片：0E800H～0EFFFH；第三片：0D800H～0DFFFH；第四片：0B800H～0BFFFH；第五片：7800H～7FFFH。

线选法的主要优点是简单、省硬件；缺点是使各芯片间的地址空间不连续，不能充分利用 CPU 的最大地址空间。

（2）译码法。采用专用的集成译码芯片，如 2-4 译码器、3-8 译码器等，可以使用较少的 I/O 口线控制较多的芯片。

如使用 4-16 译码器对多片容量为 2k 的数据存储器 6116 进行系统扩展，P2 口的 P2.3、P2.4、P2.5 和 P2.6 作译码器的输入信号，P2.7 作译码器的片选控制信号。这时可以扩展 16 片 6116，即 32k 容量的 RAM，而且，它们的地址是连续的，由 0000～07FFH。当 P2.7 为 1 时，各 RAM 芯片都未被选中。再添加一片 4-16 译码器，仍然用 P2 口的 P2.3、P2.4、P2.5 和 P2.6 作译码器的输入信号，P2.7 取反后作译码器的片选控制信号。则这片译码器控制的 16 片 RAM 的地址范围是：8000H～0FFFFH，扩展的 RAM 容量达到极限容量 64K。

译码法的主要优点是可以最大限度地利用 CPU 地址空间，各芯片间地址可以连续；缺点是译码电路较复杂，要增加硬件开销。

6.2　I/O 口扩展

当单片机应用系统中扩展了程序存储器或数据存储器等功能器件时，单片机的 P2 口和 P0 口被用于地址线和数据线，P3 口的部分口线（$\overline{WR}$、$\overline{RD}$）也已被使用，作为整体能被使用的 I/O 口只有 P1 口。当应用系统较复杂时，I/O 口可能就不够用，必须加以扩展。常用的是并行 I/O 口扩展方法，也可以采用串行 I/O 口扩展方法。

并行 I/O 口扩展方法主要有两种：一，利用通用 TTL 或 CMOS 总线扩展接口；二，采用专用的 I/O 扩展接口，如 8155、8255 等。

6.2.1　简单的并行 I/O 接口扩展

根据输入三态、输出锁存的原则，采用 TTL 或 CMOS 电路组成简单的并行 I/O 接口。

【例 6.4】　在 8031 单片机外围，利用芯片 74LS377、74LS244 扩展并行 I/O 接口。

解　（1）硬件电路。用具有三态缓存器的 74LS244 构成输入口，用具有锁存功能的 74LS373 构成输出口，电路如图 6.10 所示。

I/O 扩展芯片的片选引脚接 P2 口的某个引脚，每一 I/O 芯片安排唯一的地址，即线选法。当使用多个芯片扩展 I/O 接口时，也可以使用译码法。

（2）程序设计。I/O 扩展芯片的地址与外部 RAM 共同编址，对它们的访问都用 MOVX 指令。

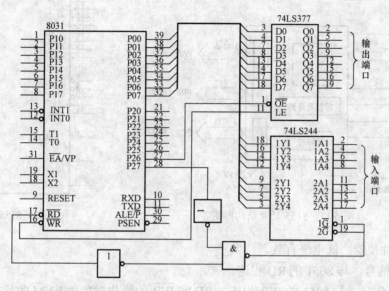

图 6.10 简单的并行 I/O 扩展

I/O 扩展接口与外部数据存储器统一编址。输出端口地址编码为：P2.6＝0，其他 P2 口引脚和 P0 口任意，令其均为 1，可得地址 0BFFFH。输入端口的地址编码为：P2.6＝0，其他 P2 口引脚和 P0 口任意，令其均为 1，可得地址 07FFFH。编程时可定义如下：

```
# include < reg51.h >
# include "absacc.h"
# define  OUT  XBYTE[0xBFFF]
# define  IN XBYTE[0x7FFF]
```

输出数据时，可以用指令：

```
OUT＝x
```

输入数据时，可以用指令：

```
a＝IN
```

6.2.2 用 8155 扩展并行 I/O 接口

1. 8155 引脚功能

8155 集成了 256 字节 RAM、一个 14 位可编程定时器/计数器、两个可编程 8 位 I/O 口、一个可编程 6 位 I/O 口，其功能结构如图 6.11 所示。

8155 引脚排列如图 6.12 所示。

AD0～7：地址/数据总线。与 P0 口直接相连。8155 内部有 8 位地址锁存器，该地址作为内部 RAM 或输入输出口的地址。传送数据时，由 $\overline{RD}$ 或 $\overline{WR}$ 信号决定时读出还是写入。

RESET：复位。宽度不小于 600ns。复位后，3 个 I/O 口被置为输入工作方式。

ALE：地址锁存允许。与 8051 的 ALE 相连，在 ALE 的下降沿将 AD0～7 八位地址、使能信号 CE 和 IO/$\overline{M}$ 信号锁存在片内锁存器中。

IO/$\overline{M}$：I/O 或者是存储器（MEMORY）选择。区别对 8155 的操作是对 RAM 还是对 I/O 口进行，IO/$\overline{M}$ 为高电平时，操作对象输入/输出口或命令/状态寄存器。IO/$\overline{M}$ 为低电平时，操作对象是对内部 RAM。

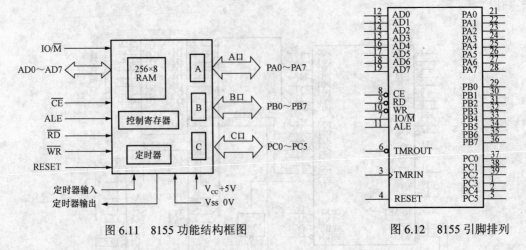

图 6.11　8155 功能结构框图　　　　　图 6.12　8155 引脚排列

$\overline{CE}$：芯片使能。低电平有效。

$\overline{RD}$：读信号。与 8051 的 $\overline{RD}$ 相连。

$\overline{WR}$：写信号。与 8051 的 $\overline{WR}$ 相连。$\overline{RD}$ 和 $\overline{WR}$ 的操作对象由 IO/$\overline{M}$ 的状态决定。

PA0～PA7：8155A 口引脚。

PB0～PB7：8155B 口引脚。

PC0～PC7：8155C 口引脚。可作 I/O 线或 A、B 口的控制信号线。

TIMERIN：定时器/计数器输入端。

TIMEROUT：定时器/计数器输出端。输出波形可编程为方波或脉冲波形。

（2）8155 工作方式。8155 内部具有 256 字节 RAM，最快存取时间为 400ns。三个 I/O 通道，其中 C 口可编程用以决定另外两个端口 A 和 B 的信息交换方式。8155 还包含一个 14 位定时器/计数器。

RAM：当 CPU 对 8155 中的 RAM 进行存取时，应置低 IO/$\overline{M}$ 引脚，在 A0～A7 引脚上给出单元地址。

定时器/计数器：在 TIMERIN 引脚加入时钟脉冲后，在 TIMEROUT 引脚上根据设置的方式可输出四种波形。

I/O 口：8155 有 A、B、C 三个输入/输出口。A 口和 B 口可以工作于基本输入输出方式或选通输入/输出方式。C 口可以工作于基本输入/输出方式或选通控制方式（此时 A 口或 B 口为选通输入/输出方式）。

1）基本输入/输出方式。以 A 口为例，当预先设定其为基本输入方式后，CPU 就可以用输入指令（MOVX　A，@DPTR）从 PA0～7 读取 8 位数据。CPU 向 8155 发出的控制信号有 $\overline{RD}$ =0、IO/$\overline{M}$ =1 以及 A 口的地址编码。若预先设定 A 口为基本输出方式，CPU 既可用输出指令（MOVX　@DPTR，A）向 A 口输出 8 位数据。这时 CPU 要发出的信号是，$\overline{WR}$ =0、IO/$\overline{M}$ =1、A 口的地址编码以及要输出的数据。

2）选通输入方式。若 A 口设置为选通输入方式，则相应地 C 口的 PC0、PC1、PC2 就作为 A 口的选通控制引线。此时，PC0 作为 INTR（中断）、PC1 作为 BF（缓冲器满）、PC2 作为 $\overline{STB}$（选通）。这些引脚与 8051 和外设的连接如图 6.13 所示。

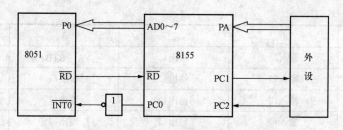

图 6.13 8155A 口选通输入方式

A 口的动作过程：外部设备可提供数据时，就把数据送至 PA0～PA7 引脚，然后发出 $\overline{STB}$ 信号；8155 接收到数据后，将 BF 置高，表示 A 口缓冲器已满，同时，INTR 引脚向 CPU 发出中断请求；CPU 响应中断请求，读取 8155A 口数据；8155 在数据被取走后，就清零 BF 引脚，恢复到之前状态。

3）选通输出方式。A 工作于选通输出方式时，C 口的 PC0、PC1、PC2 的作用与选通输入方式时相同。这些引线与 8051 和外设的连接如图 6.14 所示。

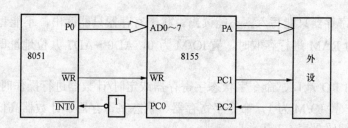

图 6.14 8155A 口选通输出方式

其工作过程如下：当 8155 可接收数据时，便置高 INTR 引线，向 CPU 发出中断请求；CPU 响应中断，向 8155A 口写数据；8155 接收数据后，便向外设发出 BF 信号；外设若可以接收数据，便从 8155 读取数据，并发出 $\overline{STB}$ 信号；8155 在 $\overline{STB}$ 的后沿（上升沿）再将 INTR 置高，即回到之前状态。

（3）命令字及状态寄存器。8155 的三组 I/O 口以及定时器/计数器有几种工作方式，在使用之前必须设置好工作方式。8051 通过设置命令字寄存器的内容来设置其工作方式，命令字格式如下：

TM2	TM1	IEB	IEA	PC2	PC1	PB	PA

其中，PA：A 口功能，0 表示输入，1 表示输出；PB：B 口功能，0 表示输入，1 表示输出。

8155 I/O 口的工作方式见表 6.2。

表 6.2 8155 I/O 口的工作方式

方 式	1	2	3	4
PC2 PC1	0 0	0 1	1 0	1 1
PC0	输入口	输出口	A INTR	A INTR
PC1	输入口	输出口	A BF	A BF

方　式	1	2	3	4
PC2	输入口	输出口	A $\overline{\text{STB}}$	A $\overline{\text{STB}}$
PC3	输入口	输出口	输出口	B INTR
PC4	输入口	输出口	输出口	B BF
PC5	输入口	输出口	输出口	B $\overline{\text{STB}}$

其中，IEA：0 表示禁止 A 口中断，1 表示允许 A 口中断；IEB：0 表示禁止 B 口中断，1 表示允许 B 口中断。

TM2 和 TM1 与定时器有关。

8155 的状态寄存器用来记录 8155 的当前状态。其格式为：

X	TIMER	INTE B	BF B	INTR B	INTE A	BF A	INTR A

其中，INTR（A）：A 口中断请求；BF（A）：A 口缓冲器满/空；INTE（A）：A 口中断允许；X：保留。

8155 的命令寄存器只能写入，不能读出。状态寄存器只能读出，不能写入。

当对 8155 的 RAM 进行存取时，置 IO/$\overline{\text{M}}$ 为 0，AD0～AD7 八位地址即可对所有 RAM 单元进行寻址。

当对 8155 的 I/O 端口、命令字状态字寄存器或定时/计数器进行操作时，则要区分所操作的对象。首先，置 IO/$\overline{\text{M}}$ 为 1，命令字寄存器、状态字寄存器、计数器高低字节、A 口、B 口和 C 口的地址编码见表 6.3。

表 6.3　　　　　　　　　　　　　8155 的 端 口 地 址

A7	A6	A5	A4	A3	A2	A1	A0	选中的寄存器
×	×	×	×	×	0	0	0	命令/状态寄存器（写/读）
×	×	×	×	×	0	0	1	A 口
×	×	×	×	×	0	1	0	B 口
×	×	×	×	×	0	1	1	C 口
×	×	×	×	×	1	0	0	定时器低 8 位寄存器
×	×	×	×	×	1	0	1	定时器高 6 位寄存器

其中，×表示任意值，一般取 1。

这时，8155 的片选引脚必须为低电平。

（4）8155 与单片机的连接。8155 可与单片机可直接相连，不需要外加逻辑电路，如图 6.15 所示。

通常选用 P2 口的高位地址作 8155 的片选信号和 IO/$\overline{\text{M}}$ 选择信号。8051 的 ALE 与 8155 的 ALE 相连，利用 8051ALE 的下降沿把 P0 口的地址锁存在 8155 内的锁存器中。P0.0～P0.7 与 AD0～AD7 相连，$\overline{\text{RD}}$ 和 $\overline{\text{WR}}$ 也对应相连。

8155 的 I/O 口地址分配如下：

0111 1111 1111 1000 ～ 0111 1111 1111 1101，即 7FF8H ～ 7FFDH。

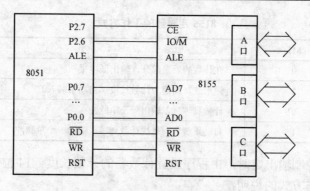

图 6.15　8155 与单片机接口电路

8155 内部 RAM 地址分配如下：

0011 1111 0000 0000～0011 1111 1111 1111，即 3F00H～3FFFH。

对 8155 的操作可分为以下几种：

```
# include  "absacc.h"
# define  STATE8155  XBYTE[0x7FF8]
# define  IOA  XBYTE[0x7FF9]
# define  IOB  XBYTE[0x7FFA]
# define  IOB  XBYTE[0x7FFB]
```

写命令字寄存器：

STATE8155＝x；

读状态寄存器：

x＝STATE8155；

写 A 口：

IOA＝x；

读 B 口：

x＝IOB；

写 8155 的 RAM 单元（20H）：

XBYTE[0x3F20]＝35；

读 8155 的 RAM 单元（65H）：

x＝XBYTE[0x3F65]；

（5）8155 定时器的使用。8155 的定时器是一个 14 位减法计数器，有四种工作方式。8155 内部有两个寄存器用来存放定时器的工作方式和计数初值。它们的结构分别为：

定时器方式和计数值高 6 位（地址 FDH）

M2	M1	T13	T12	T11	T10	T9	T8

计数值低 8 位（地址 FCH）

T7	T6	T5	T4	T3	T2	T1	T0

8155 定时器的四种工作方式有 M2 和 M1 的取值决定，具体见表 6.4。

表 6.4　　　　　　　　　　　　　　　　　　8155 定时器的工作方式

M2	M1	方　　式
0	0	在计数的后半部分，输出低电平
0	1	矩形波，周期为计数长度（自动重装入）
1	0	计数到零时，输出一个单脉冲
1	1	自动重装入，每次计数到零，输出一个单脉冲

T0～T13 用于控制输出定时，由程序设置计数器的计数长度。14 位长度需两次写入。

定时器四种工作方式的说明：

方式 1：启动定时器后，定时器只计数一次。在给定的计数长度的前半部分，定时器输出高电平；计数的后半部分输出低电平。当计数值减到零时，定时器输出高电平。

方式 2：启动定时器后，定时器开始连续计数，当计数值减到零时，系统自动重新装入计数初值。在一个计数周期（计数长度）内，前半部分输出高电平，后半部分输出低电平。如此形成周期矩形波。

方式 3：启动定时器后，定时器只计数一次。当计数值减到零时，定时器输出一个低脉冲。宽度为定时器输入时钟周期。

方式 4：启动定时器后，定时器开始连续计数，当计数值减到零时，系统自动重新装入计数初值，并输出一个低脉冲。

8155 命令字寄存器中有两项与定时器有关，见表 6.5。

表 6.5　　　　　　　　　　　　　　　　　　8155 定时器工作方式设定

TM2	TM1	定时器/计数器工作方式
0	0	不影响计数器操作
0	1	若计数器未启动，无操作；否则，停止计数
1	0	达到当前计数 TC 值后，立即停止；若未启动，无操作
1	1	装入方式和计数值后立即启动计数器；若计数器已在运行，则达到当前计数值后，按新的方式和计数值予以启动

8155 定时器对 TIMERIN 引脚输入的外部事件的计数脉冲或定时脉冲进行计数，减法计数器减至零时，TIMEROUT 引脚输出定时到矩形波或脉冲信号。使用定时器时，应先将计数长度写入定时器寄存器中，设置定时器工作方式，然后再装入命令字并启动定时器。

定时器在计数期间，可以将新的计数长度值和计数方式写入计数长度寄存器中，它不影响定时器原来的操作，只有装入了新的启动控制命令到命令寄存器，等原来的计数值到零后才按新的工作方式及计数长度进行工作。

6.2.3　用 8255 扩展并行 I/O 接口

8255 有三个 8 位的并行 I/O 口，A 口、B 口和 C 口。三个端口的功能可由编程来设定，端口既可以编程为普通 I/O 口，也可以作为选通 I/O 口和双向传输口。

1. 8255 引脚功能

8255 芯片引脚与内部逻辑结构如图 6.16 所示。A 口、B 口和 C 口均为 8 位 I/O 数据口，但结构上略有差别。A 口由一个 8 位的数据输出缓冲/锁存器和一个 8 位的数据输入缓冲/锁存器组成。B 口由一个 8 位的数据输出缓冲/锁存器和一个 8 位的数据输入缓冲器组成（无锁存，决定了 B 口不能工作在方式 2）。在使用上三个端口都可以和外设相连，分别传送外设的输入/输出数据或控制信息。

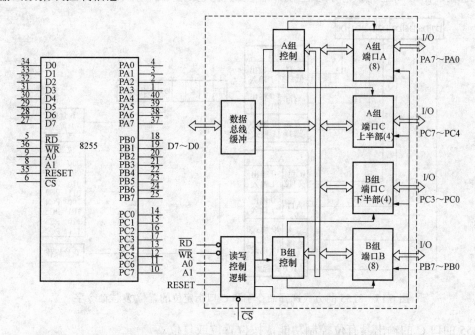

图 6.16　8255 引脚排列与内部逻辑结构图

A、B 组控制电路根据 CPU 的命令字控制 8255 工作方式，A 组控制 A 口及 C 口的高 4 位，B 组控制 B 口及 C 口的低 4 位。数据缓冲器是一个双向三态 8 位的驱动口，用于和单片机的数据总线相连，传送数据或控制信息。读写控制逻辑接收 MCS-51 送来的读写命令和选口地址，用于控制对 8255 的读写。

8255 引脚定义如下：

D0～D7：双向数据线，与 8031 的 P0 口直接相连。

RESET：复位输入。

$\overline{\text{CS}}$：片选。

$\overline{\text{WR}}$：写允许。

$\overline{\text{RD}}$：读允许。

PA7～PA0：端口 A。

PB7～PB0：端口 B。

PC7～PC0：端口 C。

A1、A0：端口地址线，选择见表 6.6。

表 6.6　　　　　　　　　　　　　　　　　8255 的端口地址

A1	A0	选通的端口	A1	A0	选通的端口
0	0	口 A	1	0	口 C
0	1	口 B	1	1	命令字口

2. 8255 命令字和工作方式

8255 有两个命令字，即方式选择字和口 C 指定位的置位/复位命令字。这两个命令字占用同一地址，由最高位的状态加以区别，各位的含义如图 6.17 所示。

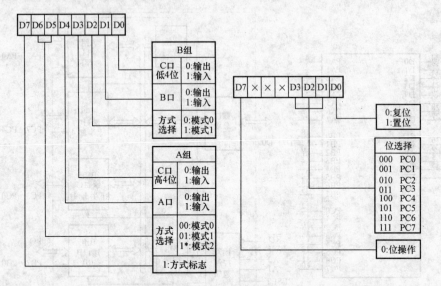

图 6.17　8255 的方式选择命令字和 C 口指定位的置位/复位命令字

8255 的口 C 的输出具有位控制功能，按位置位或复位。

D7：命令字标识位。D7 为 0 是置位/复位命令字。

D3、D2、D1：口 C 的 8 个位选择。000~111 的 8 种状态对应于 PC0~PC7 的 8 个位。

D0：置位/复位选择位。D0＝1 指定位置 1；D0＝0 指定位清 0。

可见，口 A 有三种工作方式，口 B 只有两种工作方式。

方式 0：是基本输入/输出方式。在这种方式下，端口按方式选择命令字指定的方式作输入口或输出口，作输出口时端口具有锁存功能；作输入口时，只有口 A 有锁存功能。口 C 的高、低 4 位可以分别定义为输入或输出。

方式 1：是选通输入/输出方式。在方式 1 下，8255 的三个端口被分成 A 组和 B 组。A 组中，口 A 为 I/O 口，口 C 的三位为其提供联络信号。B 组中，口 B 为 I/O 口，口 C 的三位为其提供联络信号。方式 1 的使用方法与 8155 的选通输入/输出方式相同。

方式 2：为双向传输方式，只适用口 A。口 A 工作于方式 2 时，口 C 提供 5 个联络信号。

方式 1 和方式 2 时，口 C 的功能见表 6.7。

表 6.7　8255 口 C 的功能定义

口 C	方 式 1		方式 2
	输 入	输 出	
PC0	$INTR_B$	$INTR_B$	I/O
PC1	IBF_B	$\overline{OBF_B}$	I/O
PC2	$\overline{STB_B}$	$\overline{ACK_B}$	I/O
PC3	$INTR_A$	$INTR_A$	$INTR_A$

续表

口 C	方式 1		方式 2
	输 入	输 出	
PC4	$\overline{\text{STB}_A}$	I/O	$\overline{\text{STB}_A}$
PC5	IBF$_A$	I/O	IBF$_A$
PC6	I/O	$\overline{\text{ACK}_A}$	$\overline{\text{ACK}_A}$
PC7	I/O	$\overline{\text{OBF}_A}$	$\overline{\text{OBF}_A}$

各引脚功能定义如下：

$\overline{\text{STB}}$：选通信号输入，低电平有效。当外部设备将数据送到口线上时，将$\overline{\text{STB}}$置低，端口数据打入输入缓冲器。

IBF：输入缓冲器满信号，高电平有效，当$\overline{\text{STB}}$为低时，8255 将 IBF 置高，通知外部设备输入缓冲器已满。外部设备将 STB 置高。

INTR：中断请求信号，高电平有效。当$\overline{\text{STB}}$信号结束且 IBF 有效，即$\overline{\text{STB}}$＝1 且 IBF ＝1 时 INTR 为高电平，向 CPU 发中断请求。当 CPU 响应中断，从 8255 读取数据后，8255 将 INTR 和 IBF 信号置低。

$\overline{\text{OBF}}$：输出缓冲器满信号，低电平有效。通知外部设备读数据。

3. 8255 与单片机的连接

8255 与单片机的接口十分简单，只需要一个 8 位的地址锁存器，用来锁存 P0 口输出的低 8 位地址信息，如图 6.18 所示。

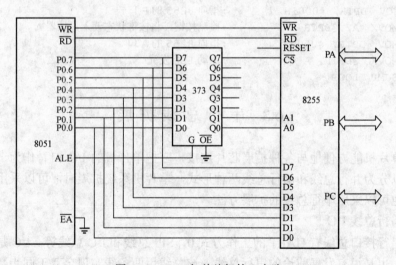

图 6.18　8255 与单片机接口电路

连接功能定义如下：

数据线：8255 的 8 根数据线 D0～D7 直接和 P0 口一一对应相连。

地址线：8255 的$\overline{\text{CS}}$和 A1、A0 分别由 P0.7 和 P0.1、P0.0 经地址锁存器 74LS373 后提供。当然$\overline{\text{CS}}$的接法不是唯一的。当系统要同时扩展外部 RAM 时，$\overline{\text{CS}}$就要和 RAM 芯片的片选端一起经地址译码电路来获得，以免发生地址冲突。

控制线：8255 的复位线 RESET 与 8031 的复位端相连，都接到复位电路上（图中未画出）。8255 的 $\overline{RD}$ 和 $\overline{WR}$ 与 8031 的 $\overline{RD}$ 和 $\overline{WR}$ 分别相连。

I/O 口线：可以根据用户需要连接外部设备。按照上述连接电路（见图 6.18），可确定各口地址如下：

8031	P2.7	P2.6	P2.5	P2.4	P2.3	P2.2	P2.1	P2.0	P0.7	P0.6	P0.5	P0.4	P0.3	P0.2	P0.1	P0.0
8255									$\overline{CS}$						A1	A0
A 口	×	×	×	×	×	×	×	×	0	×	×	×	×	×	0	0
B 口	×	×	×	×	×	×	×	×	0	×	×	×	×	×	0	1
C 口	×	×	×	×	×	×	×	×	0	×	×	×	×	×	1	0
控制口	×	×	×	×	×	×	×	×	0	×	×	×	×	×	1	1

设无关地址位都取 0，8255 的 A、B、C 以及控制口的地址分别为 0000H、0001H、0002H 和 0003H。

4. 程序设计

【例 6.5】　如果在 8255 的 B 口接有 8 个按键，A 口接有 8 个发光二极管，编写程序，实现当某一按键被按下时，相对应的发光二极管点亮。

解　程序如下：

```
        MOV  DPTR, #0003H        ;指向 8255 的控制口
        MOV  A, #83H
        MOVX @DPTR, A            ;向控制口写控制字，A 口输出，B 口输入
LOOP:   MOV  DPTR, #0001H        ;指向 8255 的 B 口
        MOVX A, @DPTR            ;检测按键，将按键状态读入累加器 A
        MOV  DPTR, #0000H        ;指向 8255 的 A 口
        MOVX @DPTR, A            ;驱动 LED 发光
        SJMP LOOP
```

6.3　串行总线扩展

为了使单片机能方便地与各种扩展芯片连接，应把单片机的 I/O 口看作为一般的总线结构。总线可以分为并行总线和串行总线两种形式，单片机系统扩展时，可以采用并行总线的扩展方法，也可以采用串行总线的扩展方法。

6.3.1　串行总线 I²C

常用的串行接口总线有 UART 的工作方式 0，SPI 总线和 I²C 总线等。I²C 是使用较广泛的串行总线，也是很有发展前途的串行总线。该总线用两条线实现全双工同步数据传送。可以将具有 I²C 总线的单片机（如 Philips 公司的 8xC552）直接与具有 I²C 总线接口的各种器件连接；对于不带 I²C 总线的单片机（如 MCS-51 系列），可采用 I/O 口结合软件模拟 I²C 总线的方法，完成与 I²C 总线接口器件的连接。

1. 总线概述

I²C 串行总线有两条信号线，即数据线 SDA 和时钟线 SCL。SCL 线上的时钟信号对 SDA 线上的数据传输起同步控制作用，SDA 线上的起始信号、停止信号及数据位均要根据 SCL

线上的时钟信号来判断。

　　如图 6.19 所示，所有连接到 I^2C 总线上的器件的数据线都接到 SDA 上，时钟线都接到 SCL 上。当总线空闲时，两条线均为高电平。由于连接到总线上的器件的输出级（漏极或集电极）是开路的，只要有一个器件输出为低电平，将使总线上的电平信号变低，即各个器件的 SDA 及 SCL 都是"与"的关系。

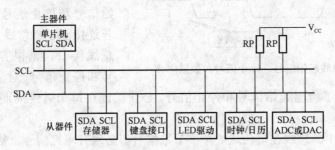

图 6.19　I^2C 总线电路连接结构

　　I^2C 串行总线的运行由主器件控制，所谓主器件是指发出起始信号、时钟信号、停止信号的器件，通常由单片机来担当。主器件可以具有 I^2C 总线接口，也可以不带 I^2C 总线接口。从器件必须是具有 I^2C 总线接口的各种外围器件，如存储器、I/O 口、A/D、D/A、键盘、显示器等。

　　在单片机应用系统的串行总线扩展中，经常遇到的是以单片机为主器件，其他外围接口器件为从器件，这种单主器件的情况比较简单。实际上，I^2C 总线允许多主器件，但某一时刻由哪个主器件来控制总线，要通过总线仲裁来决定。

　　标准 I^2C 总线，普通模式下数据传输速率为 100kb/s，高速模式下可达 400kb/s。总线上连接器件的数量是由电容负载和器件地址共同决定的。I^2C 总线上每个器件都有一定的等效电容，总线上连接的器件越多，等效电容值越大，造成信号传输的延迟就越大。总线上允许的器件数以总线上的电容量不超过 400pF（通过驱动扩展可达 4000pF）为准。每个连到 I^2C 总线上的器件都有唯一的地址，扩展器件时也要受器件地址数目的限制。

　　2. 信号定义

　　在 I^2C 总线上，每一位数据的传送都与时钟脉冲相对应，逻辑"0"和逻辑"1"的电平信号取决于电源 V_{CC}。I^2C 总线在进行数据传送时，时钟信号 SCL 为高电平期间，数据线 SDA 上的数据必须保持稳定，只有在时钟线 SCL 为低电平期间，数据线 SDA 上的数据才允许变化，如图 6.20 所示。

　　根据 I^2C 总线协议，总线上数据传送的信号由起始信号 S、停止信号 P、应答信号 A、非应答信号 $\overline{A}$ 以及数据位组成。

　　起始信号 S：在 SCL 线为高电平期间，SDA 线由高电平向低电平的变化表示起始信号。只有在起始信号以后，其他信号才有效。

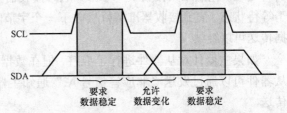

图 6.20　I^2C 总线时钟信号和数据信号

　　停止信号 P：在 SCL 线为高电平期间，SDA 线由低电平向高电平的变化表示停止信号。

随着停止信号的出现,所有外部操作都结束。

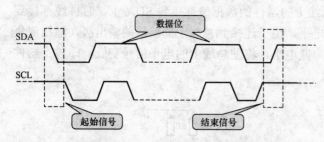

图 6.21　I²C 总线起始信号、停止信号和数据位

起始和停止信号都是由主器件发出的,在起始信号产生后,总线就处于被占用的状态。在停止信号出现后,总线就处于空闲状态。起始信号和停止信号如图 6.21 所示。若连接到 I²C 总线上的器件具有 I²C 总线接口,则很容易检测到起始信号和停止信号。对于不具备 I²C 总线接口的单片机,为了检测起始信号和停止信号,必须保证在每个时钟周期内对数据线 SDA 采样两次。

应答信号 A:I²C 总线在每传送一个字节数据后都必须有应答信号,数据位第 8 位传送完成之后,在第 9 个时钟脉冲位上,发送器必须使数据线 SDA 处于高电平,以便接收器此时可以输出低电平,作为应答信号 A,如图 6.5 所示。

非应答信号 $\overline{A}$:I²C 总线在每传送完一个字节数据后,在第 9 个时钟脉冲位上接收方输出高电平,作为非应答信号 $\overline{A}$。

数据位:利用 I²C 总线进行数据传送时,每个字节必须是 8 位长度,传送数据时,先传送最高权重位(MSB),每个被传送的字节后面都必须跟随一个应答信号,即一帧共有 9 位,如图 6.22 所示。

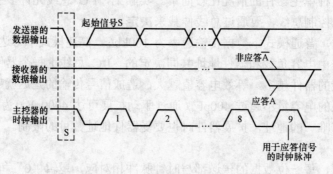

图 6.22　I²C 总线应答信号和非应答信号

接收器收到一个完整的数据字节后,有可能需要完成一些其他工作,如从器件正在进行实时处理,无法立刻接收下一字节,这时接收器需要将 SCL 线拉成低电平,从而使主器件处于等待状态。直到接收器准备好接收下一个字节时,再释放 SCL 线使之为高电平,从而使数据传送可以继续。

如果主器件对从器件进行了应答,但在数据传送一段时间后无法继续接收更多的数据,从器件可以通过发送"非应答信号 $\overline{A}$"通知主器件,主器件则应发出停止信号以结束数据传送。

当主器件接收数据时,它收到从器件发出的最后一个数据字节后,必须向主器件发出一个结束传送的信号。这个信号是由对从器件的"非应答信号 $\overline{A}$"来实现的。从器件释放 SDA 线,以允许主器件产生停止信号。

3. 器件寻址

（1）寻址字节。I²C 总线上传送的数据位是广义的，即包括地址，也包括真正的数据。带有 I²C 总线接口的器件都有规范的器件地址，地址由 7 位组成，再加上数据传送方向位 R/$\overline{W}$，这 8 位共同构成了 I²C 总线器件的寻址字节，格式为：

DA3	DA2	DA1	DA0	A2	A1	A0	R/$\overline{W}$
器件地址				引脚地址			方向位

器件地址（DA3～DA0）是带有 I²C 总线接口器件的固有地址编码，器件出厂时就已经确定。引脚地址（A2～A0）是由 I²C 总线接口器件所指定的地址引脚，A2～A0 在电路中可以接电源、接地或悬空，形成地址编码。数据传送方向位 R/$\overline{W}$ 指明了总线上的数据传送方向，R/$\overline{W}$ =1 表示主器件接收数据（读），R/$\overline{W}$ =0 表示主器件发送数据（写）。

（2）特殊地址。I²C 总线规定了一些特殊地址，其中两组固定器件地址 0000 和 1111 已经保留作为特殊用途，见表 6.8。

表 6.8　　　　　　　　　　　　I²C 总线特殊地址表

地址位							R/$\overline{W}$	意　　义
0	0	0	0	0	0	0	0	通用呼叫地址
0	0	0	0	0	0	0	1	起始字节
0	0	0	0	0	0	1	×	CBUS 地址
0	0	0	0	0	1	0	×	不同总线的保留地址
0	0	0	0	0	1	1	×	保留
0	0	0	0	1	×	×	×	
1	1	1	1	1	×	×	×	
1	1	1	1	0	×	×	×	十位从器件地址

起始信号后的第一个字节的 8 位为 "0000 0000"，称为通用呼叫地址，用于寻访连接到 I²C 总线上所有器件的地址。不需要从通用呼叫地址命令获取数据的器件可以不响应通用呼叫地址。否则，接收到这个地址后应作出应答，并把自己置为从器件接收器方式，以接收随后的各字节数据。另外，当遇到不能处理的数据字节时，不作应答，否则接收每个字节后都必须应答。通用呼叫地址的含义在第二个字节中加以说明，格式为：

第一字节（通用呼叫地址）									第二字节								
0	0	0	0	0	0	0	0	A	×	×	×	×	×	×	×	×	A

第二字节为 06 时，所有能响应通用呼叫地址的从器件复位，并由硬件装入从器件地址的可编程部分。能响应命令的从器件复位时不拉低 SDA 和 SCL 线，以免堵塞总线。第二字节为 04H 时，所有能响应通用呼叫地址并通过硬件来定义其可编程地址的从器件将锁定地址中的可编程位，但不进行复位。

如果第二字节的方向位为 "1"，则这两个字节命令称为硬件通用呼叫命令。也就是说，这是由 "硬件主器件" 发出的。所谓硬件主器件，就是不能发送所要寻访从器件地址的发送器，如键盘扫描器等。这种器件在制造时无法知道信息应向哪儿传送，所以它发出硬件呼叫命令时，在第二字节的高 7 位说明自己的地址。接在总线上的单片机能识别这个地址，并与之传送数据。硬件主器件作为从器件使用时，也用这个地址作为从器件地址，格式为：

S	0000 0000	A	主器件地址	1	A	数据	A	数据	A	P

另一种选择，系统复位时硬件主器件工作在从器件接收方式，由单片机先告诉硬件主器件数据应送往的从器件的地址。当硬件主器件要发送数据时，就可以直接向指定从器件发送数据了。

4. 数据格式

I^2C 总线数据传送时必须遵循规定的数据格式，如图 6.23 所示。

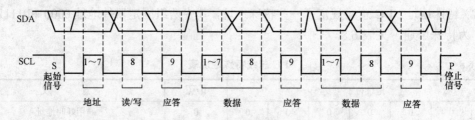

图 6.23　I^2C 总线数据传送应答时序

起始信号表明一次数据传送的开始，其后为寻址字节。在寻址字节后是指定读/写的数据字节与应答位。在数据传送完成后主器件必须发送停止信号。在起始信号与停止信号之间传输数据的字节数由主器件决定。

I^2C 总线上的数据传送有多种组合方式，下面介绍三种数据传送格式：

（1）主器件的写操作：主器件向从器件发送 n 个字节数据，数据传送方向在整个传送过程中不变，数据传送格式为：

S	SLAW	A	Data 1	A	Data 2	A	…	Data n	A	P

其中，SLAW 为寻址字节（写），Data 1～Data n 为写入从器件的 n 个字节数据。

（2）主器件的读操作：主器件读从器件发来的 n 个字节数据，整个传送过程中除寻址字节外，都由从器件发送，主器件接收的过程，数据传送格式为：

S	SLAR	A	Data 1	A	Data 2	A	…	Data n	$\overline{A}$	P

其中，SLAR 为寻址字节（读），Data 1～Data n 为从器件被读出的 n 个字节数据。主器件发送停止信号前应发送非应答信号 $\overline{A}$，向从器件表明读操作结束。

（3）主器件的读/写操作：在一次数据传送过程中，需要改变传送方向，此时起始位和寻址字节都会重复一次，但两次读/写方向相反，数据传送格式为：

S	SLAW/R	A	Data 1	A	Data 2	A	…	Data n	A/$\overline{A}$	

Sr	SLAR/W	A	Data 1	A	Data 2	A	…	A	Data n	A/$\overline{A}$	P

其中，Sr 为重复起始信号，寻址字节的方向位决定了数据字节的传送方向。SLAW/R 和 SLAR/W 分别表示写/读寻址字节或读/写读寻址字节。

可见，无论何种数据传送格式，寻址字节都由主器件发出，数据的传送方向则由寻址字节中的方向位规定。寻址字节只表明了从器件的地址及数据传送方向。从器件内部的 n 个数据地址，由器件设计者在该器件的 I²C 总线数据操作格式中，指定第一个数据字节作为器件内的单元地址指针，并且设置地址自动加减功能，以减化器件内部寻址操作。每个字节传送都必须有应答信号（A/$\overline{A}$）相随。从器件在接收到起始信号后都必须释放数据总线，使其处于高电平，以便为从器件地址的传送做好准备。

5. 信号时序

为了保证数据传送的可靠性，I²C 总线的数据传送有严格的时序要求。I²C 总线的起始信号、停止信号、应答信号、非应答信号、数据位 "0" 及数据位 "1" 的信号如图 6.24 所示。

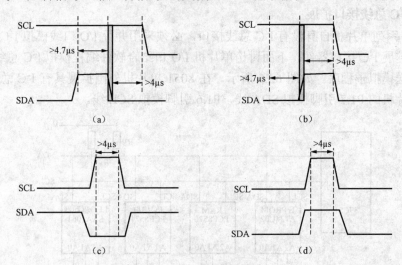

图 6.24　I²C 总线典型信号

（a）起始信号；（b）停止信号（c）应答信号/数据位 "0"；（d）非应答信号/数据位 "1"

表 6.9 所示为 I²C 总线上信号的时序特性，除了 SDA、SCL 线的信号下降时间为最大值外，其他参数只有最小值。

表 6.9　　　　　　　　I²C 总线上信号的时序特性表（普通模式，单位：μs）

参数说明	符　号	最小值	最大值
新起始信号前总线必须的空闲时间	T_{BUF}	4.7	—
起始信号保持时间	$T_{HD:STA}$	4.0	—
时钟的低电平时间	T_{LOW}	4.7	—
时钟的高电平时间	T_{HIGH}	4.0	—
起始信号建立时间（仅对重复起始信号）	$T_{SU:STA}$	4.0	—
数据建立时间	$T_{SU:DAT}$	^{2}50	—
SDA、SCL 线的信号下降时间	T_F	—	—
停止信号建立时间	$T_{SU:STO}$	4.7	—

对于一个新的起始信号，要求起始前总线的空闲时间 T_{BUF} 大于 4.7μs，而对于一个重复的起始信号，要求建立时间 $T_{SU:STA}$ 也必须大于 4.7μs。所以，起始信号适用于数据传送中任何情况下的起始操作，起始信号到第一个时钟脉冲的时间间隔应大于 4.0μs。

对于停止信号，要保证有大于 4.7μs 的信号建立时间 $T_{SU:STO}$。停止信号结束时，要释放总线，使 SDA、SCL 维持在高电平上，在大于 4.7μs 后才可以进行第一次起始操作。在单主器件系统中，为防止非正常传送，停止信号后 SCL 可以设置在低电平。

对于应答信号、非应答信号，与发送数据"0"和"1"信号的时序特性相同。只要满足在时钟高电平大于 4.0μs 期间，SDA 线上有稳定的电平状态。

可见，在 I^2C 总线的数据传送中，利用时钟同步机制展宽低电平周期，迫使主器件处于等待状态，使传送速率降低，即可满足 I^2C 总线上信号的时序特性要求。假设单片机的晶振频率为 6MHz，则可以用两个"NOP"指令（2×2μs）模拟 SCL 时钟高电平的宽度。

6.3.2　I^2C 总线接口扩展

MCS-51 系列单片机自身没有 I^2C 总线接口，必须采用并行 I/O 口线模拟 I^2C 总线接口，才能在外围扩展 I^2C 接口器件。下面讨论单片机 I/O 口结合软件编程模拟 I^2C 总线数据传送，以及数据传送模拟子程序。如图 6.25 所示，在 8051 单片机外围扩展具有 I^2C 总线接口的器件，利用单片机的 P1.7 引脚模拟 SDA 线，P1.6 引脚模拟 SCL 线。

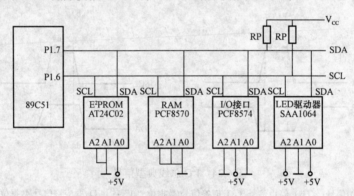

图 6.25　8051 单片机模拟 I^2C 总线接口电路

其中，AT24C02 为 E^2PROM（256×8），PCF8570 为 SRAM（256×8），PCF8574 为 8 位 I/O 口，SAA1064 为 4 位 LED 驱动器。虽然各器件的原理和功能差异很大，但它们与 I^2C 总线的连接是类似的，仅地址引脚 A2、A1、A0 处理方式不同。

1. 典型信号模拟

设主器件采用 8051 单片机，晶振频率为 6MHz，即机器周期为 2μs，对上述典型信号的模拟程序如下：

（1）起始信号 S。

```
START:SETB  P1.7              ;SDA=1
      SETB  P1.6              ;SCL=1
      NOP
      NOP
      CLR   P1.7              ;SDA=0
      NOP                     ;起始信号保持 4us
```

```
            NOP
            CLR  P1.6            ;SCL=0
            RET
```

（2）停止信号 P。

```
STOP:  CLR  P1.7            ;SDA=0
       SETB P1.6            ;SCL=1
       NOP                  ;停止信号建立 4us
       NOP
       SETB P1.7            ;SDA=1
       NOP
       NOP
       CLR  P1.6
       CLR  P1.7
       RET
```

（3）应答信号 A。

```
ASK:   CLR  P1.7            ;SDA=0
       SETB P1.6            ;SCL=1
       NOP
       NOP
       CLR  P1.6            ;SCL=0
       SETB P1.7            ;SDA=1
       RET
```

（4）非应答信号 $\overline{A}$ 。

```
NASK:  SETB P1.7            ;SDA=1
       SETB P1.6            ;SCL=1
       NOP
       NOP
       CLR  P1.6            ;SCL=0
       CLR  P1.7            ;SDA=0
       RET
```

2. 汇编子程序模拟

I^2C 总线操作中除了典型信号之外，还有应答位检查、发送 1 个字节、接收 1 个字节、发送 n 个字节和接收 n 个字节等常用子程序。

（1）应答位检查子程序。在应答位检查子程序中，设置了志位 F0，当检查到正常的应答位时，F0＝0，否则 F0＝1。

```
CACK:  SETB P1.7            ;SDA 为输入线
       SETB P1.6            ;SCL=1,使 SDA 引脚上的数据有效
       CLR  F0              ;预设 F0=0
       MOV  C,P1.7          ;读入 SDA 线的状态
       JNC  CEND            ;应答正常,则转 F0=0
       SETB F0              ;应答不正常,F0=1
CEND:  CLR  P1.6            ;子程序结束,使 SCL=0
       RET
```

（2）发送 1 字节数据子程序。模拟 I^2C 的数据线 SDA 发送 1 个字节数据，调用本程序前

需将要发送的数据存入 A 中。

```
S1BYTE:MOV  R6,#08H          ;数据长度 8 送入 R6 中,循环次数
WLP:   RLC  A               ;A 左移,发送位进入 C
       MOV  P1.7,C          ;将发送位送入 SDA 引脚
       SETB P1.6            ;SCL=1,使 SDA 引脚上的数据有效
       NOP
       NOP
       CLR  P1.6            ;SDA 线上数据变化
       DJNZ R6,WLP
       RET
```

（3）接收 1 个字节数据子程序。模拟从 I^2C 数据线 SDA 读取 1 字节数据，并存入 R2 中。

```
R1BYTE:MOV  R6,#08H ;数据长度 8 送入 R6 中,循环次数
RLP:   SETB P1.7            ;置 SDA 数据线为输入方式
       SETB P1.6            ;SCL=1,使 SDA 数据线上的数据有效
       MOV  C,P1.7          ;读入 SDA 引脚状态
       MOV  A,R2
       RLC  A               ;将 C 读入 A
       MOV  R2,A            ;将 A 存入 R2
       CLR  P1.6            ;SCL=0,继续接收数据
       DJNZ R6,RLP
       RET
```

（4）发送 n 个字节数据子程序。模拟 I^2C 的数据线 SDA 连续发送 n 个字节数据，发送 n 个字节数据的格式为：

S	SLAW	A	Data1	A	Data 2	A	...	Data n	A	P

定义如下符号单元：

MSBUF——主器件发送数据缓冲区首地址的存放单元。

WSLA——外围器件寻址字节（写）的存放单元。

NUMBYT——发送 n 字节数据的存放单元。

调用本程序之前，必须将寻址地址字节代码存放在 WSLA 单元，必须将要发送的 n 个字节数据依次存放在以 MSBUF 单元内容为首地址的发送缓冲区内。执行本程序后，依次传送到外围器件内部 NUMBYT 对于的单元。在写入过程中，外围器件的单元地址具有自动加 1 功能，即自动修改地址指针，这使传送过程大大简化。

```
SNBYTE:MOV  R7,NUMBYT        ;发送字节数送 R7
       LCALL START          ;调用起始信号模拟子程序
       MOV  A,WSLA          ;发送 SLAW 寻址字节
       LCALL S1BYTE         ;调用发送 1 字节子程序
       LCALL CACK           ;检查应答位
       JB   F0,SNBYTE       ;为非应答位则重发
       MOV  R0,MSBUF        ;主器件发送数据缓冲区首地址送 R0
SDATA: MOV  A,@R0           ;发送数据送 A
       LCALL S1BYTE         ;调用发送 1 字节子程序
       LCALL CACK           ;检查应答位
       JB   F0,SNBYTE       ;为非应答位则重发
```

```
      INC  R0                        ;修改地址指针
      DJNZ R7,SDATA
      LCALL  STOP                    ;调用发送子程序,发送结束
      RET
```

（5）读入 n 个字节数据子程序。模拟主器件从 I^2C 的数据线 SDA 读入 n 个字节数据，读入 n 个字节数据的格式为：

S	SLAR	A	Data 1	A	Data 2	A	...	Data n	$\overline{A}$	P

定义如下符号单元：

RSABYT——外围器件寻址字节（读）存放单元。

MRBUF——主机接收缓冲区存放接收数据的首地址单元。

调用本程序之前，必须将寻址字节代码存放在 RSABYT 单元。执行本程序后，从外围器件指定首地址 RSABYT 开始的 n 个字节数据将被读入，并依次存放在以 MRBUF 单元内容为首地址的发送缓冲区中。外围器件的单元地址具有自动加 1 功能，即自动修改地址指针，简化了程序设计。

```
RNBYTE:MOV R7,NUMBYT              ;读入字节数 n 存入 R7
RLP:    LCALL  START              ;调用起始信号模拟子程序
        MOV  A,RSABYT             ;寻址字节送入 A
    LCALL  S1BYTE                 ;写入寻址字节
    LCALL  CACK                   ;检查应答位
    JB  F0,RNBYTE                 ;非正常应答时重新开始
    MOV  R0,RNBYTE               ;将接收数据缓冲区的首地址送 R0
SDATA:LCALL  R1BYTE              ;读入 1 字节到 A
    MOV  @R0,A                    ;接收的数据存入缓冲区
    DJNZ  R7,ACK                  ;n 字节未读完则跳转 ACK
    LCALL  NASK                   ;n 字节读完则发送非应答位 $\overline{A}$
    LCALL  STOP                   ;调用发送停止位子程序
    RET
ACK:    LCALL  ASK                ;发送一个应答位到外围器件
    INC  R0                       ;修改地址指针
    SJMP  SDATA
```

3. C51 函数模拟

在 VIIC_C51.C 文件中，采用 C51 语言提供了几个直接面对器件的操作函数，如发送数据及接收数据，应答位发送，可以方便地与用户程序连接并使用。

函数中采用软件延时的方法产生 SCL 脉冲，晶振频率 12MHz，机器周期 1μs，SDA 信号由 P1.7 引脚模拟，SCL 信号由 P1.6 引脚模拟，实际使用中可能需要作相应的修改。VIIC_C5.1C 文件中的源程序如下：

```
# include  "reg52.h"             //头文件包含
# include  "intrins.h"
# define  uchar  unsigned char   //宏定义
# define  uint  unsigned int
# define  _Nop( )  _nop_( )      //定义空指令

sbit SDA=P1^7;                    //用 P1.7 引脚模拟数据线 SDA
```

```
sbit SCL=P1^6;                        //用 P1.6 引脚模拟时钟线 SCL
bit ack;                              //应答标志位

void Start_I2c( )                     //启动总线函数,启动 I2C 总线,即发送 I2C 起始信号
{
    SDA=1;                            //发送起始条件的数据信号
    _Nop( );
    SCL=1;
    _Nop( );                          //起始条件建立时间大于 4.7μs,延时
    _Nop( );
    _Nop( );
    _Nop( );
    _Nop( );
    SDA=0;                            //发送起始信号
    _Nop( );                          //起始条件锁定时间大于 4μs
    _Nop( );
    _Nop( );
    _Nop( );
    _Nop( );
    SCL=0;                            //钳住 I²C 总线,准备发送或接收数据
    _Nop( );
    _Nop( );
}

void Stop_I2c( )                      //结束总线函数,即发送 I²C 结束条件
{
    SDA=0;                            //发送结束条件的数据信号
    _Nop( );                          //发送结束条件的时钟信号
    SCL=1;                            //结束条件建立时间大于 4μs
    _Nop( );
    _Nop( );
    _Nop( );
    _Nop( );
    SDA=1;                            //发送 I²C 总线结束信号
    _Nop( );
    _Nop( );
    _Nop( );
    _Nop( );
}

void SendByte(uchar c)                //发送字节数据函数,数据 c 可以是地址,也可以是数据
{
    uchar BitCnt;

    for(BitCnt=0;BitCnt<8;BitCnt++)   //要传送的数据长度为 8 位
    {
```

```
    if((c<<BitCnt)&0x80)SDA=1;        //判断发送位
    else  SDA=0;
    _Nop( );
    SCL=1;                             //置时钟线为高,通知被控器开始接收数据位
    _Nop( );
    _Nop( );                           //保证时钟高电平周期大于4μs
    _Nop( );
    _Nop( );
    _Nop( );
    SCL=0;
    }
    _Nop( );
    _Nop( );
    SDA=1;                             //8位发送完后释放数据线,准备接收应答位
    _Nop( );
    _Nop( );
    SCL=1;
    _Nop( );
    _Nop( );
    _Nop( );
    if(SDA==1)ack=0;
        else ack=1;                    //判断是否接收到应答信号
    SCL=0;
    _Nop( );
    _Nop( );
}

uchar RcvByte( )          //接收字节数据函数,用来接收从器件传来的数据,并判断总线错误
{
    uchar retc;
    uchar BitCnt;

    retc=0;
    SDA=1;                             //置数据线为输入方式
    for(BitCnt=0;BitCnt<8;BitCnt++)
        {
        _Nop( );
        SCL=0;                         //置时钟线为低,准备接收数据位
        _Nop( );
        _Nop( );                       //时钟低电平周期大于4.7μs
        _Nop( );
        _Nop( );
        _Nop( );
        SCL=1;                         //置时钟线为高使数据线上数据有效
        _Nop( );
        _Nop( );
```

```
        retc=retc<<1;
        if(SDA==1)retc=retc+1;              //读数据位,接收的数据位放入 retc 中
        _Nop( );
        _Nop( );
    }
    SCL=0;
    _Nop( );
    _Nop( );
    return(retc);
}

void Ack_I2c(bit a)              //应答函数,主控器进行应答信号,可以是应答或非应答信号
{
    if(a==0)SDA=0;               //在此发出应答或非应答信号
        else SDA=1;
    _Nop( );
    _Nop( );
    _Nop( );
    SCL=1;
    _Nop( );
    _Nop( );                     //时钟低电平周期大于 4μs
    _Nop( );
    _Nop( );
    _Nop( );
    SCL=0;                       //清时钟线,钳住 I2C 总线以便继续接收
    _Nop( );
    _Nop( );
}

bit ISendByte(uchar sla,uchar c)         //向无子地址器件发送字节数据函数
{
    Start_I2c( );                        //启动总线
    SendByte(sla);                       //发送器件地址
    if(ack==0)return(0);
    SendByte(c);                         //发送数据
    if(ack==0)return(0);
    Stop_I2c( );                         //结束总线
    return(1);
}

bit ISendStr(uchar sla,uchar suba,uchar *s,uchar no)
                                 //向有子地址器件发送多字节数据函数
{
    uchar i;

    Start_I2c( );                        //启动总线
```

```
        SendByte(sla);                  //发送器件地址
        if(ack==0)return(0);
        SendByte(suba);                 //发送器件子地址
        if(ack==0)return(0);
        for(i=0;i<no;i++)
        {
            SendByte(*s);               //发送数据
            if(ack==0)return(0);
            s++;
        }
        Stop_I2c( );                    //结束总线
        return(1);
}


bit IRcvByte(uchar sla,uchar *c)    //从无子地址器件读字节数据函数
{
        Start_I2c( );                   //启动总线
        SendByte(sla+1);                //发送器件地址
        if(ack==0)return(0);
        *c=RcvByte( );                  //读取数据
        Ack_I2c(1);                     //发送非就答位
        Stop_I2c( );                    //结束总线
        return(1);
}


bit IRcvStr(uchar sla,uchar suba,uchar *s,uchar no)
                                //从有子地址器件读取多字节数据函数
{
        uchar i;

        Start_I2c( );                   //启动总线
        SendByte(sla);                  //发送器件地址
        if(ack==0)return(0);
        SendByte(suba);                 //发送器件子地址
        if(ack==0)return(0);
        Start_I2c( );
        SendByte(sla+1);
        if(ack==0)return(0);
        for(i=0;i<no-1;i++)
        {
        *s=RcvByte( );                  //发送数据
        Ack_I2c(0);                     //发送应答位
        s++;
        }
        *s=RcvByte( );
        Ack_I2c(1);                     //发送非应答位
```

```
    Stop_I2c( );                          //结束总线
    return(1);
}
```

6.3.3　I²C 总线接口存储器扩展

ATMEL 公司生产的 AT24Cxx 系列串行 EEPRQM 具有 I²C 总线接口功能，常用的型号有 AT24C01（128×8）、AT24C02（256×8）、AT24C04（512×8）、AT24C08（1024×8）、AT24C16（2048×8）等。

串行 EEPROM 通常具有两种写入方式，即字节写入方式和页写入方式，也就是允许在一个写周期内对一个字节到一页的若干字节编程写入。页的大小取决于芯片内页寄存器的大小，AT24C01 具有 8 字节数据的页面写入能力，AT24C02/04/08/16 具有 16 字节数据的页面写入能力。AT24Cxx 系列器件支持编程设定写入周期，包括自动擦除时间在内不超过 10ms。如，AT24C02 采用低功耗 CMOS 工艺制造，它内含 256×8 位存储空间，具有工作电压宽（2.5～5.5V）、写入速度快（小于 10ms）、擦写次数多（大于 100 万次）、保存时间长（大于 100 年）等特点。

1. 引脚功能

AT24Cxx 系列串行 EEPROM 引脚排列如图 6.26 所示。

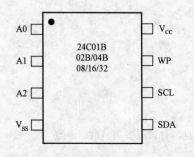

图 6.26　AT24Cxx 系列 EEPROM 引脚排列

引脚功能定义如下：

SCL：串行时钟输入线。数据发送或接收的时钟从该引脚输入。

SDA：串行数据/地址线。其用于传送地址和发送/接收数据，为双向传输。SDA 为漏极开路，要求接一个上拉电阻到电源，典型值为 10kΩ。

A2、A1、A0：器件地址输入线。

WP：写保护线。WP＝1 为写保护，只能读出不能写入；WP＝0 时允许读/写操作。

AT24Cxx 系列串行 EEPROM 寻址控制字节中的最高 4 位（D7～D4）为器件地址，固定为 1010，寻址控制字节中的 D3、D2、D1 位为器件地址 A2、A1、A0，对于存储容量小于 256 字节的芯片（AT24C01/02），8 位片内寻址（A7～A0）即可满足要求；而对于容量大于 256 字节的芯片，如 AT24C16，相应的寻址位数为 11 位（2¹¹＝2048＝2K）。若以 256 字节为一页，则多于 8 位的寻址视为页寻址。在 AT24Cxx 系列中，对页寻址位采取占用器件引脚地址（A2、A1、A0）的方式，凡是在系统中将引脚地址作为页地址，该引脚在电路中必须悬空。

在 I²C 总线每成功地传送一个字节数据后，接收器件都必须产生一个应答信号。接收器件在第 9 个时钟脉冲将 SDA 线拉低，表示已收到一个 8 位数据。当 AT24Cxx 工作于读出模式时，在发送一个 8 位数据后释放 SDA 线，并监视应答信号，一旦接收到应答信号，则继续发送数据；如果主机没有发送应答信号，则 AT24Cxx 停止传送数据，并等待停止信号。在数据传送完毕后，主机必须发送一个停止信号给 AT24Cxx，以使其进入备用电源模式，并使器件处于接收数据的状态。

2. 操作方式

（1）字节操作方式。主器件发送寻址控制字节，指明寻址从器件地址和数据传送方向，然后发送单元地址字节，最后是传送数据字节。SDA 线上的数据格式如下：

1）寻址控制字节：

启动					寻 址 控 制 字 节				应答
S	1	0	1	0	A2	A1	A0	R/$\overline{\text{W}}$	ACK

2）单元地址字节：

			单 元 地 址 字 节					应答
								ACK

3）数据字节：

			数 据 字 节				应答	停止
							ACK	P

（2）页操作方式。前三个字节的传送与字节操作方式相同，只是在数据字节的应答之后，不是传送停止信号，而是继续传送至多 7 个（对 24C02B 而言，一页是 8 个字节）数据字节和应答位，最后是传送停止信号。这时所发送的单元地址字节是页数据单元的首地址。SDA 引线上的数据格式如下：

1）寻址控制字节：

起始					寻 址 控 制 字 节				应答
S	1	0	1	0	A2	A1	A0	R/$\overline{\text{W}}$	ACK

2）单元地址字节：

			单 元 地 址 字 节					应答
								ACK

3）数据字节：

			数 据 字 节 1				应答
							ACK

···

			数 据 字 节 8				应答	停止
							ACK	P

3. 硬件电路

【例 6.6】 在 8031 单片机外围扩展一片 24C02B，其地址输入线 A0、A1、A2 均接地，设计电路结构，并编程实现对该片存储器的读写操作。

解 采用 8031 单片机的 P1.1、P1.0 引脚分别模拟 I^2C 总线的 SCL 和 SDA。由于 A2A1A0＝000，故单片机读 AT24C02 的地址 SLAR＝10100001B＝0A1H；单片机写 AT24C02 的地址 SLAW＝10100000B＝0A0H。电路如图 6.27 所示。

4. 程序设计

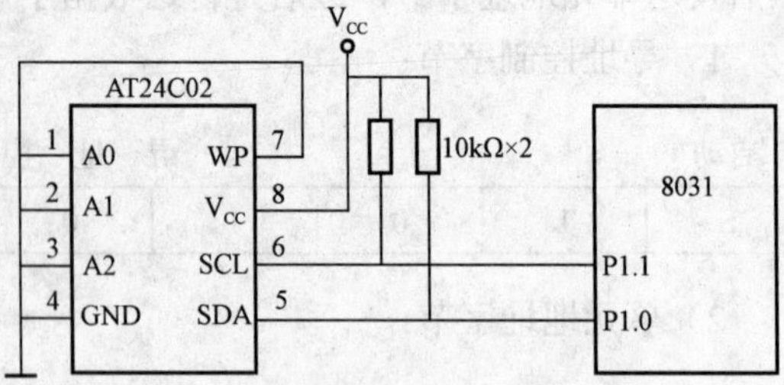

```
# define  uchar  unsigned char
                //宏定义
# define  WRITE24C02  0xA0
                //定义逻辑
# define  READ24C02  0xA1
# define  ACK  0
# define  NO_ACK  1
# define  MSB  0x80
                //定义引脚
sbit AT24C02_SDA=P1^0;              //AT24C02 串行数据引脚,根据电路连接情况修改
sbit AT24C02_SCLK=P1^1;             //AT24C02 串行时钟引脚,根据电路连接情况修改

void AT24C02_write(uchar address,uchar dat);
uchar AT24C02_read(uchar address);  //只需对这两个函数进行操作,勿修改底层函数

void I2C_delay(void);
void I2C_start(void);
void I2C_stop(void);
void I2C_send_ack(bit k);
void I2C_write_byte(uchar dat);
uchar I2C_read_byte(void);
void I2C_write(uchar address,uchar dat);
uchar I2C_read(uchar address);


void AT24C02_write(uchar address,uchar dat)
{
    I2C_delay( );
    I2C_write(address,dat);
    I2C_delay( );
}

uchar AT24C02_read(uchar address)
{
    uchar temp;
    I2C_delay( );
    temp=I2C_read(address);
    I2C_delay( );
    return (temp);
}

void I2C_delay(void)
{
    _nop_( );_nop_( );_nop_( );_nop_( );
}
```

图 6.27　8031 单片机扩展 AT24C02 电路

```
void I2C_start(void)
{
    AT24C02_SDA=1;
    _nop_( );
    AT24C02_SCLK=1;
    _nop_( );
    AT24C02_SDA=0;
    _nop_( );
    AT24C02_SCLK=0;
    _nop_( );
}

void I2C_stop(void)
{
    AT24C02_SDA=0;
    _nop_( );
    AT24C02_SCLK=1;
    _nop_( );
    AT24C02_SDA=1;
    _nop_( );
    AT24C02_SCLK=0;
    _nop_( );
}

void I2C_send_ack(bit k)
{
    AT24C02_SDA=k;
    I2C_delay( );
    AT24C02_SCLK=1;
    I2C_delay( );
    AT24C02_SCLK=0;
}

void I2C_write_byte(uchar dat)
{
    uchar i;
    for (i=8;i>0;i--)
    {
        AT24C02_SCLK=0;
        _nop_( );
        AT24C02_SDA=(bit)(dat&MSB);
        dat<<=1;
        I2C_delay( );
        I2C_delay( );
        AT24C02_SCLK=1;
        I2C_delay( );
```

```
    }
    AT24C02_SCLK=0;
}

uchar I2C_read_byte(void)
{
    uchar i,dat;
    for (i=0;i<8;i++)
    {
        AT24C02_SCLK=0;
        _nop_( );
        AT24C02_SDA=1;
        I2C_delay( );
        AT24C02_SCLK=1;
        dat<<=1;
        I2C_delay( );
        if(AT24C02_SDA)
            dat++;
    }
    AT24C02_SCLK=0;
    return (dat);
}

void I2C_write(uchar address,uchar dat)
{
    uchar temp;
    temp=dat/10;
    temp<<=4;
    temp=dat%10+temp;
    I2C_start( );
    I2C_write_byte(WRITE24C02);
    I2C_send_ack(ACK);
    I2C_write_byte(address);
    I2C_send_ack(ACK);
    I2C_write_byte(temp);
    I2C_send_ack(NO_ACK);
    I2C_stop( );
}

uchar I2C_read(uchar address)
{
    uchar temp,dat;
    I2C_start( );
    I2C_write_byte(WRITE24C02);
    I2C_send_ack(ACK);
    I2C_write_byte(address);
    I2C_send_ack(NO_ACK);
```

```
I2C_stop( );
I2C_start( );
I2C_write_byte(READ24C02);
I2C_send_ack(ACK);
dat=I2C_read_byte( );
I2C_send_ack(NO_ACK);
I2C_stop( );
temp=dat/16;
dat=dat%16;
dat=dat+temp*10;
return (dat);
}
```

本 章 小 结

　　单片机的系统扩展主要有系统总线扩展、存储器扩展和 I/O 口扩展三中类型。在一个地址空间中扩展多个片芯片时，为保证当前操作只对一个芯片进行，必须对各芯片的片选信号进行控制，常用的方法有线选法和译码法两种。

　　外扩的程序存储器与单片机内部的程序存储器统一编址，采用相同的指令，常用芯片有 EPROM 和 EEPROM，扩展时 P1 口分时作为数据线和低位地址线，需要锁存器芯片，控制线主要有 ALE、$\overline{PSEN}$。

　　扩展数据存储器 RAM 和单片机内部 RAM 在逻辑上是分开的，二者分别编址，使用不同的数据传送指令。扩展并行 SRAM 时，需要锁存器芯片，控制线主要采用 ALE、$\overline{RD}$、$\overline{WR}$。扩展串行 EEPROM 时，必须先利用 MCS-51 单片机的 I/O 口结合软件模拟的方法扩展其串行 I^2C 总线。

　　常用的可编程并行 I/O 芯片有 8255 和 8155。用 8255 扩展并行 I/O 口时需要锁存器，8155 则不用。对扩展 I/O 口的寻址采用与外部 RAM 相同的指令，因此在设计电路时要注意合理分配地址。8255 和 8155 的工作方式是通过对命令控制字的编程来实现的，在使用时首先要有初始化程序。

习　　题

　　6.1　在 MCS-51 单片机系统扩展时，程序存储器和数据存储器共用 16 位地址线和 8 位数据线，为什么两个存储空间不会发生冲突？

　　6.2　在一个 8031 单片机应用系统中，用一片 EPROM 2732 存放监控核心程序，地址为 0000H～0FFFH，用一片 E2PROM 2817 作为可由用户程序在线改写的用户程序存储器，地址为 1000H～1FFFH，设计该系统的程序存储器电路图，并编写程序，将 2817 中开头的 256 个单元内容在线改写为零。

　　6.3　在一个 8031 单片机应用系统中，接有一片 8155 和 2K 的 RAM，称为工作 RAM，地址为 7800H～7FFFH，再通过 8155 接 16K 字节，称为后备 RAM。设计该系统电路图，并说明 8031 对后备 RAM 的读、写原理。

6.4 在一个 8031 单片机应用系统中，时钟频率为 11.0592MHz，接有一片 8255，地址为 0BFFCH～0BFFFH，其 PA 口接 8 个输入继电器，输入幅度为 5V、宽度不小于 50ms、前后沿有 1ms 抖动的脉冲信号，PB 口接 8 个指示灯。编写初始化程序和 T0 中断服务程序，用 8031 的 T0 产生定时中断，将 PA 口输入的继电器去抖动后实时地送 PB 口显示。

6.5 在一个 MCS-51 单片机应用系统中，需要 4K 的程序存储器、两个 8 位输入口、两个 8 位输出口、四个外部中断源，请设计符合体积小、程序修改方便要求的系统框图。

6.6 有两个 8031 单片机应用系统，用两片 74LS373 作为双机通信数据口，用 8031 的 P1.0 和 INT0 作为通信联络线，设计该双机通信的接口电路，并说明其通信原理。

第 7 章　单片机接口技术

　　单片机应用系统可以看作是一个信息处理系统。它的输入是被控制系统的状态数据，需要一个功能组件，对这些数据进行采集和预处理，这称为单片机系统的前向通道。单片机对被控制系统的状态数据分析处理之后，产生所需的控制信号，作进一步的处理后施加于被控制系统上，以改变被控制系统的状态。通常是对控制信号进行功率放大，并作隔离处理，这称为单片机系统的后向通道。在很多情况下，单片机应用系统还需要向操作人员显示报告系统的运行状态，还需要为操作人员进行参数设置提供键盘输入，这称为单片机系统的人机通道。

　　单片机应用系统的前向通道、后向通道和人机通道中，需要功能器件以完成相应的操作，这些功能器件是单片机所不具备的。利用单片机的接口电路，增加某些功能器件，构建具有特定功能的单片机应用系统，称为单片机的接口技术。

7.1　前向通道接口技术

7.1.1　前向通道

1. 前向通道的含义

　　在单片机测控系统中，对被测状态的测试一般都离不开传感器或敏感元件，因为被测对象的状态参数大多是一些非电物理量，如温度、压力、位移等。因此，在前向通道中，传感器、敏感元件及其相关电路占有重要地位。

　　对传感器和敏感元件输出的模拟信号，需要转换为满足单片机输入接口电平要求的数字信号。对外界已存在的开关量信号，如各种电源开关、触点、晶体管开关、继电器等部件产生的信号，则应转换成 TTL 电平供单片机检测。

　　单片机应用系统的前向通道，是信号输入，传感和信号调节的过程，是被测对象与系统相互联系的原始参数输入通道。前向通道的主要任务就是忠实地反映被测对象的真实状态，包括两个方面，即实时性和测量精度。同时使这些测量信号满足单片机输入接口的电平要求。

2. 前向通道的结构

　　检测电路应距被测对象很近，因而工作条件差，易受外界的干扰，是单片机系统中最重要的一个干扰进入渠道。大多数传感器的输出是微弱的模拟信号，为将其转换成单片机接口电路的电平要求，需采用模拟电路技术，处理起来有一定难度。

　　前向通道是被测对象信号输出到单片机数据总线的输入通道，因此，其电路结构取决于被测对象输出信号的类型、大小、数量等。传感器输出的信号种类可分为电压信号、电流信号、频率信号、开关信号。表 7.1 所列为单片机前向通道结构。

　　对于电压信号，大信号只需经电平变换使之满足后续环节的输入电压范围，即可输入给模拟/数字（A/D）转换器，经 A/D 转换后送入单片机，或经 V/F 变化成频率信号送入单片机。

表 7.1　　　　　　　　　　　　　　　　　单片机前向通道结构

信　号	分　类	前向通道结构
电压信号	大信号	⟶ 电平变换 ⟶ A/D ⟹ 单片机 ⟶ V/F ⟶ 单片机
	小信号	⟶ 放　大 ⟶ A/D ⟹ 单片机 ⟶ 放　大 ⟶ V/F ⟶ 单片机
电流信号	大信号 0～10mA，4～20mA	⟶ I/V ⟶ A/D ⟹ 单片机 ⟶ I/V ⟶ V/F ⟶ 单片机
	小信号 mA，μA	⟶ I/V ⟶ 放　大 ⟶ A/D ⟹ 单片机 ⟶ I/V ⟶ 放　大 ⟶ V/F ⟶ 单片机
频率信号	小信号	⟶ 放　大 ⟶ 整　形 ⟶ 单片机
	TTL 电平信号	⟶ 单片机
开关信号	小信号	⟶ 去抖动 ⟶ 整　形 ⟶ 单片机
	TTL 电平信号	⟶ 单片机

但 V/F 转换速度慢，多用于慢变过程参量的测量，其特点是抗干扰能力强，传输距离远。小信号则需经放大电路进行放大、滤波，再经 A/D 转换后送入单片机，或经 V/F 变换后送入单片机。

对于电流信号，则首先应通过 I/V 转换，转化为能满足 A/D、V/F 转换要求的电压。最简单的 I/V 变换电路就是一个精密电阻。对于标准的 0～10mA 或 4～20mA 电流信号，选择合适阻值就可以直接获得能满足 A/D、V/F 转换输入要求的模拟电压信号，对于小电流信号则 I/V 变换后还需经放大后才能送入 A/D 或变换电路。

对于频率信号或开关信号，只需把非 TTL 电平转换成 TTL 电平即可，而对于 TTL 电平的信号，则可直接送入单片机。

对于多路的模拟信号，则需使用多路开关使多个输入源共用一个 A/D 芯片，如图 7.1 所示。

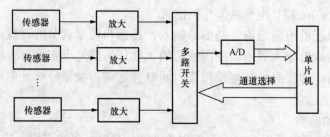

图 7.1　多路 A/D 转换电路结构

3. 应注意的问题

前向通道是单片机应用系统的信号采集通道，包括信号的传感、变换到单片信号输入。故前向通道设计中必须考虑到信号拾取、信号调节、A/D 转换以及抗干扰等问题。

（1）信号拾取。在前向通道中，经常会遇到将压力、温度、位移等非电量转换为电量的问题。信号拾取这一环节可通过敏感元件、传感器和测量仪表来实现。敏感元件体积小，可随使用环境特点做成各种形状的探头。传感器是用敏感元件及相应的测量电路、传递机构配以适当的外壳，适用于不同测量范围，输出一般为模拟电量。随着智能仪表的不断发展，新型传感器大都具有数字通信接口，与单片机的接口非常方便。

（2）信号调节。信号调节的任务是将传感器和敏感元件输出的初次电信号转换成能满足单片机或 A/D 输入要求的标准电平信号。信号调节的任务较复杂，有小信号放大、滤波、零点校正、线性化处理、温度补偿、误差修正、量程切换等。在单片机应用系统中，这些调节大多都可用软件实现。因此，信号调节的重点为小信号放大，信号滤波以及对频率量的放大整形等。

（3）A/D 转换。选择芯片的主要要求有转换精度、转换速度、模拟信号输入通道数及成本等。选取不同的 A/D 芯片，其与单片机的接口电路要求不同，必须使接口电路满足 A/D 芯片的要求。

（4）通道抗干扰。前向通道中采用不同性质的器件，往往对电源的要求较为严格，常见的电源特点是小功率。高稳定度、高纯净度，有干扰隔离与抑制措施。前向通道是系统干扰的主要渠道，因此，其抗干扰有较高的要求，常见措施：①电源隔离，采用 DC/DC 变换器实现；②模拟通道隔离，采用隔离放大器实现；③数字通道隔离，通过电耦合器实现。

7.1.2 A/D 转换

对于具有模拟信号采集的单片机应用系统，A/D 转换接口是前向通道中的一个重要环节。数据采集和 A/D 转换系统从一个或几个信号源中采集模拟信号，并将这些信号转换为数字形式，以便输入单片机中。在这个过程中需要用到的基本部件有模拟多路转换器与信号调节、采样/保持放大器、模拟/数字转换器、通道控制电路。

1. A/D 转换器的主要参数

（1）量化误差与分辨率。A/D 转换器的分辨率习惯上以输出二进制位数或 BCD 码位数表示。如 12 位 A/D 转换器的分辨率为

$$\frac{1}{2^N}\times100\%=\frac{1}{2^{12}}\times100\%=\frac{1}{4096}\times100\%=0.0244\%$$

量化误差是由于用有限数字对模拟量进行离散取值（量化）而引起的误差，理论上等于分辨率。

（2）转换精度。A/D 转换器转换精度反映了一个实际 A/D 转换器在量化值上与一个理想 A/D 转换器进行 A/D 转换的差值，可表示为绝对误差和相对误差，其中不包含量化误差。

实际上对应于同一数字量，其模拟量输入不是固定值，而是一个范围。如理论上 5V 对应数字量 800H，而实际上 4.997V 到 4.99V 都产生数字量 800H，则绝对误差将是（4.997＋4.99）/2－5＝－2（mV）。绝对误差经常用最小有效位 LSB 的分数值表示。设Δ定义为数字量 D 的最小有效位（LSB）的当量。如果模拟量 A 在 A－Δ/2～A＋Δ/2 的范围内都产生相对唯一的数字量 D，则其绝对精度为±1/2LSB，如图 7.2（a）所示。如果模拟量 A 在 A－3Δ/4～A＋3Δ/4 范围都产生数字量 D，则其绝对精度为±1/4LSB，如图 7.2（b）所示。

（3）转换时间与转换速率。A/D 转换时间表示 A/D 转换器完成一次转换所需要的时间，转换速率是转换时间的倒数。衡量 A/D 转换速率的另一个常用指标称为通过率，即 A/D 转换时间加上软件将 A/D 转换完的结果取入单片机内供使用的时间之和的倒数。

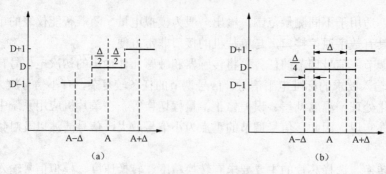

图 7.2　A/D 采集误差示意图

（a）±1/2LSB；　（b）±1/4LSB

2. 典型 A/D 转换器

A/D 转换芯片种类繁多，按其转换原理分类，主要有逐次比较式、双积分式、量化反馈式和并行式 A/D 转换器。逐次比较式转换器是种类最多、数量最大、应用最广的转换器件，主要有单片集成和混合集成两类，后者的性能指标高于前者。这里只介绍单片集成化逐次比较式转换器。

（1）ADC0801～0805 系列。单通道 8 位 CMOS A/D 转换器，单一 5V 电源电压供电，片内有三态数据输出锁存器，与单片机可直接连接，单通道输入，转换时间约 100μs，精度最高为 ADC0801，非线性误差为±1/4LSB，精度最低为 ADC0804 和 ADC0805，非线性误差为±1LSB。

（2）ADC0808 系列。多通道 8 位 A/D 转换器，电路结构、性能与 ADC0801～0805 近似，不同之处在于芯片内设置了多路模拟开关及通道地址译码，能对多路模拟信号进行分时采集与转换。该系列主要有 8 通道的 ADC0808/0809 和 16 通道的 ADC0816/0817。ADC0808 的最大不可调整误差小于±1/2 LSB，ADC0809 为±1LSB。ADC0808 系列每一通道的转换时间为 66～73 个时钟脉冲，在 640kHz 时钟信号时，约 100μs。

ADC0808 系列引脚排列如图 7.3 所示。

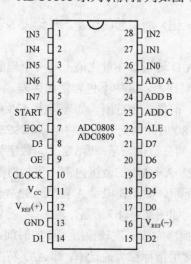

图 7.3　ADC0808/ADC0809 引脚排列

IN0～IN7：8 路模拟信号输入端。

D0～D7：数据输出端。

ADDA、ADDB、ADDC：地址码输入端。

ALE：地址锁存信号输入端，上升沿有效，与单片机 ALE 相反。

CLOCK：时钟信号输入端，典型值为 640KHz。

$V_{REF}+$、$V_{REF}-$：参考电压输入。

START：启动 A/D 转换。

EOC：A/D 转换结束，高有效。

OE：输出允许控制端，高为允许输出。

ADC0808 系列内部含有三—八译码电路，以控制分别选通八个模拟输入通道，见表 7.2 所示。

首先要确定 ADDA、ADDB 和 ADDC（一般用 P0

表 7.2 ADC0808 地址译码

地 址 码			选通模拟通道	地 址 码			选通模拟通道
A	B	C		A	B	C	
0	0	0	IN0	1	0	0	IN4
0	0	1	IN1	1	0	1	IN5
0	1	0	IN2	1	1	0	IN6
0	1	1	IN3	1	1	1	IN7

口的 P0.0、P0.1、和 P0.2，在 ALE 信号下将该地址信号锁存在 ADC0808 内部的地址锁存器中，经译码后选通指定的模拟通道。然后在 START 引脚上输出一个正脉冲以启动 A/D 转换。EOC 端上电平在 A/D 转换期间为低，转换完成后变成高电平，可作为查询或中断信号使用。当 OE 为低电平时，D0～D7 为高阻状态，当 A/D 转换完成后，在 OE 引脚上给高电平可使转换结果出现在数据总线 D0～D7 上。

　　ADC0808 与 8051 单片机的接口电路如图 7.4 所示。从启动 A/D 和读取 A/D 结果的信号组合可以看到，尽管 ADC0808 系列没有片选信号，但 P2.7 控制了 $\overline{RD}$ 和 $\overline{WR}$ 信号的输出，起到了片选的作用。这时写 A/D（启动 A/D 转换）的高 8 位地址为 7FH，低 8 位地址中的高 5 位任意（设为全 1），低 3 位依 8 路模拟通道依次为 000～111，即地址为 7FF8H～7FFFH。读 A/D 转换结果地址为 7FFFH（低 8 位任意，设为全 1）。

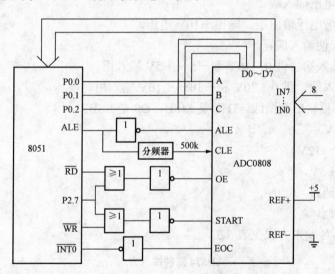

图 7.4　ADC0808 与 8051 单片机的接口电路

　　启动 A/D 转换：XBYTE[0x7FF8]＝0；　　　　//第 0 通道
　　　　　　　　　　　　　　　　　　　　　　//只需 $\overline{WR}$ 信号与 P2.7 相连
　　读取 A/D 转换结果：x＝XBYTE[0x7FFF]；

　　（3）AD574。单通道快速 12 位 A/D 转换器。片内自带三态输出缓冲电路，可以直接与 8 位或 16 位总线接口。由于片内自带高精度时钟，无需外部时钟，就可以全速工作。电源供给为±15V（±12V）和＋5V，非线性误差小于±1/2 LSB，单次转换时间为 25μs。

　　AD574 可以直接与 16 位微机数据总线相连，也可以与 8 位微机数据总线相连，但转换结果数据需要分两次读取。它可以用作 12 位 AD 变换器，也可以用作 8 位 AD 变换器。它可以采样 ±5V 或 ±10V 的双极性模拟信号，也可以采样 0～10V 或 0～20V 的单极性模拟信号。

AD574 引脚排列如图 7.5 所示。

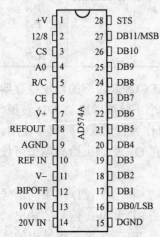

图 7.5　AD574 引脚排列

$\overline{CS}$：片选端。

CE：使能端。

R/$\overline{C}$：启动/读数控制端。R/$\overline{C}$=0：启动，R/$\overline{C}$=1：读数。

A0：转换字长/数据格式控制端。A0=0 时启动 A/D 转换，则按 12 位 A/D 方式工作；A0=1 时启动 A/D，则按 8 位 A/D 方式工作。

12/$\overline{8}$：数据格式控制端，与 A0 共用。12/$\overline{8}$=1 时，按 12 位并行输出。12/$\overline{8}$=0 时，按 8 位双字节输出。A0=0 时输出高 8 位，A0=1 时输出低 4 位，并以 4 个 0 补足尾随的 4 位。该位与 TTL 电平不兼容，必须直接接地或 +5V，在数据输出期间，A0 不能变化。

STS：转换/完成状态输出端。STS=1 表示正处于转换中，STS=0 表示转换完成。

REFIN：参考电压输入端。

REFOUT：参考电压输出端。输出 +10V 电压。

BIPOFF：双极性输入偏置。

10V$_{IN}$：10V 输入端。供 0～10V 和 −5～+5V 输入用。

20V$_{IN}$：20V 输入端。供 0～20V 和 −10～+10V 输入用。

D0～D11：12 根输出数据线。D11 是 MSB，D0 是 LSB。

V+：15V（12V）。

V−：−15V（−12V）。

V$_{CC}$：电源，+5V。

DGND：数字地。

AGND：模拟地。

AD574 具有四种输入方式见表 7.3。

表 7.3　　　　　　　　　　　　　　　　AD574 四种输入方式

输入极性	电压范围（V）	使用引脚	输入极性	电压范围（V）	使用引脚
单极性	0～10	10V$_{IN}$	双极性	−5～+5	10V$_{IN}$
	0～20	20V$_{IN}$		−10～+10	20V$_{IN}$

在单极性和双极性输入时具有不同的电路形式，如图 7.6 所示。

AD574 的控制输入信号有 $\overline{CS}$、CE、R/$\overline{C}$、12/$\overline{8}$、A0，其控制真值表见表 7.4。

AD574 与 8051 单片机的接口电路如图 7.7 所示。启动 A/D 转换的地址为 0x7FFC；当 P1.0 由高变低时，表示 A/D 转换结束；读 A/D 高八位的地址为 0x7FFD；读 A/D 低四位的地址为 0x7FFF。

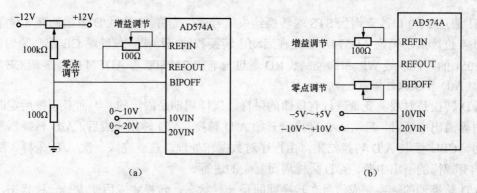

图 7.6 AD574 参考输入电路

（a）单极性参考输入；（b）双极性参考输入

表 7.4   AD574 控 制 端 含 义

$\overline{CS}$	CE	R/$\overline{C}$	12/$\overline{8}$	A0	工作状态
1	×	×	×	×	禁止
×	0	×	×	×	禁止
0	1	0	×	0	启动 12 位转换
0	1	0	×	1	启动 8 位转换
0	1	1	接 V_{CC}	×	12 位并行输出
0	1	1	接 GND	0	高 8 位输出
0	1	1	接 GND	1	低 4 位输出

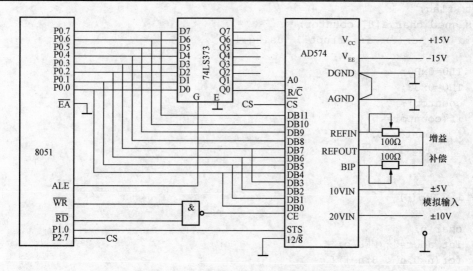

图 7.7 AD574 与 8051 单片机的接口电路

其中，使用了三态锁存器 74LS373 和与非门电路 74LS00。控制信号（R/$\overline{C}$ 和 A0）由 8051 的数据口 P0 发出，并经 74LS373 锁存到 Q0、Q1 上，$\overline{CS}$ 接 P2.7，CE 则用读写控制信号 $\overline{WR}$ 和 $\overline{RD}$ 的与非控制，一起用于控制 AD574A 的工作过程。AD 转换器的数据输出通过 P0 数据总线连至 8051，只使用了 8 位数据线，12 位数据分两次读进 8051，所以 R/$\overline{C}$ 需要低电平。

当 8051 通过 P1.0 口线查询到 STS 端转换结束信号后，先将 12 位 A/D 数据的高 8 位读入，再将低 4 位读入。无论 AD574A 是处在启动、转换和输出结果，使能端 CE 都必须为 1，因此将 8051 的写控制线 $\overline{WR}$ 和读控制线 $\overline{RD}$ 通过与非门 74LS00 与 AD574 的使能端 CE 相连。

3. A/D 转换软件编程

A/D 转换是对观测变量进行有规律的采样，采样周期是固定的，因而必须使用定时器。当定时器溢出中断时，启动 A/D 转换器开始 A/D 转换，A/D 转化完成后，A/D 转换器产生中断信号，CPU 读取 A/D 转换结果，由程序对数据作处理，这就完成一次 A/D 采样。随着定时器的有规律的溢出中断，A/D 采样周而复始的进行。

A/D 转换器的转换完成信号在转换期间是一种状态，转换完成后变成另一种状态，并保持到下一次转换开始。因而，外部中断应采用下降沿触发方式，即 IT0 或 IT1 为 1。

对于多路数据采集，对每一路数据通道应使用采样保持器，当定时器溢出中断时，使能采样保持，使各路数据都保持同一时刻的数据值，然后启动 A/D 转换器，对各路数据依次采样。

【例 7.1】 采用 ADC0808 对 8 路模拟信号进行采样，采样周期为 0.5s，各路信号的采样值存入一数组中，每次采样完毕设置一标志，通知主程序。设计电路图，并编写程序。

解 电路连接参考图 7.4，ADC0808 各通道地址为 0x7FF8~0x7FFF。设 $f_{osc}=6MHz$，定时器 T0 使用方式 1，产生 0.1s 定时，计数变量 countor 计数五次得到 0.5s 采样间隔时间，T0 中断服务程序设置标志 flag=1，主程序开始一次采样，采样数据放在数组 a[8]中。

C51 程序如下：

```
# include <reg51.h>
# include "absacc.h"
bit  flag;
unsigned char a[8],countor;
void  t0_ser( )  interrupt 1  using 1
{
    TL0=0xB0;
    TH0=0x3C;
    countor++;
    if(countor==5){
        countor=0;
        flag=1;
    }
}
void  samp( )
{
    char n;
    int addr=0x7FF8,b;
    for(n=0;n < 8;n++){
        b=addr + n;
        XBYTE[b]=0;                        //启动 A/D 转换
        while(!INT0);
        while(INT0);                       //等待 A/D 转换完成
        a[n]=XBYTE[b];
    }
}
```

```
void main()
{
    TMOD=0x01;
    TL0=0xB0;
    TH0=0x3C;
    ET0=1;
    EA=1;
    TR0=1;
    while(1){
        if(flag){
            flag=0;
            samp();                          //采样
        }
    }
}
```

【例 7.2】 采用 AD574 对模拟信号进行采样，采样周期为 25ms，信号的采样值存入一变量中，每次采样完毕设置一标志，通知主程序。设计电路图，并编写程序。

解 电路连接参考图 7.7，AD574 启动地址为 0x7FFC，读取转化结果的高 8 位地址为 0x7FFD，读取转化结果的低 8 位地址为 0x7FFF。设 f_{osc} 为 6MHz，定时器 T0 使用方式 1，产生 25ms 定时，T0 中断服务程序设置标志 flag＝1，采样数据放在 addata 中。

程序如下：

```
#include "reg51.h"
#include "absacc.h"
#define ADSTART XBYTE[0x7FFC]
#define ADHIGH XBYTE[0x7FFD]
#define ADLOW XBYTE[0x7FFF]
unsigned int addata;
bit flag;
void adtreat()
{
    unsigned char buff;
    ADSTART=0;                          //启动 AD 转换
    while(P1 & 0x01);                   //等待 AD 转换结束
    adddata=ADHIGH;                     //读 AD 转换结果高字节
    adddata=adddata << 4;
    buff=ADLOW;                         //读 AD 转换结果低 4 位
    buff=buff & 0x0f;
    adddata=adddata + buff;
}
void t0_ser() interrupt 1 using 1
{
    TL0=0x2C;
    Th0=0xCF;
    adtreat();                          //启动 AD 采样
    flag=1;                             //转换结束标志
}
void main()
{
```

```
TMOD=0x01;
TL0=0x2C;
Th0=0xCF;                                    //采样周期为 25ms, f_osc 为 6MHz
flag=0;
while(flag==0);
flag=0;

                                             //对采样数据进行处理程序段

}
```

7.2 后向通道接口技术

7.2.1 后向通道

1. 后向通道的含义

在单片机测控系统中，单片机总要对控制对象实施控制操作。后向通道是单片机完成控制运算处理后，对控制对象的控制输出通道接口。

根据单片机的输出和受控对象对控制信号的要求，后向通道具有以下特点：小信号输出、大功率控制；其为输出通道，输出伺服驱动控制信号。而伺服驱动系统中的状态反馈信号作为检测对象输入到前向通道；接近受控对象，环境中干扰较为严重，易从伺服驱动系统的状态信号检测电路进入前向通道。

2. 后向通道的结构

单片机在完成控制处理后，总是以数字信号通过 I/O 口或数据总线送给控制对象。这些数字信号形态主要有开关量、二进制数字量和频率量，可直接用于开关量、数字量系统及频率调制系统，但对于一些模拟量控制系统，则应通过数/模转换或 F/V 转换变换成模拟量控制信号。

根据单片机的输出信号形式和受控对象的特点，常见后向通道结构如图 7.8 所示。

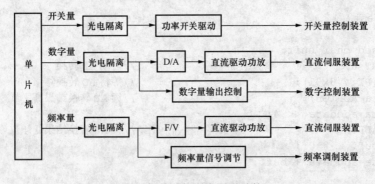

图 7.8 单片机后向通道结构

3. 应注意的问题

（1）功率驱动：将单片机输出的信号进行功率放大，以满足伺服驱动的功率要求。

（2）数据类型转换：D/A 或 F/V。

（3）干扰防治：通常采用信号隔离、电源隔离和对大功率开关实现过零切换等方法。

7.2.2 常用器件

后向通道中常用的器件主要有数/模（D/A）转换、功率驱动和干扰防治器件。在实际的单片机应用系统中，大量使用的是开关型驱动控制。常用的功率开关接口器件有功率开关驱动电路、功率型光电耦合器、集成驱动芯片及固态继电器等。

1. 功率开关接口器件

在单片机应用系统中，开关量都是通过单片机的 I/O 口或扩展 I/O 口输出的，这些 I/O 口的驱动能力有限。对于标准 TTL 门电路，在 0V 电平时吸收电流的能力约为 16mA，而采用集电极开路驱动器的 74 系列芯片，如 7438 可吸收 48mA 电流，其驱动能力依然有限。在后向通道的一些大功率开关量控制接口中，常采用下列功率开关电路：

（1）开关晶体管驱动。当晶体管用作开关元件时，其输出电流为输入电流乘以晶体管的增益。典型的开关晶体管具有高速、中等功率特性，其驱动电流可达 800mA，击穿电压小于 60V，在输出 500mA 时，典型正向电流增益为 30，因此要开关 500mA 负载电流时，其基极电流至少需要供给 17mA，一般基极驱动电流的取法为所需基流的两倍，如图 7.9（a）所示。

（2）达林顿晶体驱动。用单个开关晶体管驱动时，有时其基极驱动电流还是较大，为了减小基极驱动电流，可以把多个开关晶体管级联起来提高正向电流增益。达林顿晶体管即是用两个晶体管构成一个整体，如图 7.9（b）所示。这种结构形式具有高的输入阻抗和高的电流增益。

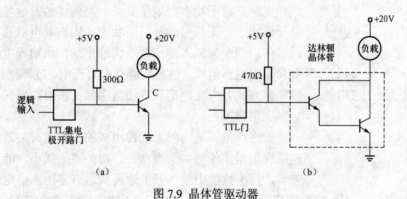

图 7.9 晶体管驱动器

（a）简单晶体管驱动器；（b）达林顿晶体管驱动器

（3）晶闸管驱动。晶闸管整流器（SCR）是一种三端固态器件，其阳极相当于晶体管的集电极，阴极相当于发射极，门控极相当基极。晶闸管整流器只工作在导通或截止状态，故可作为开关器件。

使 SCR 导通只需要极小的驱动电流，一般输出负载电流和输入驱动电流之比大于 1000。SCR 一旦导通便无法截止，除非切断负载电流。因而 SCR 一般只用在交流功率开关电路中，因为交流电在每半个周期过零一次，SCR 截止不成问题。由于 SCR 通常用于控制交流大电压负载，故不宜直接与数字逻辑电路相连，在实际应用中一般采用光电耦合隔离措施，如图 7.10 所示。

（4）机械继电器驱动。在数字逻辑电路中最常使用的机械继电器为簧式继电器，它由一个线圈和两个磁性簧片组成。当线圈通电时，产生磁场，受磁场作用，两个簧片相接而导通。这种簧式继电器控制电流较小，而簧式触点可开关较大电流。如控制线圈内阻为 380Ω 时，由 5V 电源提供电流，则驱动电流为 13mA，而簧片则可流过近 1A 的电流。其控制电路如图 7.11 所示。

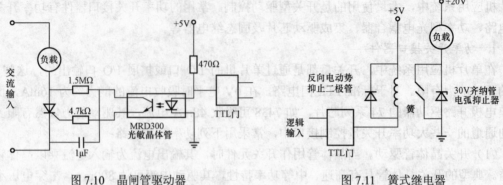

图 7.10　晶闸管驱动器　　　　　　　　图 7.11　簧式继电器

触点两端的稳压管用来防止产生触点电弧,线圈上并接的二极管为限制反向电路的产生。机械继电器的开关响应时间较大,单片机程序设计时应考虑开关响应时间的影响。

(5)功率场效应管驱动。功率场效应管(VMOS)属于电压驱动型元件,驱动电流小,输出电流大,开关频率高。其驱动电路如图 7.12 所示。

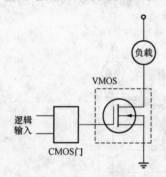

图 7.12　MOSFET 驱动器

(6)固态继电器。固态继电器(SSR)又名固态开关,是一种无触点通断功率型电子开关。当施加触发信号后其主回路呈导通状态,无信号时呈阻断状态。固态继电器通常是一个四端组件,两个为输入端,两个为输出端,由输入电路、隔离部分和输出电路组成。输出功能分有直流型、过零型、非过零型;按隔离方式分有光隔离和变压器隔离;按封装形式有塑封型和金属壳密封型。

固态继电器是由固态元件组成的无触点开关器件,因而比电磁继电器工作可靠、寿命长,对外界干扰小,能与逻辑电路兼容,抗干扰能力强,开关速度快。许多固态继电器输入回路要求电压低电流小,可用 TTL 门直接驱动,用 CMOS 门时应加驱动,如图 7.13 所示。

2. 光电隔离接口器件

光电耦合器件能可靠地实现信号的隔离,并易构成各种功能状态,如信号隔离、隔离驱动、远距离的隔离传送等,故在后向通道中经常使用。

(1)信号隔离。最普通的信号隔离用光电耦合器件如图 7.14 所示。以发光二极管为输入端,光敏三极管为输出端。这种器件一般用在 100kHz 以下的频率信号。如果基极有引出线则可用于温度补偿、检测及调制。

高速光耦的输出部分采用 PUV 光敏二极管和高速开关管组成复合结构,具有较高的响应速度。

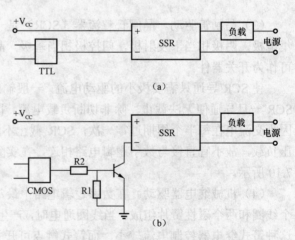

图 7.13　固态继电器驱动电路
(a)TTL 电平;(b)CMOS 电平

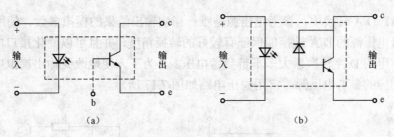

图 7.14 信号隔离用光电耦合器件

(a) 普通型；(b) 高速型

（2）隔离驱动。常用两种形式如图 7.15 所示。

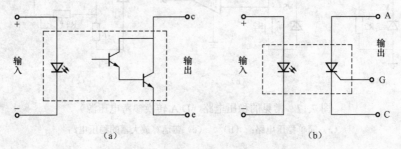

图 7.15 隔离驱动用光电耦合器

(a) 达林顿输出；(b) 晶闸管输出

达林顿输出光电耦合器件，用于较低频率的负载。晶闸管输出光电耦合器件，光控晶闸管有单向双向两种形式，常用在交流大功率的隔离驱动。

（3）隔离传送。当要远距离控制一受控对象时，采用光电耦合的隔离传送十分方便，如图 7.16 所示。

7.2.3 D/A 转换

对于具有模拟信号输出的单片机应用系统，D/A 转换接口是后向通道中的一个重要环节。在选取 D/A 转换器型号时，主要考虑以位数表现的转换精度和转换时间。

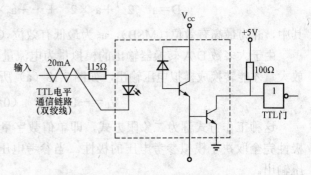

图 7.16 远距离的光电隔离传送

1. D/A 转换器特性

数字输入特性：转换芯片一般都只接收自然二进制数字代码。输入数据格式一般为并行码，有些能接收串行码输入。

模拟输出特性：大多数 D/A 转换器件均属电流输出器件。手册上通常给出在规定输入参考电压及参考电阻之下的满码（全 1）输出电流，最大输出短路电流以及输出电压允许范围。在输出端的电压在输出允许范围以内时，输出电流和输入数字之间保持正确的转换关系，而与输出端的电压无关。

锁存及转换控制：有没有对输入量的锁存功能直接影响其与 CPU 的接口设计。有些 D/A 需有外部信号控制之下才开始进行 D/A 转换，这样 CPU 可以控制多路 D/A 的同步输出。

参考电源：D/A 转换中，参考电压源是唯一影响输出结果的模拟参数。使用内部带有低漂移精密参考电压源的 D/A 转换能保证有较好的转换精度，并且可以简化接口电路。在 D/A 转换接口中常用的 D/A 转换器大多不带参考电压源，为了方便地改变输出模拟电压范围、极性，需配置相应的参考电压源。常用稳压电路如图 7.17 所示。

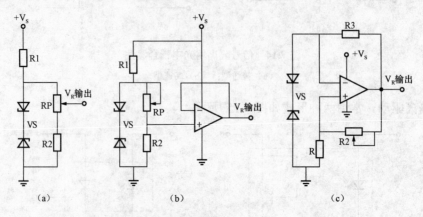

图 7.17　常见的稳压电路（D/A 转换参考电压源）

（a）简单稳压电路；（b）、（c）带运算放大器的稳压电路

2. 输出模拟电压

D/A 转换器件的输出模拟电压 V_0 可以表达成为输入数字量 D（数字代码）和模拟参考电压的乘积，即 $V_0 = D \times V_R$。

二进制代码表示为

$$D = a_1 \times 2^{-1} + a_2 \times 2^{-2} + \cdots + a_n \times 2^{-n} \quad (a_i = 0, 1)$$

其中，a_1 为最高有效位（MSB），a_n 为最低有效位（LSB）。

由于大多数 D/A 转换器输出的模拟量为电流量，这个电流量要通过一个反相输入的运算放大量才能转换成模拟电压输出，如图 7.18（a）所示。此时，模拟输出电压 V_0 为

$$V_0 = -D \times V_R \quad (0 \leqslant D \leqslant 1)$$

这种工作方式称为二象限方式，即单值数字量 D 和正负参考电压 V_R。输出电压 V_0 的极性完全取决于模拟参考电压的极性。当参考电压极性不变时，只能得到单极性的模拟电压输出。

当参考电压 V_R 极性不变时，要想得到双极性的模拟电压输出，必须采用四象限工作方式，如图 7.18（b）所示。此时，当 V_R 为单极性时，输出电压 V_0 的极性为双极性 V_0 为

$$V_0 = -(2D - 1) \times V_R \quad (0 \leqslant D \leqslant 1)$$

3. 典型 D/A 转换器

DAC0832 是常用的 8 位 D/A 转换芯片，其结构框图如 7.19 所示。具有两级锁存控制功能，能够实现多通道 D/A 的同步输出。当只有一路 D/A 输出时，可以将 $\overline{CS}$ 和 $\overline{XFER}$ 相连作片选信号，将 $\overline{WR1}$ 与 $\overline{WR2}$ 相连作输出控制，这样，两级锁存就成为一级锁存。

DAC0832 芯片为 20 引脚双列直插式封装结构，其引脚排列如图 7.20 所示。

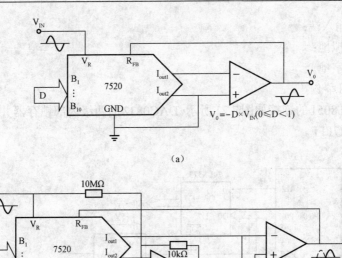

（a）

（b）

图 7.18　D/A 转换器输出模拟电压

（a）二象限工作；（b）四象限工作

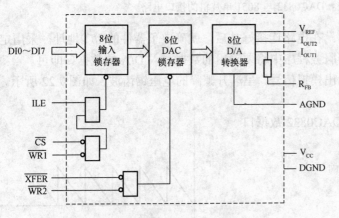

图 7.19　DAC0832 结构框图

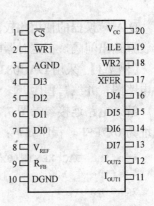

图 7.20　DAC0832 引脚图

DI0～DI 7：8 位数据输入线；

ILE：数据锁存允许信号，一般接 V_{CC}；

$\overline{CS}$：片选信号；

$\overline{WR1}$：输入锁存器写控制信号；

$\overline{XFER}$：DAC 锁存器选择信号；

$\overline{WR2}$：DAC 锁存器写控制信号。一旦数据进入 DAC 锁存器，D/A 转换即开始；

V_{REF}：基准参考电源输入。一般接 V_{CC}；

R_{FB}：电流/电压转换放大器反馈信号输入端；

I_{OUT1}：电流输出端 1，其值随 DAC 锁存器内容线性变化；

I_{OUT2}：电流输出端 2，$I_{OUT1}+I_{OUT2}=$ 常数；

V_{CC}：电源输入端；

AGND：模拟地；

DGND：数字地。

4. D/A 应用举例

DAC0832 与 8051 的连接如图 7.21 所示。DAC0832 的两级内部锁存器并联使用，DAC0832 数据口地址为 0x7FFF。

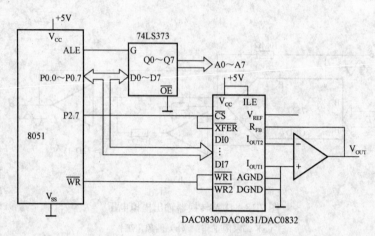

图 7.21　DAC0832 与 8051 单片机的接口电路

D/A 转换器的使用比较简单。在电路连接好之后，就确定了器件的 I/O 地址。采用定时器设置输出间隔，在定时器中断服务程序中将要输出的数据写入 D/A 的数据口即可。

【例 7.3】　采用 DAC0832 输出模拟信号，呈渐升骤降的电压锯齿波，如图 7.22 所示。设计电路图，并编写程序。

解　电路连接参考图 7.21，DAC0832 数据口地址为 0x7FFF。程序如下：

```
#define DAC XBYTE[0x7FFF]
#define T 100
void main( )
{
    unsigned char a=0, b=T;
    while(1)
    {
        DAC=a;
        a++;
        while(b--);              //T 的大小可以改变锯齿波周期
        b=T;
    }
}
```

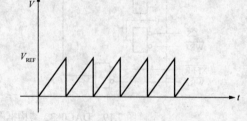

图 7.22　DA 输出的锯齿波波形

7.3　人机通道接口技术

单片机应用系统中，通常都要由人机对话功能，包括操作者对应用系统状态的干预与数据输入，以及应用系统向操作者报告运行状态与运行结果。

7.3.1 人机通道

1. 人机通道配置类型

在单片机应用系统中，人机通道配置与应用系统的规模、特点有关。单片机应用系统的类型多种多样，如智能仪表、控制单元、数据采集系统、分布式监测系统等。对于各种类型的单片机应用系统，其人机通道配置的集合，如图 7.23 所示。

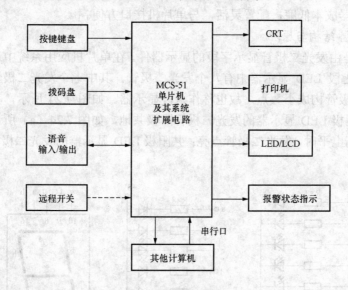

图 7.23　人机通道配置集合

操作人员对单片机应用系统状态的干预和数据输入的常用外部设备是按键和键盘，有对系统状态实现干预的功能键和向系统输入数据的数字键等。拨码盘是对系统置入数据的一种较价廉、可靠的办法。近年来，针对单片机应用系统的结构特点、应用环境，也开始发展非接触的人机接口，如遥控键盘、远程开关以及语音输入接口等。

单片机应用系统向人报告运行状态及运行结果的常用外部设备有指示灯、LED/LCD 显示器以及能永久保持结果数据、状态的打印机等。近年来，单片机应用系统根据需要也开始配置简易、廉价的 CRT 接口以及语音输出接口等。

作为一个独立的单片机应用系统，根据功能需要选择图 7.23 中的部分人机接口配置即可。但是有一些应用系统，如分布式监测系统，常常要配置较强水平的人机对话接口，而且常常采用集中控制，故通常与通用计算机系统连机。在这样的应用系统中，人机对话的配置主要依靠通用计算机系统实现。在控制总站及各控制子站中只配置一些简单的人机外设接口。

2. 人机通道接口特点

单片机应用系统的人机通道是在应用系统与人之间的信息传递渠道。因此，其接口特点与单片机应用系统的特点以及用户的特点有关，主要表现为：

（1）专用性。一般来说单片机应用系统都是专用计算机应用系统。人机通道外部设备配置水平完全根据系统功能要求而定，例如显示器显示位数、键盘数量、指示灯数量以及选用何种规模的微型打印机等。

（2）小型价廉。单片机应用系统本身的特点是低成本、中小规模、环境适应性强、配置灵活。因此，相应的外部设备以配置小型、微型、廉价型为原则。

（3）在 MCS-51 单片机应用系统中，外部设备与外部数据存储器统一编址，与外部设备的数据通信使用 MOVX 指令。

（4）人机接口中一般都是数字逻辑控制电路。许多外部设备都有标准的接口与通信要求。

7.3.2　显示器及其接口

单片机应用系统中，使用的显示器主要有 LED（发光二极管显示器）和 LCD（液晶显示器）。这两种显示器成本低廉，配置灵活，与单片机接口方便。

1．LED 显示器结构与原理

LED 显示器是由发光二极管显示字段的显示器件。在单片机应用系统中通常使用的是七段 LED。通常的七段 LED 显示器中有八个发光二极管，其中七个发光二极管构成七笔字形"8"，一个发光二极管构成小数点，故也称作八段显示器。如图 7.24 所示，其分为共阴极与共阳极两种。共阴极 LED 显示器的发光二极管阴极共地，如图 7.24（a）所示，当某个发光二极管的阳极为高电平时，发光二极管点亮；共阳极 LED 显示器的发光二极管阳极并接，如图 7.24（b）所示。

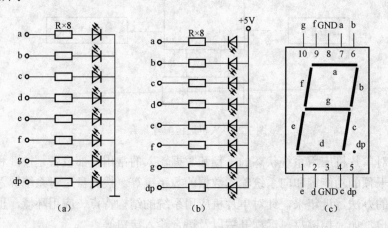

图 7.24　七段 LED 显示器

（a）共阴极；（b）共阳极；（c）管脚配置

七段显示器与单片机接口非常容易。只要将一个 8 位并行输出口与显示器的发光二极管引脚相连即可。8 位并行输出口输出不同的字节数据即可获得不同的数字或字符，在 I/O 口按最低位到最高位顺序连接 a~f、dp 端情况下，字符编码见表 7.5 所示。通常将控制发光二极管的 8 位字节数据称为段选码。共阳极与共阴极的段选码互为补数。

表 7.5　　　　　　　　　　　　　　　**七段 LED 显示器的段选码**

显示字符	共阴段选码	共阳段选码	显示字符	共阴段选码	共阳段选码
0	3FH	C0H	C	39H	C6H
1	06H	F9H	D	5EH	A1H
2	5BH	A4H	E	79H	86H
3	4FH	B0H	F	71H	8EH
4	66H	99H	P	73H	8CH

显示字符	共阴段选码	共阳段选码	显示字符	共阴段选码	共阳段选码
5	6DH	92H	U	3EH	C1H
6	7DH	82H	Γ	31H	CEH
7	07H	F8H	Y	6EH	91H
8	7FH	80H	8.	FFH	00H
9	6FH	90H	"灭"	00H	FFH
A	77H	88H	…	…	…
B	7CH	83H			

2. LED 显示器与显示方式

在单片机应用系统中使用 LED 显示器构成 N 位 LED 显示。图 7.25 所示为 N 位 LED 显示器的构成原理。

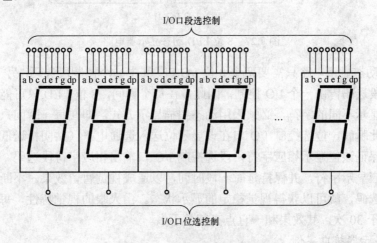

图 7.25　N 位 LED 显示器

N 位 LED 显示器有 N 根位选线和 8×N 根段选线，根据显示方式不同，位选线与段选线的连接方法不同。段选线控制字符选择，位选线控制显示位的亮、灭。

LED 显示器有静态显示与动态显示两种方式。

（1）LED 静态显示方式。LED 显示器工作在静态显示方式下，共阴极或共阳极连接在一起接地或接+5V；每位的段选线（a～dp）与一个八位并行口相连。如图 7.26 所示，为四位静态 LED 显示器电路。该电路每一位可独立显示，只要在该位的段选线上保持段选码电平，该位就能保持相应的显示字符。由于每一位由一个 8 位输出口控制段选码，故在同一时间里每一位显示的字符可以各不相同。

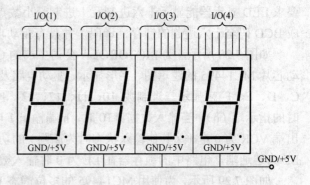

图 7.26　四位静态 LED 显示器电路

　　N 位静态显示器要求有 N×8 根 I/O 口线，占用 I/O 资源较多，故在位数较多时往往采用动态显示方式。

　　（2）LED 动态显示方式。在多位 LED 显示时，为了简化电路，降低成本，将所有位的段选线并联在一起，由一个 8 位 I/O 口控制，而共阴极点或共阳极点分别由相应的 I/O 口线控制。如图 7.27 所示，为 8 位 LED 动态显示器电路。

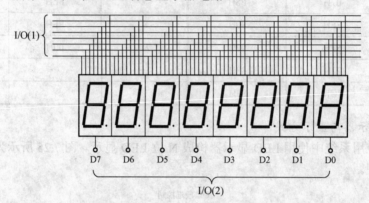

图 7.27　8 位 LED 动态显示器电路

　　8 位 LED 动态显示电路只需要两个 8 位 I/O 口，其中一个控制段选码，另一个控制位选。由于所有位的段选码皆由一个 I/O 控制，因此，在每个瞬间，8 位 LED 只可能显示相同的字符。要想每位显示不同的字符，必须采用动态扫描显示方式，即在每一瞬间只使某一位显示相应字符。在此瞬间，位选控制 I/O 口在该显示位送入选通电平（共阴极送低电平、共阳极送高电平）以保证该位显示相应字符，段选控制 I/O 口输出相应字符段选码。如此轮流，使每位显示该位应显示字符，并保持延时一段时间，以造成视觉暂留效果。不断循环送出相应的段选码、位选码，就可以获得视觉稳定的显示状态。由人眼的视觉特性，每一位 LED 在 1s 内点亮不少于 30 次，其效果和一直点亮相差不多。

　　3. LED 显示器接口实例

　　从 LED 显示器的显示原理可知，为了显示字母数字，必须最终转换成相应段选码。这种转换可以通过硬件译码器或软件进行译码。

　　下面介绍使用译码器或软件译码的一些接口电路。

　　（1）硬件译码显示器接口。BCD—七段十六进制译码驱动显示接口。单片机应用系统常要求 LED 显示器能显示十六进制及十进制带小数点的数，因此，在选择译码器时，要能够完成 BCD 码至十六进制的锁存、译码，并具有驱动功能。

　　如图 7.28 所示，为 MOTOROLA 公司生产的 CMOS BCD—七段十六进制锁存、译码驱动芯片 MC14495 的逻辑图、字形显示、驱动电路及引脚图。该电路的特点是可用字母 A、B、C、D、E、F 来显示二进制数 10、11、12、13、14、15，同时还有译码器输入大于等于 10 时的指示端（h）。当输入数据≥10 时，h 端输出 1 电平。另外还有输入数据为 15 时，电路输出端 VCR 为 0 电平（其他输入状态时为高阻）的功能。电路内部还有一个 290Ω 的限流电阻。LE 为选通端，电路中的锁存器在 LE 为 0 时输入数据，在 LE＝1 时锁存数据。

　　如图 7.29 所示，为使用 MC14495 的多位静态 LED 显示接口电路，LED 显示块采用共阴极。该电路中可直接显示多位十六进制数，若要显示带小数点的十进制数，只要在 LED 的

dp 端另加驱动控制即可。MC14499 有输出限流电阻,故 LED 不需外加限流电阻。

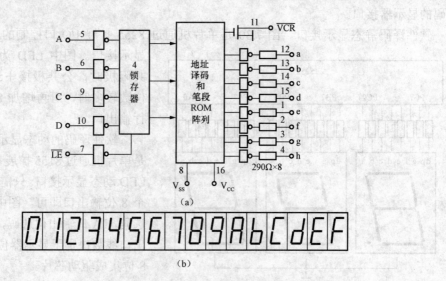

（a）

（b）

图 7.28 MC14495 BCD—七段十六进制锁存译码驱动器

（a）引脚图；（b）字形图

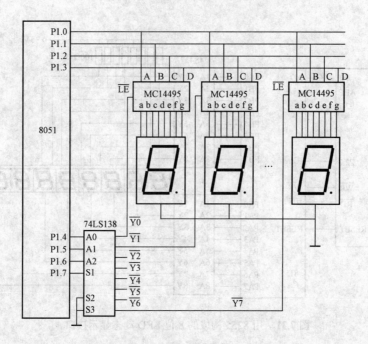

图 7.29 使用 MC14495 的多位静态 LED 显示接口

该接口软件十分简单。当给 P1.7 高电平时,开显示,由 P1.4、P1.5、P1.6 控制 LE 依次选中一位 LED 然后由 P1.0～P1.3 送入 BCD 码,在使 LE 转高电平时锁存该位数据并译码、驱动显示。

（2）软件译码显示器接口。由于单片机本身有较强的逻辑控制能力,在显示器接口中采用软件译码并不复杂。而且软件译码其译码逻辑可随意编程设定,不受硬件译码逻辑限制。

采用软件译码还能简化硬件电路结构。因此，在单片机应用系统中，使用得最广的还是软件译码的显示器接口。

软件译码静态显示接口。图 7.30 是单片机通过 8255 扩展 I/O 口控制的三位静态 LED 显示接口。图中 LED 为共阴极。若为共阳极时，公共极接＋5V。如果显示位数较多时，可再增加 8255 或其他并行输出口。

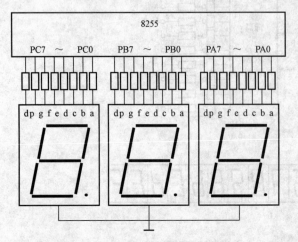

图 7.30　用 8255 构成 3 位静态 LED 显示接口

软件译码的动态显示接口。图 7.31 是单片机通过 8155 扩展 I/O 控制的 8 位 LED 动态显示接口。只需要 8255 提供 2 个 8 位输出口即可。图中 PB 口输出段选码，PA 口输出位选码，位选码占用输出口线数决定于显示器位数。74S437 为 8 位集成驱动芯片。

动态显示程序设计。对于图 7.31 的动态显示接口，其动态显示子程序流程如图 7.32 所示。

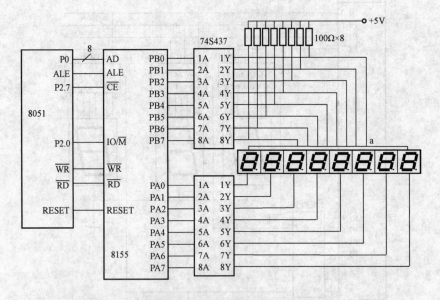

图 7.31　用 8255 构成的 8 位 LED 动态显示接口

设 f_{osc}＝6MHz，定时器 T0 工作于方式 1。程序如下：

```
# include <reg51.h>
# include "intrins.h"
# define  COM8155  XBYTE[0x7FF8]
# define  PA  XBYTE[0x7FF9]
# define  PB  XBYTE[0x7FFA]
char code dispdata[]={0x3F,0x06,0x5B,0x4F,0x66,0x6D,0x7D,0x07,0x7F,0x6F,0x77,
```

```
                    0x7C,0x39,0x5E,0x79,0x71};
char dis_dat[8];
void  delay( )  /*延时1ms*/
{
    TL0=-500 % 256;
    TH0=-500/256;
    TR0=1;
    while(!TF0);
    TF0=0;
    TR0=0;
}
void disp(char ch1)
{
    static char ch=0xFE;
    PA=ch;
    PB=dis_dat[ch1];
    ch=~ch;
    ch=ch << 1;
    if(ch==0) ch=1;
    ch=~ch;
}
main( )
{
    char ch1,ch2;
    TMOD=0x01;
    COM8155=3;
    while(1)
    {
        for( ch1=0; ch1 < 8; ch1++)
        {
            disp(ch1);
            delay( );
        }
        delay( );
        delay( );
    }
}
```

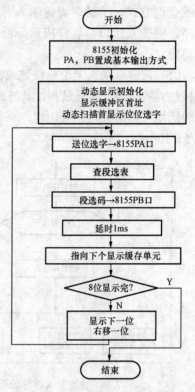

图 7.32　动态显示子程序流程图

7.3.3　按键、键盘及其接口

为了控制单片机应用系统的工作状态，以及向应用系统中输入数据，应用系统应设有按键或键盘。例如复位用的复位键，功能转换用的功能键以及数据输入用的数字键盘等。

1. 按键的功能

单片机应用系统中除了复位按键有专门的复位电路和专一的复位功能外，其他的按键或键盘都是以开关状态来设置控制功能或输入数据的。当所设置的功能键或数字键按下时，单片机应用系统应完成该按键所设定的功能。因此，按键信息输入是与软件结构密切相应的过程。如图 7.33 所示，为单片机应用系统的按键输入软件流程图。

对一组键，或一个键盘，单片机必须通过接口电路与之连接。单片机可以采用中断方式或查询方式，了解有无键输入并检查是那一个键按下，当有键按下时，执行该键的功能程序。键输入接口与软件应可靠而快速地实现键信息输入与键功能任务。为此，应解决下列问题。

（1）按键抖动。无论是按键或键盘都是利用机械触点的合、断作用，一个电压信号通过机械触点的闭合、断开过程，其波形如图 7.34 所示。由于机械触点的弹性作用，在闭合及断开瞬间均有抖动过程，会出现一系列负脉冲。抖动时间长短，与开关的机械特性有关，一般为 5～10ms。

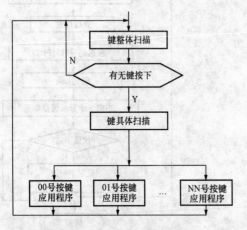

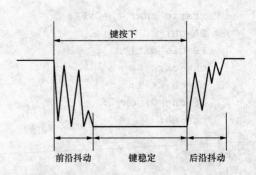

图 7.33　按键输入软件流程图　　　　　图 7.34　键闭合及断开时的电压抖动

按键的稳定闭合期，由操作人员的按键动作所确定，一般为十分之几秒至几秒时间。为了保证单片机对键的一次闭合，仅作一次键输入处理，必须去除抖动影响。去除抖动影响的措施有硬、软件两种。如图 7.35 所示，用 R-S 触发器或单稳态电路构成的硬件去抖动电路。由于额外硬件器件对系统带来故障的几率增大，往往采用软件方式去除抖动的影响，采用软件去除抖动影响的办法是在检测到有键按下时，执行一个 10ms 的延时程序后再确认该键电平是否仍保持闭合状态电平，如保持闭合状态电平则确认为真正键按下状态，从而消除了抖动影响。

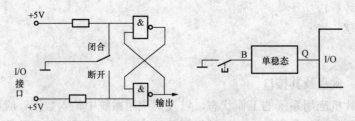

图 7.35　按键去抖动电路

（2）键盘监测。对于单片机应用系统，键盘扫描只是 CPU 工作的一部分，只是在有键按下时，键盘处理程序才可能被调用。对是否有键按下的检测有中断方式与查询方式两种。

（3）键处理子程序。完善的键盘控制程序应完成：监测有无按键按下。有键按下后，在无硬件去抖动电路时，应有软件延时方法去除抖动影响。有可靠的逻辑处理办法。如 n 键锁定，即只处理一个键，其间任何按下又松开的键不产生影响；不管一次按键持续有多长时间，仅执行一次按键功能程序等。

2. 独立式按键

（1）电路结构。独立式按键是指直接用 I/O 口线构成的单个按键电路。每个独立式按键单独占有一根 I/O 口线，每根 I/O 口线上的按键工作状态不会影响其他 I/O 口线的工作状态，如图 7.36 所示。图 7.36（a）为中断方式的独立式按键电路，图 7.36（b）为查询方式电路。通常按键输入都采用低电平有效。上拉电阻保证了按键断开时，I/O 口线有确定的高电平。当 I/O 口内部有上拉电阻时，外电路可以不配置上拉电阻。

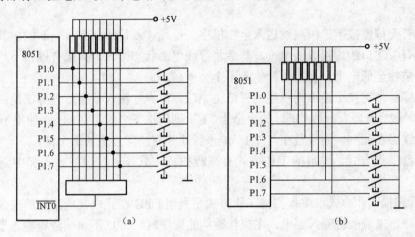

图 7.36　独立式按键电路

独立式按键电路配置灵活，软件结构简单，但每个按键必须占用一根 I/O 口线，在按键数量较多时，I/O 口线浪费较大。在按键数量不多时，常采用这种按键电路。

（2）软件结构。下面是查询方式的键盘程序。程序中没有软件防抖动措施，只包括键查询、键功能程序转移。程序如下：

```
Void keyproc( )
{
    char x;
    x=p1;
    switch(x)
    {
    case 0xfe:prom0( );   break;            /*处理 0 号键*/
    case 0xfd:prom1( );   break;            /*处理 1 号键*/
    case 0xfb:prom2( );   break;
    case 0xf7:prom3( );   break;
    case 0xef:prom4( );   break;
    case 0xdf:prom5( );   break;
    case 0xbf:prom6( );   break;
    case 0x7f:prom7( );
    }
}
```

其中，prom0()～prom7()分别是 8 个按键所对应的功能函数。由此程序可以看出，按键由软件设置了优先级，优先级的顺序依次为 0～7。

3. 行列式键盘

行列式键盘又叫矩阵式键盘。用 I/O 口线组成行、列结构，按键设置在行列的交点上。例如用 2×2 的行、列结构可构成 4 个键的键盘，4×4 的行列结构可构成 16 个键的键盘。因此，在按键数量较多时，可以节省 I/O 口线。

（1）键盘电路原理。行列式键盘电路原理如图 7.37 所示。按键设置在行、列线交点行，行、列线分别连接到按键开关的两端。当行线通过上拉电阻接＋5V 时，被钳位在高电平状态。

键盘中有无按键按下是由列线送入全扫描字、行线读入行线状态来判断的。其方法是：给列线的所有 I/O 口线均置成低电平，然后将行线电平状态读入。如果有键按下，总会有一根行线电平被拉至低电平，从而使行输入不全为"1"。

键盘中哪一个键按下是由列线逐列置低电平后，检查行输入状态。其方法是：依次给列线送低电平，然后查所有行线状态，如果全为"1"，则所按下之键不在此列。如果不全为"1"，则所按下的键必在此列。而且是在与"0"电平行线相交的交点上的那个键。

（2）键盘工作方式。键盘的工作方式有编程扫描方式、定时扫描方式和中断扫描方式三种。

1）编程扫描工作方式。编程扫描工作方式是利用 CPU 在完成其他工作的空余，调用键盘扫描子程序，来响应键输入要求。在执行键功能程序时，CPU 不再响应键输入要求。如图 7.38 所示，用 8155 扩展 I/O 口组成的行列式键盘，共 32 个键，由 1 个 8 位口和 1 个 4 位口组成 4×8 的行列式键盘。

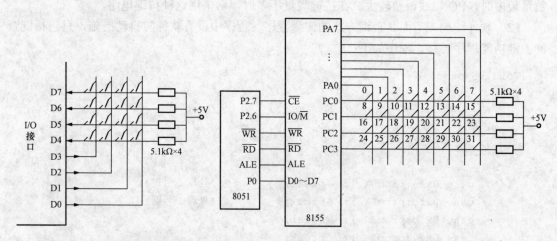

图 7.37　行列式键盘原理电路　　　图 7.38　8155 扩展 I/O 口组成的行列式键盘

在键盘扫描子程序中完成下述几个功能：

判断键盘上有无键按下。PA 口输出全扫描字 00H，读 PC 口状态，若 PC0～3 为全"1"则键盘无键按下，若不全为"1"则有键按下。

去键的机械抖动影响。在判断有键按下后，软件延时一段时间再判断键盘状态，如果仍为有键按下状态，则认为有一个确定的键按下，否则按键抖动处理。

求按下键的键号。按照行列式键盘工作原理，图 7.36 中 32 个键的键值应对应作如下分布（按 PA，PC 口二进制码，X 为任意值）：

FEXE	FDXE	FBXE	F7XE	EFXE	DFXE	BFXE	7FXB
FEXD	FDXD	FBXD	F7XD	EFXD	DFXD	BFXD	7FXD
FEXB	FDXB	FBXB	F7XB	EFXB	DFXB	BFXB	7FXB
FEX7	FDX7	FBX7	F7X7	EFX7	DFX7	BFX7	7FX7

键闭合一次仅进行一次键功能操作。其方法为，等待键释放以后再将键号返回。

如图 7.39 所示为键扫描子程序流程图。程序如下：

键号扫描函数（8155 的初始化，置 PA 口为基本输出口、PC 为基本输入口，放在主程序中）。

```
void keyproc( )
{
    PA=0;
    if(PC & 0x0F !=0x0F)
    {
        delay( );   /*12ms 延时*/
        if(PC & 0x0F==0x0F)
        return;
        PA=0xFE;
        switch(PC&0x0F){
        case 0x0E: proc0( ); break;
        case 0x0D: proc8( ); break;
        case 0x0B: proc16( ); break;
        case 0x07: proc24( );
        }
        PA=0xFD;
        switch(PC&0x0F){
            case 0x0E: proc1( ); break;
            case 0x0D: proc9( ); break;
            case 0x0B: proc17( ); break;
            case 0x07: proc25( );
        }
        …
    }
    PA=0xFF;
}
```

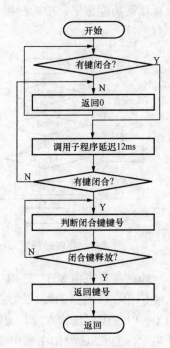

图 7.39 键扫描子程序流程图

编程扫描工作方式只有在 CPU 空闲时才调用键盘扫描子程序。因此，在应用系统软件方案设计时，应考虑这种键盘扫描子程序的编程调用能满足键盘响应要求。

2）定时扫描工作方式。定时扫描工作方式是利用单片机内部定时器产生定时中断（例如 10ms），CPU 响应中断后对键盘进行扫描，并在有键按下时转入键功能处理程序。定时扫描工作方式的键盘硬件电路与编程扫描工作方式相同。其软件框如图 7.40 所示。

定时扫描工作方式在本质上是中断方式，因此，图 7.38 是一个中断服务程序框图。按照程序要求，在单片机的片内 RAM 位寻址区设置去抖动标志 KM 和处理标志 KP 两个标志位。

当键盘中无键按下，KM、KP 置零，返回。由于定时开始后一般不会立即有键按下，故相当于 KM、KP 初始化置零。

当键盘中有键按下时，先检查 KM 标志，KM＝0 时，表示尚未作去抖动影响处理，此时中断返回同时 KM 置"1"。因为中断返回后要经 10ms 才可能再次中断，相当于实现了 10ms 延时效果，因而程序中不需要延时。当再次定时中断后检查 KP 标志，由于开始时 KP＝0，程序进入查找键号，并使 KP 置"1"，执行键功能程序，然后返回。在 KM，KP 均为"1"时，表示键处理完毕，再次定时中断时，将 KM、KP 清零。

3）中断工作方式。无论是编程工作或定时工作，CPU 经常处于空扫描状态。为了进一步提 CPU 效率，可以采用中断扫描工作方式。即可有在键盘有键按下时，才执行键盘扫描，执行该键功能程序。中断扫描工作方式的键盘接口如图 7.41 所示。

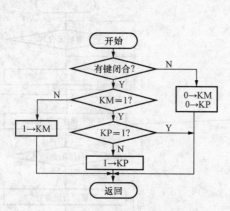

图 7.40　定时扫描方式程序框图

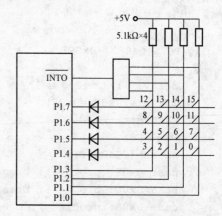

图 7.41　中断方式键盘接口

该键盘直接由 8031 的 P1 口的高、低字节构成 4×4 行列式键盘。键盘的列线与 P1 口的低 4 位相连，键盘的行线通过二极管接到 P1 口的高 4 位。因此，P1.4～P1.7 作键输出线，P1.0～P1.3 作扫描输入线。初始化时，使 P1.0～P1.3 置零。当有键按下时，$\overline{INT0}/\overline{INT1}$ 端为低电平，向 CPU 发出中断申请，若 CPU 开放外部中断，则响应中断请求，进入中断服务程序。在中断服务程序中除完成键识别、键功能处理外，还须有消除键抖动影响、防止多次重复执行键功能操作等措施。

（3）键盘扫描方式。当键盘有键按下时，要逐行或逐列扫描，以判定是那一个按键按下。通常扫描方式有两种，即扫描法和反转法。

（1）扫描法。扫描法是在判定有键按下后逐列（或行）置低电平，同时读入行（或列）状态，如果行（或列）状态出现非全"1"状态，这时"0"状态的行、列交点的键就是所按下的键。扫描法的特点就是逐行（或行）扫描查询。这时，相应的行（或列）应有上拉电阻接高电平。

（2）反转法。扫描法要逐行（列）扫描查询，当所按下的键在最后行（列），则要经过多次扫描才能获得键值、键号。而采用反转法时，只要经过两个步骤即可获得键值。反转法原理如图 7.42 所示。

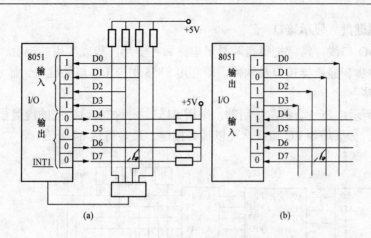

图 7.42　线反转法原理

（a）线反转法第一步；（b）线反转法第二步

硬件采用中断工作方式，用一个 8 位 I/O 口构成 4×4 键盘。假定图中所画的键为所按下的键，反转法的两个步骤：

将 D3～D0 编程为列输入线，D7～D4 编程为行输出线，并使 I/O 输出数据为 0FH（即保证行输出信号 D7～D4 为 0000）。若有键按下，与门的输出端变为低电平，向 CPU 申请中断，表示键盘中有键按下。与此同时，D3～D0 的数据用一个变量 x 保存。其中 0 位对应的是被按下键的列位置，然后转入第二步。

将第一步中的传送方向反转过来，即将 D7～D4 编程为输入线，D3～D0 编程为输出线。使 I/O 口输出数据为 x 的值（即 D3～D0 为按下键的列位置），然后读入 I/O 数据，存入变量 y，该数据的 D7～D4 位中 0 电平对应的位是按下键的行位置。

最后，将 x 的 D3～D0 与 y 的 D7～D4 拼接起来就是按下键的键值。图 7.42 中按下键的键值为 01111101＝0x7D。

（4）行列式键盘接口。MCS-51 单片机用于系统扩展时，可提供用户直接使用的 I/O 口线很少。故在 MCS-51 单片机应用系统中，大多采用扩展 I/O 口来构成行列式键盘。典型的键盘接口有通用 I/O 扩展口、串行 I/O 扩展口、专用键盘芯片构成的行列式键盘。由于带有行列式键盘的应用系统中通常都有显示器，为节省 I/O 口线，往往把显示器电路与行列式键盘做在一个接口电路中。

1）通用并行扩展 I/O 口键盘接口。单片机借助通用 I/O 扩展芯片的 I/O 口线构成行列式结构。如 8155、8255 等。图 7.38 是由 8155 扩展 I/O 口构成的 4×8 的行列式键盘接口。如果改成 8255 扩展口则其键盘电路接口以及键盘扫描子程序结构相似。

2）串行口 I/O 口扩展的键盘接口。由于单片机的串行口在方式 0 工作状态下，可以方便地通过移位寄存器扩展并行输出口。因此，可以将这些并行口线作为列线可与 P3 口的行线构成行列式键盘，如图 7.43 所示。每占用一根 P3 口线可增加 8 个按键，图中为 2×8 键盘，用户可根据需要增减。

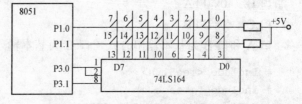

图 7.43　串行口 I/O 扩展的行列式键盘接口

7.3.4　典型键盘、显示接口

为了节省 I/O 口线，常常把键盘和显示电路做在一起，构成实用的键盘、显示电路。下面介绍典型的键盘、显示器接口及软件，即利用 8155 扩展 I/O 口的键盘、显示器接口。

1. 接口电路

如图 7.44 所示，是一个经常使用的，采用 8155 并行扩展口构成的键盘显示器电路。其设置了 32 个键。如果增加 PC 口线，可以加多按键，最多可达 64 个键。

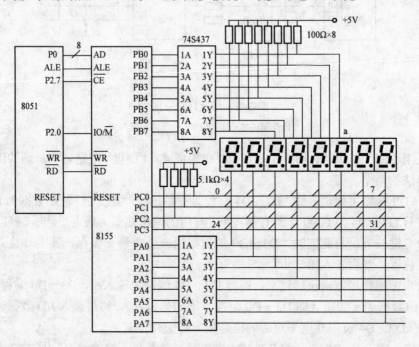

图 7.44　8155 扩展 I/O 口的键盘、显示器接口电路

LED 显示器采用共阴极。段选码由 8155PB 口提供，位选码由 PA 口提供。键盘的列输入由 PA 口提供，行输出由 PCO～PC3 提供。LED 采用动态显示软件译码，键盘采用逐列扫描查询工作方式。LED 的驱动采用输出八位驱动器 74S437。

2. 软件设计

由于键与显示器作成一个接口电路，因此在软件中合并考虑键盘查询与动态显示，键盘去抖动的延时子程序用显示程序替代。

8155 地址安排：

命令字寄存器　0x7FF8

口 A　　0x7FF9

口 B　　0x7FFA

口 C　　0x7FFB

口 A 和口 B 为基本输出方式，口 C 为基本输入方式，不使用中断。则命令字为 0x03。

```
# include <reg51.h>
# include "absacc.h"
# define  COMM  XBYTE[0x7FF8]
```

```
# define  PA  XBYTE[0x7FF9]
# define  PB  XBYTE[0x7FFA]
# define  PC  XBYTE[0x7FFB]
char code dispdata[]={0x3F,0x06,0x5B,0x4F,0x66,0x6D,0x7D,0x07,0x7F,0x6F,0x77,
               0x7C,0x39,0x5E,0x79,0x71};
char dis_dat[8];
void delay( )                              /*延时 1ms*/
{
    TL0=-500 % 256;
    TH0=-500/256;
    TR0=1;
    while(!TF0);
    TF0=0;
    TR0=0;
}
void disp(char ch)
{
    char ch1,ch2;
    switch(ch){
        case 0xFE: ch2=0;   break;
        case 0xFD: ch2=1;   break;
        case 0xFB: ch2=2;   break;
        case 0xF7: ch2=3;   break;
        case 0xEF: ch2=4;   break;
        case 0xDF: ch2=5;   break;
        case 0xBF: ch2=6;   break;
        case 0x7F: ch2=7;
    }
    for(ch1=0;ch1 < 8;ch1++){
        PA=ch;
        PB=dis_dat[ch2++];
        If(ch2==8)  ch2=0;
        ch=~ch;
        ch=ch << 1;
        if(ch==0) ch=1;
        ch=~ch;
        delay( );
    }
}
void main( )
{
    char ch=0xFE,ch1,ch2;
    TMOD=0x02;
    TH0=-500 / 256;
    TL0=-500 % 256;
    for(ch1=0;ch1 < 8;ch1++)
    {
```

```
        PA=ch;
        PB=dis_dat[ch1];
        ch2=PC & 0x0F;
        if(ch2 !=0x0F)
        {
            disp(ch);
            ch2=PC & 0x0F;
            if(ch2 !=0x0F) keyproc(ch,ch2);
        }
        ch=~ch;
        ch=ch << 1;
        if(ch==0) ch=1;
        ch=~ch;
        delay( );
    }
}
```

程序中的 keyproc( )函数的功能是根据键盘列线和行线的值确定键值并作相应的处理。

7.3.5 I²C 接口 ZLG7290

1. 芯片功能

I²C 接口芯片 ZLG7290 提供键盘中断信号，方便与单片机接口，可驱动 8 位共阴数码管或 64 只独立 LED 和 64 个按键，可控扫描位数，可控任一数码管闪烁，提供数据译码和循环、移位、段寻址等控制，8 个功能键可检测任一键的连击次数，无需外接元件即直接驱 LED，可扩展驱动电流和驱动电压，提供工业级器件多种封装形式 PDIP24、SO24。引脚排列如图 7.45 所示。

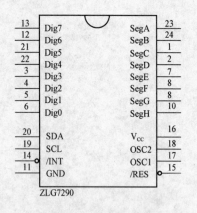

图 7.45 ZLG7290 引脚

引脚的功能定义如下：

Dig7～Dig0：LED 显示位驱动（输出）及键盘扫描线（输入）。

SegH～SegA：LED 显示段驱动（输出）及键盘扫描线（输入）。

SDA：I²C 总线接口数据线。

SCL：I²C 总线接口时钟线。

$\overline{\text{INT}}$：中断输出端，低电平有效。

$\overline{\text{RES}}$：复位输入端，低电平有效。

OSC1、OSC2：连接晶体，以产生内部时钟。

V_{CC}：电源 3.3V～5.5V。

GND：接地。

ZLG7290 可采样 64 个按键，可检测每个按键的连击次数。其键盘基本功能如下：

（1）键盘去抖动处理。当键被按下和放开时，可能会出现电平状态反复变化，称作键盘抖动。若不作处理会引起按键盘命令错误，所以要进行去抖动处理，以读取稳定的键盘状态为准。

（2）双键互锁处理。当有两个以上按键被同时按下时，ZLG7290 只采样优先级高的按键，优先顺序为 S1>S2>…>S64。

（3）连击键处理。当某个按键按下时，输出一次键值后，如果该按键还未释放，该键值连续有效，就像连续压按该键一样，这种功能称为连击，连击次数计数器 RepeatCnt 可区别出单击，某些功能不允许连击，如开/关。判断连击次数可以检测被按时间。以防止某些功能误操作。如连续按 5s 经入参数设置状态。

（4）功能键处理。功能键能实现 2 个以上的组合按键，同时按下组合按键可以扩展按键数目或实现特殊功能，如 PC 机上的 Shift、Ctrl、Alt 键，典型应用图中的 S57～S64 为功能键。

（5）显示部分。在每个显示刷新周期，ZLG7290 按照扫描位数寄存器 ScanNum 指定的显示位数 N，把显示缓存 DpRam0～DpRamN 的内容按先后循序送入 LED 驱动器实现动态显示，减少 N 值可提高每位显示扫描时间的占空比，以提高 LED 亮度，显示缓存中的内容不受影响，修改闪烁控制寄存器 FlashOnOff 可改变闪烁频率和占空比（亮和灭的时间）。

2. 寄存器结构

ZLG7290 提供两种控制方式，即寄存器映像控制和命令解释控制，寄存器映像控制是指直接访问底层寄存器实现基本控制功能，这些寄存器需字节操作，其功能结构如图7.46 所示。

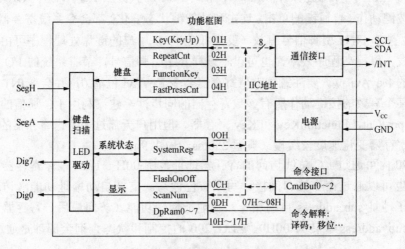

图 7.46　ZLG7290 芯片功能框图

各功能块定义如下：

系统寄存器 SystemReg：地址 00H，复位值 0F0H，保存 ZLG7290 系统状态并可对系统运行状态进行配置。KeyAvi（SystemReg.0）置 1 时表示有效的按键动作（包括普通键的单击、连击和功能键状态变化），$\overline{\text{INT}}$ 引脚信号有效（变为低电平）；清 0 表示无按键动作，$\overline{\text{INT}}$ 引脚信号无效（变为高阻态）。有效的按键动作消失后或读 Key 后 KeyAvi 位自动清 0。

键值寄存器 Key：地址 01H，复位值 00H，表示被按下键的键值，当 Key＝0 时表示没有键被按下。

连击次数计数器 RepeatCnt：地址 02H，复位值 00H，RepeatCnt＝0 时表示单击键，RepeatCnt 大于 0 时表示键的连击次数，用于区别出单击键或连击键判，断连击次数可以检测被按时间。

功能键寄存器 FunctionKey：地址 03H，复位值 0FFH，FunctionKey 相应位＝0 表示对应功能键被按下，FunctionKey.7～FunctionKey.0 分别对应按键 S64～S57。

命令缓冲区 CmdBuf0、CmdBuf1：地址 07H、08H，复位值 00H，用于传输指令显示部分。

闪烁控制寄存器 FlashOnOff：地址 0CH，复位值 77H，高 4 位表示闪烁时亮的时间，低 4 位表示闪烁时灭的时间，改变其值同时也改变了闪烁频率，也能改变亮和灭的占空比，FlashOnOff 的 1 个单位相当于 150～250ms（亮和灭的时间范围 1～16，0000B 相当 1 个时间单位），所有像素的闪烁频率和占空比相同。

扫描位数寄存器 ScanNum：地址 0DH，复位值 07H，用于控制最大的扫描显示位数，有效范围 0～7，对应的显示位数为 1～8，减少扫描位数可提高每位显示扫描时间的占空比，以提高 LED 亮度，不扫描显示的显示缓存寄存器则保持不变，如 ScanNum＝3 时，只显示 DpRam0～DpRam3 的内容。

显示缓存寄存器 DpRam0～DpRam7：地址 10H～17H，复位值 00H，缓存中一位置 1 表示该像素亮，DpRam0～DpRam7 的显示内容对应 Dig0～Dig7 引脚。

3. 电路连接

ZLG7290 容易与单片机接口，如图 7.47 所示，并提供键盘中断信号，其从地址为 70H。

有效的按键动作（普通键的单击、连击和功能键状态变化）都会令系统寄存器 SystemReg 的 KeyAvi 位置 1，$\overline{\text{INT}}$ 引脚信号有效（变为低电平）。用户的键盘处理程序可由 $\overline{\text{INT}}$ 引脚低电平中断触发，以提高程序效率，也可以不采样 $\overline{\text{INT}}$ 引脚信号，节省系统的 I/O 数，而轮询系统寄存器的 KeyAvi 位。要注意读键值寄存器会令 KeyAvi 位清 0，并会令 $\overline{\text{INT}}$ 引脚信号无效，为确保某个有效的按键动作所有参数寄存器的同步性，建议利用 I^2C 通信的自动增址功能连续读 RepeatCnt，FunctionKey 和 Key 寄存器。但用户无需过多考虑寄存器的同步问题，因为键参数寄存器变化速度较缓慢（典型 250ms，最快 9ms）。

ZLG7290 内可通过 I^2C 总线访问的寄存器地址范围 00H～17H，任一寄存器都可按字节直接读写，也可以通过命令接口间接读写或按位读写。支持自动增址功能（访问一寄存器后，寄存器子地址 sub address 自动加一）和地址翻转功能（访问最后一寄存器 sub address ＝17H 后，sub address 翻转为 00H）。ZLG7290 的控制和状态查询全部都是通过读/写寄存器实现的。

4. 操作指令

ZLG7290 提供两种控制方式，即寄存器映像控制和命令解释控制。寄存器映像控制是指直接访问底层寄存器除通信缓冲区外的寄存器实现基本控制功能。解释控制是指通过解释命令缓冲区（CmdBuf0～CmdBuf1）中的指令，间接访问底层寄存器，实现扩展控制功能，如实现寄存器的位操作，对显示缓存循环、移位，对操作数译码等操作。

一个有效的指令由一字节操作码和数个操作数组成，只有操作码的指令称为纯指令，带操作数的指令称为复合指令，一个完整的指令，须在一个 I^2C 帧中（起始信号和结束信号间），连续传输到命令缓冲区（CmdBuf0～CmdBuf1）中，否则会引起错误。

（1）左移指令。该指令使与 ScanNum 相对应的显示数据和显示属性（闪烁）自右向左移动 N 位（（N3～N0）＋1）。移动后，右边 N 位无显示，与 ScanNum 不相关的显示数据和显示属性则不受影响。

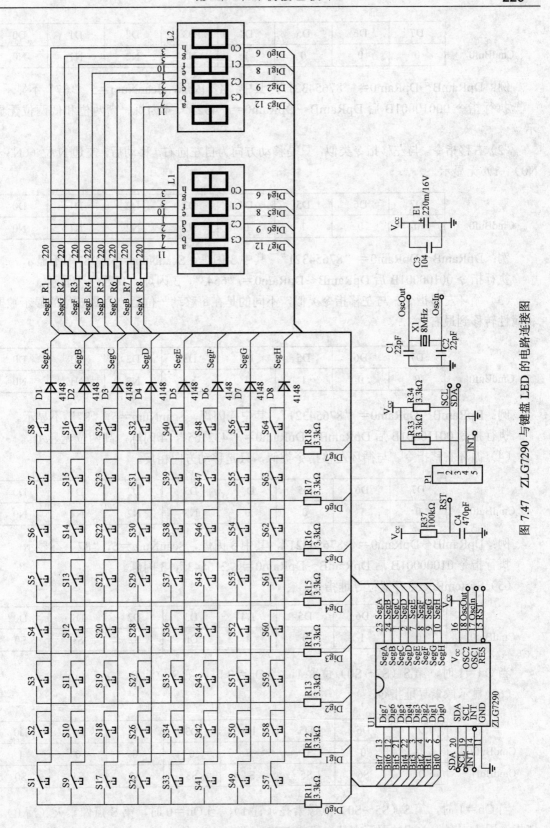

图 7.47 ZLG7290 与键盘 LED 的电路连接图

	D7	D6	D5	D4	D3	D2	D1	D0
CmdBuf0	0	0	0	1	N3	N2	N1	N0

　　例：DpRamB～DpRam0＝"87654321"，其中"4"闪烁，ScanNum＝5，"87"不显示。

　　执行指令 00010001B 后 DpRamB～DpRam0＝"4321"，4 闪烁，高两位和低两位无显示。

　　（2）右移指令。与左移指令类似，只是移动方向为自左向右，移动后，左边 N 位（（N3～N0）+1）无显示。

	D7	D6	D5	D4	D3	D2	D1	D0
CmdBuf0	0	0	1	0	N3	N2	N1	N0

　　例：DpRamB～DpRam0＝"87654321"，其中 3 闪烁，ScanNum＝5，"87"不显示。

　　执行指令 00100001B 后 DpRamB～DpRam0＝"6543"，3 闪烁，高四位无显示。

　　（3）循环左移指令。与左移指令类似，不同的是在每移动一位后，原最左位的显示数据和属性转移到最右位。

	D7	D6	D5	D4	D3	D2	D1	D0
CmdBuf0	0	0	1	1	N3	N2	N1	N0

　　例：DpRamB～DpRam0＝"87654321"，其中 4 闪烁，ScanNum＝5，"87"不显示。

　　执行指令 00110001B 后 DpRamB～DpRam0＝"432165"，4 闪烁，高两位无显示。

　　（4）循环右移指令。与循环左移指令类似，只是移动方向相反。

	D7	D6	D5	D4	D3	D2	D1	D0
CmdBuf0	0	1	0	0	N3	N2	N1	N0

　　例：DpRamB～DpRam0＝"87654321"，其中 3 闪烁，ScanNum＝5，"87"不显示。

　　执行指令 01000001B 后 DpRamB～DpRam0＝"216543"，3 闪烁。

　　（5）SystemReg 寄存器位寻址指令。

	D7	D6	D5	D4	D3	D2	D1	D0
CmdBuf0	0	1	0	1	On	S2	S1	S0

　　当 On＝1 时，第 S（S2～S0）位置 1，当 On＝0 时，第 S 位清 0。

　　（6）显示像素寻址指令。

	D7	D6	D5	D4	D3	D2	D1	D0
CmdBuf0	0	0	0	0	0	0	0	1
CmdBuf1	On	S6	S5	S4	S3	S2	S1	S0

　　当 On＝1 时，第 S（S5～S0）点像素亮（置 1），当 On＝0 时，第 S 点像素灭（清 0）。该指令用于点亮、关闭数码管中某一段或 LED 矩阵中某一特定的 LED，该指令受 ScanNum

的内容影响，S6～S0 为像素地址，有效范围从 00H～3FH，无效的地址不会产生任何作用，像素位地址映像如下。

像素地址	Sa	Sb	Sc	Sd	Se	Sf	Sg	Sh
DpRam0	00H	01H	02H	03H	04H	05H	06H	07H
DpRam1	08H	09H	0AH	0BH	0CH	0DH	0EH	0FH
⋮								
DpRam7	38H	39H	3AH	3BH	3CH	3DH	3EH	3FH

（7）按位下载数据且译码指令。

	D7	D6	D5	D4	D3	D2	D1	D0
CmdBuf0	0	1	1	0	A3	A2	A1	A0
CmdBuf1	DP	Flash	0	D4	D3	D2	D1	D0

其中，A3～A0 为显示缓存编号（范围 0000B～0111B 对应 DpRam0～DpRam7，无效的编号不会产生任何作用），DP＝1 时点亮该位小数点，Flash＝0 时该位正常显示，Flash＝1 时该位闪烁显示。D4～D0 为要显示的数据，按以下表规则进行译码。

D4	D3	D2	D1	D0	十六进制	显示内容
0	0	0	0	0	00H	0
…						
0	1	1	1	1	0FH	F
1	0	0	0	0	10H	G
…						
1	1	1	1	0	1EH	T
1	1	1	1	1	1FH	无显示

（8）闪烁控制指令。

	D7	D6	D5	D4	D3	D2	D1	D0
CmdBuf0	0	1	1	1	×	×	×	×
CmdBuf1	F7	F6	F5	F4	F3	F2	F1	F0

当 Fn＝1 时，该位闪烁（n 的范围 0～7 对应 0～7 位），当 Fn＝0 时，该位不闪烁，该指令会改变所有像素的闪烁属性。

例：执行指令 01110000B，00000000B 后，所有数码管不闪烁。

7.3.6 ZLG7290 应用举例

1. 电路原理图

用单片机的 P1.0 管脚控制 ZLG7290 的复位，P3.2 管脚查询 ZLG7290 的中断请求，当查询到键盘有按键按下时，在 LED 上显示相应的键值。电路连接原理如图 7.48 所示。

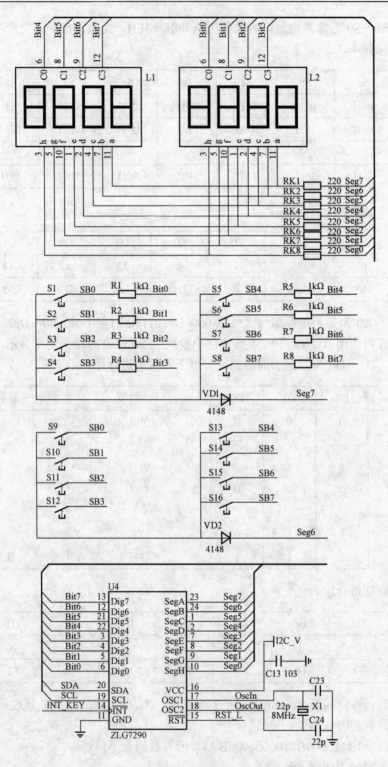

图 7.48　ZLG7290 应用电路原理图

2. 关键子程序

建立 ZLG7290.c 的文件，编写关键子程序如下：

```
# include  <reg51.h>
# include  "VIIC_C51.H"
# define  zlg7290 0x70                            //ZLG7290 的 IIC 地址
# define  SubKey  0x01
# define  SubCmdBuf  0x07
# define  SubDpRam  0x10


void delayMS(unsigned char i)                    //延时毫秒函数
{
    unsigned char j,k;
    for(k=0;k<i;k++)
        for(j=0;j<60;j++);
}
unsigned char ZLG7290_SendData(unsigned char SubAdd,unsigned char Data)
                                                 //发送数据函数
{
    if(SubAdd>0x17)
        return 0;
    ISendStr(zlg7290,SubAdd,&Data1);
    delayMS(10);
    return 1;
}
unsigned char ZLG7290_SendCmd(unsigned char Data1,unsigned char Data2)
                                                 //发送命令函数
{
    unsigned char Data[2];
    Data[0]=Data1;
    Data[1]=Data2;
    ISendStr(zlg7290,0x07,Data2);
    delayMS(10);
    return 1;
}


void ZLG7290_SendBuf(unsigned char * disp_buf,unsigned char num)
                                                 //向缓存区发送数据函数
{
    unsigned char i;
    for(i=0;i<num;i++)
    {
        ZLG7290_SendCmd(0x60+i,*disp_buf);
        disp_buf++;
    }
}
unsigned char   ZLG7290_GetKey( )                //读取键值函数
{
    unsigned char rece;
    rece=0;
```

```
        IRcvStr(zlg7290,1,&rece,1);
        delayMS(10);
        return rece;
}
```

3. 主程序

用 C51 编写的主程序代码如下：

```
# include  <reg51.h>
# include  "VIIC_C51.H"                        //包含 VIIC 软件包
# include  "ZLG7290.H"                         //包含 7290 软件头
Sbit  RST=P1^0;
Sbit  KEY_INT=P3^2;

unsigned char DelayNS(unsigned char  no)       //延时函数
{
    unsigned char  i,j;
    for(;no>0;no--)
    {
        for(i=0;  i<100;  i++)
            for(j=0;  j<10;  j++);
    }
    return 0;
}
void main( )                                   //主程序
{
    unsigned char i,KEY;
    RST=0;
    DelayNS(1);
    RST=1;
    DelayNS(10);
    while(1)
    {
        if(KEY_INT==0)
        {
            KEY=ZLG7290_GetKey( );
            DelayNS(10);
            for(i=0;i<8;i++)
            {
                ZLG7290_SendCmd(0x60+i,KEY);
                DelayNS(1);
            }
        }
    }
}
```

由前面对使用并口和串口扩展键盘显示器方法的讨论可以看出，从 I/O 口线数量上，串口扩展在系统布线上具有优势。在软件设计上，由于 ZLG7290 内部功能较强，在显示方式控制上比较灵活方便，且不需要用软件来动态刷新，软件设计容易一些。

本 章 小 结

单片机应用系统的前向通道，是信号调节和信号输入的过程，对于具有模拟信号采集的单片机应用系统，A/D 转换接口是前向通道中的一个重要环节。A/D 转换是对外部信号进行有规律的采样，采样周期是固定的，因而必须使用定时器。当定时器溢出中断时，启动 A/D 转换器开始 A/D 转换，A/D 转化完成后，A/D 转换器产生中断信号，单片机读取 A/D 转换结果，由程序对数据进行处理，完成一次 A/D 采样。

后向通道是单片机完成控制运算处理后，对控制对象的控制输出通道，常采用 D/A 转换、功率驱动、光电隔离器件。在选取 D/A 转换器型号时，主要考虑以位数表现的转换精度和转换时间两个指标。

人机通道可以实现操作者对应用系统状态的干预或数据输入，以及应用系统向操作者报告运行状态或运行结果。常用的显示器件有 LED 和 LCD。对于机械式的按键，必须采取去抖动措施。在按键数量较多时，采用矩阵式键盘可以节省 I/O 口线，分为编程扫描、定时扫描和中断扫描三种工作方式。常用的键盘、显示控制芯片有 8279 和串行 I^2C 总线接口芯片 ZLG7290 等。

习 题

7.1 在一个 8031 应用系统中，8031 以中断方式通过并行接口 74LS244 读取 ADC0808 的转换结果。请设计电路图，并编写读取 A/D 结果的中断服务程序。

7.2 在一个 f_{osc} 为 12MHz 的 8031 系统中接有一片 ADC0809，其地址为 7FF8H～7FFFH。假设采样频率为 1ms 一次，每次采样 4 个数据，存于 8031 内部 RAM 70H～73H 中。请设计电路图，并编写 ADC0809 初始化程序和定时采样通道 2 的程序。

7.3 在一个 f_{osc} 为 12MHz 的 8031 系统中接有一片 DAC0832，其地址为 7FFFH，输出电压为 0～5V。请设计电路图，并编写程序，使其运行后能在示波器上显示出锯齿波（设示波器 X 向扫描频率为 50μs，Y 向扫描频率为 1V/格）。

7.4 采用 D/A 转换芯片 DAC0832 构成数模转换电路，输出采用四象限工作方式，输出电平为 -5～+5V。设计电路图，并编程实现输出三角波和锯齿波信号。

7.5 8031 系统的串行口级联了三片 D/A 器件 MC144111。请设计电路图，并编写程序，使 8031 内部 RAM 61H～69H 单元内容转换成 12 路模拟量。

7.6 在一个 f_{osc} 为 12MHz 的 8031 系统中，扩展了一片 8155，用 8155 产主 100ms 的定时中断。试设计电路图，并编制 8031 的外中断处理程序流程图，使 8155 的 PA 口、PB 口的 16 位分别产生周期为 0.2、0.4、0.5、1、2、4、8、16、32、64、96、128、160、192、224、256s 的方波信号。

7.7 采用 8031 单片机，扩展 32K 字节 EPROM、8K 字节 RAM，扩展一片并行接口 8255、一片串行接口 8251、一片键盘显示器接口芯片 ZLG7290、一片 RAM 以及 I/O 扩展器 8155、一片 A/D 电路 ADC0809、一片 D/A 电路 ADC0832，组成了一个具有实时控制、数据采集和处理以及远程通信等功能的单片机应用系统（提示：在设计时应考虑到 8031 P0 口的负载能力而酌情使用总线驱动电路 74244、74245 等）。

7.8　在一个 8031 系统中扩展一片 8155，8155 外接 6 位 LED 显示器和 2×4 键盘，请设计电路图，并编写出相应的显示子程序和读键盘子程序。

7.9　试画出 6×6 键盘、6 位共阴极显示器和 ZLG7290 的接口电路图，并编写子程序，用查询方法将键盘上输入键的键号送显示器显示。

第8章　单片机应用系统

前面章节分别介绍了单片机的工作原理、程序设计方法、扩展技术和接口技术等，有了这些基础，便可以进行单片机应用系统的设计与开发。单片机应用系统从提出任务到正式投入运行的过程，称为单片机应用系统的设计与开发，也称为单片机应用系统的研制。

由于单片机的应用领域很广且技术要求各不相同，所以单片机应用系统的硬件、软件设计是不相同的，但总体设计方法和开发步骤是类似的。本章将针对常见的单片机应用系统，介绍单片机应用系统的一般开发流程，抗干扰技术和调试技术。

8.1　应用系统开发流程

图 8.1 所示为单片机应用系统的设计和开发流程，主要包括以下几个步骤：

（1）需求分析，方案论证和总体设计。在接受单片机应用系统的研制任务后，必须明确应用系统的功能要求，综合考虑系统的先进性、可靠性、可维护性和成本、经济效益，再参考同类产品的资料，提出合理可行的技术指标。

查阅相关资料，吸收前人工作的优点，从理论上分析探讨完成开发任务的可能性，检查仪器设备、元件器材、加工测试手段等具备条件。

得出立项结论后，根据功能要求和技术指标，划分硬件和软件大体任务。应用系统中除了单片机以外，还经常需要 I/O 电路、A/D 电路、D/A 电路等外围芯片，还可能需要传感器、执行器等设备。

（2）硬件设计，器件选择，电路设计和制作。采用什么型号的 CPU，是否需要扩展存储器（ROM，RAM），CPU 和外部接口的类型，如数据输入、数据输出、A/D、D/A、键盘、显示、打印和通信接口，以及它们的实现方法。

器件的选型应符合应用系统精度、速度和可靠性等方面的要求。

注意在硬件电路的详细设计时，尽量采用可靠技术、标准接口，并留有裕量。在印制电路板、面板、机箱和连线等设计时，要充分注意到安装、调试和维修的方便。

（3）软件设计，数据处理，程序设计和编制。软件设计应该和硬件设计紧密结合，在满足应用系统要求的前提下，某些功能应尽量由软件承担，这样可降低整个设计产品的成本。

根据问题的定义，描述各个输入变量和各个输出变量之间的数学关系，即建立数学模型。根据系统功能和操作过程，设计程序流程图。

软件的设计要采用模块化，提高程序的可读性和容错性。

（4）仿真调试，程序固化。硬件和软件全部设计完毕后，可进行仿真调试，在硬件和软件分别仿真调试通过后，进行硬件和软件的联合调试。仿真调试中，要把硬件和软件中的错误全部排除。

将调试通过的应用程序固化到程序存储器中，或者固化到单片机中。固化应用程序结束后，就可插入应用系统中运行。经过在线的运行测试，确认系统没有问题后，可投入批量生产。

（5）文件编制。文件不仅是设计工作的结果，而且是以后使用、维修以及进一步再设计的依据。因此，一定要精心编写，描述清楚，使数据及资料齐全。

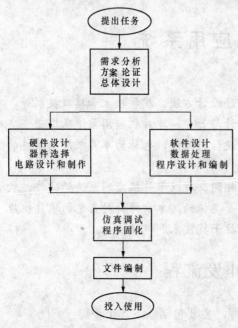

图 8.1　单片机应用系统的设计和开发流程

文件应包括：任务描述和需求分析，设计指导思想及设计方案论证，性能测试及试用报告，使用手册，硬件资料（电路原理图、元件布置图及接线图、接插件引脚图、印制电路板图等），软件资料（程序流程图、子程序使用说明、地址分配、程序清单等）。

8.1.1　硬件设计

为使硬件设计尽量合理，应重点考虑以下几方面。

1. 单片机选型

随着集成电路技术的飞速发展，单片机的集成度越来越高，许多外围部件都已集成在单片机芯片内，有许多单片机本身就是一个小型应用系统。例如，Cygnal 公司的 C8051F020 位单片机，片内集成有 8 通道 A/D、2 路 D/A、两路电压比较器、内置温度传感器、定时器、可编程数字开关和 64 个通用 I/O 口、电源检测、看门狗、多种类型的串行总线（两个 UART，SPI）等。尽可能采用功能强的芯片，可以省去许多外围部件的扩展工作，使设计工作大大简化。

（1）优先选用片内有闪存 Flash 的单片机。例如，使用 Atmel 公司的 AT89C51/AT89C52，可省去扩展程序存储器的工作，减少芯片数量，缩小体积，提高可靠性。

（2）考虑 EPROM 空间和 RAM 空间。目前 EPROM 容量越来越大，一般尽量选用容量大的 EPROM。AT89C51 内部的 RAM 单元有限，当需增强软件数据处理功能时往往不够，这就要求系统配置外部 RAM，如 6264、62256 芯片等。如果处理的数据量大，需要更大的数据存储器空间，可采用数据存储器芯片 DS12887，其容量为 256KB，内有锂电池保护，保存数据可达 10 年以上。

（3）对 I/O 口的考虑。设计之初要保留一定的裕量。如有些当初未预见到的信号需要采集，就必须增加输入检测端；有些物理量需要控制，就必须增加输出端。如果在硬件设计之初就多设计出一些 I/O 端口，这些问题就会迎刃而解。

（4）预留 A/D 和 D/A 通道。和 I/O 端口原因类似，留出一些 A/D 和 D/A 通道将来可能会解决大问题。

2. 以软代硬

只要软件能做到且能满足性能要求，就可以不用硬件。硬件多了不但增加成本，而且系统故障几率也会提高。以软代硬的实质，是以时间换空间，软件执行过程需要消耗时间，因此这种代替带来的问题就是实时性下降。在实时性要求不高的场合，以软代硬是很合算的。

3. 工艺设计

工艺设计包括机箱、面板、配线、接插件等，必须考虑到安装、调试、维修的方便性。另外，硬件抗干扰措施也必须在硬件设计时一并考虑。

8.1.2 软件设计

在进行应用系统的总体设计时，软件设计和硬件设计应统一考虑，相互结合进行。当应用系统的电路设计定型后，软件的任务也即明确。软件的功能分两大类：一类是执行软件，它能完成各种实质性的功能，如测量、计算、显示、打印、输出控制等；另一类是监控软件，它是专门用来协调各执行模块和操作者的关系，在系统软件中充当组织调度的角色。程序设计时应从重点考虑以下几个方面：

（1）根据软件功能要求，将系统软件分成若干相对独立的部分，设计出合理的软件总体结构，使其清晰、简洁、流程合理。

（2）各功能程序实行模块化。每个功能模块采用一个子程序化，既便于调试、链接，又便于移植、修改。

（3）在编写软件之前，应绘制出程序流程图。多花一些时间来设计程序流程图，就可以节约几倍于源程序的编辑和调试时间。

（4）要合理分配系统资源，包括 ROM、RAM、定时器/计数器、中断源等。其中最关键的是片内 RAM 分配。对 AT89C51 来讲，片内 RAM 指 00H～7FH 单元，分配时应充分发挥其特长，做到物尽其用。例如，在工作寄存器的 8 个单元中，R0 和 R1 具有指针功能，是编程的重要角色，避免作为它用；20H～2FH 这 16 个字节具有位寻址功能，用来存放各种标志位、逻辑变量、状态变量等；设置堆栈区时应事先估算子程序和中断嵌套技术及程序中栈操作指令使用情况，其大小应留有裕量。若系统中扩展了 RAM 存储器，应把使用频率最高的数据缓冲器安排在片内 RAM 中，以提高处理速度。当 RAM 资源规划后，应列出一张详细的 RAM 资源分配表，以备编程时查用方便。

8.2 应用系统抗干扰

8.2.1 硬件抗干扰

1. 元器件的选择

元器件在出厂前通常都进行了测试，用户在使用时往往可以不进行测试，而将其用于电路中进行通电运行考验。在考验中发现问题，直接替换不合格芯片或器件。按一般的经验，如芯片在通电使用一个月左右而不产生损坏，就可以认为比较稳定。

2. 接插件的选择应用

单片机应用系统通常由几块印制电路（PCB）板组成，各 PCB 板之间以及各 PCB 板与基准电源之间经常选用接插件相联系。在接插件的插针之间也易造成干扰，这些干扰与接插件插针之间的距离以及插针与地线之间的距离都有关系。在选用应用时要注意以下几个问题：

（1）合理地设置插接件。如电源插接件与信号插接件要尽量远离，主要信号的接插件外面最好带有屏蔽。

（2）插头座上要增加接地针数。在安排插针信号时，用一部分插针为接地针，均匀分布于各信号针之间，起到隔离作用，以减小针间信号互相干扰。

（3）信号针尽量分散配置，增大彼此之间的距离。

（4）设计时考虑信号的翻转时差，把不同时刻翻转的插针放在一起。同时翻转的针尽量离开，因信号同时翻转会使干扰叠加。

3. 印制电路板抗干扰

印制电路板是器件、信号线、电源线的高密度集合体，布线和布局好坏对可靠性影响很大。

（1）印制电路总体布局原则。印制电路板大小要适中，板面过大印制线路太长，阻抗增加，成本偏高；板子太小，板间相互连线增加，易增加干扰环境。印制板元件布局时相关元件尽量靠近。如晶振、时钟发生器及 CPU 时钟输入端相互靠近，大电流电路要远离主板，或另做一块板。考虑电路板在机箱内的位置，发热大的元器件放置在易通风散热的位置。

（2）电源线和地线与数据线传输方向一致，有助于增强抗干扰能力。接地线可环绕印制板一周安排，尽可能就近接地。

（3）地线尽量加宽，数字地、模拟地要分开，根据实际情况考虑一点或多点接地。

（4）配置必要的去耦电容。电源进线端跨接 100μF 以上的电解电容以吸收电源进线引入的脉冲干扰。原则上每个集成电路芯片都配置一个 0.01μF 的瓷片电容或聚乙烯电容，可吸收高频干扰。电容引线不能太长，高频旁路电容不能带引线。

4. 执行机构抗干扰

在单片机应用系统的输出回路中，存在着执行开关、线圈等回馈干扰。特别是感性负载，电机电枢的反电动势会损坏电子器件，甚至会破坏计算机系统或扰乱程序系统，为防止由于电感负载的瞬间通断造成的干扰，常采用以下措施：

（1）触点两端并联阻容吸收电路，控制触点间放电，如图 8.2（a）所示。

（2）电感负载两端并联反向二极管，形成反电动势放电回路，保护设备。如图 8.2（b）所示，在继电器线圈两端并接二极管。当开关断开时，感应电动势通过二极管放电，防止击穿电源及开关。

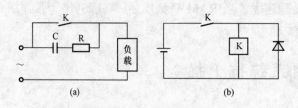

8.2　输出回路抗干扰措施

（a）触点并阻容吸收；（b）继电器线圈反向并二极管

8.2.2　软件抗干扰

1. 设置软件陷阱

由于系统干扰可能破坏程序指针 PC，PC 一旦失控，使程序"飞车"可能进入非程序区，造成系统运行的一系列错误。设置软件陷阱，可防止程序"飞车"。

在 ROM 或 RAM 中，每隔一些指令（十几条即可），就把连续几个单元设置成空操作（所谓陷阱）。当失控的程序掉入"陷阱"，也就是连续执行几个空操作后，程序自动恢复正常，继续执行后面的程序，也可以在程序芯片没有被程序指令字节使用的部分全部置成空操作指令代码，在最后使用跳转指令，一般跳到程序开头。一旦程序飞出到非程序区，执行空操作之后，最后跳回到程序初始化，重新执行程序。或隔一段使用一条跳转到程序开头的指令。

2. 增加程序监控

设置软件陷阱可以在一定程度上解决程序的"飞车"问题，但不能有效地解决死循环问题。

设置程序监控（看门狗，Watchdog）能比较有效地解决死循环问题。程序监控常采用软、硬件相结合的办法。

在程序一开始就启动定时器工作，在主程序中增设定时器赋值指令，使该定时器维持在非溢出工作状态。定时时间要稍大于程序一次循环的执行时间。程序正常循环执行一次给定时器送一次初值，使其不能溢出。但若程序失控，定时器则计满溢出中断，在中断服务程序中使主程序自动复位又进入初始状态。

【例8.1】 8051单片机若晶振频率使用6MHz，选定时器T0定时监视程序。

解 程序如下：

```
        ORG   0000H
START:  AJMP  MAIN
        ORG   000BH
        AJMP  START
MAIN:   SETB  EA
        SETB  IE0
        SETB  TR0
        MOV   TMOD, #01H
MAIN1:  MOV   TH0, datal
        MOV   TL0, datal
        用户程序
LJMP    MAIN
```

3. 软件冗余技术

软件冗余技术，就是多次使用同一功能的软件指令，以保证指令执行的可靠性，这从以下几个方面考虑：

（1）采取多次读入法，确保开关量输入正确无误。重要的输入信息利用软件多次读入，比较几次结果一致后再让其参与运算。对于按钮和开关状态读入时，要配合软件延时可消除抖动和误动作。

（2）不断查询输出状态寄存器，及时纠正输出状态。设置输出状态寄存器，利用软件不断查询，当发现和输出的正确状态不一致时，及时纠正，防止由于干扰引起的输出量变化导致设备误动作。

（3）对于条件控制系统，把对控制条件的一次采样、处理控制输出改为循环地采样、处理输出。这种方法对于惯性较大的控制系统具有良好的抗偶然干扰作用。

（4）为防止计算错误，可采用两组计算程序，分别计算，然后将两组计算结果进行比较，如两次计算结果相同，则将结果送出。如出现误差，则再进行一次运算，重新比较，直到结果相同。

4. 软件可靠性设计

（1）增加系统信息管理软件。它与硬件相配合，对系统信息进行保护。其中，包括防止信息被破坏，出故障时保护信息，故障排除之后恢复信息等。

（2）防止信息的输入/输出过程中出错。如对关键数据采用多种校验方式，对信息采用重复传送校验技术，从而保证信息的正确无误。

（3）编制诊断程序，及时发现故障，找出故障位置，以便及时检修或启用冗余软件。

（4）用软件进行系统调度，包括出现故障时保护现场，迅速将故障装置切换成备用装置，在环境条件发生变化时，采取应急措施，故障排除后，迅速恢复系统，继续投入运行等。

（5）对软件进行测试。测试软件的基本方法是给软件一个典型的输入，观测输出是否符合要求。发现错误进行修改，直至消除错误，达到设计要求。测试步骤包括：①单元测试，即对每个程序块单独进行测试；②局部或系统测试，即对多个程序块组成的局部或系统程序进行测试，以发现块间连接错误；③系统功能测试，按功能对软件进行测试，如控制功能、显示功能、通信功能、管理功能、报警功能等；④现场测试，即硬件安装调试后将软件进行安装测试，以便对整个应用系统的功能及性能作出评价。

8.2.3　电源接地抗干扰

供电系统干扰分为：

（1）过电压、欠电压、停电。使用各种稳压器和不间断电源 UPS。

（2）浪涌、下陷、降出。快速响应的交流电压调压器。

（3）尖峰电压。使用具有噪声抑制能力的交流稳压器或隔离变压器。

（4）射频干扰。低通滤波器。

1．建议的供电解决方案

为了防止电源系统窜入干扰，影响单片机应用系统的正常工作，可采用如图 8.3 所示的供电配置。

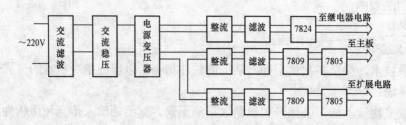

图 8.3　供电配置原理框图

交流进线端加交流滤波器，可滤掉高频干扰，如电网上大功率设备启停造成的瞬间干扰。滤波器市场上的成品有一级、二级滤波之分，安装时外壳要加屏蔽并使其良好接地，进出线要分开，防止感应和辐射耦合。低通滤波器仅允许 50Hz 交流通过，对高频和中频干扰有很好的衰减作用。

要求高的系统加交流稳压器。采用具有静电屏蔽和抗电磁干扰的隔离电源变压器。采用集成稳压块两级稳压。主电路板采取独立供电，其余部分分散供电，避免一处电源有故障引起整个系统颠覆。直流输出部分采用大容量电解电容进行平滑滤波。线间对地增加小电容滤波消除高频干扰。交流电源线与其他线尽量分开，减少再度耦合干扰。尽量提高接口器件的电源电压，提高接口的抗干扰能力。

2．系统地线分类

若能将接地和屏蔽正确地结合起来使用，可以解决大部分干扰引起的故障。接地问题包括两个方面的内容：一个是接地点是否正确；另一个是接地点是否牢固。接地点选择正确可防止系统各部分的串扰，接地点牢固可使接地点处于零阻抗，从而降低了接地电位，防止了接地系统的共模干扰。

系统接地分为两大类，即保护接地和工作接地。

保护接地主要是为了避免工作人员因设备绝缘损坏或性能下降时遭受触电危险和保证设

备的安全。

工作接地主要是保证应用系统稳定可靠的运行，防止地环路引起的干扰。

在单片机应用系统中，地线大致分为以下几类：

（1）数字地，也叫逻辑地。它是数字电路的零电位。

（2）模拟地，是放大器、采样保持器以及 A/D 转换器和比较器等的零电位。

（3）功率地，即大电流网络元件、功放器件的零电位。

（4）信号地，即传感器件的地电平。

（5）交流地，指交流 50Hz 电源的零线。

（6）直流地，指直流电源的地线。

（7）屏蔽地：一般同机壳相联，为防止静电感应和磁场感应而设置的，常和大地相接。

3．不同地线的处理原则

（1）一点接地和多点接地。在低频（小于 1MHz）电路中，布线和元件之间的电感不会产生太大影响，常采用一点接地。在高频（高于 10MHz）电路中，寄生电容和电感影响较大，易采用多点接地。

（2）数字地和模拟地必须分开。

（3）交流地与信号地不要共用。

（4）浮地和接地。系统浮地，是将系统电路的各个部分地线浮置起来，不与大地相连。通常采用系统浮地，机壳接地，可使抗干扰能力强，安全可靠。

（5）印制电路板地线布线。TTL、CMOS 器件的地线要呈辐射网状，其他地线不要形成环路；地线尽量加宽，最好不要小于 3mm；旁路电容地线不要太长；大规模集成电路最好跨越平行的地线和电源线，以消除干扰。

（6）传感器信号地。由于传感器和机壳之间易引起共模干扰，为提高抗共模干扰能力，一般 A/D 转换器的模拟地采用浮空隔离，并可采用三线采样双层屏蔽浮地技术，就是将地线和信号线一起采样，可有效地抑制共模干扰。

8.3　应用系统调试

在完成了用户系统样机的硬件和软件设计以后，便进入系统的调试阶段。单片机应用系统调试的一般方法如下。

8.3.1　硬件调试方法

单片机应用系统的硬件调试和软件调试是分不开的，许多硬件故障是在调试软件时才发现的。但通常是先排除系统中明显的硬件故障后才和软件结合起来调试。

1．常见的硬件故障

（1）逻辑错误。硬件的逻辑错误是由于设计错误和加工过程中的工艺性错误所造成的。这类错误包括错线、开路、短路等，其中短路是最常见的故障。在印制电路板布线密度高的情况下，极易因工艺原因造成短路。

（2）元器件失效。元器件失效的原因有两个方面，一是器件本身已损坏或性能不符合要求；二是由于组装错误造成的元器件失效，如电解电容、二极管的极性错误，集成芯片安装方向错误等。

（3）可靠性差。引起系统不可靠的因素很多，如金属化孔、接插件接触不良会造成系统时好时坏；内部和外部的干扰、电源纹波系数过大、器件负载过大等造成逻辑电平不稳定；另外，布局和布线的不合理等也会引起系统可靠性差。

（4）电源故障。若样机中存在电源故障，则加电后将造成器件损坏。电源的故障包括电压值不符合设计要求，电源引出线和插座不对应，电源功率不足，负载能力差等。

2. 硬件调试方法

（1）脱机调试。脱机调试是在样机加电之前，先用万用表等工具，根据硬件电气原理图和装配图仔细检查样机线路的正确性，并核对元器件的型号、规格和安装是否符合要求。应特别注意电源的走线，防止电源之间的短路和极性错误，并重点检查扩展系统总线是否存在相互间的短路；或其他信号线的短路。

对于样机所用的电源事先必须单独调试，并检查其电压值、负载能力、极性等均符合要求，才能加到系统的各个部件上。在不插芯片的情况下，加电检查各插件上引脚的电位，仔细测量各点电位是否正常，尤其应注意单片机插座上的各点电位是否正常，若有高压，联机时将会损坏开发系统。

（2）联机调试。通过脱机调试可排除一些明显的硬件故障。有些硬件故障还是要通过联机调试才能发现和排除。

联机前先断电，把开发系统的仿真插头插到样机的单片机插座上，检查一下开发机与样机之间的电源、接地是否良好。一切正常，即可打开电源。

通电后执行开发机读写指令，对用户样机的存储器、I/O 端口进行读写操作、逻辑检查，若有故障，可用样机的存储器、I/O 端口进行读写操作、逻辑检查，若有故障，可用示波器观察波形（如输出波形、读写控制信号、地址数据波形以及有关控制电平）。通过对波形的观察分析，寻找故障原因，并进一步排除故障。

在用户系统的样机调试好后，可以插上用户系统的其他外围部件如键盘、显示器、输出驱动板、A/D、D/A 板等，再对这些外围部件进行调试。

8.3.2　软件调试方法

软件调试与所选用的软件结构和程序设计方法有关。如果采用模块程序设计，则逐个模块调好以后，再进行系统程序调试；如果采用实时多任务操作系统，一般是逐个任务调试。

对于模块结构程序，要一个个子程序分别调试。调试子程序时，一定要符合现场环境，即入口条件和出口条件。调试的手段可采用单步运行方式和断点运行方式，通过检查用户系统 CPU 的状态、RAM 的内容和 I/O 口的状态，检测程序执行结果是否符合设计要求。通过检测，可以发现程序中的死循环错误、机器码错误及转移地址的错误等，同时也可以发现用户系统中的硬件故障、软件算法及硬件设计错误。在调试过程中不断调整用户系统的软件和硬件，逐步通过一个个程序模块。

各程序模块通过后，可以把各功能模块联合在一起进行整体程序调试。在这阶段若发生故障，可以考虑各子程序在运行时是否破坏现场，缓冲单元是否发生冲突，零位的建立和清除在设计上有否失误，堆栈区域是否溢出，输入设备的状态是否正常等。若用户系统是在开发系统的监控程序下运行，还要考虑用户缓冲单元是否和监控程序的工作单元发生冲突。

单步和断点调试后，还应进行连续调试，这是因为单步运行只能验证程序的正确与否，而不能确定定时精度、CPU 的实时响应等问题。待全部完成后，应反复运行多次，除了观察稳定性之外，还要观察用户系统的操作是否符合设计要求、安排的用户操作是否合理等，必要时还要作适当修正。

对于实时多任务操作系统的调试与上述方法有很多相似之处，只是实时多任务操作系统的应用程序是由若干个任务程序组成，一般是逐个任务进行调试，在调试某一个任务时，同时也调试相关的子程序、中断服务程序和一些操作系统的程序。逐个任务调试好以后，再使各个任务同时运行，如果操作系统中没有错误，一般情况下系统就能正常运转。

在全部调试和修改完成后，将用户软件固化到 EPROM 中，插入用户样机后，用户系统即能脱离开发系统独立工作，至此系统研制完成。

本 章 小 结

以单片机为核心，结合各种接口器件和扩展芯片，设计单片机应用系统，是本课程的最终目的。单片机应用系统的设计，应采取软件和硬件相结合的方法。通过对应用系统的目标、任务、指标要求等的分析，确定功能技术指标的软硬件分工方案，接下来分别进行软、硬件设计，硬件制作和软件编程是应用系统设计中最重要的内容，软件与硬件相结合对应用系统进行仿真调试，修改、完善是应用系统设计的关键。

应用系统的调试是验证理论设计，排除系统的硬件故障，发现和解决程序错误的实践过程。在调试单片机应用系统时，要充分理解硬件电路的工作原理和软件设计的逻辑关系，有步骤、有目的地进行。对应用系统进行调试时，应综合运用软、硬件手段，可以通过测试软件来查找硬件故障，也可以通过检查硬件状态来判断软件错误。

习 题

8.1 在单片机应用系统设计中，对硬件设计和软件设计应主要考虑哪几问题？

8.2 如何提高单片机应用系统的抗干扰能力？

8.3 应用系统调式的过程中，常见的硬件故障有哪几种类型？

附录 1　ASCII 码 表

一、控制字符

二进制	十进制	十六进制	控制字符	转义字符	说　明
000 0000	0	00	NUL	0	空字符
000 0001	1	01	SOH		标题开始
000 0010	2	02	STX		正文开始
000 0011	3	03	ETX		正文结束
000 0100	4	04	EOT		传输结束
000 0101	5	05	ENQ		请求
000 0110	6	06	ACK		收到通知
000 0111	7	07	BEL	a	响铃
000 1000	8	08	BS	b	退格
000 1001	9	09	HT	t	水平制表符
000 1010	10	0A	LF	n	换行键
000 1011	11	0B	VT	v	垂直制表符
000 1100	12	0C	FF	f	换页键
000 1101	13	0D	CR	r	回车键
000 1110	14	0E	SO		不用切换
000 1111	15	0F	SI		启用切换
001 0000	16	10	DLE		数据链路转义
001 0001	17	11	DC1		设备控制 1
001 0010	18	12	DC2		设备控制 2
001 0011	19	13	DC3		设备控制 3
001 0100	20	14	DC4		设备控制 4
001 0101	21	15	NAK		拒绝接收
001 0110	22	16	SYN		同步空闲
001 0111	23	17	ETB		传输块结束
001 1000	24	18	CAN		取消
001 1001	25	19	EM		介质中断
001 1010	26	1A	SUB		替补
001 1011	27	1B	ESC	e	溢出

二进制	十进制	十六进制	控制字符	转义字符	说　明
001 1100	28	1C	FS		文件分割符
001 1101	29	1D	GS		分组符
001 1110	30	1E	RS		记录分离符
001 1111	31	1F	US		单元分隔符

二、可打印字符

二进制	十进制	十六进制	字　符	二进制	十进制	十六进制	字　符
010 0000	32	20	Space(空格)	011 1011	59	3B	;
010 0001	33	21	!	011 1100	60	3C	<
010 0010	34	22	"	011 1101	61	3D	=
010 0011	35	23	#	011 1110	62	3E	>
010 0100	36	24	$	011 1111	63	3F	?
010 0101	37	25	%	100 0000	64	40	@
010 0110	38	26	&	100 0001	65	41	A
010 0111	39	27	'	100 0010	66	42	B
010 1000	40	28	(	100 0011	67	43	C
010 1001	41	29	)	100 0100	68	44	D
010 1010	42	2A	*	100 0101	69	45	E
010 1011	43	2B	+	100 0110	70	46	F
010 1100	44	2C	,	100 0111	71	47	G
010 1101	45	2D	-	100 1000	72	48	H
010 1110	46	2E	.	100 1001	73	49	I
010 1111	47	2F	/	100 1010	74	4A	J
011 0000	48	30	0	100 1011	75	4B	K
011 0001	49	31	1	100 1100	76	4C	L
011 0010	50	32	2	100 1101	77	4D	M
011 0011	51	33	3	100 1110	78	4E	N
011 0100	52	34	4	100 1111	79	4F	O
011 0101	53	35	5	101 0000	80	50	P
011 0110	54	36	6	101 0001	81	51	Q
011 0111	55	37	7	101 0010	82	52	R
011 1000	56	38	8	101 0011	83	53	S
011 1001	57	39	9	101 0100	84	54	T
011 1010	58	3A	:	101 0101	85	55	U

二进制	十进制	十六进制	字　符	二进制	十进制	十六进制	字　符
101 0110	86	56	V	110 1011	107	6B	k
101 0111	87	57	W	110 1100	108	6C	l
101 1000	88	58	X	110 1101	109	6D	m
101 1001	89	59	Y	110 1110	110	6E	n
101 1010	90	5A	Z	110 1111	111	6F	o
101 1011	91	5B	[	111 0000	112	70	p
101 1100	92	5C		111 0001	113	71	q
101 1101	93	5D	"]	111 0010	114	72	r
101 1110	94	5E	^	111 0011	115	73	s
101 1111	95	5F	_	111 0100	116	74	t
110 0000	96	60	`	111 0101	117	75	u
110 0001	97	61	a	111 0110	118	76	v
110 0010	98	62	b	111 0111	119	77	w
110 0011	99	63	c	111 1000	120	78	x
110 0100	100	64	d	111 1001	121	79	y
110 0101	101	65	e	111 1010	122	7A	z
110 0110	102	66	f	111 1011	123	7B	{
110 0111	103	67	g	111 1100	124	7C	|
110 1000	104	68	h	111 1101	125	7D	}
110 1001	105	69	i	111 1110	126	7E	~
110 1010	106	6A	j				

附录 2　MCS-51 系列单片机指令表

一、以 A 开头的指令有 18 条

1．ACALL addr11

指令名称：绝对调用指令

指令代码：A10 A9 A9 1 0 0 0 1 A7 A6 A5 A4 A3 A2 A1 A0

指令功能：构造目的地址，进行子程序调用。其方法是以指令提供的 11 位地址（a10～a0），取代 PC 的低 11 位，PC 的高 5 位不变

操作内容：

PC←(PC)+2

SP←(SP)+1

$(SP)←(PC)_{7～0}$

SP←(SP)+1

$(SP)←(PC)_{15～8}$

$PC_{10～0}←addrl0～0$

字节数：2

机器周期：2

使用说明：由于指令只给出子程序入口地址的低 11 位，因此调用范围是 2KB

2．ADD A，Rn

指令名称：寄存器加法指令

指令代码：28H～2FH

指令功能：累加器内容与寄存器内容相加

操作内容：A←(A)+(Rn)，　n＝0～7

字节数：1

机器周期：1

影响标志位：C，AC，OV

3．ADD A，direct

指令名称：直接寻址加法指令

指令代码：25H

指令功能：累加器内容与内部 RAM 单元或专用寄存器内容相加

操作内容：A←(A)+(direct)

字节数：2

机器周期：1

影响标志位：C，AC，OV

4．ADD A，@Ri

指令名称：间接寻址加法指令

指令代码：26H～27H

指令功能：累加器内容与内部 RAM 低 128 单元内容相加

操作内容：A←(A)+((Ri))，　i＝0，1

字节数：1

机器周期：1

影响标志位：C，AC，OV

5. ADD A，#data

指令名称：立即数加法指令

指令代码：24H

指令功能：累加器内容与立即数相加

操作内容：A←(A)+data

字节数：2

机器周期：1

影响标志位：C，AC，OV

6. ADDC A，Rn

指令名称：寄存器带进位加法指令

指令代码：38H～3FH

指令功能：累加器内容、寄存器内容和进位位相加

操作内容：A←(A)+(Rn)+(C)，　n＝0～7

字节数：1

机器周期：1

影响标志位：C，AC，OV

7. ADDC A，direct

指令名称：直接寻址带进位加法指令

指令代码：35H

指令功能：累加器内容、内部 RAM 低 128 单元或专用寄存器内容与进位位加

操作内容：A←(A)+(direct)+(C)

字节数：2

机器周期：1

影响标志位：C，AC，OV

8. ADDC A，@Ri

指令名称：间接寻址带进位加法指令

指令代码：36H～37H

指令功能：累加器内容、内部 RAM 低 128 单元内容及进位位相加

操作内容：A←(A)+((Ri))+(C)，　i＝0，1

字节数：1

机器周期：1

影响标志位：C，AC，OV

9. ADDC A，#data

指令名称：立即数带进位加法指令

指令代码：34H

指令功能：累加器内容、立即数及进位位相加

操作内容：A←(A)+data+(C)

字节数：2

机器周期：1

影响标志位：C，AC，OV

10．AJMP addr11

指令名称：绝对转移指令

指令代码：A10 A9 A8 1 0 0 0 1 A7 A6 A5 A4 A3 A2 A1 A0

指令功能：构造目的地址，实现程序转移。其方法是以指令提供的 11 位地址，取代 PC 的低 11 位，而 PC 的高 5 位保持不变

操作内容：PC←(PC)+2

$PC_{10\sim0}$←addrll

字节数：2

机器周期：2

使用说明：由于 addrll 的最小值是 000H，最大值是 7FFH，因此地址转移范围是 2KB

11．ANL A，Rn

指令名称：寄存器逻辑与指令

指令代码：58H～5FH

指令功能：累加器内容逻辑与寄存器内容

操作内容：A←(A)∧(Rn)，　n＝0～7

字节数：1

机器周期：1

12．ANL A，direct

指令名称：直接寻址逻辑与指令

指令代码：55H

指令功能：累加器内容逻辑与内部 RAM 低 128 单元或专用寄存器内容

操作内容：A←(A)∧(diret)

字节数：2

机器周期：1

13．ANL A，@Ri

指令名称：间接寻址逻辑与指令

指令代码：56H～57H

指令功能：累加器内容逻辑与内部 RAM 低 128 单元内容

操作内容：A←(A)∧((Ri)) i＝0，1

字节数：1

机器周期：1

14．ANL A，#data

指令名称：立即数逻辑与指令

指令代码：54H

指令功能：累加器内容逻辑与立即数

操作内容：A←(A)∧data

字节数：2

机器周期：1

15．ANL direct，A

指令名称：累加器逻辑与指令

指令代码：52H

指令功能：内部 RAM 低 128 单元或专用寄存器内容逻辑与累加器内容

操作内容：direct←(A)∧(direct)

字节数：2

机器周期：1

16．ANL direct， #data

指令名称：逻辑与指令

指令代码：53H

指令功能：内部 RAM 低 128 单元或专用寄存器内容逻辑与立即数

操作内容：direct←(direct)∧data

字节数：3

机器周期：2

17．ANL C，bit

指令名称：位逻辑与指令

指令代码：82H

指令功能：进位标志逻辑与直接寻址位

操作内容：C←(C)∧(bit)

字节数：2

机器周期：2

18．ANL C， / bit

指令名称：位逻辑与指令

指令代码：B0H

指令功能：进位标志逻辑与直接寻址位的反

操作内容：C←(C)∧(bit)

字节数：2

机器周期：2

二、以 C 开头的指令有 10 条

1．CJNE A，dircet，rel

指令名称：数值比较转移指令

指令代码：B5H

指令功能：累加器内容与内部 RAM 低 128 字节或专用寄存器内容比较，不等则转移

操作内容：若(A)＝(direct)，则 PC←(PC)+3，C←0

若(A)＞(direct)，则 PC←(PC)+3+rel，C←0

若(A)＜(direct)，则 PC←(PC)+3+rel，C←1

字节数：3

机器周期：2

2．CJNE A，#data，rel

指令名称：数值比较转移指令

指令代码：B4H

指令功能：累加器内容与立即数比较，不等则转移

操作内容：若(A)＝data，则 PC←(PC)+3，C←0

若(A)＞data，则 PC←(PC)+3+rel，C←0

若(A)＜data，则 PC←(PC)+3+rel，C←1

字节数：3

机器周期：2

3．CJNE Rn，#data，rel

指令名称：数值比较转移指令

指令代码：B8H～BFH

指令功能：寄存器内容与立即数比较，不等则转移

操作内容：若(Rn)＝data，则 PC←(PC)+3，C←0

若(Rn)＞data，则 PC←(PC)+3+rel，C←0

若(Rn)＜data，则 PC←(PC)+3+rel，C←1

字节数：3

机器周期：2

4．CJNE @Ri，#data，rel

指令名称：数值比较转移指令

指令代码：B6H～B7H

指令功能：内部 RAM 低 128 单元内容与立即数比较，不等则转移

操作内容：若((Ri))=data，则 PC←(PC)+3，C←0

若((Ri))＞data，则 PC←(PC)+3+rel，C←0

若((Ri))＜data，则 PC←(PC)+3+rel，C←1

字节数：3

机器周期：2

5．CLR A

指令名称：累加器清 0 指令

指令代码：E4H

指令功能：累加器清 0

操作内容：A←0

字节数：1

机器周期：1

6．CLR C

指令名称：进位标志清 0 指令

指令代码：C3H

指令功能：进位位清 0

操作内容：C←0

字节数：1

机器周期：1

7．CLR bit

指令名称：直接寻址位清 0 指令

指令代码：C2H

指令功能：直接寻址位清 0

操作内容：bit←0

字节数：2

机器周期：1

8．CPL A

指令名称：累加器取反指令

指令代码：F4H

指令功能：累加器取反

操作内容：A←($\overline{\text{A}}$)

字节数：1

机器周期：1

9．CPL C

指令名称：进位标志取反指令

指令代码：B3H

指令功能：进位标志位状态取反

操作内容：C←(c 取反)

字节数：1

机器周期：1

10．CPL bit

指令名称：直接寻址位取反指令

指令代码：B2H

指令功能：直接寻址位取反

操作内容：bit←(bit 取反)

字节数：2

机器周期：1

三、以 D 开头的指令有 8 条

1．DA A

指令名称：十进制调整指令

指令代码：D4H

指令功能：对 BCD 码加法运算的结果进行有条件的修正

操作内容：若 $(A)_{3\sim0}>9\vee(AC)=1$，则 $A_{3\sim0}\leftarrow(A)_{3\sim0}+6$

若 $(A)_{7\sim4}>9\vee(C)=1$，则 $A_{7\sim4}\leftarrow(A)_{7\sim4}+6$

若 $(A)_{7\sim4}=9\wedge(A)_{3\sim0}>9$，则 $A_{7\sim4}\leftarrow(A)_{7\sim4}+6$

字节数：1

机器周期：1

使用说明：DA 指令不影响溢出标志

2．DEC A

指令名称：累加器减 1 指令

指令代码：14H

指令功能：累加器内容减 1

操作内容：$A\leftarrow(A)-1$

字节数：1

机器周期：1

3．DEC Rn

指令名称：寄存器减 1 指令

指令代码：18H～1FH

指令功能：寄存器内容减 1

操作内容：$Rn\leftarrow(Rn)-1$，$n=0\sim7$

字节数：1

机器周期：1

4．DEC direct

指令名称：直接寻址减 1 指令

指令代码：15H

指令功能：内部 RAM 低 128 单元及专用寄存器内容减 1

操作内容：$direct\leftarrow(direct)-1$

字节数：2

机器周期：1

5．DEC @Ri

指令名称：间接寻址减 1 指令

指令代码：16H～17H

指令功能：内部 RAM 低 128 单元内容减 1

操作内容：$(Ri)\leftarrow((Ri))-1$，$i=0$，1

字节数：1

机器周期：1

6．DIV AB

指令名称：无符号数除法指令

指令代码：84H

指令功能：A 的内容被 B 的内容除。指令执行后，商存于 A 中，余数存于 B 中

操作内容：$A\leftarrow(A)/(B)$ 的商

B←(A)／(B)的余数

字节数：1

机器周期：4

影响标志位：C 被清 0；若 B＝00H，除法无法进行，并使 OV＝1；否则 OV＝0。

7．DJNZ Rn，rel

指令名称：寄存器减 1 条件转移指令

指令代码：D8H～DFH

指令功能：寄存器内容减 1。不为 0 转移；为 0 顺序执行

操作内容：Rn←(Rn)-l，n＝0～7

若(Rn)≠0，则 PC←(PC)+2+rel

若(Rn)＝0，则 PC←(PC)+2

字节数：2

机器周期：2

8．DJNZ direct，rel

指令名称：直接寻址单元减 1 条件转移指令

指令代码：D5H

指令功能：内部 RAM 低 128 单元内容减 1。不为 0 转移；为 0 顺序执行

操作内容：direct←(direct)-1

若(direct)≠0，则 PC←(PC)+3+rel

若(direct)＝0，则 PC←(PC)+3

字节数：3

机器周期：2

四、以 I 开头的指令有 5 条

1．INC A

指令名称：累加器加 1 指令

指令代码：04H

指令功能：累加器内容加 1

操作内容：A←(A)+1

字节数：1

机器周期：1

2．INC Rn

指令名称：寄存器加 1 指令

指令代码：08H～0FH

指令功能：寄存器内容加 1

操作内容：Rn←(Rn)+1，n＝0～7

字节数：1

机器周期：1

3．INC direct

指令名称：直接寻址单元加 1 指令

指令代码：05H

指令功能：内部 BAM 低 128 单元或专用寄存器内容加 1

操作内容：direct←(direct)+1

字节数：2

机器周期：1

4．INC @Ri

指令名称：间接寻址单元加 1 指令

指令代码：06H～07H

指令功能：内部 RAM 低 128 单元内容加 1

操作内容：(Ri)←((Ri))+1；i＝0，1

字节数：1

机器周期：1

5．INC DPTR

指令名称：16 位数据指针加 1 指令

指令代码：A3H

指令功能：数据指针寄存器 DPTR 内容加 1

操作内容：DPTR←(DPTR)+1

字节数：1

机器周期：2

五、以 J 开头的指令有 8 条

1．JB bit,rel

指令名称：位条件转移指令。

指令代码：20H

指令功能：根据指定位的状态，决定程序是否转移。若为 1 则转移；否则顺序执行

操作内容：若(bit)＝1，则 PC←(PC)+3+rel

若(bit)≠1，则 PC←(PC)+3

字节数：3

机器周期：2

2．JBC bit，rel

指令名称：位条件转移清 0 指令

指令代码：10H

指令功能：对指定位的状态进行测试。若为 1，则把该位清 0 并进行转移；否则程序顺序执行

操作内容：若(bit)＝1，则 PC←(PC)+3+rel，bit←0

若(bit)≠1，则 PC←(PC)+3

字节数：3

机器周期：2

3．JC rel

指令名称：累加位条件转移指令

指令代码：40H

指令功能：根据累加位(C)的状态决定程序是否转移，若为 1 则转移，否则顺序执行

操作内容：若(C)＝1，则 PC←(PC)+2+rel

若(C)≠1，则 PC←(PC)+2

字节数：2

机器周期：2

4．JMP @A+DPTR

指令名称：无条件间接转移指令

指令代码：72H

指令功能：A 内容与 DPTR 内容相加作为转移目的地址，进行程序转移

操作内容：PC←(A)+(DPTR)

字节数：1

机器周期：2

5．JNB bit，rel

指令名称：位条件转移指令

指令代码：30H

指令功能：根据指定位的状态，决定程序是否转移。若为 0 则转移；否则顺序执行

操作内容：若(bit)＝0，则 PC←(PC)+3+rel

若(bit)≠0，则 PC←(PC)+3

字节数：3

机器周期：2

6．JNC rel

指令名称：累加位条件转移指令

指令代码：50H

指令功能：根据累加位(C)的状态决定程序是否转移。若为 o 则转移；否则顺序执行

操作内容：若(C)＝0，则 PC←(PC)+2+rel

若(C)≠0，则 PC←(PC)+2

字节数：2

机器周期：2

7．JNZ rel

指令名称：判 0 转移指令

指令代码：70H

指令功能：累加位(A)的内容不为 0，则程序转移；否则程序顺序执行

操作内容：若(A)≠0，则 PC←(PC)+2+rel

若(A)＝0，则 PC←(PC)+2

字节数：2

机器周期：2

8．JZ rel

指令名称：判 0 转移指令

指令代码：60H

指令功能：累加位(A)的内容为 o，则程序转移；否则程序顺序执行

操作内容：若(A)＝0，则 PC←(PC)+2+rel

若(A)≠0，则 PC←(PC)+2

字节数：2

机器周期：2

六、以 L 开头的指令就 2 条

1．LCALL addr16

指令名称：长调用指令

指令代码：12H

指令功能：按指令给定地址进行子程序调用

操作内容：PC←(PC)+3

SP←(SP)+1

(SP)←(PC)$_{7\sim0}$

SP←(SP)+1

(SP)←(PC)$_{15\sim8}$

PC←addr16

字节数：3

机器周期：2

使用说明：在 64KB 的范围内调用子程序

2．LJMP addr16

指令名称：长转移指令

指令代码：02H

指令功能：使程序按指定地址进行无条件转移

操作内容：PC←addr16

字节数：3

机器周期：2

七、以 M 开头的指令有 24 条

1．MOV A，Rn

指令名称：寄存器数据传送指令

指令代码：E8H～EFH

指令功能：寄存器内容送累加器

操作内容：A←(Rn)，　n＝0～7

字节数：1

机器周期：1

2．MOV A，direct

指令名称：直接寻址数据传送指令

指令代码：E5H

指令功能：内部 RAM 低 126 单元或专用寄存器内容送累加器

操作内容：A←(direct)

字节数：2

机器周期：1

3．MOV A，@Ri

指令名称：间接寻址数据传送指令

指令代码：E6H～E7H

指令功能：内部 RAM 低 128 单元内容送累加器

操作内容：A←((Ri))，　i＝0，1

字节数：1

机器周期：1

4．MOV A，#data

指令名称：立即数据传送指令

指令代码：74H

指令功能：立即数送累加器

操作内容：A←data

字节数：2

机器周期：1

5．MOV Rn,A

指令名称：累加器数据传送指令

指令代码：F8H～FFH

指令功能：累加器内容送寄存器

操作内容：Rn←(A)

字节数：1

机器周期：1

6．MOV Rn，direct

指令名称：直接寻址数据传送指令

指令代码：A8H～AFH

指令功能：内部 RAM 低 128 单元或专用寄存器内容送累加器

操作内容：Rn←(direct)，n＝0～7

字节数：2

机器周期：2

7．MOV Rn，#data

指令名称：立即数据传送指令

指令代码：78H～7FH

指令功能：立即数送寄存器

操作内容：Rn←data，n＝0～7

字节数：2

机器周期：1

8．MOV direct，A

指令名称：累加器数据传送指令

指令代码：F5H

指令功能：累加器内容送内部 RAM 低 128 单元或专用寄存器

操作内容：direct←(A)

字节数：2

机器周期：1

9. MOV direct，Rn

指令名称：寄存器数据传送指令

指令代码：88H～8FH

指令功能：寄存器内容送内部 RAM 低 128 单元或专用寄存器

操作内容：direct←(Rn)， n＝0～7

字节数：2

机器周期：2

10. MOV direct2，direct1

指令名称：直接寻址数据传送指令

指令代码：85H

指令功能：内部 RAM 低 123 单元或专用寄存器之间的相互传送

操作内容：direct2←(direct1)

字节数：3

机器周期：2

11. MOV direct, @Ri

指令名称：间接寻址数据传送指令

指令代码：86H～87H

指令功能：内部 RAM 低 128 单元内容送内部 RAM 低 128 单元或专用寄存器

操作内容：direct←((Ri))，i＝0，1

字节数：2

机器周期：2

12. MOV direct，#data

指令名称：立即数传送指令

指令代码：75H

指令功能：立即数送内部 RAM 低 128 单元或专用寄存器

操作内容：direct←data

字节数：3

机器周期：2

13. MOV @Ri, A

指令名称：累加器数据传送指令

指令代码：F6H～F7H

指令功能：累加器内容送内部 RAM 低 128 单元

操作内容：(Ri)←(A)，i＝0，1

字节数：1

机器周期：1

14．MOV @Ri，direct

指令名称：直接寻址数据传送指令

指令代码：A6H～A7H

指令功能：内部 RAM 低 128 单元或专用寄存器内容送内部 RAM 低 128 单元

操作内容：(Ri)←(direct)，　i＝0，1

字节数：2

机器周期：2

15．MOV @Ri，data

指令名称：立即数传送指令

指令代码：76H～77H

指令功能：立即数送内部 RAM 低 128 单元

操作内容：(Ri)←data，　i＝0，1

字节数：2

机器周期：1

16．MOV C，bit

指令名称：位数据传送指令

指令代码：A2H

指令功能：内部 RAM 可寻址位或专用寄存器的位状态送累加位 C

操作内容：C←(bit)

字节数：2

机器周期：1

17．MOV bit，C

指令名称：累加位数据传送指令

指令代码：92H

指令功能：累加器状态送内部 RAM 可寻址位或专用寄存器的指定位

操作内容：bit←(C)

字节数：2

机器周期：2

18．MOV DPTR，#data16

指令名称：16 位数据传送指令

指令代码：90H

指令功能：16 位立即数送数据指针

操作内容：DPH←data15～8

DPL←data7～0

字节数：3

机器周期：2

19．MOVC A，@A+DPTR

指令名称：程序存储器读指令

指令代码：93H

指令功能：读程序存储器单元内容送累加器

操作内容：$A \leftarrow ((A)+(DPTR))$

字节数：1

机器周期：2

使用说明：变址寄存器 A 内容加基址寄存器 DPTR 内容时，低 8 位产生的进位直接加到高位，不影响进位标志

20. MOVC A，@A+PC

指令名称：程序存储器读指令

指令代码：83H

指令功能：读程序存储器单元内容送累加器

操作内容：$A \leftarrow ((A)+(PC))$

字节数：1

机器周期：2

使用说明：同 MOVC A，@A+DPTR 指令(序号 70)

21. MOVX A，@Ri

指令名称：寄存器间接寻址外部 RAM 读指令

指令代码：E2H～E3H

指令功能：读外部 RAM 低 256 单元数据送累加器

字节数：1

机器周期：2

22. MOVX A，@DPTR

指令名称：数据指针间接寻址外部 RAM 读指令

指令代码：E0H

指令功能：读外部 RAM 单元数据送累加器

操作内容：$A1 \leftarrow ((DPTR))$

字节数：1

机器周期：2

23. MOVX @Ri，A

指令名称：寄存器间接寻址外部 RAM 写指令

指令代码：F2H～F3H

指令功能：把累加器内容写入外部 RAM 低 256 单元

操作内容：$(Ri) \leftarrow (A)$，$i = 1$，0

字节数：1

机器周期：2

24. MOVX @DPTR，A

指令名称：数据指针间接寻址外部 RAM 写指令

指令代码：F0H

指令功能：把累加器内容写入外部 RAM 单元

操作内容：(DPTR)←(A)

字节数：1

机器周期：2

25．MUL AB

指令名称：乘法指令

指令代码：A4H

指令功能：实现 8 位无符号数乘法运算。两个乘数分别放在累加器 A 和寄存器 B 中。乘积为 16 位，低 8 位在 B 中，高 8 位在 A 中

操作内容：AB←(A)×(B)

字节数：1

机器周期：4

影响标志位：进位标志复位。若乘积大于 255，则 OV 标志置位；否则复位

八、以 N 开头的指令有 1 条

NOP

指令名称：空操作指令

指令代码：00H

指令功能：不执行任何操作，常用于产生一个机器周期的时间延迟

操作内容：PC←(PC)+1

字节数：1

机器周期：1

九、以 O 开头的指令有 8 条

1．ORL A，Rn

指令名称：逻辑或操作指令

指令代码：48H～4FH

指令功能：累加器内容与寄存器内容进行逻辑或操作

操作内容：A1←(A)∨(Rn)，　n＝0～7

字节数：1

机器周期：1

2．ORL A，direct

指令名称：逻辑或操作指令

指令代码：45H

操作内容：A←(A)∨(direct)

字节数：2

机器周期：1

3．ORL A，@Ri

指令名称：逻辑或操作指令

指令代码：46H～47H

指令功能：累加器内容与内部 RAM 低 128 单元内容进行逻辑或操作

操作内容：A←(A)∨((Ri))；　i＝0，1

字节数：1

机器周期：1

4．ORL A，#data

指令名称：逻辑或操作指令

指令代码：44H

指令功能：累加器内容与立即数进行逻辑或操作

操作内容：A←(A)∨data

字节数：2

机器周期：1

5．ORL direct，A

指令名称：逻辑或操作指令

指令代码：42H

指令功能：内部 RAM 低 128 单元或专用寄存器内容与累加器内容进行逻辑或操作

操作内容：direct←(direct)∨(A)

字节数：2

机器周期：1

6．ORL direct，#data

指令名称：逻辑或操作指令

指令代码：43H

指令功能：内部 RAM 低 128 单元或专用寄存器内容与立即数进行逻辑或操作

操作内容：direct←(direct)∨data

字节数：3

机器周期：2

7．ORL C，bit

指令名称：位逻辑或操作指令

指令代码：72H

指令功能：累加位 C 状态与内部 RAM 可寻址位或专用寄存器指定位进行逻辑或操作

操作内容：C←(C)∨(bit)

字节数：2

机器周期：2

8．ORL C，／bit

指令名称：位反逻辑或操作指令

指令代码：A0H

指令功能：累加位 C 状态与内部 RAM 可寻址位或专用寄存器指定位的反进行逻辑或
操作

操作内容：C←(C)∨(bit 非)

字节数：2

机器周期：2

使用说明：指定位的状态取反后进行逻辑或操作，但并不改变指定位的原来状态

十、以 P 开头的指令有 2 条

1．POP direct

指令名称：出栈指令

指令代码：D0H

指令功能：堆栈栈顶单元的内容送内部 RAM 低 128 单元或专用寄存器

操作内容：direct ← (SP)

SP ← (SP)-1

字节数：2

机器周期：2

2．PUSH direct

指令名称：进栈指令

指令代码：C0

指令功能：内部 RAM 低 128 单元或专用寄存器内容送堆栈栈顶单元

操作内容：SP ← (SP)+1

(SP) ← (direct)

字节数：2

机器周期：2

十一、以 R 开头的指令有 6 条

1．RET

指令名称：子程序返回指令

指令代码：22H

指令功能：子程序返回

操作内容：$PC_{15\sim8} \leftarrow ((SP))$

SP ← (SP)-1

$PC_{7\sim0} \leftarrow ((SP))$

SP ← (SP)-1

字节数：1

机器周期：2

2．RETI

指令名称：中断返回指令

指令代码：32H

指令功能：中断服务程序返回

操作内容：$PC_{15\sim8} \leftarrow ((SP))$

SP ← (SP)-1

$PC7\sim0 \leftarrow ((SP))$

SP ← (SP)-1

字节数：1

机器周期：2

3．RL A

指令名称：循环左移指令

指令代码：23H

指令功能：累加器内容循环左移一位

操作内容：An+1←(An)；　n＝0~6

A0←(A7)

字节数：1

机器周期：1

4．RLC A

指令名称：带进位循环左移指令

指令代码：33H

指令功能：累加器内容连同进位标志位循环左移一位

操作内容：An-1←(An)；n＝0~6

A0←(C)

C←(A7)

字节数：1

机器周期：1

5．RR A

指令名称：循环右移指令

指令代码：03H

指令功能：累加器内容循环右移一位

操作内容：An←(An+1)；n＝0~6

A7←(A0)

字节数：1

机器周期：1

6．RRC A

指令名称：带进位循环右移指令

指令代码：13H

指令功能：累加器内容连同进位标志位循环右移一位

操作内容：An←(An+1)；n＝0~6

A7←(C)

C←(A0)

字节数：1

机器周期：1

十二、以 S 开头的指令有 8 条

1．SETB c

指令名称：进位标志置位指令

指令代码：D.H

指令功能：进位标志位置位

操作内容：C←1

字节数：1

机器周期：1

2．SETB bit

指令名称：直接寻址位置位指令

指令代码：D2H

指令功能：内部 RAM 可寻址位或专用寄存器指定位置位

操作内容：bit←1

字节数：2

机器周期：1

3．SJMP rel

指令名称：短转移指令

指令代码：80H

指令功能：按指令提供的偏移量计算转移的目的地址，实现程序的无条件相对转移

操作内容：PC←(PC)+2

PC←(PC)+rel

字节数：2

机器周期：2

使用说明：偏移量是 8 位二进制补码数，可实现程序的双向转移，其转移范围是(PC－26)～(PC+129)。其中 PC 值为本指令的地址。

4．SUBB A，Rn

指令名称：寄存器寻址带进位减法指令

指令代码：98H～9FH

指令功能：累加器内容减寄存器内容和进位标志位内容

操作内容：A←(A)-(Rn)-(C)；　n＝0～7

字节数：1

机器周期：1

影响标志位：当够减时，进位标志位复位；不够减时，进位标志置位。当位 3 发生借位，AC 置位；否则 AC 复位。当位 6 及位 7 不同时发生借位时，OV 置位；否则 OV 复位

5．SUBB A，direct

指令名称：直接寻址带进位减法指令

指令代码：95H

指令功能：累加器内容减内部 RAM 低 128 单元或专用寄存器和进位标志位内容

操作内容：A←(A)-(diret)-(C)

字节数：2

机器周期：1

影响标志位：同 SUBB A，Rn 指令（序号 97）

6．SUBB A，@Ri

指令名称：间接寻址带进位减法指令

指令代码：96H～97H

指令功能：累加器内容减内部 RAM 低 128 单元内容及进位标志位内容

操作内容：A←(A)-((Ri))-(C)；i＝0，1

字节数：1

机器周期：1

影响标志位：同 SUBB A，Rn 指令(序号 97)

7. SUBB A，#data

指令名称：立即数带进位减法指令

指令代码：94H

指令功能：累加器内容减立即数及进位标志内容

操作内容：A←(A)-data-(C)

字节数：2

机器周期：1

影响标志位：同 SUBB A，Rn 指令(序号 97)

8. SWAP A

指令名称：累加器高低半字节交换指令

指令代码：C4H

指令功能：累加器内容的高 4 位与低 4 位交换

操作内容：(A)7?/FONT>4 交换(A)3?/FONT>0

字节数：1

机器周期：1

十三、以 X 开头的指令有 10 条

1. XCH A，Rn

指令名称：寄存器寻址字节交换指令

指令代码：C8H～CFH

指令功能：寄存器寻址字节

操作内容：(A)交换(Rn)；n＝0～7

字节数：1

机器周期：1

2. XCH A，direct

指令名称：直接寻址字节交换指令

指令代码：C5H

指令功能：累加器内容与内部 RAM 低 128 单元或专用寄存器内容交换

操作内容：(A)交换(direct)

字节数：2

机器周期：1

3. XCH A，@Ri

指令名称：间接寻址字节交换指令

指令代码：C6H～C7H

指令功能：累加器内容与内部 RAM 低 128 单元内容交换

操作内容：(A)交换((Ri))；　i＝0，1

字节数：1

机器周期：1

4．XCHD A，@Ri

指令名称：半字节交换指令

指令代码：D6H～D7H

指令功能：累加器内容低 4 位与内部 RAM 低 128 单元低 4 位交换

操作内容：(A)3～0 交换((Ri))3～0；i＝0，1

字节数：1

机器周期：1

5．XRL A，Rn

指令名称：逻辑异或操作指令

指令代码：68H～6FH

指令功能：累加器内容与寄存器内容进行逻辑异或操作

操作内容：A←(A)异或(Rn)；　n＝0～7

字节数：1

机器周期：1

6．XRL A，direct

指令名称：逻辑异或操作指令

指令代码：65H

指令功能：累加器内容与内部 RAM 低 128 单元或专用寄存器内容进行逻辑异或操作

操作内容：A←(A)异或(direct)

字节数：2

机器周期：1

7．XRL A，@Ri

指令名称：逻辑异或指令

指令代码：66H～67H

指令功能：累加器与内部 RAM 低 128 单元内容进行逻辑异或操作

操作内容：A←(A)异或((Ri))；　i＝0，1

字节数：1

机器周期：1

8．XRL A，#data

指令名称：逻辑异或指令

指令代码：64H

指令功能：累加器内容与立即数进行逻辑异或操作

操作内容：A1?/FONT>(A)异或 data

字节数：2

机器周期：1

9．XRL direct，A

指令名称：逻辑异或操作指令

指令代码：62H

指令功能：累加器内容与内部 RAM 低 128 单元或专用寄存器内容进行逻辑异或操作

操作内容：direct←(direct)异或(A)

字节数：2

机器周期：1

10．XRL direct，#data

指令名称：逻辑异或操作指令

指令代码：63H

指令功能：内部 RAM 低 128 单元或专用寄存器内容与立即数进行逻辑异或操作

操作内容：direct←(direct)异或 data

字节数：3

机器周期：2

参 考 文 献

[1] 孙育才. MCS-51 系列单片微型计算机及其应用. 2 版. 南京：东南大学出版社，2005.

[2] 丁元杰. 单片机原理及应用. 北京：机械工业出版社，1994.

[3] 李朝青. 单片机原理及接口技术. 北京：北京航空航天大学出版社，1998.

[4] 刘守义，杨宏丽，王静霞. 单片机应用技术. 西安：西安电子科技大学出版社，2002.

[5] 毛六平，王小华，卢小勇. 微型计算机原理与接口技术. 北京：清华大学出版社，2002.

[6] 薛胜军. 计算机组成原理. 武汉：华中科技大学出版社，2005.

[7] 侯晓霞，王建宇，戴跃伟. 微型计算机原理及应用. 北京：化学工业出版社，2006.

[8] 李广弟，朱月秀，冷祖祁. 单片机基础. 3 版. 北京：北京航空航天大学出版社，2007.

[9] 杭和平，杨芳，谢飞. 单片机原理与应用. 北京：机械工业出版社，2008.

[10] 张毅刚，彭喜元. 单片机原理与应用设计. 北京：电子工业出版社，2008.

[11] 薛钧义，张彦斌. MCS-51/96 系列单片微型计算机及其应用. 修订本. 西安：西安交通大学出版社，1997.

[12] 孙涵芳，徐爱卿. MCS-51/96 系列单片机原理与应用. 修订版. 北京：北京航空航天大学出版社，2004.

[13] 张友德，赵志英，涂时亮. 单片微型计算机原理、应用与实验. 5 版. 上海：复旦大学出版社，2006.

[14] 何立民. MCS-51 系列单片机应用系统设计系统配置与接口技术. 北京：北京航空航天大学出版社，2001.

[15] 王秀玲，赵雁南，刘植桢. 微型计算机 A/D、D/A 转换接口技术及数据采集系统设计. 北京：清华大学出版社，1984.

[16] 马忠梅，籍顺心，马凯，马岩. 单片机的 C 语言应用程序设计. 4 版. 北京：北京航空航天大学出版社，2007.